Das Buch

»Deine Vorstellungen vom ›Rheinischen‹ sind mir zu ungenau«, schreibt Heinrich Böll spöttisch an einen fiktiven protestantischen Freund, »Köln, das den Ruf der Gemütlichkeit genießt, ist mir aus vielen Gründen unheimlich.« Zur literarischen Durchdringung des »Rheinlands«, das in der frühen Bundesrepublik plötzlich einen gänzlich anderen Stellenwert hatte als z. B. im Deutschen Reich, hat Böll beigetragen wie kein anderer Schriftsteller. »Wuppertal«, »Nordrhein-Westfalen«, »Der Rhein«, »Was ist kölnisch?«, »Mutter Ey«, aber auch »Karl Marx« sind dafür Beispiele. Die Häufung dieser Themen in den letzten Adenauer-Jahren ist sicher kein Zufall. »Auch an meine Ohren ist der sehnsüchtige Ruf der CDU nach Kontakt mit den sogenannten Intellektuellen gedrungen. Ich muß mich leider diesem Liebeswerben versagen, ich bin kein Intellektueller ...«, schreibt Böll. »Ich gehöre keiner Gruppe an«, sagt er. Und gleichzeitig öffnet er seinen Lesern mit einer kurzen Glosse über den perfiden Slogan »Hast Du was, dann bist Du was« die Augen über die Ideologie der sogenannten »Eigentumsbildung«.

Der Autor

Heinrich Böll, am 21. Dezember 1917 in Köln geboren, war nach dem Abitur Lehrling im Buchhandel. Im Krieg sechs Jahre Soldat. Danach Studium der Germanistik. Seit 1949 veröffentlichte er Erzählungen, Romane, Hör- und Fernsehspiele, Theaterstücke und war auch als Übersetzer aus dem Englischen tätig. 1972 erhielt Böll den Nobelpreis für Literatur. Er starb am 16. Juli 1985 in Hürtgenwald.

Heinrich Böll
Schriften und Reden

Zur Verteidigung der Waschküchen. 1952–1959 (10601)
Briefe aus dem Rheinland. 1960–1963 (10602)
Heimat und keine. 1964–1968 (10603)
Ende der Bescheidenheit. 1969–1972 (10604)
Man muß immer weitergehen. 1973–1975 (10605)
Es kann einem bange werden. 1976–1977 (10606)
Die »Einfachheit« der »kleinen« Leute. 1978–1981 (10607)

Heinrich Böll:

Briefe aus dem Rheinland

Schriften und Reden

1960–1963

Deutscher
Taschenbuch
Verlag

dtv

Schriften und Reden
1960–1963

entnommen aus:
Heinrich Böll Werke
Essayistische Schriften und Reden 1
1952–1963
Herausgegeben von Bernd Balzer
Verlag Kiepenheuer & Witsch, Köln (1978)
ISBN 3-462-01259-2 (Leinen)
ISBN 3-462-01258-4 (Broschur)

Oktober 1985
Deutscher Taschenbuch Verlag GmbH & Co. KG,
München
Lizenzausgabe mit freundlicher Genehmigung des
Verlages Kiepenheuer & Witsch, Köln
Umschlaggestaltung: Celestino Piatti
Gesamtherstellung: C. H. Beck'sche Buchdruckerei,
Nördlingen
Printed in Germany · ISBN 3-423-10602-6

Inhalt

Editorische Vorbemerkung zur Werkausgabe 1978

Die Bände *Essayistische Schriften und Reden* 1–3 enthalten die zwischen 1952 und Juni 1978 entstandenen Arbeiten dieses Genres. Ihre Zahl ist größer, als zu erwarten war: trotz Werner Lengnings verdienstvoller bibliographischer Arbeit (W. L., *Der Schriftsteller Heinrich Böll. Ein biographisch-bibliographischer Abriß*) war doch eine Reihe von Aufsätzen, Rezensionen, etc. unentdeckt geblieben; einiges lag auch – bislang unveröffentlicht – in Heinrich Bölls Archiv.

Dennoch ist diese Sammlung nur *nahezu* vollständig: So konnte etwa die mehrfach geübte Praxis, private Briefwechsel ohne Zustimmung Bölls zu publizieren, nicht durch die Aufnahme solcher Briefe in die Werkausgabe nachträglich autorisiert werden. Dazu waren Versprechungen zu respektieren, wie Böll sie z. B. Bischof Scharf gegenüber (vgl. *Ich habe die Nase voll*, 1974) öffentlich geäußert hat, wobei die Öffentlichkeit des Versprechens nicht das Entscheidende war, wie das Fehlen einiger Texte in diesen Bänden belegt.

Verzichtet wurde schließlich auch auf Texte (zumeist Resolutionen, Aufrufe, öffentliche Erklärungen), die Böll zusammen mit anderen Persönlichkeiten verfaßt, die er zum Teil auch nur mitunterzeichnet hat.

Ein weiteres »Defizit« ist nur scheinbar: bei verschiedenen in den Bibliographien verzeichneten Titeln handelt es sich – wie sich bei den Vorbereitungen zu dieser Ausgabe herausstellte – *nicht* um selbständige Veröffentlichungen, sondern um Nachdrucke unter verändertem Titel.

Auf eine Differenzierung der Texte in Aufsätze, Kritiken, Reden, Feuilletons etc. wie in den früheren »Schriften«-Ausgaben wurde hier bewußt verzichtet, um für den Leser den Nachvollzug des »Fortschreibungsprozesses« nicht zu erschweren, in den das gesamte Werk Heinrich Bölls einbezogen ist.

Diese Absicht bestimmte auch das Prinzip der Reihenfolge, die sich grundsätzlich an der Chronologie der Erstveröffentlichungen orientiert. Bislang nicht publizierte ältere Texte wurden freilich ihrer Entstehungszeit entsprechend eingeordnet, und bei Artikelserien, Briefwechseln etc. wurde der sachliche Zusammenhang über das Prinzip einer rigiden Chronologie gestellt.

Das Quellenverzeichnis macht die entsprechenden Abweichungen von der zeitlichen Reihenfolge deutlich; es ist überdies für die folgenden Bände erweitert um einige Anmerkungen vor allem in den Fällen, in denen die Kenntnis an Böll gerichteter Artikel oder Briefe für das Verständnis der Repliken unabdingbare Voraussetzung ist.
Textgrundlagen für diese Ausgabe waren – soweit vorhanden – die früheren bei Kiepenheuer & Witsch erschienenen Ausgaben, sonst die jeweilige Erstveröffentlichung – in wenigen Fällen das Originalmanuskript.

Bernd Balzer

Editorische Vorbemerkung zur Taschenbuchausgabe 1985

Die ersten fünf der auf insgesamt neun Bände konzipierten Taschenbuchausgabe *Schriften und Reden. 1952–1985* folgen in Wortlaut und Chronologie der Werkausgabe *Essayistische Schriften und Reden 1–3*, die 1978 im Verlag Kiepenheuer & Witsch erschienen ist. Einige offensichtliche Druckfehler wurden stillschweigend beseitigt und aufgrund der eigens für die Taschenbuchausgabe erstellten Register einige Unstimmigkeiten in den Schreibweisen von Eigennamen ausgeräumt.

Vorwort zu »Lebendiges Wuppertal«

Lange Zeit habe ich geglaubt, Wuppertal bestehe nur aus Bahnhöfen, aneinandergereiht, um die Lokomotivführer nicht übermütig werden zu lassen, sie das Bremsen, Anfahren, Bremsen zu lehren; diese lange Schlucht, dicht bebaut, von der Eisenbahn aus betrachtet und unwirklich, schien für den Zweck gut gewählt: die dunklen Häuser oberhalb des Bahnkörpers, die phantastische Schwebebahn, waren wenig geeignet, dem kindlichen Gemüt diesen Alptraum der Enge als wirkliche Stadt erscheinen zu lassen. Während des Krieges steigerte die Verdunkelung den Eindruck des Grandios-Unglaubwürdigen, das Respekt und Furcht einflößte, in seiner Geschlossenheit so künstlich wirkte, daß ich die winkenden Kinder auf einer Brücke für bestellt hielt, bestellt, dieser Eisenbahnschlucht den Kredit der Wahrscheinlichkeit zu beschaffen; auf die Gefahr, einem Trick zu erliegen, winkte ich zurück.
Als ich zum erstenmal in Wuppertal ausstieg, inzwischen erwachsen und doch noch nicht ganz vom Vorhandensein dieser Stadt überzeugt, war ich froh, daß ich wirklich gewunken hatte. Die Stadt nahm überschaubare Dimensionen an: die Wupper war wirklich da, Kirchen, Straßen, alles, besonders der noch leicht heimatlich klingende Dialekt wirkte ernüchternd, nichts weniger als künstlich: ungeschminkt. Wuppertal schminkt sich nicht, das ist – wie bei Frauen die es sich leisten können, ungeschminkt zu gehen – wohltuend und enttäuschend zugleich.
Spät, mancher nie, entdeckt der Ortsfremde die Hintergründe dieser ungeschminkten Stadt: Privatsammlungen, die das Museum mancher Stadt zu einer Sensation machen würden, Bibliotheken voller Kostbarkeiten. Die Kunst übt eine starke Anziehungskraft auf die Stadt aus, die Stadt weniger auf die Kunst. In den Privatsammlungen herrscht Tempelstimmung – ein Gegensatz zu der ernsten, so fleißigen Stadt da draußen, deren Dialekt selbst den tiefsten Träumer ernüchtert. Andere Städte, deren Industrien nicht patriarchalischen Ursprungs sind, haben diese heftige Beziehung zur Kunst nicht. Wuppertal ist von Unternehmern gemacht, nicht von anonymen Gesellschaften, deren Aktionäre irgendwo schnippelten, ohne auch nur den Bahnhof des Ortes zu kennen, aus dem das Geld zu ihnen floß. Diese

Unmittelbarkeit ist in Wuppertal bis heute zu spüren, sie gibt der Stadt, mag sie auch der großbürgerlichen Ära entwachsen sein, ihren Stil. Wo nicht geschminkt wird, wird auch nicht geschmeichelt, und ich könnte mir denken, daß Diplomatie nicht gerade die Stärke der Wuppertaler ist. Wenn man eine unangenehme Wahrheit nicht aussprechen möchte, würde man sich dort wohl eher auf die Zunge beißen, als es auf die glattzüngige Art zu versuchen.

Es wäre anmaßend, in einem so kurzen Vorwort alle Vorzüge und Nachteile einer Stadt auch nur annähernd erklären zu wollen, das ABC der Sekten und Religionsgemeinschaften aufzählen zu wollen, von den »Adamiten« bis zu den »Wiedertäufern«, das Wuppertal zu einem Katalog der religiösen Gruppen macht. So unterschiedliche Geister wie Claire Schlichting und Ernst Bertram, Rudolf Herzog und Else Lasker-Schüler entstammen der Stadt; Kolping gründete hier den Gesellenverein, und das »Barmer Bekenntnis« wurde auf der ersten Reichssynode der Bekennenden Kirche hier formuliert. Die beiden großen Friedrichs des 19. Jahrhunderts: Engels und Bayer, beide Mitbegründer großer Mächte: des Marxismus und der chemischen Industrie, stammen aus dieser engen Schlucht, die so verwirrend viele Bahnhöfe hat. Je tiefer man in die Stadt eindringt, auf die Höhen zu, desto unwirklicher wird die Bahn da unten, die dem kindlichen Gemüt als das einzig Vorhandene erschien; ob der einigermaßen Erwachsene fähig wäre, die komplizierte Urbanität dieser Stadt, ihre Gegensätze darzustellen, bleibt zweifelhaft; so mag es dem Ortsfremden gestattet sein, die Fehler der Stadt, die er nur aus der Literatur und der Fama kennt, zu übergehen; »der geht über die Wupper«, diese Redewendung, hat im Rheintal einen düsterdrohenden Klang. Ich habe das Drohende dieser Redensart noch nicht erfahren.

Rose und Dynamit

Es ist eine rührende, doch leider unzulässige Vorstellung, es gäbe so etwas wie einen christlichen Roman. Die Christen erwarten herkömmlicherweise von einem Roman, den ein Christ geschrieben hat, die literarische Bestätigung der Glaubenswahrheiten, den Beweis dafür, daß das Glück in der Ordnung liege. Sie kommen mir immer wie jene Gesunden vor, die täglich zum Arzt laufen. Schlägt das Herz noch regelmäßig? Sind Verdauung und Zirkulation noch in Ordnung? »Ja, ja«, sagt dann der Arzt, er unterdrückt seine Ungeduld, denn schließlich ist es sein Broterwerb, und Privatpatienten muß man schonend behandeln. »Ja, ja«, sagt er, »es ist alles in Ordnung«, und der Gesunde geht getröstet von dannen: er hat einen vollen Tag in Gesundheit vor sich. Oder hat der Arzt etwas verheimlicht? Er hat etwas verheimlicht: den Tod, dessen Auftritt nicht seiner Regie unterliegt.

Es ist ein merkwürdiger Irrtum, daß die Christen von *ihrer* Literatur erwarten, was der Religionslehrer ihrer Kinder auf völlig unmißverständliche Weise ausdrückt: Du sollst nicht töten! Du sollst nicht begehren deines Nächsten Weib. Du sollst nicht – wie es in den Heiligen Schriften zu finden. Die Literatur, die von Christen gemacht wird, ist einzig und allein den Maßstäben der Literatur unterworfen; es gibt keinen christlichen Stil, gibt keine christlichen Romane; es gibt nur Christen, die schreiben, und je mehr sich ein Christ als Künstler auf Stil und Ausdruck konzentriert, desto christlicher wird sein Werk. Die Sprache ist ein Geschenk Gottes, eines der größten, denn Gott hat sich, wenn er sich offenbarte, immer der Sprache bedient; die Sprache ist dem, der schreibt, wie eine Geliebte, die zahllose Gaben bereithält; Regen und Sonne, Rose und Dynamit, Waffe und Bruder ist sie, und in jedem Wort ist etwas immer enthalten, wenn auch unsichtbar, unhörbar: Tod – denn alles Geschriebene ist gegen den Tod angeschrieben.

Schreiben ist ein gefährliches Unternehmen, denn die Geliebte läßt sich nicht auf Legalisierung des Verhältnisses ein; sie will nicht geheiratet werden; die Liebe kann ihr nie zur Pflicht gemacht werden, und eines scheut sie am meisten: wenn der Partner sie in das Korsett seiner Gedanken zwingt; sie rächt sich, indem sie ihm hölzerne Kinder gebärt: christliche Literatur (oder solche, der die Uniform des sozialistischen Realismus passen würde). Es gibt Glücksfälle, wo einer zugleich ein Genie und ein Heiliger war: der Sonnengesang des hl. Franz, die Gedichte des hl. Johannes vom Kreuz, Literatur, die von Christen gemacht wurde und doch christliche Literatur ist, aber sowohl Heiligkeit wie Genie entziehen sich der Analyse.

Würden die Schriftsteller, die Christen sind, den überkommenen Begriff der christlichen Literatur als einen Maßstab anerkennen, sie wären tatsächlich wie Ärzte, die ihre Privatpatienten schonender behandeln als die Kassenpatienten.

Christliche Literatur ist ein Marktbegriff – der Markt ist allerdings groß; man schreibt weder für noch gegen ihn. Wer schreibt, ist Gesetzen unterworfen, die außerhalb seiner Religion liegen.

Es gibt keine Theologie der Literatur. Gäbe es sie, sie würde zu verblüffenden Ergebnissen kommen, würde manchem Nichtchristen attestieren müssen, daß er »verkündigt«, und manchen Christen in Bann tun müssen, weil er, indem er um des Marktes willen die Kunst verletzt, die Ordnung verletzt.

Viel mystische Literatur ist noch verborgen, weil sie beides ist: Rose und Dynamit, wohlduftender Sprengstoff, aus Archiven geholt, die von Engeln *und* von bösen Geistern bewacht sind; es bleibt ein Geheimnis.

Nordrhein-Westfalen

Wenn der D-Zug Hamburg – Frankfurt wenige Kilometer südwestlich von Osnabrück den Bahnhof Hasbergen passiert, sich dem Ort Lengerich nähert, ahnen wohl nur wenige Reisende, daß sie über eine Landesgrenze, aus Niedersachsen kommend, ins Land Nordrhein-Westfalen eingefahren sind. Grenzen sind unsichtbare, aber zähe Linien; die vielfältigen Windungen, Schlaufen und Ecken, mit denen auf der Landkarte so pedantisch die Ländergrenzen markiert sind, waren einmal Grenzen von Machtbereichen, Interessen, Religionen, Sprachen, Lebensformen, sind es zum Teil noch heute. Die Landschaft um Hasbergen unterscheidet sich nicht von der um Lengerich und Münster; unendliche, grüne Fläche, in der die großen roten Bauernhöfe noch in germanischer Einsamkeit liegen, stolz vor der messerscharfen Linie des Horizonts, der hier die Landschaft bestimmt.

Mag der Reisende noch Münster als Stadt registrieren, groß im Vergleich zu dem Raum, der sie umgibt, wirkliche Hauptstadt einer Provinz mit Kathedrale und Universität; auf der Weiterfahrt zwischen Hamm und Köln registriert er die Städte nicht mehr, obwohl sie drei-, vier-, fünfmal so groß sind wie Münster; zwischen Hamm und Köln erscheint alles wie eine einzige riesige, anonyme Großstadt, deren Vororte die Eitelkeit haben, eigene Bahnhöfe zu errichten und ihren Namen ausrufen zu lassen, und doch sind in diesem Riesengebilde, das keinen Horizont mehr bietet, die Ecken, Schlaufen und Windungen der Landkarte nicht weniger bedeutsam und nicht weniger zäh; zwischen Bottrop und Essen, zwischen Hagen und Wuppertal oder Oberhausen und Gelsenkirchen fährt der Zug wieder über eine unsichtbare Linie, jene, die das Rheinland von Westfalen trennt; und diese Grenze, die irgendwo zwischen Hochöfen, Fördertürmen, Kanälen, Eisenbahnlinien verläuft, ist keineswegs illusorisch; hüben ist man Rheinländer, drüben Westfale; durch die eigene, die Ruhrgebietssprache, klingen noch Dialektunterschiede durch; was man hüben für Humor hält, gilt drüben als abgestanden – und umgekehrt, mögen auch heute die Straßenbahnen ungehindert jene unsichtbare Linie passieren, die früher durch Schlagbäume scharf gekennzeichnet war.

Innerhalb weniger D-Zug-Stunden wechseln die Eindrücke so oft, daß der Reisende kaum Zeit findet, sie zu ordnen: eingekeilt zwischen Schachtanlagen und Schlackenhalden sieht er pflügende Bauern und dampfende Kühe. Endlich, bei Köln, der Rhein, der sich deutlich als Grenze präsentiert. Köln ist die Stadt der Brücken, ist heimliche Königin, uralter Knotenpunkt der Straßen, die von Süden nach Norden, von Westen nach Osten führen; der Rhein ist eine unübersehbare Grenze, selbst dem Reisenden als solche erkennbar, den die Winkel und Schlaufen der Landkarte wenig interessieren; auch wenn der Zug bei Dunkelheit oder Nebel über die Rheinbrücke fährt, der Reisende wird aufmerksam; dunkel dröhnt es, fast drohend, man blickt aus den Fenstern: Brücken verbinden die beiden Ufer, die immer noch nicht ganz miteinander versöhnt sind.
Seit die Sigambrer und Cherusker, die Chatten und Brukterer über die erste Brücke, die nur wenige hundert Meter südlich von dieser Eisenbahnbrücke über den Rhein führte, in die römische Gefangenschaft marschierten, hat sich der Rhein kaum verändert; unter dem Marschtritt dröhnten die Bohlen, wie heute die Stahlträger unter den D-Zügen dröhnen. Dort drüben fing Rom an, dort gab es gepflasterte Straßen, gemauerte Häuser, so eng beieinander lag alles, so fremd; auf Steinen und Straßen war die römische Macht gegründet, Steine und Straßen blieben von ihr übrig; unzählbar die Heerzüge, die Flüchtlingsströme, die über diese Brücke gezogen sind, hin und her, her und hin, Römer und Germanen, Kosaken, Spanier, Hunnen und Schweden, siegreiche Heere, die später geschlagen, geschlagene, die später siegreich wurden, alles zog über diese Brücke, ließ Fußkranke und Deserteure, Spaßmacher, Händler, alle, die keine Lust mehr hatten, zurück; fromme Pilgerzüge kamen, unfromme Plünderer, und immer dröhnten die Bohlen der Brücke.
Wie sollte das Wort Rasse am linken Ufer dieses Flusses etwas anderes als Hohn hervorrufen können, wie sollte man in diesem Lande nicht in jeder Armee Niederlage und Sieg zugleich sehen? Zu viele Sieger sind hoch zu Roß als Besiegte über diesen Fluß gezogen, zu viele Besiegte als Sieger; die heimliche Königin, ohne Krone, Schloß und Zepter, zeigte ein Lächeln, das viele Deutungen zuließ: fromm oder korrupt, mitleidig oder erbarmungslos. Sie erwies sich als untauglich für die gotischen Träume, untauglich auch fürs Barock, zu groß, zu fest gegründet wa-

ren die romanischen Kirchen, die sie wie eine Henne brütete, als daß ein anderer Stil die Stadt noch hätte prägen können; eine Spur Barock brachten die Jesuiten ein, nur eine Spur, und den gotischen Traum vollendeten die preußischen Könige; so entsteht beim Fremden, der vom Bahnhof aus den gigantischen Dom sieht, der irrige Eindruck, eine gotische Stadt zu passieren.

Über Ems und Lippe, Ruhr und Wupper, über viele Kanäle ist der Zug hinweggefahren, aber erst der Rhein, hier aller Lieblichkeit bar, grau und breit, mit der tödlichen Gleichgültigkeit der Natur, präsentiert sich als deutliche Grenze, jedem, der nicht in Überschallgeschwindigkeit über diese Erde hinweghuscht; nicht zufällig verstummen die Reisenden, wenn das Dröhnen beginnt und für eine Weile nicht aufhört; uralte, vererbte Gefühle werden wach; man weiß nicht, wohin mit ihnen; dieser Strom da unten ist Majestät – man spürt es – die TEE-Züge scheinen ein Scherz zu sein; siebenhundertmal täglich hebt das Dröhnen an.

Die unsichtbaren Grenzen, die der Zug überfährt, sind jünger als diese deutlich sichtbare, der Rhein. Sprachgrenzen, Grenzen der Brotform, der Bräuche, Konfessionen, Bistümer, der Rechtsprechung. Wer die merkwürdigen, oft so zufällig wirkenden Winkel der Landkarte begradigen würde, würde uralte Gefühle verletzen. Eine unsichtbare Linie zwischen Mehlem und Remagen trennt Sprachen und Brotformen; hüben spricht man »fast wie in Köln«, drüben »fast wie in Koblenz«, hüben backt man das Brot lang, drüben rund; hier hat der Katholizismus eine trierische, dort eine kölnische Färbung; die kölnische Färbung bedeutet: Liberalität, Souveränität; versöhnt mit dem Bischof hat man sich in Köln erst, als er aller weltlichen Macht entkleidet wurde, eine fast niederländische Hartnäckigkeit, während das Trierische gehorsamer, barocker ist; es ist kein Zufall, daß das Barock als Stil nie so richtig über diese Linie zwischen Mehlem und Remagen hinaus ins Rheinland vorgedrungen ist.

Wenn man von Westen nach Osten durch dieses vielfältig gegliederte Bundesland fährt, empfindet man die Unterschiede als ebensogroß wie auf der Fahrt von Norden nach Süden; zwischen Köln und Aachen, bis nahe an den Niederrhein und die Eifel zieht sich ein zweites, fast völlig unbekanntes Kohlenrevier: Braunkohle wird hier im Tagbau abgebaut, in der Nacht wirken die riesigen Bagger wie Ozeandampfer auf den Hängen der tiefschwarzen Gruben, die sich unerbittlich über Dörfer hinweg auf die großen Städte wie ein Aussatz zufressen, eine Welt der Maulwürfe, die ihre Beute in gewaltigen Öfen verbrennen und ihren Qualm auf die menschlichen Siedlungen zuschicken; vor dem Mammon, der ihren Beherrschern zur Verfügung steht, fallen die ältesten Grenzen und Privilegien, Wasser, Erde und Wald beugen sich ihm, wie sie sich vor den Erdölraffinerien beugen, die am Rheinufer ihre abstrakten Kulissen errichten.

So schwindet im Zentrum des Landes die Landschaft, erhält sich nur in den Außenwinkeln, zwischen Arnsberg und Brilon im Sauerland, in der Eifel, am Niederrhein, und zwischen Bonn und Hamm, Krefeld und Hagen wächst alles andere zu einer riesigen Stadt zusammen, die mehr Einwohner hat als Schweden und Norwegen miteinander. Die uralten Linien bleiben, zäh, wie Grenzen sind; wie lange sie noch Bedeutung haben, wann sie anfangen werden, fiktiv zu sein, ist nicht zu bestimmen; noch ist man Rheinländer von Aachen bis kurz hinter Wuppertal, Sauerländer von Schwelm bis Niedermarsberg, ist aber in Siegburg kein Siegerländer. Vorsicht, überall tritt man auf föderalistische Hühneraugen, verletzt Partikulargefühl! In diesem Bundesland Nordrhein-Westfalen hat Europa die Spuren seines Reichtums und seiner Fülle hinterlassen und die Spuren all seiner Krankheiten; hier sind unzählige Herzogtümer, Bistümer, Städte und Reiche immer wieder auseinandergerissen, immer wieder zusammengeflickt worden, und an den Nahtstellen schmerzt es noch immer. Durch die einheitliche Farbe, die das Bundesland Nordrhein-Westfalen kennzeichnet, schimmert noch das fleckige, vielfältige Gebilde des späten Mittelalters hindurch, das wie ein Narrenkleid aussah. Steinkohle, Braunkohle, Stahl, Samt und Seide, Chemie und Erdöl, die neuen Herrscher, haben die unsichtbaren Linien noch nicht ausgemerzt, über die der D-Zug gleichgültig hinwegbraust.

Hamm ist von Köln nur so weit entfernt wie Reutlingen von Friedrichshafen, wie Itzehoe von Flensburg. Wiegt man Zwischenräume aber nicht nach der Anzahl der Kilometer, sondern nach der Anzahl der Schicksale, so werden die D-Zug-Stunden zu einer Fahrt durch ein Traumland, dessen Häßlichkeit Größe hat; die wenigen hübschen Siedlungen, alte Bauernhäuser und Kirchen, die Einblicke in liebliche Flußtäler täuschen nicht hinweg über die eindrucksvolle Häßlichkeit, die hier die Landschaft geprägt hat; Industrielandschaft nennt man es, sie entsteht, wenn Mensch und Tier, Wasser, Wald, Luft und Erde der nackten Nützlichkeit weichen; unberührt geblieben von dieser Gewalttätigkeit ist nur der Rhein, der, obwohl der schmutzigste Fluß Europas, nichts an Majestät eingebüßt hat; er, auf den sich alle Linien dieses Landes zubewegen, tritt zwischen Bonn und Köln in ein letztes, dem Fremden unbekanntes Stadium seines Laufes, er wird zum Niederrhein, ist nicht mehr mit Wein identisch, ein Breughel-Fluß, an dessen Ufern es niederländisch zugeht.

Der Rhein

Der Rhein ist männlichen Geschlechts, keltisch ist sein Name, römischen Ursprungs sind die Städte an seinen Ufern. Die Römer brachten den Stein, pflasterten Straßen, bauten Paläste, Lager, Tempel und Villen. In Steinen brachten sie den vergeblichen Traum von Dauer, Steine blieben als Zeichen ihrer vergangenen Herrschaft. Den deutschen Kaisern hinterließen sie die Erbschaft: Herrschen bedeutet bauen und Gesetze geben. Auf Flößen rheinabwärts, die Nebentäler hinauf, brachten die Römer Marmorblöcke, fertige Säulen, Kapitelle – und die Lex. Der Rhein war Straße und Grenze zugleich, nicht Grenze Deutschlands, nicht Sprachgrenze, er trennt anderes voneinander als Sprachen und Nationen. Der Rhein hat nichts von der fälschlicherweise sprichwörtlichen rheinischen Verbindlichkeit. Bis in die Neuzeit hinein, die ein sechshundert Meter breites Wasser als kein Hindernis erachtete, bewies er, daß er Grenze ist. Im Jahre des Heils 1945 war es kein geringeres Abenteuer, als es zur Römerzeit gewesen sein muß, von einem Ufer auf das andere zu gelangen.

Die Römer, erfahrene Eroberer, glaubten zu wissen, wodurch dieser breit dahinfließende, wilde Fluß zu zähmen sei: durch Brücken. Sie bauten sie, errichteten Brückenköpfe und faßten doch nördlich der Mainmündung nie so recht Fuß auf dem rechten Ufer. Brücken sind kostspielig und leicht zerstörbar; durch Äxte und Feuer, Bomben und Sprengladungen kann die Trennung der Ufer schnell wieder vollzogen werden. Die siegreiche Armee, die neue Brücken errichtet, erhebt einen unerbittlichen Zoll: Kontrolle. Ein Brückenkopf ist wie ein Nadelöhr; Tausende kann man täglich einzeln durchfädeln. Sechshundert Meter grauen, kraftvoll dahinfließenden Wassers trennen Familien, Liebende. Es waren zwei Königskinder. Die falsche Nonne nimmt im Lauf der Geschichte zahlreiche Verkleidungen an: römischer Söldner, merowingischer Räuber, kurkölnischer Hauptmann, napoleonischer Sergeant, Kettenhund der deutschen Wehrmacht, amerikanischer Leutnant. »Ausweis, Ausweis, Entlassungsschein.« DDT als gelbliches Pulver in die Kleider gestäubt. Keine Laus durfte lebend über den Rhein, mochte sie noch so zäh sein, den Weg bis zum Rhein überstanden haben.

Hier war die Grenze. Fähren, Pontons, technisch kaum denen überlegen, wie sie die Römer benutzt haben mögen, wurden zu Machtmitteln, Quellen des Reichtums. Sehnsüchtig blickte man hinüber und herüber. Das Wasser war viel zu tief.

Große Flüsse sind unerbittlich. Außer Basel ist es keiner Stadt gelungen, mit beiden Hälften so am Rhein zu liegen, wie eine Stadt an der Seine, am Tiber, an der Themse liegen kann. Praga ist nicht Warschau, Pest nicht Buda, und auch die modernste Administration hat die Grenze zwischen Köln und Deutz (dem römischen Brückenkopf Divitia) nie ganz aufgehoben. Abenteuerlich war der Marsch über die Pionierbrücke, die Deutz mit Köln genau an der Stelle verband, wo die Römer ihre erste Brücke bauten. Lehmig, ein Urstrom, floß der Rhein im Herbst 1945 am zerstörten Köln vorüber nordwestwärts, während wir, mit Ausweis und DDT versorgt, über die glitschige, geländerlose Brücke zwischen Panzerwagen und Jeeps auf das ersehnte linke Ufer zustrebten. Dumpf dröhnten die hölzernen Bohlen der Brücke, wie sie einst unter den Schritten der Chatten und Cherusker, der Brukterer und Sugambrer gedröhnt hatten.

Der Rhein fließt nicht durch die Städte hindurch, er fließt an ihnen vorbei; an Straßburg und Mainz, an Koblenz und Bonn, Köln und Düsseldorf; die Schwerpunkte der alten Städte römischen Ursprungs liegen auf dem linken Ufer, wo die Römer den erschrockenen und erstaunten Germanen den Anblick steinerner Gebäude, gepflasterter Straßen, ummauerter Lager boten – und die Lex, die den unter harte Strafe stellte, der sich an dem vergriff, was den Germanen so wenig bedeutete: Staat und Besitz, Eigentum. Auf dem rechten Ufer hatte als schwerstes Vergehen die Feigheit gegolten; sie wurde mit dem Tode bestraft. Moorleichen, Jahrtausende alt, zeugen bis heute von der germanischen Rechtsprechung. Im Jahr 1945, mit dem Rückzug über den Rhein, wurde die Barbarei endgültig: auf dem rechten Ufer herrschte Wotan; längst waren die Sümpfe trockengelegt, der Fortschritt hatte sie besiegt und doch herrschte Wotan: an Bäumen und Telegrafenmasten hingen die Deserteure und alle, die dafür gehalten wurden. Germani ignavos in paludem praecipitabant – so steht es im Lateinbuch der Sextaner. Am Rhein erst wurde der große Strom der aus Frankreich zurückflutenden deutschen Wehrmacht im Herbst 1944 aufgehalten; die wenigen Brücken waren leichter zu kontrollieren als Tausende von Dörfern, Nebenstraßen, Waldstücken. Und der Name des alliierten Vorstoßes über den Rhein ist trotz der Bomber der Name einer Brücke: Remagen.

Kosaken und Spanier, Schweden, Römer und Hunnen standen auf dem einen oder anderen Ufer, blickten über den majestätisch dahinfließenden Strom, der zunächst Halt gebot. Napoleon versuchte noch einmal, den Rhein zur Grenze zweier Nationen zu machen: scharf zog er die Grenzlinie am linken Rheinufer entlang von Basel bis Kleve hinauf. Napoleons Versuch mußte mißlingen. Nation ist ein zu schwacher Begriff, um voneinander zu trennen, was durch den Rhein voneinander getrennt wird. Es wird deutsch gesprochen in Köln und in Deutz, in Bonn und in Beuel, und doch, wenn man auf dem linken Ufer geboren ist, löst die Fahrt über eine der Brücken von Ost nach West Gefühle aus, die älter sind, als man je werden kann. Das so schwer zu Bestimmende des Rheins als Grenze machte Napoleons Versuch so töricht, machte auch den Separatismus im Rheinland so unpopulär. Von Süden nach Norden fließend, trennt der Rhein vieles, und doch verlaufen viele geheimnisvoll verbindende Linien west-östlich. Sprachgrenzen, Grenzen der Brotform, Konfessionsgrenzen, die oft sogar Grenzen innerhalb der einzelnen Konfessionen sind; Grenzen der alten Kurfürstentümer und Bistümer; hier trierisch, dort kölnisch; der eine Katholizismus ländlich, ergeben, fast barock, der andere städtischer, freiheitlicher. Sobald der Rhein zur Grenze von Nationen erklärt wird, leben uralte Gefühle auf, die nicht längs, sondern quer beheimatet sind. Eine ganze Literatur würde nicht ausreichen, wollte man das Geheimnis lösen, was nun quer und was längs begrenzt wird. Nördlich Bonn ist das Barock nur noch als Einzeltraum zu finden, fremd, weder als Baustil noch als Lebensgefühl je wirklich geworden.

Der Niederrhein, zwischen Bonn und Rotterdam, der am wenigsten bekannte Rhein, ist, auch nach Kilometern gemessen, keineswegs der geringere. Sprache, Lebensgefühl, Humor nehmen unmerklich niederländische Züge an; Bier und Schnaps, die Getränke der Völker, denen Nebel und Regen vertraut sind, beherrschen die Kneipen. Das klingt so wenig nach »rheinisch«, wie die stillen niederrheinischen Dörfer mit ihren Breughel-Kirchtürmen Aussicht hätten, als »rheinisch« anerkannt zu werden. Spielt die Basler Fastnacht sich nicht am Rhein ab wie der

Kölner Karneval? Die eine ist bizarr, Tiere und Dämonen sind ihre Masken, starre Tänze ihr Rhythmus – der andere ist vulgär, seine Tänze sind à la mode, sein Witz ist politisch und immer aktuell und doch uralt: der vulgus macht die Oberen lächerlich in einem Land, wo Lächerlichkeit tötet, und hält doch, mit untrüglichem Instinkt, die eine Obrigkeit, die Kirche, aus aller Lächerlichkeit heraus. Nichts hat der Kölner Karneval mit der Basler Fastnacht gemein, und sind doch beide rheinisch.

Gleiche Rechtsprechung gilt heute für das linke wie das rechte Ufer; durch stabile Brücken sind sie scheinbar auf ewig wieder miteinander verbunden; fröhlich, emsig, unermüdlich fahren die Lastkähne rheinaufwärts und zu Tal, von Basel bis Rotterdam. Keine Zollkanonen schießen ihm Warnschüsse vor den Bug, keine gierigen Stadtväter, keine bankrotten Kurfürsten üben mehr Stapelrecht aus; die Raubritterburgen sind Ruinen, die Nibelungen ein großartiger Traum; Besatzungen sind ein Dauerzustand, jede Armee, mag sie auch die eigene Sprache sprechen, wird als Besatzung empfunden; zu oft waren es drei, vier Armeen, sprachen alle die gleiche, die eigene Sprache, kämpften erst mit-, dann gegeneinander, wechselten die Fronten; wer wollte sich da noch auskennen?

Das neunzehnte Jahrhundert erst brachte den Erzfreund und Erzfeind: den Touristen. Der Rhein wurde Ware. Landschaft ließ sich in klingende Münze verwandeln, Landschaft, die eine unersetzliche Eigenschaft bewies: sie war unverschleißbar. Millionen Augenpaare haben den Blick vom Drachenfels ins Rheintal getan: unverändert blieb der Anblick. Millionen Augenpaare blickten von Dampfern aus auf die Ruinen der Raubritterburgen: sie blieben – mit einiger Nachhilfe – stehen. Ein unersetzliches Panorama, von jedem besungen, der je einen Vers zu schmieden vermochte. Ich weiß nicht, was soll es bedeuten. Harte Herzen, kalte Hirne, starke Männer wurden weich, warm und schwach, wenn sie per Dampfer von Bonn bis Rüdesheim durch diese düstere, großartige Urlandschaft fuhren, die der Rhein geformt hat und immer noch beherrscht. Er blieb die Majestät, läßt alles, was an seinen Ufern geschieht, als vorübergehend erscheinen. Wenn die lehmigen Fluten der Hochwasser über Promenaden und Kais in Ausfluglokale steigen, wenn die Anlegebrücken nicht mehr abwärts in freundliche Dampfer, sondern aufwärts in einen dunkelgrauen Himmel führen, ist nur noch das drohende Gemurmel des Wassers zu hören. Nördlich Bonns, wo der Rhein aus der Enge der Berge in die Ebene tritt, lädt er weit aus, wälzt sich dunkel an ängstlichen Dörfern vorbei, bedroht sogar Köln, seine heimliche Königin. Alles, was sich an seinen Ufern tut und getan hat, erscheint wie ein Witz, der erst zwei Jahrtausende währt, wie ein zweiter, dritter, vierter Traum von Dauer, auch die gewaltigen Industriekulissen, die sich in törichtem Optimismus immer dichter, immer aufdringlicher auftun. Nicht einmal der Industriedreck, der den Rhein zum schmutzigsten Fluß Europas macht, nimmt ihm seine Majestät; er kann sehr wohl schmutzig und majestätisch sein.

Was rheinisch ist, haben lange Zeit die Verseschmiede bestimmt; für sie fing der Rhein bei Rüdesheim an und hörte bei Bonn auf. Die Strecke zwischen Bonn und Rüdesheim macht kaum ein Zehntel der Länge des Rheins aus. Ein strenger Geist wie Stefan George war rheinisch und eine so weiche, schwermütige, auf der Basis eines tiefen Humors mit Engeln und Dämonen vertraute Dichterin wie Elisabeth Langgässer. Rheinisch sind die stillen Tabakbauerndörfer am Oberrhein, so sehr voneinander verschiedene Städte wie Köln und Duisburg, Düsseldorf und Mainz; das »Rheinisch« der Verseschmiede ist nicht einmal für die von ihnen besungene Strecke typisch: Weinbau bedeutet harte Arbeit, und der Fremdenverkehr hat nur eine kurze Saison; den größeren Teil des Jahres lebt man abgeschminkt in den Dörfern, die eng und schattig sind, alle ehemalige Fronsiedlungen der Burgen. Wenn sie sich bacchantisch geben, weinlaubbekränzt, so schielt das rheinische Auge doch immer auf die Kasse, die Bilanz, und auch der Humor ist längst zur Ware geworden. Die schönen rheinischen Mädchen, die zu den Madonnen Modell gestanden haben, müssen alle einen kühlen Zug um den Mund, eine spöttische Härte in den Augen gehabt haben. Da blieb gewiß in Hingabe und Zärtlichkeit immer ein Rest jener Vernunft, die mit den Steinen und der Lex auf dem linken Rheinufer nordwärts getragen wurde. Weder Wein noch Tanz oder Gesang spülen die ganze Vernunft weg, und wie vernünftig die rheinischen Mädchen sind, haben die Soldaten aller Armeen erfahren, die je durchs Rheintal zogen: Ehe gebot die Vernunft, und sie siedelten sich an. Daß der Rhein auch eine Liebesgrenze sei, mag als kühne Theorie wirken; es müßte denn Zufall sein, daß die Grenze für die offiziellen Venusquartiere am Rhein entlangläuft (über den Main als Grenze, über den Ausnahmezustand der Hafenstädte wäre in diesem Zusammenhang besonders zu sprechen). Das Unvernünftige der Liebe wird am Rhein durch Vernunft gebändigt. Es gibt Grenzen, die auch der Karneval, der anderswo als Vakanz gilt, nicht auslöscht. Die erhabenste Eigenschaft der Madonna hat auch einen lateinischen Namen.

Zweite Wuppertaler Rede

gehalten am 18. 1. 1960

Der Einladung, hier einige Worte zu sprechen, bin ich gern gefolgt, wenn auch ein Rest von Verlegenheit blieb. Diese Verlegenheit, so scheint mir, gehört zur Natur einer Veranstaltung wie dieser, wo die Gesellschaft öffentlich die Kunst ehrt, und gewiß fühlen ein wenig davon auch die hier Geehrten und die hier Ehrenden. Wie Kunst entsteht, wird immer ein Geheimnis bleiben; es gibt Grade der Annäherung an dieses Geheimnis, aber immer bleibt ein Rest, und dieser Rest, so gering er auch sein mag, muß eine Gesellschaft, wo sie sich institutionell mit der Kunst abgibt, in einem mehr oder weniger hohen Grade der Verlegenheit halten; das herkömmliche »gefällt mir oder gefällt mir nicht« genügt nicht, um den Rest zu löschen; und für den geehrten Künstler ergibt sich die einfache Frage: Verstehen sie mich denn wirklich?

Gottfried Benn hat, indem er die Begriffe Kunstträger, Kulturträger einführte, die Stationen scharf voneinander getrennt. »Der Kulturträger«, so hat Benn geschrieben, ». . . seine Welt besteht aus Humus, Gartenerde, er verarbeitet, pflegt, baut aus, wird hinweisen auf Kunst, sie anbringen, einlaufen lassen, aber prinzipiell verarbeitet er, verbreitert, lockert, sät, weitet aus, er ist horizontal gerichtet, Dauerwellen sind seine Bewegungen, er ist für Kurse, Lehrgänge, glaubt an Geschichte, ist Positivist.«

»Der Kunstträger« – ich zitiere wieder Benn – »ist statistisch asozial, weiß kaum etwas von vor ihm und nach ihm, lebt nur mit seinem inneren Material, für das sammelt er Eindrücke in sich hinein, d. h. zieht sie nach innen, so tief nach innen, bis es sein Material berührt, unruhig macht, zur Entladung treibt. Er ist ganz uninteressiert an Verbreiterung, Flächenwirkung, Aufnahmesteigerung, an Kultur.«

Das Paradoxe ist, so denke ich, daß der Kunstträger der Kultur ihren Humus liefert; er will nicht Kultur machen, versteht nur selten etwas davon, er kann ohne sie leben – die Kultur aber nicht ohne ihn; ich übertreibe, doch Übertreibung ist die Definition der Kunst; in der Übertreibung findet man die Formel, die auch die zahlreichen Mischformen zwischen Kunstträger und Kulturträger noch erklärt. Notwendigerweise entsteht, wenn Künstler und Gesellschaft beieinander sind, eine gewisse Verlegenheit, die nicht einmal durch Zynismus zu löschen wäre. Unausgesprochenes und Unaussprechbares ruht auf jenem Bindestrich, der hier in meinem Manuskript die Worte Kunstträger – Kulturträger voneinander trennt; auf diesem zarten Balken, dem Bindestrich, liegt auch das Wort Tragik, und das ist nun wahrlich ein Wort, das unsere Verlegenheit noch steigert; es gibt kein anderes, um das Verhältnis des Künstlers zur Kultur zu erklären; in dem Augenblick, wo er sein Werk der Gesellschaft übergibt – gleichgültig, ob er verschenkt oder verkauft –, wird es Bestandteil der Kultur; der Bindestrich wird zum Abgrund. Große Worte, ich weiß, Tragik, Abgrund, es gibt keine anderen. Niemand ist wehrloser und so zur Stummheit verdammt wie ein Künstler, der sein Werk der Gesellschaft übergeben hat; mag er privat noch so beredt sein, vor der Kritik – und bestünde sie nur in der Stimme *eines* Freundes –, vor dieser Kritik, die ihn in die Kulturgeschichte einordnet, ihrem Lob und Tadel gegenüber ist er so wehrlos wie ein ABC-Schütze seinem Lehrer gegenüber; je mehr er sich wehrt, je kräftiger er gegen das Tabu der Stummheit, das ihm auferlegt ist, revoltiert – desto mehr verliert er an Würde; er liefert sich freiwillig aus, niemand zwingt ihn dazu, und er sollte wissen, worin diese Auslieferung besteht.

Ich stelle mir vor, ein gewisser rothaariger, verrückter Maler, mit blutgetränktem Kopfverband, der eben sein Ohr abgeschnitten, es in Packpapier gewickelt einer Dirne überreicht hat – dieser Verrückte würde Einlaß in eins unserer Museen begehren, um *seine* Bilder noch einmal zu sehen, möglicherweise noch zu korrigieren; der Museumswärter würde ihn nicht über die Schwelle lassen; der Wärter würde schlimmstenfalls die Polizei holen, bestenfalls den Verrückten beruhigen, ihm eine Pfeife Tabak anbieten, in die Garderobe locken und sich dort mit ihm über die Kartoffelernte unterhalten; seine Bilder würde er nicht zu Gesicht bekommen; darin wären sich gewiß die untersten ästhetischen Instanzen, die Museumswärter, mit den obersten, den Direktoren, einig; würde man die Maler in die Museen lassen, um an ihren Bildern zu korrigieren, die Versicherungen würden die Policen für ungültig erklären lassen; es geht um *Werte.* Zum Bestandteil der Kultur geworden, wird Kunst wertvoll, was sie von Natur nicht ist; sie ist geschenkt; Kultur ist immer aufwendig, Kunst wird unter geringem Aufwand geschaffen; ein Fetzen

Leinwand, Farbe, Pinsel, ein Stoß Papier, ein Bleistift, ein Paket Tabak; welche Summen müssen dagegen aufgebracht werden, wenn es um Kultur geht: ein Plakat für einen Konzertabend kostet mehr als die Herstellung eines Gedichtbands; vielleicht gehört es zur Tragik der Kultur, daß die den Aufwand notwendig braucht. Gedichte werden nur selten auf die Rückseiten von Zigarettenschachteln geschrieben, aber man kann sie darauf schreiben; sie werden dadurch nicht besser, als sie sind – aber auch nicht schlechter. Kultur ist aufwendig, während der Künstler verschwenderisch ist, *er braucht Verschwendung,* weil sie ihm das Gefühl gibt, der Vergänglichkeit, die er permanent und intensiv wie einen Rausch spürt, einen Fetzen Dauer zu entreißen; das Dauerhafte oder Nichtdauerhafte seiner Kunst läßt ihn vollkommen kalt, und der sozialen Dauer traut er noch weniger; Kultur dagegen – wieder ein Paradox – sorgt sich um das Dauerhafte der Kunst; für den Künstler ist die so selbstverständlich, daß er sie vergessen kann, wie die Tatsache, daß er atmet; er trifft sich mit dem Kulturlosen, der weder für Kunst noch für Kultur ein Organ hat, auf den Ebenen der Banalität, während der Kulturtragende Tag und Nacht an beide denken muß. Gewiß hat das Verhältnis Künstler – Kultur komische Züge, doch Komik schließt die Tragik nicht aus.

Über den Bindestrich hinweg gibt es keine stabile Brücke, die schwachen Brücken sind die, die sich als solche anbieten, weil sie das Geheimnis entziffert zu haben glauben; sie rufen ihre Formel über den Abgrund hinüber, es kommt keine Antwort, nicht einmal ein Echo aus der tiefen Schlucht. Trinkt William Faulkner gern Whisky? Sind seine Werke ohne diesen undenkbar? Ich weiß es nicht, ich weiß nur, daß Whiskytrinken noch keinen Faulkner macht. Gefragt, worin das Geheimnis der Kunst bestehe, hat Faulkner geantwortet: neunundneunzig Prozent Talent, neunundneunzig Prozent Disziplin, neunundneunzig Prozent Arbeit; man könnte hinzufügen: neunundneunzig Prozent Ruhe plus neunundneunzig Prozent Unruhe. Die Rechnung geht nicht auf, die Formel ist nicht zu finden; das hat nicht nur tausend Namen, das Mischungsverhältnis, in dem diese tausend Namen sich mischen, wechselt von Sekunde zu Sekunde; wer über den Abgrund hinüberrufen würde: Trinkt Whisky!, wäre so falsch beraten wie der, der rufen würde: Trinkt keinen! An allen Optiken ist etwas Wahres, an der soziologischen, der psy-

chologischen, an der ästhetischen – nur weiß niemand zu sagen, der wievielte Teil vom Ganzen wahr ist.
So bleibt der Rest Schweigen, bleibt die Tragik, die uns verlegen macht, weil wir nicht wissen, wohin mit diesem großen Wort; ich habe kein kleineres zu bieten. Jeder Künstler, wenn auch nur zu einem Bruchteil, der kaum noch ausdrückbar wäre, hat etwas von diesem rothaarigen Verrückten, der Einlaß ins Museum begehrt, ihn aber verweigert bekommt, weil sein Werk nicht sein ist und weil seine Kleider, sein Gebaren der Würde des Ortes nicht gemäß sind, und gewiß würde keiner den Museumsbeamten tadeln; dem Verhältnis der beiden ist mit dem Wort Schuld nicht beizukommen – und so bleibt das große Wort stehen.
Welcher Autor könnte sich ganz der Verlegenheit erwehren, wenn er nach der Premiere seines Stücks auf die Bühne muß, und wann stünde sein Honorar je in einem vernünftigen Verhältnis zu den Kosten der Inszenierung?
Ich wollte Sie nicht etwa in Verlegenheit *setzen*, habe nur versucht, jene Verlegenheiten, die vorhanden sind, zu erklären, einen Teil des Unausgesprochenen auszusprechen, das Unaussprechbare zu lassen. Die Tragödien, in denen das Komische fehlte, sind mir immer weniger ernst vorgekommen als die, in denen es seinen Platz hatte. Weder der Künstler noch der Kulturtragende weiß, was er anrichtet; ein Bild hat so viele Leben, wie Blicke darauf fallen, ein Musikwerk halb so viele, wie Ohren es hören; die Kunst ist dazu da, der Gesellschaft übergeben zu werden, doch wer sie ihr übergibt, weiß so wenig, was er tut, wie der, der sie gesellschaftsfähig, zum Bestandteil der Kultur macht; wer die Künstler ehrt, wie es hier in dieser ernsten und fleißigen Stadt auf eine liebenswerte Weise geschieht, ehrt immer den rothaarigen Verrückten mit und die Unzähligen, die der Tod noch wehrloser gemacht hat, als wir Lebende sind; vor den Toten sind wir nicht wichtig genug, um die sozusagen abstrakt vorhandene Verlegenheit nicht zu vergessen und uns dieser Ehrung, die ihnen und uns zuteil wird, ohne jede Einschränkung zu erfreuen. Und wenn ich im Namen der Preisgekrönten hier sehr herzlich danke, wird der Bindestrich frei von seiner symbolischen Fracht und auf sein natürliches Maß zurückgeführt.

Antwort auf eine Umfrage zu antisemitischen Ausschreitungen

1. Ich sehe keinen Widerspruch zwischen dem ersten und dem zweiten Teil Ihrer Frage; ich halte die Verwendung der Vokabel »Halbstarke« für den Ausdruck einer Geistigkeit, die mir so widerwärtig ist wie der Antisemitismus; auch dieses Wort zielt auf die Schaffung einer Prügelknabengruppe. Halbstark – wenn man das Wort richtig anwenden will – sind in der Bundesrepublik zu viele Erwachsene.
Ich fürchte nicht die Gefahr krimineller Aktionen von antisemitischen und neonazistischen Gruppen, sondern die gewaltige Masse vollkommen indifferenter Demokraten. Der Verbraucher hat das Wort.
2. Ich glaube, daß die Zahl der Antisemiten nicht größer, aber auch nicht geringer ist, als sie im Jahr 1933 war. Ihr Vorhandensein bedeutet nicht unbedingt den Beginn eines Rückfalls, aber es wäre töricht, sich auf Gesetze allein zu verlassen. Es gibt auch Steuergesetze, aber es gilt durchaus nicht als schädigend für das gesellschaftliche Ansehen, sich gegen diese Gesetze zu vergehen. Im Gegenteil: es gilt als beliebter und freudig betriebener Bundessport. Erst wenn antisemitische Äußerungen als gesellschaftlich diffamierend gelten (so wie es etwa als gesellschaftlich diffamierend gilt, für Verhandlungen mit Polen, die Oder-Neisse-Linie betreffend, zu sein), ist die Gefahr überwunden.
3. Die einzige Möglichkeit, Unheil zu verhindern, sehe ich in der Notwendigkeit, die Jugend mit der Geschichte zu konfrontieren, der Ansteckung mit dem Bazillus vorzubeugen: Unterweisung, Diskussion, die erwachsenen Halbstarken zu klaren Äußerungen zu zwingen. Wer unbedingt seinen Trotz durch Malereien Ausdruck geben muß, soll meinetwegen an die Wände malen: Nieder mit der Regierung! Das tut niemandem weh.

Zeichen an der Wand

In der Behandlung, die das Verhältnis der Deutschen zu ihren jüdischen Mitbürgern seit dem Ereignis in Köln erfahren hat, zeigt sich, daß unsere Vergangenheit sich immer weiter von dem Punkt entfernt, wo sie hätte bewältigt werden können. Die Berliner Jugendlichen, die ihrer makabren Malereien wegen bestraft wurden, waren fast alle Kriegswaisen, bei ihnen zu Hause war nie über Politik gesprochen worden: kein Wunder, daß sie düsteren Einflüsterungen unterlagen; indem man die Jungen bestrafte, hat man funktioniert; Recht ist Recht und so weiter, gewiß, und doch wird kein Jurist bestreiten, daß im Funktionieren der Paragraphen sich eine gewisse Heuchelei zeigt, eine abstrakte, von der Person des Richters und Anklägers unabhängige; gewiß gilt das Delikt der Jungen in gewissen Kreisen als Kavaliersdelikt, ihre Bestrafung als Ehre, ihre Buße als Martyrium, und dieser dumpfen und stummen Gefühlswelt wird mit Paragraphen nie beizukommen sein. Es gibt auch Steuergesetze, sehr harte, und doch findet kaum jemand etwas darin, dem Finanzamt ein Schnippchen zu schlagen; wenn man reinfällt: Pech gehabt; daß Steuerdelikte und antisemitische Äußerungen offiziell bestraft werden, ist eine Selbstverständlichkeit; es ist immer heikel, das Selbstverständliche so laut zu betonen; es gibt auch Gesetze gegen Homosexualität in unserem Staate, gegen Schwangerschaftsunterbrechungen; wer geschnappt wird, hat Pech gehabt; im übrigen stehen die entsprechenden Paragraphen als Zeichen unserer Untadeligkeit; weiße Weste vorgeschrieben.
Dasselbe gilt für die offiziellen Äußerungen: des Bundeskanzlers, des Bundestags, der Minister; mögen sie alle im einzelnen beschämt und bestürzt gewesen sein; ihrer Scham und Bestürzung war notwendigerweise etwas beigemischt, das zur Natur ihres Amtes, nicht zu ihrer Person gehört: ein politisches Interesse: außenpolitisches, innenpolitisches, handelspolitisches, militärpolitisches Interesse; welchen Schrecken muß es den jüdischen Bürgern der Bundesrepublik einflößen, zum Gegenstand solcher Interessen zu werden. Was würde sein, wenn handelspolitisch etwas danebengeht, wenn die Gipfelkonferenz andere Ergebnisse zeitigt, als man in Bonn zu erwarten scheint: nicht die Schmierer werden schuld sein – das waren ja nur Saboteure,

dumme Jungen, Irregeführte, waren nur wenige; werden nicht indirekt die Juden schuld sein, schuld durch das Schicksal, das sie erlitten, das ein Teil unseres Schicksals geworden ist. Bewältigt ist ein schönes Wort, schöner noch: überwältigt; wir haben weder das eine getan, noch sind wir das andere. Der Schnitt, der uns von der Vergangenheit trennen könnte, ist nicht vollzogen worden. Es hätte einer Revolution bedurft, uns von ihr zu trennen; die äußere Revolution hat nicht stattgefunden, die innere scheitert an dem mangelnden Mut, uns von politischen Traditionen zu trennen, die in dieser unbewältigten Vergangenheit wurzeln; man kann nicht Orden *ohne* Hakenkreuz tragen, die *mit* Hakenkreuz verliehen worden sind; man kann sich nicht Worte wie Ehre, Tapferkeit, Überlieferung, Kampf gegen den Bolschewismus aus einem Knäuel von Worten herausnehmen, die guten ins Töpfchen und die schlechten ins Kröpfchen tun; mag man persönlich so untadelig wie möglich gewesen sein, den Orden für eine Tat verliehen bekommen haben, die nicht schlechter war als die Taten, für die in vergangenen Zeiten eben Orden verliehen wurden; es gibt diesen Rückzug auf die persönliche Untadeligkeit, diese sentimentale Betonung der eigenen Anständigkeit nicht, wenn das Inhumane neben einem, um einen herum unter denselben Zeichen funktionierte, mit denen man seine Tapferkeit, seine Anständigkeit bescheinigt bekam, und sind nicht alle Orden, einstmals Zeichen einer möglichen ritterlichen Brüderlichkeit, in dem Augenblick sinnlos und wertlos, wo auch nur ein einziger ihrer Träger einer Tatsache wegen bestraft worden ist, die unter einen der Paragraphen fiele, die mit ihren weißen Westen als die Zeichen unserer Wohlanständigkeit wie ein Wald aus Schneeglöckchen um uns herumstehen? Ich nehme die Orden nur als ein Beispiel; es gibt deren mehr: von der Autobahn bis zur Beseitigung der Arbeitslosigkeit, von den Errungenschaften der Sozialpolitik bis zum Abenteuer, das jedem so bereitwillig und kostenlos gestattet wurde, und die Macht, die in kleiner Münze jedem ausgezahlt wurde, der Lust hatte, sie zu nehmen: Macht über Leben und Tod russischer und polnischer Kriegsgefangener und Zivilisten, über Holländer, Belgier und Italiener, Franzosen, Ungarn und Jugoslawen; das Echo von der Lust jener Tage klingt noch kräftig nach, an den Theken der Bierkneipen so kräftig wie in den Salons der Bürger. Man kann nicht das eine nehmen und das andere vergessen oder leugnen.

Der Schnitt ist nicht vollzogen worden, die Revolution steht noch aus; die äußere gescheitert, die innere ist nicht einmal als Formel da, nicht einmal als Möglichkeit; das wird bewiesen durch die Wirkung der Zeichen, die an die Wände geschrieben wurden: selbst wenn alle Hakenkreuze von Saboteuren und Flegeln aufgemalt worden wären, so wäre damit doch nicht die Tatsache ausgelöscht, daß ein Hakenkreuz, in unserem Staat auf eine Synagoge gemalt, jene Vergangenheit zu wecken vermag, die noch nicht vergangen ist. Selbst wenn ein Irrer ein Hakenkreuz an eine Synagoge malen würde: es wäre ein Zeichen an der Wand, das mehr bedeutet, als dem Irren im Sinn stand. Zeichen bedeuten immer mehr als die, die sie geben; ein Sechsjähriger kann morgen ein Hakenkreuz an eine Synagoge malen, er wäre vollkommen unschuldig, und doch gäbe er das Zeichen. So ist uns mit allen Ergebnissen kriminalistischer Findigkeit wenig gedient, so wenig wie mit den unzähligen offiziellen Erklärungen und Kundgebungen; es geht nicht darum, zu beweisen, ob die Bundesrepublik ein Staat voller Antisemiten ist oder nicht; es gab deren hierzulande im Jahre 1933 kaum mehr als in anderen Staaten, und doch ist geschehen, was geschehen ist. Eine unschuldige Kinderhand, mit einem Stück Kreide bewaffnet, kann es erwecken.

Erst wenn das Selbstverständliche sich gesellschaftlich bestätigt, wird es den jüdischen Bürgern dieses Staates möglich sein, ohne Beklemmung hier zu leben. Ob die Reaktion jenes Teils der ausländischen Presse, die handelspolitische Repressalien fordern oder das Verhängnis den Schlagzeilen ausliefern, die jüdischen Bürger unseres Staates beruhigen können, weiß ich nicht. Ich möchte meinen, daß es schrecklich sein muß, auf diese Weise ausgehandelt, ausgespielt zu werden; für handelspolitische Repressalien sollte man andere Gründe suchen und finden als solche, die mit diesem Verhältnis der Deutschen zu ihren jüdischen Mitbürgern zusammenhängen; die Androhung eines Boykotts ist in diesem Zusammenhang verhängnisvoll und beweist, daß ihre Urheber weniger begriffen haben als die Verantwortlichen hier: die Zeichen an der Wand gelten nicht für den Staat, in dem wir leben, er braucht sich offiziell ihretwegen nicht zu entschuldigen; die Paragraphen des geltenden Gesetzbuchs sind Visitenkarte genug; was in diesem Staat geschehen muß, muß privat geschehen, auf jeder gesellschaftlichen Ebene; da, wo man miteinander Kaffee trinkt oder miteinander im Abteil fährt; der Schnitt muß vollzogen werden, und man muß den Mut haben, Gefühle zu verletzen, die in der Vergangenheit wurzeln, muß den Mut auch haben auf Kosten politischer Interessen.

Zur neuen Übersetzung von Synge

Was Synge im Jahr 1907 in seinem Vorwort zum *Playboy* über den Reichtum an Poesie schrieb, der in Irland die Alltagssprache erfülle, trifft, mit nur geringen Einschränkungen, auch auf das heutige Irland noch zu. Man braucht in Irland nur eine alte Bäuerin nach dem Weg, nach dem nächsten Hotel zu fragen; wenn sie den Mund öffnet, spricht sie Poesie, das heißt, sie übertreibt: einfache Felsen, an denen der Weg vorbeiführt, werden zu sagenumwobenen Gebilden, eine simple Wegbiegung zu »der Stelle, wo Dermot O'Malley mit Brendan Molloy um die schöne Mary Kelleher kämpfte«; blumige Floskeln, die völlig natürlich wirken, entströmen dem Mund der alten Frau, Poesie ist ihr selbstverständlich, ist weit davon entfernt, künstlich gezüchtete Folklore zu sein; sie spricht »wie gedruckt«, mag sie auch das Lesen nie gelernt oder inzwischen wieder verlernt haben. Sprache ist Natur – kein Wunder, daß in diesem Land die Dichter gedeihen, wie anderswo die Fabriken. Kein Zufall, daß dieses kleine Land, das kaum mehr Einwohner hat als Berlin, der Welt so viele Dichter geschenkt hat: von Swift bis Joyce, O'Casey, O'Connor, Beckett, Yeats, Cary, Durrell und Shaw, und den großen Amerikaner, der einen so typisch irischen Namen trug: O'Neill. Die genauen Ursachen für diesen geheimnisvollen Reichtum herauszufinden, mag den Historikern und Sprachforschern vorbehalten bleiben; ich kann hier nur einige Vermutungen äußern: die leidenschaftliche Wortkultur der Kelten, ihre unbezähmbare, oft grausame Phantasie; die Tatsache, daß sich in Irland, wo es jahrhundertelang verboten war, gälisch zu sprechen, die keltische Imaginationskraft dem Englischen mitgeteilt hat, es zu einer besonderen, der irischen Blüte trieb; es ist derselbe Geist, dieselbe Kraft, die den Walliser Dylan Thomas zu einem der größten Dichter machte, der noch in seinen Stücken und seiner Prosa »nur« das Alltägliche, das Lokale zum Gegenstand wählte. Dieser Geist und diese Kraft machen zur Weltliteratur, was anderswo als »provinziell« wirken würde. Auch Joyce' *Ulysses* ist nur ein Lokalroman, durch die Sprachgewalt und die beängstigende geistige Konsequenz ist er Weltliteratur geworden, so groß wie Swift, wie, auf eine andere Weise, Shaw, auf wieder andere Weise Beckett. Wo sich diese natürliche Begabung zur

Sprache, der gleichsam geschenkte Stil, mit einem Geist trifft, der fähig ist, dem naiv Dahinströmenden Struktur zu geben, es in Form zu zwingen, entsteht jene Größe, die dieses kleine Irland zur Heimat großer Dichter, zu einer Provinz, und nicht der geringsten, der Weltliteratur gemacht hat. Mag Synges Theorie von der Poesielosigkeit der großen Städte sich auch als irrig erwiesen haben, frühestens schon bei Dickens, spätestens bei seinem Landsmann Joyce, und gewiß in den vielen Großstadtromanen der zwanziger und dreißiger Jahre – seine Theorie von der Poesie der Alltagssprache, die in etwa der Lutherschen von »dem Volk aufs Maul schauen« verwandt ist, hat sich auch für die Gegenwartsliteratur als richtig erwiesen; das Volk der großen Städte hat sich gegen die drohende Verkümmerung der Sprache, die Schablonisierung durch Industrie und Reklame gewehrt: im Slang lebt die alte poetische Kraft wieder auf, in den Berufssprachen der Kellner, der Taxichauffeure, an denen, die fast unbekannte, versunkene Handwerke und Beschäftigungen ausüben, erneuert sich die Sprache, und es sind meistens die Intellektuellen, die diese Schätze heben; Jugendlichengruppen bilden sich eigene Sprachen, manchmal Familien; jedenfalls: die Sprache lebt weiter.

Synges Stück *The Playboy of the Western World* erwies sich nach mehr als fünfzig Jahren – und fünfzig Jahre sind eine unendlich lange Zeit, wo ganze Literaturen so rasch verschleißen – als ein Stück von erstaunlicher Frische; vielleicht liegt es daran, daß die Landschaft, in der es spielt, sich in den fünfzig Jahren so wenig verändert hat; dort, wo es ungefähr beheimatet sein muß, zwischen Mulranny und Belmullet, an der Blacksod-Bay, ist die Besiedelung eher dünner als dichter geworden, sind auch heute noch – trotz Auto und Touring Bus – die Fremden selten, und ein junger Mann, der väterlichen Tyrannei überdrüssig, der Spötteleien im Dorf satt, könnte gut auch heute noch dort in eine ländliche Kneipe einkehren und der hübschen Wirtstochter während »Himself«, der Chef, sich auf einer Totenwache betrinkt, den Helden vorspielen, ihr Herz gewinnen – und er hätte jede Chance, von den Dorfmädchen wie ein Weltwunder bestaunt und wie ein junger Gott mit den Gaben, wie sie ein Dorf zu bieten hat, beschenkt zu werden; und er würde – wie dieser »wahre Held« – sich durch Worte derart in sein Heldentum hineinsteigern, daß er schließlich einer wird, sogar wie ein solcher handelt, denn alle Helden – das ist die Weisheit des Stückes – sind Helden der Situation; man kann nie ein Held werden, wenn man nicht eine Chance bekommt, sich als solchen zu erweisen, und es ist gewiß eine Art Wunder, daß dieser schüchterne, harmlose, daheim als Trottel bekannte, verlachte Christopher Mahon, der den Namen eines berühmten französischen Marschalls trägt, tatsächlich Größe gewinnt, durch Worte, Worte, nichts als Worte – und durch die Situation; so wird die Komödie vollkommen; der »Held« des Stücks wandelt sich, der schüchterne, harmlose Dorftrottel zieht als der wahre Sieger davon. Es ist sehr irisch, fast wie ein Schlüssel zum Verständnis der scheinbaren und wirklichen Grausamkeit des Stücks, was Pegeen, die hübsche Wirtstochter, sagt: »Der Fremde, der daherkam und große Reden führte, war mir wie ein Wunder, aber dann habe ich die Schlägerei vor dem Haus gesehen und den Hieb mit der Hacke, und jetzt erkenne ich den Abgrund zwischen einer Heldensage und der schmutzigen Wirklichkeit.«

Theaterstücke bestehen aus Worten, ein paar Kulissen und aus denen, die die Worte in einer bestimmten, vom Autor vorgeschriebenen Weise sprechen, entsprechende Bewegungen dazu machen; in diesem Stück siegt wirklich das Wort: sobald die erfundene Heldentat schmutzige Wirklichkeit zu werden droht, wird sie dumm, hat keine Größe mehr. Und der wahre Held bleibt ein Wortheld, wird homerisch.

Das Wort *Playboy* erwies sich als unübersetzbar; es hätte der Zusammensetzung vieler deutscher Wörter bedurft, um es auch nur annähernd zu übersetzen: Tändler, Schwätzer, Schürzenjäger, Nichtstuer, Schwindler, Angeber, Liebling, vieler Worte mehr, ein bißchen von jedem, und in einem unmöglich zu bestimmenden Mischungsverhältnis; auch in den englischen Lexika, selbst in den dicksten, also genauesten, hat es nur geringen Raum, in den meisten gar keinen. Es wäre möglich gewesen, es bei »Playboy« zu belassen, doch dann wäre eine weitere, nicht geringere Schwierigkeit aufgetaucht: die »westliche Welt«; dieser Begriff wäre in jedem Falle mißverständlich gewesen, denn, was westlich ist, hängt davon ab, wo gerade Osten liegt; gewiß ist die Sowjetunion für die Chinesen die »westliche Welt«; der Begriff, für Synge noch klar – denn der Westen Irlands ist für die Dubliner ein Begriff –, ist zu relativ geworden, daß man ihn noch hätte übernehmen können; ob für die Polen die DDR »westliche

Welt« ist, obwohl sie westlich von Polen liegt? So schien es uns, den Übersetzern, angemessen, auf die Bezeichnung der Himmelsrichtung zu verzichten wie auf den »Playboy«; das Wort Held hat ja auch im Deutschen viele Bedeutungen zwischen der ernstesten und der komischen.

Über Synge, »Ein wahrer Held«

Das Spiel, das Sie in wenigen Minuten sehen werden, meine Damen und Herren, ist ein Lustspiel, vor mehr als fünfzig Jahren in Dublin uraufgeführt, gehört es seitdem zum klassischen Theaterbestand der englischsprechenden Welt; das Spiel ist eine Ausnahme: es ist ein Volksstück und doch große Literatur, es ist kompromißlos, es ist provinziell und hat doch die Welt erobert. Der Held des Stücks ist ein Wortheld, er wird während des Spiels durch Worte zum Helden; es ist schon eine Art Wunder, daß der schüchterne, harmlose, daheim als Dorftrottel verlachte Christopher Mahon durch Worte – nichts als Worte zum wahren Helden wird. Mit Tränen in den Augen sieht die Braut ihn von dannen ziehen, sie verliert ihn, weil sie die Tat für wichtiger hielt als das Wort, und sie wird grausamer, als der Held in Wort und Tat je hätte werden können. Der Witz des Spiels ist reiner Wortwitz, und er stammt aus einem Land, wo Übertreibung das Lebenselement ist; es ist ein Witz, der stellenweise grausam erscheint, aber vergessen wir nicht, daß man anderswo milde Worte im Munde führt und grausame Taten begeht, das irische Volk sich am wenigsten von allen europäischen Völkern grausamer Taten rühmen könnte; seine alte und hohe Kultur ist reine Wortkultur; dieses kleine Land, das kaum mehr Einwohner zählt als West-Berlin, hat der Welt viele Dichter geschenkt: von Swift bis James Joyce, von Yeats bis Beckett, Durrell und Cary, so gegensätzliche wie Bernard Shaw und Oscar Wilde. Der Dichter Synge hat dem Volk aufs Maul geschaut, und so ist diese Ausnahme von einem Spiel entstanden. »Mehr als alles Studieren mir hätte helfen können«, schrieb Synge, »half mir eine Ritze im Boden des alten Hauses in Wicklow, wo ich damals wohnte, denn durch diese Ritze hörte ich, was die Mädchen in der Küche einander erzählten.« Was Synge vor fünfzig Jahren schrieb, trifft auch mit nur geringer Einschränkung auf das heutige Irland noch zu; es wohnt Poesie in jeder irischen Zunge, und sie fließt den Iren leicht von den Lippen, ihre Phantasie treibt die uns seltsam erscheinenden Blüten, und gar mancher rühmt sich grausiger Taten, die er nie begangen hat, während man anderswo die grausamen Taten begeht – und sie leugnet. In einem Vorwort zu diesem, seinem Spiel, das Sie jetzt sehen werden, schrieb Synge: »Das Publikum ist der falschen, künstlichen Fröhlichkeit der Operette, die man ihm an Stelle der reichen Freude geboten hat, bis zum Erbrechen überdrüssig; diese reiche Freude findet man nur in einem Stoff, der auch in Wirklichkeit erhaben und wild ist«; erhaben und wild – der künstlichen Fröhlichkeit der Operette überdrüssig, das klingt sehr frisch, klingt wahr, so unvermindert frisch wie dieses Stück nach fünfzig Jahren noch ist.

Über den Roman

Es erscheint mir unmöglich, eine Diskussion über den Roman mit Begriffen wie »moderner Roman«, »Roman der Gegenwart« zu führen, wenn nicht geklärt wird, was unter »modern«, unter »Gegenwart« zu verstehen sei. Günter Grass und Alain Robbe-Grillet sind beide Romanciers der Gegenwart, sie sind fast gleichaltrig, und doch sind ihre Romane weiter voneinander entfernt, als etwa die Romane von Georges Bernanos und Thomas Mann voneinander entfernt sind.

Wer ist, wer war modern, wer schreibt den Roman der Gegenwart? Albert Camus' Werk ist sehr gegenwärtig, es ist im allerstrengsten Sinn modern; und doch ist Faulkner – in anderer Richtung als die Genannten, Welten von Camus entfernt – nicht weniger gegenwärtig, nicht weniger modern, und jeder einzelne der hier Genannten hat und hatte sein eigenes Modell.

Auf der ganzen Erde wird am Roman der Gegenwart geschrieben, und ich sehe nirgendwo jene Gemeinsamkeit, die den Ausdruck »Roman der Gegenwart« für ein bestimmtes Muster verbindlich machen könnte. Die beiden Green(e)s, Julien und Graham, schreiben am Roman der Gegenwart, sind fast gleichaltrig, und doch: würde man auch nur die geringste verbindliche Gemeinsamkeit bei ihnen suchen, man könnte ebensogut versuchen, bei Cocteau und Camus Gemeinsames zu entdecken. Wäre schon eine Diskussion über die Frage, was Gegenwart, was gegenwärtig sei, zur Endlosigkeit verdammt, die Frage nach dem Roman der Gegenwart hätte noch weniger Aussicht, einen Beschluß zu finden.

Ich glaube zu verstehen, wenn man sich dagegen wehrt, daß Verzweiflung ein verbindliches Ingredienz des modernen Romans zu sein habe; wir neigen dazu, Verzweiflung ernster zu nehmen als das, was man »entfesselte Humorigkeit« nennt: *billiger Humor ist rasch entlarvt, auf billige Verzweiflung fallen wir leichter herein.* Wie billige Humoristen oft ein lustloses Leben führen, führen die Prediger der billigen, der modischen Verzweiflung oft ein recht vergnügliches Leben; auch bei Verzweiflung, soweit sie sich in der Literatur manifestiert, gibt es Qualitätsunterschiede. Als Ordinate allein ist sie wertlos, erst mit der Abszisse Verantwortung erhält sie Wert. Verantwortung des Romanciers, das ist ein großes Wort; ich finde kein kleineres.

Der Roman, das ständig totgesagte Kind, eigentlich noch zu jung, um zu sterben, jetzt gegenwärtig, bald der Vergangenheit angehörig, ist nicht sehr voll von homerischem Gelächter. Er scheint tatsächlich den Humor verloren zu haben. Das hat seine Ursachen. Die Atempausen zwischen den Katastrophen waren zu kurz, ihn wiederzufinden, und schon tritt eine neue Bedrohung auf, die alle bisher geträumten Vernichtungsträume zu harmlosen Alpdrücken degradiert: die Vorstellung von Satelliten, die, mit Atombomben geladen, die Erde umkreisen, an jeder gewünschten Stelle ihre Fracht abladen können, ist nicht mehr illusorisch.

Der Fortschritt ist absolut humorlos, weil er den Optimisten ausgeliefert ist. *Wer im Angesicht solcher Bedrohung nicht Selbstmord begeht, lebt entweder automatisch weiter, auf Grund jenes törichten Optimismus, den etwa eine Uhr ausströmt, indem sie weitertickt – oder muß jenes Gran Humor besitzen, das ihn wenigstens zeitweise des Gefühls der eigenen Wichtigkeit enthebt.*

An diesem Punkt, so scheint mir, fängt die Verantwortung an, die Verantwortung dessen, der überhaupt noch eine einzige Zeile schreibt; vielleicht wird es den *»automatischen« Roman* geben, der sozusagen die letzten Zuckungen der Menschheit, die sich über Jahre und Jahrzehnte hinziehen können, registriert; als Modell großartig, ein Kunstwerk von hohen Graden und in sich notwendigerweise verzweifelt, konsequent und böse; seitenlang wird in diesem »automatischen« Roman nichts anderes beschrieben, als wie ein Kind sich ein Butterbrot schmiert oder eine Kuh wiederkäut; die Satelliten werden nicht genannt, aber jeder weiß, daß sie da sind.

Dieser Roman, der automatische, wäre die Konsequenz für alle Romanciers, die nur eine einzige Verantwortung kennen: die ihrer Kunst gegenüber. Wer aber noch irgendeine andere Verantwortung anerkennt, als Christ, als Sozialist, sei es nur als vager Liberaler, der einem gewissen Humanismus anhängt – wird sich an jenes Gran Humor (ein Minimum, es darf auch etwas mehr sein) halten, das allein ihm das Weiterleben auf dieser Erde möglich macht.

Die totale Kunst, die immer von Fanatikern betrieben wird, führt auf den oben beschriebenen Weg; aber jeder Künstler, der irgendeine andere Verbindlichkeit anerkennt – wären es auch geringere als Christ oder Sozialist, etwa: Vater, Franzose, oder nur: Nichtraucher, irgendeine –, kann nicht dem Fanatismus huldigen, dessen Ergebnis das ist, was Ernst Kreuder das Modell der Verzweiflung nennt.

Was mich daran zweifeln läßt, daß dieser automatische Roman der absoluten Humorlosigkeit zustande kommt, ist die Tatsache, daß einer, der Romane schreibt, auf recht lange Strecken mit seiner Kunst zusammenlebt. Beim Schreiben eines Romans werden Liebe und Dauer auf eine Weise vereint, die jeden Ehetheoretiker neidisch machen müßte. Und wie könnte man verheiratet sein, ohne zeitweise zu vergessen, daß man es ist?

Wer hierzulande das Wort Humor in die Debatte wirft (gar, wenn es um etwas so Ernstes wie den Roman geht), wird zweifellos sofort der »Etappenhasenkomik« verdächtigt; aber Klamottenscherze haben nichts mit Humor zu tun, er hat nie rein irdische, immer, wenigstens zu einem Gran, metaphysische Qualität.

Ich wage es, ihn erhaben zu nennen, und ein Künstler sollte, gerade, weil er einer ist, fähig sein, auch über seine Kunst erhaben zu sein, und diese Erhabenheit darf er getrost in seine Mitteilung einflechten.

Register-Demokratie

Über Karl Richter, »Die trojanische Herde«

Herrn Fladung in Düsseldorf müssen nach Erscheinen dieses Buches endlich die Ohren geklungen haben; man sprach bisher so wenig von ihm, jetzt tut man's endlich. Und Herr Fladung wird sich viel wichtiger vorkommen, als er ist. Als Chef eines Hirntrusts bezeichnet zu werden, die eigentliche Hauptfigur eines ganzen Buches zu sein, das ist schon eine Sache, mögen auch die Enthüllungen oft recht peinlicher Art sein. Wir leben offenbar im Zeitalter der Enthüllungen; wenn der Striptease in die Politik getragen wird, bleibt weniger Scham übrig, als wenn er in einem Nachtklub verübt wird, wo immerhin Jugendliche ausgeschlossen sind. Dieses Buch, hauptsächlich für Lehrende bestimmt (an solche wird es kostenlos verschickt), ist angetan, auch die letzten Fünkchen politischen Mutes, die es unter der Lehrerschaft noch geben mag, endgültig zu ersticken. Hinter dem hübschen Titel verbergen sich zwar nur totale Langeweile und Wichtigtuerei, aber wenn man's den Deutschen langweilig sagt und wichtigtuerisch, kann man auf einigen Erfolg zählen.
Was Herr Richter hier zu enthüllen hat, weiß jeder mit einigem Instinkt Begabte schon längst; man erkennt den Eifer gewisser Kreise und ihre Großzügigkeit doch schon an der Verschwendung, die sie mit dem Porto üben: Da werden einem an friedlichen Nachmittagen Eilbriefe mit Rückporto für Eilbrief ins Haus gebracht; wenn der Postbote klingelt, glaubt man doch, die Großmutter wäre erkrankt, oder der Sohn auf einer Radtour verunglückt; eines Telegramms gewärtig, eilt man die Treppe hinunter, wird durch einen Eilbrief überrascht, dem die Briefmarke so korrekt aufgeklebt ist, daß sie schon Verdacht erregt; sieht man den Brief genauer an, verwandelt sich die vorübergehende Erleichterung in Wut. Deswegen also ist man die Treppe hinuntergelaufen? Es geht um einen Aufruf, den man sofort per Eilboten zurückschicken soll, oder der Brief enthält die Einladung zu einer Tagung, auf der Probleme gelöst werden sollen, an denen alle Weltpolitiker schon seit fünfzehn Jahren vergeblich herumknobelten. Ohne die geringste Gemütsbewegung wirft man den Brief in den Papierkorb und verleibt – nicht ohne leises Unbehagen – das Rückporto seiner Portokasse ein. Die Erfah-

rung im Umgang mit Eilbriefen dieser Art wächst; beim dritten, spätestens beim vierten Brief dieser Art braucht man schon gar nicht mehr auf den Absender zu blicken: man riecht es schon, gewöhnt sich im Laufe der Zeit daran, aus geheimnisvollen Quellen eine Art Porto-Rente zu beziehen, die man sich immerhin durch das Treppensteigen verdient zu haben glaubt.

Die Akribie, mit der Herr Richter auf dreihundert Buchseiten Vorgänge und Zusammenhänge beschreibt, die möglicherweise eines Feuilletons wert wären, ist beklemmend, auf die gleiche Weise humorlos, wie die merkwürdigen Kommissionen und Ausschüsse, die so großzügig mit dem Porto verfahren. Die Genauigkeit, mit der Richter hier Einzelheiten finanzieller Transaktionen aufdeckt, läßt vermuten, daß er den Apparat der absoluten Langeweile nicht nur von außen, sondern auch von innen kennt. Aber anstatt die Tatsache zu beklagen, daß Pankow-Geld in der Bundesrepublik sich in wirkungsloses Porto, in wirkungslose Fahrkarten erster Klasse verwandelt, sollte Richter, der doch gewiß dialektisch geschult ist, eher froh sein, daß die Kassen des Gegners um so große Summen geschwächt werden, die fast völlig wirkungslos bleiben.
Daß Herr Professor X am Soundsovielten soundsoviel Mark Reisespesen quittierte, und Herr Y eine Autoreparatur bezahlt bekam – solche Einzelheiten lassen hinter Richter einen genau Eingeweihten vermuten, aber er trägt seine Enthüllungen nicht wie amüsanten Klatsch vor, sondern mit dem tödlichen Ernst eines politisch Umgekrempelten. Daß jemand (man stelle sich vor!) tatsächlich nach Dresden eingeladen worden ist, daß in Warschau eine Ausstellung westdeutscher Grafik veranstaltet werden konnte, daß eine andere Ausstellung tatsächlich in Ostberlin veranstaltet wurde, – das alles erscheint Herrn Richter schon als der Preisgabe würdiges Verbrechen. Es scheint, als wende er das Denkschema, auf das er trainiert wurde, genau auf die Bundesrepublik an, mit jener absoluten Humorlosigkeit, die zu eben jenem Denkschema gehört. Muß politische Reue sich unbedingt so auszahlen?
Mit solcher Literatur wird allzu eifrig an jenem Eisen geschmiedet, das den Eisernen Vorhang zu einem undurchdringlichen Gitter macht. Gewiß gibt es naive Ost-West-Kontakt-Sektierer, denen man hin und wieder auf eine freundliche Weise klarma-

chen könnte, daß doppelt-schief nicht unbedingt gerade ausmacht, aber wie sollte ein Leser dieses Buches noch irgendeine Gelegenheit, hinter den Eisernen Vorhang zu gelangen und sich aus erster Hand zu informieren, wahrnehmen, wenn eine Ausstellung westdeutscher Grafik in Warschau (!) die Beteiligten schon in das Register des Herrn Richter bringt. Jeder Deutsche sollte jede Gelegenheit wahrnehmen, das Gitter zu durchdringen. Zu viele Informationen aus zweiter, dritter und vierter Hand stehen zu wenigen aus erster Hand gegenüber, und so entstehen Dioptrien, die sich bald als unheilbar herausstellen werden. Richters Optik ist wenig dazu angetan, den Deutschen in der Bundesrepublik die »Augen zu öffnen«; sie verengt eher die Sehschlitze. Wenn die westliche Freiheit nicht auch die Freiheiten des Irrtums, der Torheit, der Naivität einschließt, gibt sie sich selbst preis. Von freiheitlichem Geist ist in diesem Buch nichts zu spüren: es ist die pedantisch aufgezeichnete Story eines Wasserkopfunternehmens, dessen Wirkung auf eine fast lächerliche Weise gering ist. Das würde den geneigten Leser zwar langweilen, ihn aber noch trösten können, da er sich mit der pedantischen Natur dieser typischen Langeweile vertraut machen könnte, und so wäre die Lektüre als ein zwar sauer verdienter, aber immerhin als Gewinn zu bezeichnen, stünde nicht am Schluß das fatale Register, in dem alle erwähnten Personen noch einmal aufgezählt werden.

Genaues Lesen ist eine Tugend, die selten geübt wird, und es ist kaum anzunehmen, daß sehr viele von denen, die das Buch kostenlos ins Haus geschickt bekommen, es von der ersten bis zur letzten Zeile lesen; man darf vermuten, daß sie – frei nach Nick Knatterton – auf folgende Weise scharf kombinieren: Titel, *Trojanische Herde*; Inhalt, Kommunistenfreunde in der Bundesrepublik; das Buch durchgeblättert, und am Ende der Fund. Das Register: Da stehen sie also, alphabetisch geordnet, die Sünder, die schwarz auf weiß preiszugeben Herr Richter sich verpflichtet fühlt. Auf diese Weise benutzt, wird das Buch weit weniger harmlos, als der Verfasser und seine Absichten; es wird – was nicht beabsichtigt war – zum Instrument der Verleumdung. Zumal Herr Richter, wenn er über versuchsweise unterlaufene Veranstaltungen berichtet und die Teilnehmer ins Register aufnimmt, nicht alle aufnimmt. Warum fehlt im Bericht über eine Veranstaltung in Bonn der Name des Vizepräsidenten des Bundestags, Prof. Carlo Schmid? Und wieso wird die Kogge als etwas bezeichnet, was sie nicht ist: eine Vereinigung christlicher Schriftsteller? Unvollständige Pedanterie ist verdächtiger als Schlamperei.

Was ist kölnisch?

Wahrscheinlich assoziiert der Nichtkölner bei kölnisch irgend etwas, das sich – in verschiedenen Mischungsgraden – aus dunkel, fromm, bürgerlich, Dom, Karneval, Rhein, Wein, Mädchen zusammensetzt. Für die Bewohner der Umgebung, die an Samstagen und Sonntagen in die Stadt strömen, hat Köln sehr unterschiedliche, sehr gegensätzliche Anziehung. Köln ist immer noch Pilgerstadt, die Pilgerziele sind für manchen verschwiegener, oft nur scheinbar gegensätzlicher Natur. Wer wird das Gleisdreieck konstruieren, an dem Frömmigkeit, Vernunft, Natur ohne jegliche Kollision auseinanderrangiert werden könnten? Auf einigen Bildern von Max Ernst steht ein Ohr im Mittelpunkt; der zum Ohr gehörige Mund schwebt in einer entfernten Bildecke. Max Ernst, im Bannkreis der Stadt Köln geboren, hat den Bann dieser Stadt gespürt und beschrieben; Mysterium wurde für ihn Magie. In der Kühle des Doms waltet der Pönitentiar seines Amtes; ein Ohr, das hört und doch nicht hört; ein Mund, weit entfernt von diesem Ohr, der lossprechen kann, wovon nicht jeder Pfarrer lossprechen kann. Die Kölner Redensart »Der muß im Dom beichten gehen –« drückt die gleiche, mit Schrecken gemischte Ehrfurcht aus, wie sie im Gefängnis die kleinen Betrüger, Diebe, Gelegenheitskriminelle dem großen Räuber entgegenbringen. Ich habe oft den Gehilfen meines Vaters zugesehen, wenn sie sich über Zeichnungen von Beichtstühlen beugten, das Holz zurichteten, aus Einzelteilen das Gehäuse zusammenbauten; die Kommentare waren so drastisch und kritisch, wie nur ehemalige Katholiken sie geben können, Kommentare von Kommunisten, Atheisten aller Schattierung, und doch gab es eine unsichtbare Grenze, die in Gegenwart eines Kindes niemand je verletzt hätte; auch im Karneval, gerade da, wo er sich aus dem Urgrund der Vulgarität nährt, wird diese Grenze nie verletzt; verletzt wird sie nur da, wo man etwas so vollkommen Unkölnisches wie Fasching mit Karneval verwechselt; Karneval ist vulgär, mit aller Größe und allem Schrecken des Vulgären, aber nie frivol; Fasching ist eine Erfindung der Boheme, der Karneval stammt aus dem Volk, er ist klassenlos, so wie eine ansteckende Krankheit keine Klassenunterschiede kennt. Den Fasching bemerkt man nicht im Leben einer Stadt, man kann ihn ignorieren; in Köln den Karneval ignorieren zu wollen, wäre zwecklos; man kann sich nur aus der Ansteckungszone entfernen. Der Karneval ist ohne das allgegenwärtige Ohr nicht denkbar; es schwebt darüber, ein Max-Ernstsches Ohr; würde ich Vorschläge für ein neues Kölner Stadtwappen zu machen haben, das Ohr wäre ein Bestandteil eines komplizierten Wappens, das über das Kölnische Auskunft geben könnte; der dazugehörige Mund müßte in einer anderen Ecke des Wappens zu sehen sein.

Der Dom würde nicht in mein Wappen passen; daß er so offensichtlich von Bomben verschont wurde, während man die herrlichen romanischen Kirchen keiner Schonung für würdig fand, gehört zu den sentimentalen Irrtümern über das Kölnische; der Dom ist viel weniger kölnisch als andere Kirchen; nicht einmal als Bischofskirche ist er in der Stadt so richtig warmgeworden. Jahrhundertelang herrschte Streit zwischen Köln und seinem Bischof; Schlachten wurden geschlagen, Listen ersonnen, Bannflüche in Rom erwirkt, Priester und Sakramente der Stadt entzogen; und es ging meistens um Geld, Besitz, Privilegien. Die meisten Kölner Bischöfe waren immer mehr Fürst als Bischof, und ein Fürst bedeutet fast immer: ein verschuldeter Fürst. Erst seitdem die Bischöfe keine Fürsten mehr sind, herrscht Verträglichkeit zwischen Stadt und Bischof; diese Verträglichkeit ist erst einhundertfünfzig Jahre alt und nicht frei von einer gewissen Ironie; man weiß es genau: es gibt keine Streitobjekte mehr, keine, die so handgreiflich wären wie die guten kölnischen Thaler. Seit einhundertfünfzig Jahren erst wohnt der Bischof wieder in der Stadt; alle Hirtenschreiben und Predigten haben seitdem einen versöhnlichen, fast werbenden Ton, und das in einer Stadt, wo knapp zwanzig Prozent der Katholiken ihre kirchlichen Pflichten erfüllen; der Bischof wohnt noch nicht lange genug mitten in der Stadt, und seine Kirche, der Dom, liegt so ungünstig, ein wenig erhöht, von riesigen Hotels umgeben, am Bahnhof, an der zugigsten Stelle der Stadt, die wahrscheinlich schon die römischen Wachtposten ihrer Zugigkeit wegen verflucht haben. Ins imaginäre Stadtwappen würde der Dom noch nicht ’reingehören, würde er nicht passen. Sankt Gereon würde sich gut ausmachen: Märtyrerkirche, Meutererkirche: ein gegen Rom rebellierender Thebäer gab ihr den Namen, und das architektonische Hauptmerkmal von Sankt Gereon hat einen heimatlich klingenden Namen: Dekagon. Ein kleines Ohr, einen winzigen Mund, Sankt Gereon ins imaginäre Wappen; dazu einen halben Bischofsstab, und als letztes der kirchlichen und religiösen Embleme ein Madonnenbild. Auf vielen Plakaten strapaziert, in allen Broschüren abgedruckt, sind sie doch unverbraucht und typisch: die Trümmermadonna und ihre Schwester auf dem Lochnerschen Bild. Aus dem uralten Adel des vulgus, von unten, oder von oben aus dem städtischen Adel tauchen sie immer wieder auf; in der Straßenbahn, hinterm Steuer des Sportkabrioletts; verkaufen Lippenstifte bei Woolworth, lauschen einem Vortrag über Existenzialismus, sind nicht zahlreich und doch vorhanden: diese Gesichter, die so kölnisch sind; die steinerne ein wenig mokant, und doch: ganz Madonna, die andere sanfter, freundlich und auch: ganz Madonna.

Ohr, Mund, Gereon, Bischofsstab und Madonna, das wären der kirchlichen und religiösen Embleme genug. Es fehlen die weltlichen: ein Versicherungsgebäude oder ein Bankhaus. Daneben unbedingt zwei Hände, die eine die andere waschend; mag's überall Kompromisse geben, Gentleman's agreement, Aufeinanderabstimmen, Korruption, Bestechung – der Klüngel ist doch etwas anderes, er ist die kölnische Form des »Seid nett zueinander«; wenn jemand auf nette Weise ein Brot verlangt, und du kannst es ihm nicht geben, du hast sogar die Macht und das Recht, es ihm zu verweigern – dann gib ihm drei Scheiben Brot; wirft er sie dir vor die Füße, besteht auf seinem ganzen Laib Brot, dann ist er eben nicht nett – und nicht kölnisch; uralte Bürgerweisheit, daß er wahrscheinlich von den drei Scheiben überrascht und überwältigt wird. Über den beiden Händen, die eine die andere waschend, müßte der Grielächer schweben, jene Person, deren Hand einmal wäscht, ein andermal gewaschen wird; der Grielächer nimmt nichts ernst, auch nicht, was ernst genommen zu werden verdiente; für ihn wird alles zur Variation einer Karnevalssitzung: Männergesang und Frauenrecht, Schulreform und Deportation; alles ist ihm nur Anlaß, Witze zu erzählen und allgemeine Nettigkeit zu fordern; er weiß, daß nichts so heiß gegessen wird, wie es gekocht wird; deshalb kocht er gleich lau und kommt nie in Gefahr, sich den Mund zu verbrennen; er könnte – so zwischen den beiden Händen schwebend – ein vulgäres Gesicht haben, patrizisch gekleidet sein, zwinkernde Augen wie Schäl, eine kreislaufgestörte Nase wie Tünnes haben; zarte Hände und plumpe Füße, oder umgekehrt; er hat einen Horror vor dem Geistigen, der ihn manchmal sogar seine Ureigenschaft, den Humor, vergessen läßt; wenn ein Grielächer ernst wird, wird es ungemütlich: er hat seinen Urfeind, den Geist, gewittert und ahnt, daß Unnettes unvermeidlich wird – und wenn es unnett wird, ist Köln nicht mehr Köln, und wohin sollte man sich als tumbes Brüderlein dann wenden? Grielächer ist unübersetzbar.

Damit wären noch lange nicht alle Ingredienzen aufgezählt, die das Kölnische zu einem wahren Eigenschaftswort machen, das beanspruchen kann, eine Vokabel ganz besetzt zu halten. Der Rhein gehört natürlich dazu, Fabriken, Vororte, römische Mauern. Obwohl es Gefängnisse in jeder Stadt gibt – und in einigen den Rhein, die römischen Mauern und die Brücken, Vororte –, wäre das Stadtgefängnis am Klingelpütz doch noch als typisch zu nennen; es ist häßlich und doch vertraut, es ist ständig überfüllt, längst nicht mehr up to date, und doch erfüllt der Plan eines Neubaus die gegenwärtigen, die ehemaligen und die potentiellen Insassen mit einer gewissen Trauer; was die Fachleute Kriminalität nennen, ist in Köln, aus bislang ungeklärten Gründen, so verbreitet, wie es ansonsten nur in Hafenstädten verbreitet ist. So bezeichnet der Ausdruck »Er sitzt im Pütz« eher einen Unglücks-, nicht immer einen Trauerfall, und die Anzahl der Kölner, die den »Pütz« von innen kennen, ist so groß (ich werde mich hüten, hier Zahlen zu nennen), daß man getrost von einer gewissen Vertrautheit sprechen kann. Ob so viele Kölner den Dom von innen kennen wie den Klingelpütz? Ich will mich bemühen, nett zu bleiben. Sicher ist, daß der Gefängnispfarrer die Pfarre mit der höchsten Kirchgängerquote im gesamten Erzbistum hat. Da sitzen sie nun, die das komplizierte Instrument Klüngel nicht zu benutzen verstanden, deren Unnettigkeit aktenkundig werden mußte.

Vielleicht wäre ein kleines Gitter, das viele Deutungen zuließe: Parkgitter, Rheingitter, Gefängnisgitter, als zusätzliches Moment in meinem imaginären Stadtwappen angebracht.

Hierzulande

Als wir um Mitternacht zum Hauptbahnhof fuhren, schwiegen wir bedrückt; unser Gespräch war mißglückt; der Besucher hatte von mir genaue Auskunft über die Bundesrepublik erwartet, aber ich war nicht fähig gewesen, über ein so ungenaues Land genaue Auskunft zu geben. Für dieses gemischte Gebilde, das Bundesrepublik heißt, eine Formel zu finden, dazu wäre sogar ein Einstein der Formulierung nicht fähig. Eine Frage des Besuchers: »Was unterscheidet die Menschen hier eigentlich von denen im Jahre 1933?« hatte ich mit einem »Natürlich nichts« beantwortet, dann eine winzige Korrektur hinzugefügt: »Es geht ihnen wirtschaftlich besser als denen damals.« Die Frage: »Gibt es noch Nazis in diesem Land?« Meine Antwort: »Natürlich, hatten Sie erwartet, ein nacktes Datum, der 8. Mai 1945, habe die Menschen verwandelt?«
Auf dem Wege zum Bahnhof im Taxi fügte ich, ohne noch einmal gefragt worden zu sein, auf die vor Stunden gestellte Frage noch hinzu: »Sie werden hierzulande niemals jemand sagen hören: Deutschland ist besiegt worden, immer werden Sie hören: Zusammenbruch. Mit den Worten ›nach dem Zusammenbruch‹ bezeichnet man die Zeit von Mai 45 bis zur Währungsreform, oder zurückblickend nennt man sie: vor der Währungsreform. Die Zeit vom 20. Juni 1948 bis heute nennt man: nach der Währungsreform, im Volksmund schlichter: vor und nach der Währung, wobei mit ›vor der Währung‹ instinktsicher auch die Kriegszeit, in der das Geld strömte, gemeint ist. Wir leben im Jahre 12 nach der Währung. Vor dem Zusammenbruch hatten wir die Nazizeit, die hinwiederum in sechs Jahre Frieden und sechs Jahre Krieg zerfällt. Sie wissen wohl noch aus dem Geschichtsunterricht, daß alles *zerfällt,* in Regierungszeiten von X und Y, in Krieg und Frieden. Vor der Nazizeit die Weimarer Republik, die in die Regierungszeiten der verschiedenen Präsidenten zerfällt; vor der Weimarer Republik – aber das würde zu weit führen; wenn ich mir vorstelle, daß ich im Jahr 1917 geboren bin, also noch als kaiserlicher Untertan, so kommt mir das gespenstischer vor, als wenn mein Vater mir allen Ernstes erzählen würde, er habe am dritten punischen Krieg teilgenommen – unwirklich . . .«

Der Besucher antwortete nicht; auch der Taxichauffeur schwieg; er war schlecht gelaunt; drei Stunden auf Kundschaft warten, dann eine Fahrt zu 4,80 DM; die Aussicht, wieder drei Stunden warten zu müssen; das kann einem schon die Laune verderben. Taxifahren ist hierzulande unpopulär, wie Telefon und Scheckbuch; diesen nützlichen Einrichtungen haftet noch der Geruch der Verschwendung an; man läßt sich hierzulande einen feuchtfröhlichen Abend schon etwas kosten, lauert aber dann ängstlich der letzten Straßenbahn auf, wird die so teuer bezahlte gute Laune, an Umsteigestationen fröstelnd, wieder los, obwohl der Nachttarif der Straßenbahn und der Preis für ein Taxi kaum um den Preis einer halben Flasche Wein differieren. Jemand, der hierzulande ein Scheckbuch »zückt«, hat einige Aussicht, als wohlhabend zu gelten, und doch kostet ein Scheckbuch nur fünfundsiebzig Pfennige, und die fünfzig Schecks, die es enthält, sind sehr nützlich bei dem Sport, den man, will man kreditfähig werden, sozusagen als Anfangssport betreiben muß. Der Sport heißt: »Bewege dein Konto.« Wenn man zweitausend Mark fünfzigmal bewegt hat, sind es einhunderttausend, und das ist ein stattlicher Umsatz. Umsatz ist alles, er bringt Kredit, höheren, vielleicht sechstausend, und diese dann, hundertmal bewegt, machen einen Umsatz von sechshunderttausend. Man muß nur wissen, wie man sein Konto bewegt: hin und her, her und hin; die Seifenblase darf nicht platzen. Kein Wunder, daß in einem Land, wo die landläufigen Vorurteile gegen Rechnen und Mathematik immer noch salonfähig sind, diejenigen, die den Sport fleißig ausüben, einige Aussicht auf Erfolg haben. Adam Riese hat umsonst gelebt; rechnen zu können gilt fast als ein Makel; wenn sich doch herumsprechen würde, wie gut Goethe rechnen konnte! Die Straßen waren leer in dieser Septembernacht, nur einige Fahrzeuge des städtischen Fuhrparks waren unterwegs; leise drehten sich die Kehrichtwalzen, sanft summten die Motoren der Sprengwagen. Der Taxifahrer nahm die Zigarette, die mein Besucher ihm anbot, dankend an; er würde niemals – und vielleicht ist diese Erkenntnis der Teil einer Formel – dem Fahrgast eine angeboten haben; nicht etwa, weil er geizig wäre, sondern weil dieser für ihn in diesem Augenblick etwas repräsentiert, das in diesem Land angebetet und zugleich verachtet wird: Kunde. Volkswirtschaftlich ausgedrückt: Verbraucher. Wir sind ein Volk von Verbrauchern. Krawatten und Konformismus, Hemden und Nonkonformismus, alles hat seine Verbraucher, wichtig ist nur, daß es sich – ob Hemd oder Konformismus – als Markenartikel präsentiert. Weder Instinkt noch Erfahrung des Verbrauchers reichen aus, Qualität festzustellen; so verlangt man verbriefte Qualität; verbriefte Qualität aber ist teuer. Wer je Lust verspürt, sich als Obsthändler niederzulassen, könnte getrost darauf vertrauen, daß er die teuersten Äpfel am besten verkauft; würde er sich den Scherz erlauben, die Preisschildchen der Äpfel zu vierzig mit denen zu achtzig zu vertauschen, so würde er wahrscheinlich die schlechteren Äpfel teuer besser verkaufen als die guten billig. Welche junge Hausfrau hätte wohl noch gelernt, einen Apfel in die Hand zu nehmen, ihn zu prüfen? Vielleicht ist auch diese Erkenntnis der Teil einer Formel.

Gespannt wartete ich auf den Augenblick, wo unser Taxi in die Straße einbiegen würde, die man auf dem Weg zum Hauptbahnhof unweigerlich passieren muß. Da strömen die Gebäude Weihe und Würde aus, bester Stein ist da in bestem Reichsparteitagstil verarbeitet, unter der Devise: Solider geht's nimmer. Herrschen und Bauen sind eins, und wer hierzulande baut, das wird in dieser Straße deutlich. Wenn man im Taxi durchfährt, wirft der Taxifahrer vorsichtshalber noch einen Blick auf Schuhe, Kleider, Gesicht des Fahrgasts, um festzustellen, ob der Kommentar angebracht ist, den der Volksmund sich angesichts dieser Gebäude erlaubt. »Alles von unserem Geld erbaut.«

Unser Fahrer in dieser warmen Septembernacht brach endlich sein mißlauniges Schweigen; er konnte sich erlauben, noch präziser als der Volksmund zu werden: »Da steckt das Geld mit drin, das mein Vater vierzig Jahre lang in die Lebensversicherung gezahlt hat.«

Man muß schon genau wissen, wie schwierig es ist, die Deutschen zu provozieren, wenn man solche Paläste auch noch nächtlicherweile anstrahlt; mildes gelbes Licht gibt den kupfernen Türen und Fenstern einen Schimmer von Würde, mit dem sich die Stromrechnung bezahlt macht. An den Gebäudefronten ist der Ortsgeist mit religiösen Emblemen versöhnt, oder würde ich besser sagen: es ist ihm Tribut gezollt worden? Ob die Heiligen den Tribut annehmen? Keiner von ihnen eignet sich so gut als Vorbild für Monumentalbildhauerei wie der gute Christophorus, der das lächelnde Christkind durch gefährlich gurgelnde

Fluten trägt; außerdem ist er der Schutzpatron der Autofahrer, und welcher Autofahrer wäre nicht versichert? So lassen sich Geschäft mit Religion, Repräsentationspflicht mit der Pflicht, die Künste zu fördern, vereinen, man kann sogar noch öffentlich die Verachtung, die man den Abstrakten, den Entarteten schuldet, dokumentieren. Fünf auf einen Streich! Das nenn' ich mir geschickt.

Der Besucher war überrascht, mitten in der Nacht einen solchermaßen angestrahlten Palastbezirk zu passieren. »Welche Satrapen«, fragte er, »verwalten von hier aus welche Provinz welchen Reiches?« »Vielleicht«, sagte ich, »fragen Sie bei Ihrem nächsten Deutschlandbesuch einen Finanzexperten nach der geheimnisvollen Formel, die die einen 100 Reichsmark in 7, die anderen aber gleich in 5000 oder mehr verwandelte! Man wird Ihnen einzureden versuchen, Geld sei eine rein rationale Sache. Die Leute, die nicht an die wunderbare Brotvermehrung glauben, werden Ihnen den wunderbaren Brotraub nicht erklären können. Man wird weiterhin unseren Kindern das dumme 2 × 2 = 4 beibringen und sie zur Sparsamkeit erziehen. Offenbar hat der ehrenwerte Adam Riese nichts von Wundern gewußt. Sollte das deutsche Wunder auf der Formel 7 = unendlich beruhen?«

Der Taxifahrer zeigte eine gewisse Nervosität, er fuhr schneller als erlaubt, eilig strebte er dem Bahnhof zu, als ginge es ihm darum, uns rasch loszuwerden; zum Bahnhof war nicht mehr weit. Die Fahrgäste, denen er seinen Kommentar nicht erzählen würde, pflegen auf die Frage nach den Grundregeln der Währungsreform zu antworten, daß in der DDR beim Währungsschnitt den Dummen noch weniger Geld gelassen worden ist. Das sind so die Tröstungen, die man für uns bereithält. Wenn ich einmal unschuldig für sechs Jahre im Gefängnis einsitzen muß, wird mich vielleicht ein Zellengenosse trösten, der unschuldig für acht Jahre einsitzt.

Als wir am Bahnhof ausstiegen, war der Taxifahrer erschrocken über das hohe Trinkgeld, das mein Besucher ihm gab: zwei Mark auf fünf! und das von einem Kunden, den er seines Kommentars für würdig gehalten hatte. Hatte er sich etwa doch in uns getäuscht und hätte sich besser den Kommentar verkniffen? Waren wir Kommunisten oder hielten wir ihn für einen? Vorsicht! Unglücklicherweise setzte sich sein Schrecken in Liebedienerei um. Wie sorgfältig er die Tasche des Besuchers aus dem Gepäckraum nahm! Man weiß in diesem Land Großzügigkeit so wenig zu schätzen wie Sparsamkeit. Geld ist mit viel Sentimentalität befrachtet. Kein Wunder in einem Land, wo Armut weder mystische Heimat noch Station zum Klassenkampf mehr ist. In den Köpfen auch der sogenannten Intellektuellen sind die Begriffe: arm, brav, Arbeiter, immer noch identisch; die Folgerung: da die Arbeiter nicht mehr arm sind, gibt es keine Armut mehr – und die Arbeiter sind nicht mehr brav. Die, die man sozial nennt, sind dann die Ausnahmen; daß Asozialität unter den Satrapen eine Entsprechung haben könnte, auf den Gedanken ist man noch nicht gekommen; wer sich mit einem Hundertmarkschein eine Zigarette anzündet, kann eher auf Bewunderung als auf Verachtung oder Haß rechnen. Daß er mit seinem Hundertmarkschein ein Stück Freiheit verbrennt, würde als die Folgerung eines Verrückten betrachtet. Geld kann kein Mittel zur Freiheit sein, wo Armut keine Souveränität hat. Trinkgeldgeber sind gleich würdelos wie Trinkgeldempfänger – in diesem Land.

Der Zug, mit dem der Besucher wegfahren wollte, stand schon abfahrbereit; einige Reisende schliefen schon, andere trösteten sich an Abendzeitungen und warmen Würstchen; nachdem der Besucher eingestiegen war, seinen Platz gefunden, das Fenster heruntergeschoben hatte, blieben noch einige Minuten, zu wenige, als daß wir das mißglückte Gespräch noch einmal hätten aufnehmen können. Ich versuchte mir vorzustellen, was er denken und fühlen mochte; in dieser Stadt geboren, zur Schule gegangen, im Jahre 1937 emigriert; seine Eltern blieben bis 1939; ihr Vertrauen auf die deutsche Anständigkeit hätte sie fast das Leben gekostet; drei Jahre später – im Jahr 1942 – setzte man schon sein Leben aufs Spiel, wenn man einem Juden eine Handvoll Kartoffeln in sein Versteck brachte, oder wenn man als polnischer Kriegsgefangener ein deutsches Mädchen in einem Hausflur küßte; ein Kuß in der Haustür, eine Handvoll Kartoffeln, oder eine politische Randbemerkung im Luftschutzkeller. Meine Mutter, die Lebensweisheit und die Heftigkeit ihrer Gefühle in deutlichem Haß auszudrücken verstand, erlaubte sich solche Bemerkungen im Jahr 1940 in Gegenwart eines jungen Strebers, der nicht Mitglied der Nazipartei war, es auch nie wurde; er war nur von einem damals noch ziellosen Ehrgeiz erfüllt, der sich später auf die Unteroffizierskarriere konzentrierte. Das

Leben meiner Mutter hing nicht an einem Haar, sondern am Gewissen eines Ortsgruppenleiters, der dann die Denunziation offenbar nicht weitergab; die Deutschen konnte man nicht 1933 kennenlernen, sondern im Siegesrausch des Jahres 1940, als die Marschallstäbe wie Manna vom Himmel regneten. Der junge Streber, ein wenig älter, wenn auch nicht klüger geworden, war im Jahr 1946 einer der Favoriten der CDU fürs Stadtparlament; er war nie Mitglied der Nazipartei. Wahrscheinlich saß der Ortsgruppenleiter, der meiner Mutter das Leben rettete, währenddessen in einem Internierungslager. Wie viele Denunziationen er weitergereicht, wie viele er unterdrückt hat, weiß ich nicht. Ich weiß nur: wenn ich Bekannte wiedertreffe, versuche ich mich daran zu erinnern, was sie im Jahr 1940 sagten und dachten, im Jahr des Sieges und des Glanzes, als die Einsamkeit am größten war und wir meiner Mutter rieten, die Randbemerkungen im Luftschutzkeller zu unterdrücken; sie sprach nur noch mit Blikken, und ihre großen, dunklen Augen sprachen wohl noch deutlicher als ihr Mund; der junge Streber geriet in Zustände, die an Raserei grenzten, sooft sie ihn anblickte. Ich weiß nicht, ob jemand eines Blickes wegen zum Tode verurteilt worden ist, möglich wäre es schon.

Noch drei Minuten bis zur Abfahrt des Zuges; zwecklos, die Gedanken noch formulieren zu wollen; auf dem gegenüberliegenden Bahnsteig warteten müde Bummler auf die Abfahrt in ein Provinznest. Vielleicht sind die Juden, die auch 1942 noch auf die deutsche Anständigkeit vertrauten, von diesem Gleis aus nach Polen abgefahren. Sie waren auch bei der Abfahrt noch nicht bereit, an das Schreckliche zu glauben. Wer glaubte daran? Ein Kuß in der Haustür, eine Handvoll Kartoffeln, eine politische Randbemerkung unter *Nicht*-Parteimitgliedern. Sich nur nicht auf den Menschen und seine Psyche verlassen. Man müßte die Sprache der Bahnhöfe entdecken, die Lyrik der Eisenbahnschienen entziffern, den Gesang der Stufen übersetzen können, die auf Bahnsteige hinaufführen: polnische Gefangene, russische Sklaven, Juden, Soldaten, verschickte Kinder, unzählige Füße Todgeweihter haben diese Stufen berührt. Die Menschen, die an heißen Sommernachmittagen, gereizt von mißglückten Landpartien heimkehrend, hier lustlos ihre lauwarme Limonade schlürfen, haben ihre Söhne und Brüder an Züge begleitet, die von hier aus in den Tod fuhren. Womit ist ihre Trauer getötet, ihre Erinnerung verschüttet worden? Wie wenige Gesichter in diesem Land lassen erkennen, daß der Besitzer der Trauer und der Erinnerung fähig ist. Den Trauernden ist Trost versprochen worden, den Gereizten nicht. Würde eine Mutter auf diesem Bahnsteig in Tränen ausbrechen, weil sie sich erinnerte, daß von diesem Bahnsteig aus ihr Sohn in den Tod fuhr – man würde ihr tröstend auf die Schulter klopfen und sie insgeheim der Sentimentalität zeihen; wie kann man sich ein solches Gedächtnis leisten, das sechzehn, siebzehn Jahre zurückreicht. Wenn dieselbe Frau ohne starke Gemütsbewegung zusehen würde, wie sieben Feuerwehren sich mühen, eine Katze zu retten, die in ein Abflußrohr rutschte, würde man sie für eine gefährliche Bestie halten. Man muß innerhalb der handelsüblichen Sentimentalitätsschablonen reagieren, sonst gilt man als gefährlich; die Erinnerung an den Tod der Nachbarn ist keiner Handbewegung wert. Für alles, was der Erinnerung dienen könnte, hat die Psychologie die Mordwaffe geliefert, die heute jedermann zur Verfügung steht: das Wort Ressentiment; wie ein Messer wird es jedem in die Brust gestoßen, der es wagt, echte Gefühle zu zeigen. Um dieser Mordwaffe zu entgehen, treibt man Erinnerungen und Gefühle ab, es ist dieser permanente Abort, der die Gesichter so leer macht; geweint und geschrien wird nur noch in den psychiatrischen Kliniken. Gefühllosigkeit, Sentimentalität beherrschen den Markt, der die Objekte liefert, an die man sein Herz hängen kann: Maskottchen jeglicher Größe und Preislage, vom Mecki bis zum Hochhaus. Die Preise für ein Herz und ein Gewissen fallen; für das, was der Mensch wirklich braucht, steigen sie. Ein Beamter, der im Jahr 1936 in die Nazipartei eintrat, um seine Familie vor dem Elend zu bewahren, erscheint mir heute als ein ehrenwerter Mann; für ihn stand wirklich etwas auf dem Spiel, er war bedroht, und es gab keine gesellschaftliche Instanz, keine kirchliche, die ihm das Gefühl des Bedrohtseins hätte in Gelassenheit verwandeln helfen. Die einzige Drohung, die einem Deutschen *heute* Angst einflößt, ist die des sinkenden Umsatzes. Sobald diese Drohung sich zu verwirklichen scheint, tritt Panik ein, stehen alle Zeichen auf Hochalarm. Es gibt sehr viele sehr kluge, sehr gescheite, schreibgewandte junge Leute, die auf eine beunruhigende Weise informiert, die gebildet sind, Zusammenhänge erkennen, über den dritten punischen Krieg so gut Bescheid wissen wie über Faulkner; ich frage mich nur, wo ihr Widerstand anfängt oder anfangen würde. Sie haben weder Angst vor Adenauer noch vor Ollenhauer; wenn man ihnen winzige Konzessionen nachweist, zitieren sie eine Instanz, die viel gefährlicher ist, als der eine ist und der andere je werden könnte: Lieschen Müller, diese mythische Gestalt, die mir eine Erfindung ihres schlechten Gewissens zu sein scheint. Lieschen Müller und der Umsatz hängen eng zusammen. Wer den Umsatz gefährdet – hat eine Chance, die Deutschen zu provozieren. Der Tod ihrer Nachbarn und Freunde hat sie nicht gelehrt, das Leben zu würdigen; Schmerz ist nicht Weisheit, Trauer nicht Kraft geworden, sie sind auf eine absurde Weise arm, da sie angesichts der ständigen Drohung nicht einmal fähig sind, ihren relativen Wohlstand wirklich zu genießen. Der Hunger der Jahre »vor der Währung« hat sie nicht einmal weise genug gemacht, der Segnungen des Augenblicks sich wirklich zu erfreuen; nicht einmal aus dem Elend ist ihnen eine Würze erwachsen; wessen Erinnerung sich auch nur über zehn Jahre erstreckt, der wird für krank gehalten oder gehört in Tiefschlaf versetzt, auf daß er gestärkt für die Gegenwart wieder erwache. Eine Handvoll Kartoffeln, ein Kuß im Hausflur, eine politische Bemerkung unter *Nicht*-Parteimitgliedern – das war der Preis für ein Menschenleben. Vielleicht liegt das Geheimnis dieses Auslöschens der Erinnerung in der Natur der unbekannten Formel, die unser Leben in die Zeit vor und nach der Währungsreform *zerfallen* läßt.

Das alles hatte ich dem Besucher sagen wollen, aber die Worte im Gespräch nicht gefunden. Ein rascher Händedruck, ein »Adieu«, der Zug fuhr ab. Ich ging die Stufen hinunter, gab meine Bahnsteigkarte ab und fuhr nach Hause. Dort, wo noch leergetrunkene Flaschen als Zeugen des mißglückten Gesprächs standen, fand ich die Schiefertafel meines jüngsten Sohnes mit den Rechenaufgaben auf dem Tisch: 7 + 5 = 12, 9 + 6 = 15. Wer könnte angesichts der Gläubigkeit, mit der solches hingeschrieben wird, ungerührt bleiben. Ich schrieb quer über die freie Partie der Tafel 7 = unendlich, räumte die leeren Flaschen weg und versuchte hinzuschreiben, was auszudrücken mir unmöglich gewesen war. Nicht die Formel, vielleicht nur Teile, die niemand zu einer Gleichung zusammensetzen könnte, die aufgehen würde. Wer würde es wagen, über den Ortsgruppenleiter zu richten, der meine Mutter *nicht* verriet, vielleicht aber andere. Der junge Streber, der mich wegen Beleidigung verklagen könnte, wenn ich ihn einen Nazi schimpfen würde, wird sich hoffentlich hin und wieder der dunklen Augen meiner Mutter erinnern.

Ein Deutscher zu sein, das bedeutet in einem Pariser Hotel: bedroht zu werden, weil man einer ist und auf der Rückfahrt im D-Zug einem jungen französischen Faschisten gegenübersitzt, der einem Komplimente zu machen versucht über die Konsequenz, mit der man hierzulande den Antisemitismus betrieben hat; es bedeutet, nicht als mitsprachefähig betrachtet zu werden, wenn Franzosen unter sich über Algerien sprechen; vielleicht darf man erst mitsprechen, wenn in Algerien soviel Menschen umgebracht worden, wie zwischen 1933 und 1945 unter deutscher Herrschaft in Europa getötet worden sind. Wer führte dieses geheimnisvolle Konto der Nationen? Wer reguliert den Preis für ein Menschenleben? Wird es morgen ein Blick sein? Die dunkle Börse, die diesen Kurs diktiert, wo wird sie betrieben? Die Bedrohung im Pariser Hotel wendet sich natürlich genau gegen den Deutschen, der die Handvoll Kartoffeln in das Versteck des Juden brachte, und der englische Zollbeamte nimmt wie den Ausweis eines Aussätzigen den Paß genau des Deutschen in seine zarten Finger, der die Denunziation nicht weitergab. Wenn es Ansätze von Kollektivschuld in diesem Lande gäbe, dann von dem Augenblick an, wo mit der »Währungsreform« der Ausverkauf an Schmerz, Trauer und Erinnerung anfing.

Schrecklich ist es, daß es Anlässe genug gibt, über dieses Land und in ihm zornig zu werden, aber an wen den Zorn adressieren? sie schlucken alles; man könnte ihnen auf dem Fernsehschirm vielleicht bei der Reportage über einen Verkehrsunfall zeigen, wie ihr eigener Nachbar stirbt; sie würden stutzen, möglicherweise noch sagen: »Den kenn' ich aber doch?« und schon auf das nächste Bild warten. Bei einer nächsten Währungsreform könnte man ihnen ihr Geld 100 = 0,1 aufwerten, das Vermögen der Schlauen dann entsprechend höher; sie würden seufzen, ein wenig schimpfen, aber dann bald schon die Ärmel aufkrempeln und schuften, schuften; auf diese Weise kann man noch einige Wunder zustande bringen und braucht nicht zu fürchten, daß sich einer über die Unbekannte in der Gleichung aufregen würde. Die Umkehrung der wunderbaren Brotvermehrung ist der wunderbare Brotraub. Die Gesichter der Fachleute, die das Wunder mit glatten Worten zu erklären vermögen, sind so leer und tot wie der Mond.

Es dämmerte schon, als ich aufstand. Die unschuldigen Ziffernkolonnen auf der Schultafel meines Sohnes wurden unwirklich; ich wischte meine Gleichung 7 = unendlich aus; sie würde dem Jungen nur eine Strafarbeit eintragen, die er nicht verdient hat; auf den Schulen gilt Adam Riese, auf den Schulen *zerfallen* die Geschichtsperioden in einzelne Abschnitte. Mein Besucher schlief wohl schon längst, irgendwo zwischen Brüssel und Ostende; er hatte zwar einen britischen Paß, und doch würden die zarten Finger des Zöllners in Dover vielleicht durch ein winziges Spreizen eine Spur von Verachtung ausdrücken, denn er sieht deutscher aus als ein heutiger Deutscher; Kleidung, Gesten, Aussprache verraten ihn, und auch er, obwohl schon so lange kein Deutscher mehr, zahlt immer noch mit für eine Schuld, die für alt gehalten wird und doch erst so jung ist, daß nur wir Deutsche selber von ihr wissen können.

Teils bedenklich, teils bezaubernd

Über Werner Helwig, »Die Waldschlacht«

Werner Helwigs Saga führt an den westlichen Rand Europas, wo aus dem Keltischen, oder in der Begegnung mit ihm, so überraschend viel Poesie entstand, von Swift bis zur hohen clownischen Spiritualität Becketts, bis zu jenem, auf eine unheimliche Weise wort- und melodiestarken, im Keltischen verwurzelten Dylan Thomas, der die Sprachprovinz, in der er lebte, der ganzen Erde nahebringen konnte. Daß es Werner Helwig nach Irland zog, wo das Ursprüngliche noch nicht, von mediokren Instanzen angerichtet, zum Brechmittel geworden ist, wird niemanden verwundern, der auch nur einen Teil von Helwigs Werk kennt. In seinem Vorwort zur *Waldschlacht* fragt Helwig: »ob nicht die teils bedenkliche, teils bezaubernde Übertriebenheit Amerikas eigentlich den irischen Einwanderern zu danken sei«.

Die Antwort auf Helwigs Frage könnte auch das Uneuropäische an Irland erklären, das mit »teils bedenklich, teils bezaubernd« treffend definiert wäre. Europa hat sich an seinen Rändern nie so recht als Europa erkannt, sich im Grunde immer als Mitteleuropa verstanden; es hat die Qualitäten des Nordischen wie des Östlichen entweder als barbarisch oder heidnisch gebannt; »In Ulm fängt der Balkan schon an« (auf dem unter anderen eine Stadt mit Namen Athen liegt), und als Westen hat man Frankreich verstanden, das einmal Gallien hieß. Was da westlich von Frankreich auf zwei Inseln lebt, von denen die eine Britannia, die andere Hibernia heißt, von dem hat Europa und das hat von Europa eine mehr oder weniger vage Vorstellung. Bis in den Posttarif hinein drückt sich eine gewisse Distanz aus. Auf den irischen Postkarten steht es deutlich zu lesen: British Isles 2 d, Europe 3 d. Ausland und Ausland ist nicht dasselbe. Irlands Boden hat nie ein römischer Söldner betreten, es hat römische Ordnungsprinzipien erst sehr spät in ihrer englischen Erscheinungsform kennengelernt und sich heftig gegen sie gewehrt, wie es sich einige Jahrhunderte vorher heftig gegen die römische Vorstellung von Kirche gewehrt hatte.

Nun, römisch-katholisch ist sie geblieben, diese vielleicht nicht älteste, aber gewiß treueste Tochter der Kirche, die sich bis auf den heutigen Tag, über fünfzehn Jahrhunderte hin, den Kredit der Frömmigkeit erhalten hat. Was am germanischen und slawischen Christentum heidnisch geblieben sein könnte, ist oft »Gegenstand der Besorgnis« gewesen; daß die Römer einmal Heiden waren, es Heidnisches am Römischen geben könnte, scheint man wohlwollend zu vergessen. Daß im keltischen Heidentum eine große adventistische Sehnsucht herrschte, der von der Jungfrau geborene Erlöser für die Druiden keine Überraschung war, davon weiß der Kunstgeschichtler zu berichten.

Die Antwort auf Helwigs Frage könnte auch erklären, was das eigentliche Thema der Helwigschen Saga ist: das für Mitteleuropäer so merkwürdige Verhältnis der Iren zur Frau, in einem Land, das so viele schöne Töchter hat – und so viele Junggesellen; in einem Land, wo man Tanzen nicht in einer Tanzschule zu lernen braucht, sondern es in der Grundschule – meistens von Nonnen – lernt. Nicht zufälligerweise gleicht Helwigs Saga einem Text, der für ein Ballett geschrieben sein könnte. Vier Stationen: Abend und Herbst, Mitternacht und Winter, Sonnenaufgang und Frühling, Mittag und Sommer; ein Jahr in einem Tag, ein Tag in einem Jahr enthalten, Zeit nur als Element, als Rhythmus, nicht als zerstückeltes Futter für Uhr und Kalender. Die Handlung ist in die Zeit um Christi Geburt verlegt, in ein mythisches Dunkel, das dem Stoff und der Insel, auf der er spielt, angemessen ist. Die Namen der Personen sind nicht Auszüge aus einem Standesamtsregister, sie sind noch Bezeichnung des Berufs und der Eigenart: Mad, der Dicke; Dylan, der Dichter; Noisi, der Arzt; Ibar, der Schwätzer; Melwas, der mit dem grünen Mantel; Fintan, der Rauhe – alle Eckensteher in Tethba auf Fiona lauernd, das Waisenmädchen, das bei seinem Stiefvater Dagda (guter Gott und Allvater der Iren) lebt. Nur die drei namenlosen Waisen, der Pfeifer, der Strandläufer, der Flüsterer, entziehen sich Fionas Lockung, »aber Fiona lebt davon, daß alle Männer sie wollen«.
So nimmt die Eroberung ihren Anfang. Auf Rollen aus Birkenrinde im Wandschrank ihres Vaters findet sie Zauberformeln, dringt als schmutzige, zerlumpte alte Frau in die Junggesellenbehausung ihrer Brüder ein, die sich geschworen hatten, niemals eines Weibes Fuß über ihre Schwelle zu lassen. Hochspirituell als Frage- und Antwortspiel beginnt der Kampf, pausiert, während

Fiona den Wunsch der Brüder, ihren unbekannten Vater zu beschwören, erfüllt. Erdklumpen werden in den Kessel geworfen, aus Dampf und Gebrodel entsteht Luchta Lamderg – »das Messerauge, der Knochensäger, die Gekrösehaspel, das Geierschnabelherz, die Widerhakenzunge, der Schädeltürmer, die Gierkralle, der Eisenfreß, die Funkenstrotze, das Nabelfrettchen, der Muskelhau« – und erzählt seine Lebensgeschichte, die aus finstrer Räuberei, aus geraubter Frauenehre besteht. Drei Zeichen, an denen Luchta Lamderg, der Vater der drei schüchternen Waisen, zu erkennen ist: im Zustand der Wut die Anschwellung der Stirnader bis zur Dicke des Daumens; die Kunst des hopsend ausgeteilten Tritts in die Kniegrube; daß er in der eigenen Haut sich umzudrehen weiß.
Langsam, während die düstere Vorstellung zu Ende geht, schält sich aus der schmutzigen alten Frau die wahre Fiona heraus; nach »Honig und Heidekraut duftend«, lockt sie die Brüder einzeln in die Waldnacht, fesselt sie einzeln, schläfert sie ein, wäscht und putzt sich am Morgen vor den erwachenden gefesselten Brüdern, tanzt vor ihnen, deren Ringen ein »zweifaches bereits« ist: »das mit den Fesseln und gegeneinander«. Es folgt die eigentliche Waldschlacht, der Kampf der drei befreiten Brüder gegen die geschlossen heranrückende Mann-Schaft von Tethba, Sieg der Brüder, deren jeder im Kampf eines der Hauptmerkmale des Vaters offenbart – und schließlich, unausbleiblich, von Luchta Lamderg schon angedeutet die Erkenntnis, daß Fiona die Schwester der drei Brüder ist.

Helwig hat in seinem Vorwort das Treffende »teils bedenklich, teils bezaubernd« geprägt, das, wie mir scheint, nicht nur aufs Irisch-Amerikanische (und seine aktuelle Jack-Kennedy-Story), nicht nur auf den in der *Waldschlacht* gebotenen Stoff, auch auf seine Fassung zutrifft. Der knappe, hochpoetische Text ist bis zur Vaterkopfbeschwörung ungeteilt bezaubernd, von besonderer Schönheit das Frage-und-Antwort-Spiel. Danach aber trägt die Sprache das Grausige ihres Gegenstands nicht mehr: das Vaterhaupt im Kesseldampf, das phallisch-bramarbasierende Bekenntnis, die umgekehrte Vergewaltigung durch die nach Honig und Heidekraut duftende Fiona, die sich nach soviel Lockung und bei soviel Schönheit nicht einem einzigen der Männer wirklich hingibt, Fesselung, Tanz vor den Gefesselten, die wie halbschlafende Vögel im Dunkeln auf den Leim gegangen sind. Die Szenen mögen in sich wahr sein, Auskunft geben über etwas, das zum Wesen des Keltisch-Kymrischen gehört – über Europa, das, wenn es seinen Namen zu Recht trägt, in seinem westlichen Rand so europäisch sein muß wie in der Mitte. Vielleicht hätten diese Szenen in einem vom Gegenwartsdeutsch weiter entfernten Deutsch gelingen können; in der »Übersetzung« – die Saga ist Dylan, dem Dichter in den Mund gelegt – wirken sie, was unvermeidlich ist, auf eine unangemessene Weise deutsch; ein unschuldiges Deutsch, das der Grimmschen Märchen, ein Vor-Psychologie-Deutsch – oder das Deutsch des Nibelungenlieds wären diesem Stoff noch gewachsen gewesen. Helwigs Kühnheit ist zu bewundern; daß sie zum Teil gescheitert ist, tut ihr wenig Abbruch.

Der Zorn und das Mitleid des Georges Bernanos

Über »Die großen Friedhöfe unter dem Mond«

Es ist längst zu einer Mode intelligenter und sich intelligent dünkender Katholiken geworden, sich über die Fehlerhaftigkeit ihrer Mutter, der Kirche, zu mokieren. Die Zeiten, in denen dazu Mut gehörte, sind vorbei (vor wenigen Tagen saß ich mit einem Priester zusammen, der sich ungeheuer witzig vorkam, als er den eucharistischen Weltkongreß als »eukalyptische Olympiade« bezeichnete). Kritik entspringt also nicht immer der Notwendigkeit, sie wird Mode, und bei festlichen Anlässen wird die kritische, die aggressive Rede nicht nur erwartet, sondern gewünscht. Wenn die Kritik anfängt, so würzig zu werden, so amüsant wie ein überraschender Nachtisch nach einer schweren Mahlzeit, wird es Zeit, sich Gedanken über ihre Funktion zu machen. Was 1960 eine Gefahr ist, als Kritiker eine Art Hofnarr zu werden, der sich jeglichen Spaß erlauben darf, im Jahre 1938 gehörte dazu auch Courage, jene, die von cœur, Herz sich ableitet.

Ob wohl viele Besucher der schönen Mittelmeerinsel Mallorca, wenn sie dort landen, sich erinnern, daß dort einmal Georges Bernanos gelebt und im Jahre 1938 ein Buch veröffentlicht hat, das den Titel trägt: *Die großen Friedhöfe unter dem Mond*?

»Ich staune«, schreibt Bernanos in den Großen Friedhöfen, »über die von Kultur aufgeblähten Idioten, die von Büchern wimmeln wie andere von Läusen, und die, vornehm den kleinen Finger spreizend, behaupten, es geschehe in der Welt nichts Neues. Was verstehen sie schon davon? Die Menschwerdung Christi war etwas Neues, die Entchristlichung der Welt ist wieder etwas Neues.«

Unter kirchlicher Billigung wurde auf der schönen Insel Mallorca ein Kapitel des spanischen Bürgerkrieges geschrieben, den Bernanos ein »Leichenhaus« nennt. »Alle Irrtümer, an denen Europa zugrunde geht und die es unter furchtbaren Zuckungen wieder auszuspeien sucht, gehen hier in Fäulnis über. Republikaner, Demokraten, Faschisten und Antifaschisten, Klerikale oder Antiklerikale, arme Teufel – auf eure Gesundheit!« Anfang März 1937 nach sieben Monaten Bürgerkrieg zählte man auf Mallorca dreitausend politische Morde, dreitausend »arme Teu-

fel«, die in Fäulnis übergegangen waren – nur waren weder Faschisten noch Klerikale darunter, und »diese Zahlen sind auch Seiner Exzellenz dem Erzbischof von Palma bekannt.«
Eine fürchterliche, sehr moderne Neuheit des politischen Terrors, die Einbeziehung der Kinder in Spitzelei und Mord beobachtete Bernanos zum erstenmal auf Mallorca . . . »und dann war da dieses dicke Mädchen, das so fröhlich, so gefällig war und von allen gern gesehen, jeden Sonntag war es neben mir an der Kommunionbank. Eines Tages konnte man unter ihrer nicht ganz zugeknöpften Bluse die Erkennungsmarke der Polizeibediensteten sehen.« Eine andere Neuheit ist nicht weniger originell. »In den Glanzzeiten der Katholischen Aktion in Spanien suchten sich die vornehmen Damen von Palma auf den Rat ihrer Beichtväter die ›Armen‹, denen sie Unterstützung angedeihen ließen, prinzipiell unter jenen unglücklichen Teufeln aus, die einer fortschrittlichen Partei angehörten. ›Wir treiben keine Politik‹, pflegten diese Damen zu sagen, ›Pfui über die Politik, wir kommen im Namen Christi, Christus kennt weder Rote noch Weiße (an dieser Stelle erfolgte ein kleines Lachen) – und hier haben Sie etwas Tabak für Ihre Pfeife.‹ Einige Monate später fragte ich einen dieser Engel der Barmherzigkeit, was ihre Schützlinge machten. ›Sprechen Sie nicht davon‹, sagte sie, ›ich wage gar nicht, mich zu erkundigen. Sie müssen schon alle erschossen sein.‹« Ob man die Kartothek des Vinzenzvereins einfach den Schergen ausgehändigt hat, oder diese sie sich genommen haben, bleibt ungesagt. Man stelle sich nur vor, wieviel schneller und korrekter eine Hollerithmaschine arbeitet, als die Karteiführerin des Vinzenzvereins in Palma di Mallorca, die vielleicht die eine oder andere Karte hatte verschwinden lassen und ein Menschenleben hatte retten können.

Das ungeheuchelte, völlig unliterarische Pathos dieses Herzens, das Georges Bernanos hieß, sich zum Mitleid bekennt, die Realpolitiker verachtet, dieses Herz ist eins mit dem des großen Romanciers, dessen Mädchengestalten alle Schwestern von Jeanne d'Arc sein könnten, alle Kinder, die er, wie die Helden und Märtyrer, »einzig noch der Erlösung für fähig« hält. Und wenn Bernanos alle Frankreichs aufzählt, das Frankreich »Rabelais', Pascals, Bossuets, Calvins, das klassische Frankreich, das neoklassische, das romantische, das naturalistische, das Frankreich

Claudels und das Frankreich Valérys – das fette oder das magere, das mystische oder das vollbusige – soviele Frankreichs. Alle Frankreichs in den Salon! Sie stehen alle zur Verfügung, meine Herren, Sie müssen sich nur ein paar Minuten gedulden, die armen Mädchen schlafen gerade mit den Nationalen . . .«, wenn er sie alle aufzählt, das Frankreich Jeanne d'Arcs aber nicht, so setzt er beim Leser, der ihm über die vielen Seiten dieses umfangreichen Pamphlets folgt, voraus, daß dieses ungenannte Frankreich Jeanne d'Arcs die Heimat seines Herzens ist – ein Mädchen, das nicht den Nationalen zu Diensten steht.

Dieses Buch eines Mannes, für den Zorn nicht eine modische Attitüde, Kritik kein unverbindliches Spiel mit hübschen Vokabeln war, sollte man jungen (vielleicht auch alten) Politikern schenken, ihnen dazu eine Beinverletzung an den Hals wünschen (oder ihrem Psychiater einzuflüstern versuchen, daß er ihnen Bernanos als Kur empfehle); nicht, weil man viel Hoffnung hätte, sie würden draus lernen, vielleicht nur, um aus ihrer Antwort zu erfahren, was sie von diesem »Träumer« denken, der Mitleid und Ritterlichkeit einer modernen Welt als mögliche Lösung für ihre Probleme bietet. Wahrscheinlich würden sie grinsen, die jungen Politiker breiter noch als die alten. Dann könnte man die Seite 262 aufschlagen und ihnen beweisen, daß Bernanos sogar ihr Grinsen vorausgesehen hat.

»Wenn das Schiff zu sinken droht«, schreibt er, »muß man Ballast abwerfen, und was wiegt am schwersten im Bau der modernen Gesellschaft, obwohl es keinen wirklichen Wert hat? Das Gewissen. Der Staat wird immer stark und reich genug sein, den Schutz von Ordnung und Besitz zu sichern, wenn ihm die Jugend der herrschenden Klasse behilflich ist, sich der Last der sittlichen Verpflichtungen zu entledigen, die ihm seine christliche Vergangenheit vererbt hat, und welche die Demokratien, aus einer gewissen Scheu heraus, noch anzuerkennen vorgaben. Ihr spielt eure Rolle bewundernswert, meine lieben Gaukler. Sie ist übrigens nicht schwer, man verlangt von euch nichts, als über alles zu grinsen. Nichts ist einfacher.« Nein, nein, die erste Hälfte des Zitats ist nicht von Karl Marx, sondern von Georges Bernanos. Sollte das Grinsen auf dem Gesicht des jungen Politikers, da es sich so genau erkannt sieht, für einen Augenblick erlöschen und die wegwerfende Handbewegung im Zusammenhang mit dem Satz von der bolschewistischen Bedrohung kommen, so blättere man zurück auf Seite 208: »Wir wünschen für unsere Söhne einen anderen General als den General Kleineres Übel.«

In den dreiundzwanzig Jahren, seitdem dieses Buch auf Palma di Mallorca niedergeschrieben wurde, ist das kleinere Übel der wahre, einzig angebetete Götze der Politiker geworden. Man könnte sich fragen, was geschehen würde, wenn das kleinere Übel immer größer würde – wie ein Tintenklecks, der das ganze Löschblatt zu besetzten droht. Ob es einen großen Unterschied macht von einem Hecht oder von einem Haifisch verschlungen zu werden? Wenn der verteufelte Relativ-Götze Kleineres Übel ausgedient hätte, könnte man den Reservegötzen inthronisieren: die »Erfahrung«, die eine so »reale Sprache« spricht. »Niemals«, schreibt Bernanos, »habe ich von der Erfahrung erwartet, sie könne mir Weisheit verleihen, ich bitte sie nur, sie möge meine Fähigkeit, Mitleid zu empfinden, vertiefen . . . dieses hausbakkene Brot des Mitleids, das wir Sünder, am Straßenrand sitzend, miteinander brechen können, gesenkten Hauptes, ganz wie arme alte Leute.«
Dieser Satz wird dann das Grinsen endgültig wieder auf das Gesicht des jungen oder alten Politikers zurückbringen, denn das hat er nun unwiderruflich gelernt: daß Politik weder Mitleid noch Barmherzigkeit kennt.

Zorn und Ekel über die »lateinische« (»Nein, ich habe den römischen Menschen nie geliebt«) Verderbtheit, Doppelzüngigkeit und Korruptheit füllen Bernanos so aus, daß er für Zorn und Ekel über die Hitlerischen Schandtaten nicht mehr genug Platz gehabt zu haben scheint.
Wie konnte Bernanos, der sich so glaubwürdig zum Mitleid bekennt, jene jüdischen Flüchtlinge übersehen, die im Jahre 1938, nicht sehr weit von Mallorca entfernt, im Süden Frankreichs auf irgendein Visum hofften, auf die Paraphe eines Konsulatsbeamten, die für sie Lebensrettung bedeutete. In diesem umfänglichen Pamphlet versteckt tauchen Vokabeln auf, die zwar nicht Streicherschen Ursprungs sind, in seinem Blatt aber hätten abgedruckt werden können. Die »jüdisch versippte Aristokratie« und die »verjudeten Aristokraten«, Worte, die Mord bedeuteten. Bernanos schreibt zwar »Ich glaube darüber (über jede

Form der Grausamkeit bei einer seltsamen Tierliebe) hinaus würden sich die Deutschen sehr rasch daran gewöhnen, ihre Juden, und die Stalinisten ihre Trotzkisten brennen zu sehen. Ich hab's gesehen, mit eigenen Augen hab ich's gesehen, ich, der ich zu euch spreche: ich habe ein kleines christliches Volk mit einer Tradition der Friedfertigkeit, mit einer außerordentlich fast übertriebenen Liebe zur Geselligkeit, plötzlich sich verhärten sehen, ich habe die Gesichter hart werden sehen, ja selbst die Gesichter der Kinder . . .«, und schreibt doch im selben Buch im Zusammenhang mit den Morden auf Mallorca: »Eine derartige Rache, im Namen des Allerhöchsten, mag für Leute, die zuviel jüdisches oder maurisches Blut in den Adern haben, verlockend sein.« Vielleicht haben den Bernanos der Jahre nach 1942 diese Vokabeln und Sätze wie Furien verfolgt, vielleicht hat er bei einem Spaziergang auf dem Père Lachaise bemerkt, welchen Preis die »verjudete Aristokratie« Frankreichs gezahlt hat – denselben Preis, wie die Juden Osteuropas mit ihrer Tradition der Friedfertigkeit, mit ihrer fast übertriebenen Liebe zur Geselligkeit ihn gezahlt haben.

Wäre es schon schwer, ihm, dem großen Romancier, ein Versagen der Phantasie zu verzeihen, als er im Jahre 1938 diese Sätze schrieb. Ihm die Einsicht zu verzeihen, *welches* Versagen der Phantasie es war, wäre unmöglich. Sein Mitleid, auch sein politisch so inopportunes Mitleid mit den Deutschen wäre unannehmbar. Er schreibt über die französische Deutschlandpolitik der Revanche: »Ja, ich schwöre es: nachdem wir unseren Sieg sicher nach Hause gebracht hätten, hätten wir nichts sehnlicher gewünscht, als einem ausgehungerten Volk nunmehr eine Ehre zu erweisen; wir hätten uns daran erinnert, daß es gegen eine ganze Welt Widerstand geleistet hatte, daß es alles aufgeopfert hatte, sogar seine elenden, ohne Milch aufgezogenen Kinder. Wir hätten an die vielen deutschen Frauen gedacht, die vielen Soldatenfrauen, die eines Tages tot, mit ausgetrockneter Brust neben ihrem gespenstischen Säugling lagen, den sie mit schwarzem klebrigen Brot ernährt hatten. Wir hätten Euch gesagt, nehmt Euch in acht, Ihr Tartarins, wir haben sie besiegt, nun demütigt sie nicht . . .«

Ein schöner Satz, der Satz eines wahren Ritters, einer Jeanne d'Arc würdig – und wäre er befolgt worden in den Jahren 1918 bis 1933, und in den Jahren 1945 bis 1948, er hätte reale Politik machen können, wo die Realpolitiker sich dem dümmsten aller Gefühle, dem der Rache, überließen. Schön auch der Satz: »Die Wüteriche, die damals kein Mitleid mit dem besiegten, dem ausgebluteten Deutschland hatten, sie erweisen dem heutigen (dem Deutschland von 1937!), alle Ehre. Am Ende werden sie es noch lieben.«

Es gibt sicher wenige Pamphlete, die nach dreiundzwanzig Jahren noch so frisch sind und so verbindlich. Frisch in den *Großen Friedhöfen* ist aber auch das Gift, die winzigen, aber um ihrer Winzigkeit willen nicht weniger gefährlichen Äußerungen eines unverkleideten Antisemitismus, der sich uneingeschränkt als solcher äußert, dessen Herkunft von seinem »verehrten Meister« Drumont Bernanos nicht ableugnet. Als Dreizehnjähriger hatte er *La France Juive* von Drumont gelesen, als Fünfzigjähriger hatte er noch nicht, obwohl längst als Autor so hoch über Drumont hinausgewachsen, diese frühe Vergiftung überwunden, begriff er noch nicht, daß, was im Jahre 1901 nicht sehr ritterlich war, im Jahr 1937 den kältesten und härtesten Schergen Argumente lieferte. Ich kann nur hoffen, daß sein mitleidiges Ohr die Schreie der jüdischen Märtyrer vernommen, sein ritterliches Herz sie wie Narben aufgenommen hat. Der größte der Friedhöfe unter dem Mond trägt den Namen Auschwitz.

Bücher verändern die Welt

Der Streit um die engagierte Literatur ist müßig

Die berüchtigte, bei öffentlichen Diskussionen so beliebte Frage, ob Bücher die Welt verändern sollten, ist eine rhetorische Frage; man stellt sie hin und wieder, damit das Geplauder nicht abbreche, während Bücher weiterhin die Welt verändern, ob sie es sollten oder nicht, ihre Urheber es wollten oder nicht: Bücher verändern die Welt. Nicht nur Bücher, deren Wirkung nachweisbar wird, wie etwa Dickens' Romane, die das englische Schul- und Wohlfahrtswesen veränderten.

Es gehört zur Ironie des Schreibens, daß oft Bücher von Autoren, die absichtslos schreiben, mehr zur Veränderung der Welt beitragen als die Bücher jener, die sich auf ihre Absichten berufen; der Streit über die »Littérature engagée« und die reine ist notwendigerweise ein endloser, solange das eine wie das andere per se als Qualitätsmerkmal genommen wird und die Mischungsgrade, die zwischen beiden möglich sind, nicht in ein Koordinatensystem, das zu erfinden wäre, eingeordnet werden; in diesem System müßte ein gutgeschriebenes Buch über Bienenzucht wie ein Fixstern über einem schlechtgeschriebenen stehen, das das Leben des heiligen Paulus zum Gegenstand hat. Mit dem guten Buch über Bienenzucht wäre sogar dem heiligen Paulus besser gedient, als mit einem schlechten über ihn selbst.

Der Urheber eines Buches ist nicht etwa der Antwort enthoben, ob er die Welt verändern will oder nicht, nur ist sein Nein, sein Ja ohne jeden Einfluß auf die Verwirklichung seiner wahren Absichten; wenn sich einer der Sprache bedient, oder sie sich seiner, begibt er sich in Räume, wo Kontrolle über Wirkungen nicht mehr möglich ist. Mag er hinschreiben: Blut oder: Vorgarten, Zuckerwasser oder Atomspion, er weiß nicht, was er anrichtet, er zahlt mit jedem Wort eine Erbschaft aus, deren Höhe er nicht kennt, wird nie wissen, welche Welten er mit welchem Wort bei welchem Leser in Bewegung setzt. Mag sich ein Sechzehnjähriger antiquarisch einen Band Nietzsche kaufen oder eine junge Dame in modischem Fieber nach dem Buch verlangen, das »man gelesen haben muß« – weder Nietzsche noch der Kandidat auf der Fieberliste werden je erfahren, was sie angerichtet haben. Wir Eingeweihten glauben genau zu wissen, wohin Karl May gehört, wohin Marcel Proust, für den Betroffenen ist es gleichgültig, wo er sich sein Fieber geholt hat: ob in der Straßenbahn, die durch schmutzige Vorstädte fuhr, oder in einem Salon, wo zart die Teetassen klirrten.

Ein Doppelleben führen, das klingt erregend, die Anzahl der Leben eines Buches ist unbekannt; über dem gleichen Buch, das ein Doktorand in schlafloser Nacht zu analysieren unternimmt, sitzen in der gleichen Nacht die Kundin einer Leihbibliothek und ein Buchhandelslehrling; alle drei geben der Uhr, die ihre Finger drohend dem Morgen entgegenstreckt, immer wieder eine neue Frist; erregt sind sie alle, doch was den einen in Hitze versetzt, läßt den anderen kalt; würde der Doktorand erfahren, daß die Kundin der Leihbibliothek das Buch einfach »spannend« findet, er würde sich eine solche Beleidigung seines Autors verbitten: er liebt die Härte des Stils, der Lehrling ist von des Autors Sanftmut entzückt.

Schade, daß die Brüderschaft, die zwischen den dreien möglich sein müßte, nie gestiftet werden wird. Drei Leben? Dreihundert Leben haben sogar die Sorgenkinder der Verleger, und was besagen Ziffern, wenn die Qualität des einzelnen Lebens unerforschbar bleibt? Bücher sind wehrlos wie ihre Urheber, sie erscheinen in Massen, gehen in Massen unter; vielleicht fischt sich einer, der eben geboren wurde, wenn er fünfzehn ist, als ein Fünfzehnjähriger ein Buch aus der Kiste des Antiquars, das verramscht wurde, bevor er noch geboren war – und wird vom Fieber ergriffen.

Die Eingeweihten, die Bücher schreiben, kritisieren, verlegen und verkaufen, wissen nicht, was sie anrichten; als ständiger Kongreß von Fachleuten fechten sie ihre Streitigkeiten in einer Geheimsprache aus, verteilen Ränge und Ehren, werden ärgerlich, wenn Bücher, die sie für schlecht befanden, plötzlich erfolgreich werden. Müßten sie nicht ebenso ärgerlich werden, wenn Bücher, die sie für gut befanden, erfolgreich werden?

Wer sich mit der hohen Verkaufsziffer eines Buches brüstet, dürfte sich nicht gleichzeitig mit der niedrigen eines Sorgenkindes brüsten; aber sie tun's, liefern sich den Ziffern aus; wer das eine Buch durch Erfolg geadelt glaubt, dem anderen den Mißerfolg wie einen Orden umhängen kann, unterliegt dem gleichen Irrtum: daß Erfolg etwas besage. Ist Benn nicht mehr Benn, wenn seine Bücher gekauft werden, und bleibt die Miss Cullers nicht eine große Autorin, auch wenn ihre Bücher kaum gekauft werden? Ich könnte mir vorstellen, daß jener soeben geborene Leser, fünfzehn geworden, sich eins ihrer Bücher aus dem Ramschkasten fischt und vom Fieber ergriffen wird.

Nur selten werden Bücher eingestampft, sie leben also irgendwo weiter, sobald sie ausgeliefert sind, ihrem Schicksal überlassen; neu sind sie nur einen Augenblick lang; im zweiten Augenblick sind sie schon alt; drei Augenblicke alt oder siebzig Jahre, da ist kaum ein Unterschied; jedes Buch verändert die Welt, gibt schwarz auf weiß, was es zu sagen hat: über Bienenzucht oder über den heiligen Paulus, jedes mit einem fast unerträglichen Anspruch, mag es sich auch anspruchslos deklarieren; der Anspruch, anspruchslos zu sein, ist schwerer zu ertragen als der drohende Ernst des Propheten. Es gibt keine anspruchslosen Bücher.

Zwischen Gefängnis und Museum

Die westliche Hälfte Deutschlands duldet die Wahrheit über sich selbst nur in ästhetisch einwandfreiem Gewand. Nichts ist verboten und verbietbar, solange es als Kunst deklariert ist, seine Wahrheit nicht expressis verbis bietet. Wer irgendwo (wo?) den Satz veröffentlichte: »Der rosenzüchtende Alte aus Rhöndorf aß auch heute wieder seine Erbsensuppe«, könnte sich auf Böses gefaßt machen, wer aber solch eine ausdrückliche, (kleine) Wahrheit in einem Roman versteckte, umschriebe, brauchte nichts zu fürchten. Was schön ist, oder für schön erklärt wird, ist unantastbar; machte er bloß einen »alten Rhenanus« draus, der »bienenumsummt sich an seinen Stöcken zu schaffen machte«, statt in Rhöndorf nur in Leutesdorf wohnte, oder plazierte er – ein wenig feiner – den Gemeinten gar an die Mosel, »siedelte« ihn im Trierischen an, verwandelte die Rosen in exotische Fische, die im Aquarium zu lautloser Schönheit heranwüchsen, dann könnte er im Kontext sogar ausdrücklich werden: Bonn und Köln beim Namen nennen, könnte vielleicht sogar einen direkten Seitenhieb auf den Bundesverteidigungsminister riskieren, ihm den Beinamen »stiernackige Intelligenz« als liebliches Kränzlein umhängen, ohne die Richter bei der Schönheitskonkurrenz zu mehr als einem Schmunzeln zu veranlassen; zwar würde ein solcher Seitenhieb ihm einen Briefwechsel mit dem harmlosen Wächter der Ehre des Herrn Verteidigungsministers einbringen, der flugs in bravem Eifer darauf hinweisen würde, wie doch der »Osten« ein solches Kränzlein, als Bumerang umgearbeitet, zurückwerfen könnte – und diese Harmlosigkeit könnte sich zu einem lästigen Briefwechsel auswachsen, aber Gefahr würde dem Autor nicht drohen. Er würde Verteidiger finden, die nicht seine Ausdrücklichkeit, sondern deren ästhetischen Rang verteidigen würden.

In solch einem Klima gedeiht – oder sagen wir bescheidener: vegetiert – in der westlichen Hälfte Deutschlands, was in der östlichen wie die Pest gefürchtet wird: der Formalismus. Einen Herrn, der »sächsisch« näselte, einen Spitzbart trüge, als solchen zu bezeichnen, wäre dort natürlich unmöglich, aber es wäre nicht einmal möglich, ihn in einen brandenburgisch oder pommerisch brummenden Schnurrbart zu verwandeln; selbst wenn

es gelänge, ihn in irgendeiner Verkleidung einzuschmuggeln, könnte man ihn niemals in die Gegenwart plazieren, etwa im Kontext so gegenwärtige Orte wie Karl-Marx- oder Stalinstadt erwähnen und damit die Möglichkeit andeuten, der also Kritisierte sei eine Person der Ostzonen-Gegenwart. Dort wird der Formalismus nicht von ungefähr verdammt und gefürchtet. Alles muß expressis verbis gesagt werden, nur darf nicht das gesagt werden, was einen wirklich drücken könnte. Wo die Kritik an der eigenen Lage unmöglich ist, der Formalismus als Möglichkeit der Verstellung zur Todsünde erklärt wird, stürzt man sich natürlich begierig auf die Kritik an der Lage der anderen, die hinwiederum nur auf formalistische Weise möglich ist. In der Sackgasse dieses hemdsärmeligen Realismus könnte dann jederzeit natürlich der »rosenzüchtende Alte« sogar in eine »rosenzüchtende Mumie« verwandelt werden und wäre genauso fehl am Platz wie in der westdeutschen Literatur der sächsisch näselnde Spitzbart. Jede Kritik an Adenauer in der ostdeutschen Literatur ist ein Ausweichen vor der eigenen Wirklichkeit. So sind die Autoren dort in der Sackgasse ihrer Hemdsärmeligkeit, die ihnen als einzig möglichen Ausweg den des historischen Romans läßt; nähern sie sich ihrer eigenen Gegenwart, so gibt es keinen anderen Ausweg als den der Lüge oder den noch peinlicheren der Propaganda. Wo der Autor das Erlogene gar für wahr, die Propaganda für richtig hält, bietet sich die Chance, ihm jene Eigenschaft zugute zu halten, gegen die selbst Götter vergeblich kämpften: Dummheit. Sie produzieren eine Art anspruchslosen Kitsch, mit Funktionärsjargon angesäuert, der einer bestimmten Art von Erbauungsliteratur gleicht.
Nach dieser Art Literatur, auf westdeutsche Verhältnisse umgeschrieben, verlangen genau jene einsichtsvollen Demagogen, die sich bisher am dümmsten im »Komitee Rettet die Freiheit« deklariert haben. Ihr Vokabularium gleicht aufs Haar jenem der ostdeutschen Funktionäre, die den Formalismus angreifen. Ihr Schrei ist, nachdem der Atomselbstmord sozusagen beschlossen ist, der Schrei nach dem Selbstmord all dessen, was den Namen Kultur ohne Anführungsstriche verdient. Wenn man bedenkt, daß man in der östlichen Hälfte Deutschlands des Formalismus wegen angeklagt, möglicherweise sogar eingesperrt werden kann, dann muß klarwerden, daß im Westen die Freiheit gerettet werden soll, indem man sie ausschließt. Ich fürchte, daß dieses

Komitee nicht seiner Tendenzen wegen, sondern der Dümmlichkeit wegen, mit der es sich deklariert hat, verschwunden ist. Vielleicht auch hat man dort, wo man es finanzierte, eingesehen, daß es überflüssig ist. Klüger und für jeden Künstler gefährlicher sind, die das Schöne erkennen und anerkennen und ohne jede politische Absicht ihn in jenes komfortable Gefängnis sperren, das Museum heißt, während in der östlichen Hälfte für jeden Autor, der auch nur am Rande diese Bezeichnung wirklich verdient, entweder der freiwillige Verzicht auf Formalismus bleibt oder das – sehr komfortable Gefängnis, elfenbeinener Turm, Formalismus des stillen Kämmerleins. Eingesperrt in dieses schöne Gefängnis, hoch dotiert, veröffentlichen sie nicht mehr, leben unangetastet, oft isolierter als ihre unvorsichtigen Kollegen im Gefängnis und sind eigentlich der lebende Beweis dafür, daß es den reinen Formalismus, der landläufig als littérature pure bezeichnet wird, gar nicht gibt. Im Gefängnis gibt es immerhin Kumpanei: Klopfzeichen kann man geben, Kassiber austauschen. Ich zweifle daran, ob die Einsamkeit der Bewohner des elfenbeinernen Turms in der östlichen Hälfte Deutschlands durch viel mehr als Klopfzeichen oder Kassiber unterbrochen wird. Für die im quantitativen Sinn produktiveren unter ihnen bleibt die Ausflucht des historischen Romans, der historischen Ballade, des historischen Dramas – und auf diesen Gebieten blüht denn auch das Gewerbe. Es ist unmöglich, dort auch nur eine einzige Zeile zu veröffentlichen, die *gegenwärtig* wäre und doch – man muß das Selbstverständliche leider immer wiederholen – jenes Minimum an ästhetischer Qualität enthielte, das sie über das Mitgeteilte hinaus zu einer Äußerung der Kunst macht.

In der westlichen Hälfte Deutschlands ist jene Furcht, die nach Kontrolle schreit, vollkommen überflüssig, überflüssig sogar im Sinn jener Funktionärstypen, die sich als kriminelle Schreihälse so gern der Freiheit annehmen. Bei einer möglichen Wiedervereinigung sehe ich nicht die geringste Schwierigkeit einer Verständigung zwischen den Kulturfunktionären der Ostzone und jenen Schreihälsen; sie gleichen sich nicht nur im Vokabularium, bis in die Gestik und den Gesichtsausdruck geht die Ähnlichkeit, und der Fluch der deutschen Gründlichkeit ist beiden Gruppen mitgegeben, beide auch verbindet eine absolute Unkenntnis des Ästhetischen, die bei der östlichen Gruppe unmittelbar politisch wirksam wird, die politische Wirksamkeit der westlichen

Gruppe aber geradezu gefährdet. Daß man dem »Komitee Rettet die Freiheit« die Mittel entzogen hat, wäre eher ein Alarmzeichen, als wenn man es weiter hätte wirken lassen. Das tödliche Gift ist nicht aus dem Verkehr gezogen, man sieht sich nur nach eleganteren Möglichkeiten um, es anzuwenden. Aber überflüssig sind auch die eleganteren Methoden, denn der Formalismus hat seine eigenen, sich konsequent ergebenden Sackgassen. Jeder Gegenwartsroman wird während des Schreibens schon zum historischen, während der Arbeit an ihm rückt der Uhrzeiger weiter, rückt weiter auch, wenn der letzte Strich dran getan – und der nächste sich, um den Gegenwartsroman zu schreiben, an seinen Tisch setzt.

Es ist kein Zufall, daß Abgestorbenes sich großer Beliebtheit zu erfreuen beginnt: imprägnierte Maiskolben, leblos gemachte Paprika, petrefizierte Früchte aller Art sind die große Mode. Wir nähern uns dem absurden Kitsch der leblos gemachten perfekten Form, wie die Natur sie liefert. Die Vorstellung, ein Gast aus den hungernden Ländern dieser Erde würde in einen unserer Kunstgewerbeläden einbrechen und seinen Hunger an diesen imprägnierten Maiskoben zu stillen versuchen, könnte erklären, welch ein makabrer Snobismus in diesen Schaufenstern zelebriert wird. Das Wirkliche in sterilisiertem Zustand als Inhalt für todschicke Vasen. Für eine übersättigte Welt ist die Nußschale wichtiger als der Kern; den wirft man weg, kratzt aus der Schale alles heraus, das an einen Inhalt, einen Zweck erinnern könnte, poliert die Schale, legt sie auf den Schreibtisch, denn sie ist so schön, man kann sich an ihrer Struktur, an ihren herrlichen Linien erfreuen, die einmalig sind wie ein Fingerabdruck. Für das ausgekratzte Kunstgewerbe ist die ausgekratzte Kunst die Voraussetzung, beider Partner der ausgekratzte Mensch. Die vorbildliche Schönheit des modisch propagierten Twen, Thirty, Forty, Fifty – die wie von einem Beerdigungsinstitut zurechtgemachte schöne Oma bis Ninety schließt jene menschliche Beziehung, die als Schwangerschaft zu bezeichnen man übereinkam, bei der Oma schon aus physiologischen Gründen aus. Schwanger zu sein oder diesen Zustand bewirken zu können, wäre ja das, vor dem man sich wie vor der Pest fürchtet: Inhalt. Der Geschmack regiert, und angesichts solch vorbildlicher Schönheit an so etwas Formzerstörendes wie Schwangerschaft zu denken, ist wirklich geschmacklos.

In diesem Klima streben Kunst und Literatur der Leere zu, einer Welt, die sie ohnehin entleeren wird, bieten sie sich schon leer, lassen nichts mehr, das man auskratzen könnte. Das erklärt die erstaunliche, beunruhigende Aufgeschlossenheit der Gesellschaft, wo sie sich noch als solche repräsentiert, etwa als Industrie, für die moderne Kunst und Literatur. Indem man den natürlichen Gegner für schön erklärt, ihn poliert, ins Museum hängt, sperrt man ihn in ein allerdings sehr komfortables Gefängnis ein.

Das Ausdrückliche ist dann nur noch in einem Fremdwort erträglich, im Museum mit allem, was es ausdrücken wollte, sterilisiert: Expressionismus, eine Bewegung, über die man sich völlig ungefährlich äußern, die man sogar würdigen kann, ohne in die Gegenwart einzugreifen; man kann ihm alle Wirklichkeiten zuschreiben, ohne sich zu ängstigen. Es wirkt nicht in die Gegenwart hinein. Da werden Marcel Proust und Karl Marx zum Gegenstand des gleichen, snobistischen Spiels, wird der uralte Streit um die engagierte und die reine Literatur gar nicht mehr erst ausgegraben, weil er sich nicht einmal mehr als Gegenstand eines Spiels eignet. Kein Wunder, daß es der westdeutschen Literatur an Inhalten mangelt, deren in der östlichen Hälfte Deutschlands unzählige warten: hier wohnen die Formalisten, die allein der östlichen Gegenwart sich bemächtigen könnten, aber es fehlt ihnen jene minimale Berührung mit der Gegenwart dort, die sie ermächtigen könnte. Alles, was sie wissen, stammt aus bestenfalls zweiter, meistens aus dritter bis achter Hand, und wie kläglich der im wahrsten Sinne des Wortes bloße Inhalt ist, wie man ihn geradezu verfälscht, indem man ihn nackt läßt, beweisen alle Versuche, sich ohne jene minimale Berührung, oder nur aus der Erinnerung seiner anzunehmen. Auch die Hoffnung auf die Schubladen – jene gleiche Hoffnung, die im Jahre 1945 umging – dürfte vergeblich sein, nur in der Ausnahme berechtigt.

Nicht nur politisch, auch was Kunst und Literatur betrifft, ist die Spaltung perfekt. In der westlichen Hälfte kann man immerhin die Ästheten noch mit ihren eigenen Waffen schlagen, das dürfte jedem Formalisten, der sich noch nicht ganz ausgekratzt hat, gelingen. Man kann nun einmal auf einem Schachbrett nicht Mensch-ärgere-Dich-nicht spielen – und umgekehrt, und Mensch-ärgere-Dich-nicht ist ein sehr kompliziertes Spiel, verglichen mit denen, die in der östlichen Hälfte erlaubt sind. Kaum zwei Literaturen sind weiter voneinander entfernt als die beiden der zwei Hälften Deutschlands, von denen man in sentimentalen Augenblicken sagen kann, daß sie die gleiche Sprache sprächen. Die Sprache ist geteilt in zwei Hälften, die so wenig miteinander zu tun haben wie die zwei Wirtschaftssysteme. Daß die beiden Sprachen *eines* Ursprungs sind, trennt sie weiter voneinander, als das Französische vom Englischen getrennt ist. Das Absurde der Situation wird noch deutlicher, wenn man die Ähnlichkeit, fast Gleichheit der Sprachen der östlichen Kulturfunktionäre mit der der westlichen Freiheitsretter aller Sparten vergleicht: dort ist Deutschland einsprachig – wenn auch zum Glück mit verschiedener Wirkung. Wer in der östlichen Hälfte wirken will, nicht ins Historische flüchten oder zum Erbauungsautor werden will – dem droht eins der beiden beschriebenen Gefängnisse: Elfenbeinturm oder das wahre Gefängnis. Wer in der westlichen Hälfte wirken will, darf sich vor dem Museum nicht fürchten, er muß die, gegen die er wirken will, mit Waffen bekämpfen, die denen, für die er wirkt, nicht immer als solche erkennbar sind. In den Museen hängen so viele Bilder, die nicht eigentlich für Museumsbesucher gemalt worden sind, eher für den Portier, der sie wahrscheinlich nie anschaut.

Karl Marx

Die Geschichte des Fortschritts ist die Geschichte der Undankbarkeit. Die Nachgeborenen übernehmen und genießen gedankenlos Vorteile, ohne an den Preis zu denken, der für sie gezahlt worden ist. In die Undankbarkeit hinein mischen sich Dummheit, Unwissenheit und jene Verachtung, die man dem Theoretiker, dem Intellektuellen schlechthin hierzulande zu zollen gewohnt ist. Die Worte Arbeiterbewegung und Sozialismus rufen nicht einmal ein Gähnen hervor: man weiß kaum, was damit gemeint ist, stellt sich irgend etwas vor, das wahrscheinlich rot war, sich links abgespielt hat und damit hinreichend verdächtig ist. Die Erkenntnis, daß ohne Arbeiterbewegung, ohne die Sozialisten, ohne ihren Denker, der Karl Marx hieß, mehr als fünf Sechstel der heute Lebenden noch in einem dumpfen Zustand halber Sklaverei lebten; daß ohne Kampf, ohne Aufstände und Streiks, die erweckt, gelenkt werden mußten, die Kapitalisten nicht einen halben Schritt zurückgewichen wären – alles verschwindet hinter den Drohreden von Herrn Chruschtschow und wird, hinter den Eisernen Vorhang gerückt, zum Schreckgespenst. Daß die westliche Welt Karl Marx Dankbarkeit schuldet, obwohl die östliche sich zu diesem bekennt, scheint ein zu komplizierter Gedanke zu sein, als daß er Aussicht hätte, Karl Marx davor zu bewahren, unsern Kindern als Schreckgespenst geschildert zu werden.

Die Sozialdemokraten aller Länder und aller Schattierungen haben sich öffentlich von Karl Marx distanziert. Freilich: Dankbarkeit ist keine politische Kategorie. Der »Gott, der keiner war«, ließ sich nicht in einen fortschrittsgläubigen braven Bourgeois verwandeln, der sich vom Marxschen Bourgeois nur darin unterscheidet, daß er mit den Coupons, die er schnippelt, auch seinen eigenen Lohn schnippelt. So nahm man Abschied von ihm, wie von einem Denkmal, das man nicht gerade stürzt, aber nicht mehr zu pflegen beschließt. Das Parteibüro kündigte das Abonnement bei der Gärtnerei, die mit der Pflege der Denkmalsanlage beauftragt war, der Zahlungsauftrag für die Gärtnerei bei der Bank wurde zurückgezogen.

Die Kapitalisten grinsen. Vielleicht werden sie es sein, die eines Tages einen Kranz am mißachteten Denkmal niederlegen; ihren

Gefühlen und bourgeoisen Traditionen gemäß neigen sie gelegentlich zu ritterlichen Gesten, und Humor steht ihnen gut zu Gesicht. Karl Marx ist besiegt, verlassen und vergessen, das »Kapitel Marx ist abgeschlossen«. Der klassische Kapitalist, wie Karl Marx ihn verstand und wie er heute noch lebt, ist nicht in diesem Sinne undankbar; wahrscheinlich kennt er Marx nicht nur besser als jene, die ihn »Kapitalist« in Anführungsstrichen nennen; er befolgt auch den Marxschen Satz, daß ökonomische Umstände Geschichte und Gesellschaft bestimmen, und er gestaltet die ökonomischen Umstände so, daß sie dem historischen Materialismus seine Voraussetzung nehmen. Er macht den Proletarier zum bürgerlichen Verbraucher, handelt konsequent und uneingeschränkt materialistisch; er widerlegt Marx nicht, bestätigt ihn eher; so wie Marx Hegel »umstülpte«, stülpt er Marx um, bestätigt ihn freilich auf eine Weise, die Karl Marx in Wut versetzt hätte, denn von Erweckung des Bewußtseins kann bei dem derart beglückten Proletarier keine Rede sein. Beim Beglücker eher. Marx würde heute nicht mehr sagen: Religion ist Opium fürs Volk, wahrscheinlich würde er sagen, Verbrauch ist Opium fürs Volk und deshalb Religion. Ob das Tränklein Verbrauch bekömmlich ist, steht noch nicht fest. Es muß einen Unvoreingenommenen schon sehr verwundern, daß man so etwas Hocherfreuliches wie Konjunktur bremsen, so etwas Positives wie Verbrauch, etwas so lange Ersehntes wie Wohlstand regulieren und die Unternehmer öffentlich auffordern muß, »es mit den Gewinnen nicht zu übertreiben«. Dem Nichtnationalökonomen, dem Nichtmarxisten, Nichtmaterialisten – als all das bekenne ich mich – tun sich Abgründe auf, und ringsum ist niemand, der das Ungeheuer, das im Abgrund lauert, beim Namen nennen könnte. Wahrscheinlich könnte Karl Marx es. Die freundliche Aufforderung, »es mit den Gewinnen nicht zu übertreiben«, klingt ein wenig allzu flach für jeden, der zu diesem Gewinn beiträgt, wenn er auch nur Schuhe für seine Kinder kauft; solcherlei ruft ein freundlicher Vater am Sonntagnachmittag seinen Kindern zu, die sich im Garten mit dem Schlauch amüsieren und dabei ein wenig zu laut sind – und durch ihren Lärm möglicherweise die dösenden Nachbarn wecken.

Das Wort vom »schlafenden Hund, den man nicht wecken« soll, ist ein beliebtes, unwidersprochenes Sprichwort bei allen Diskussionen geworden. Ich frage mich nur, was ein schlafender

Hund nützt; soll er nicht wenigstens hin und wieder aufwachen, gähnen, mit dem Schweif wedeln und – sich wieder hinlegen? Wie in der westlichen Welt – so zu verstehen, wie sie sich selbst deklariert – Verbrauch das neue Opium ist (des Opiums scheint man irgendwie zu bedürfen, um das, was Marx anstrebte, Bewußtsein, zu verhüten), so ist in der östlichen Welt – so zu verstehen, wie sie selbst sich deklariert – der »Marxismus« selbst zum Opium geworden. Marx zu kanonisieren, seinen historischen Materialismus der Jahre 1850 bis 1880 zu dogmatisieren, Lenin und Stalin als Inkarnationen von Marx zu erklären, das bedeutet, ihn auf eine bösere Weise zu verfälschen, als die westlichen Sozialdemokraten je fähig wären. Die östliche Welt hat den blutigen Preis von Revolutionen und Säuberungen, der Niederwerfung von Aufständen an Marx und seine Inkarnationen wie an Götzen entrichtet. Im deutschen Teil dieser östlichen Welt hat man die schlimmste Pervertierung des »Marxismus« gezüchtet; die Arbeiter werden in Opium essende Bürger verwandelt, die Intellektuellen werden – freiwillig oder unfreiwillig – in elfenbeinerne Türme eingesperrt, entweder Gefängniszelle oder Luxushotel. Es fehlt dieser Erscheinungsform eines marxistischen Staates auch nur der allergeringste Anschein, auf einer echten Revolution zu beruhen. In der verhängnisvollen deutschen Neigung, blindlings zu parieren, hat man den historischen Materialismus angewendet, ohne das historische Material zu sichten, und so kam ein deutsches Wunder an Devotion und subalterner Gründlichkeit zustande, das Lenin zu einem teuflischen Lachen und Marx zu einem verächtlichen Spucken veranlaßt hätte.

Im Westen wie im Osten scheint Marx ad absurdum geführt. Die zahlreichen Sekten, die sich alle seines Namens bedienen, die unzähligen Abwandlungen seiner Lehre machen seinen Namen nur noch zum Futter für fanatische Kränzchen – oder zum Spielzeug für Snobs, die ihn kennen, so, wie man Proust kennt. Eine Erde, auf der zwei Drittel ihrer Bewohner hungern, die immer noch nach dem Schweiß der Ausgebeuteten stinkt, scheint seiner nicht zu bedürfen. Mag sein, daß man in hundert Jahren in den jetzigen Hungergebieten dieser Erde auch den Verbrauch stoppen, die Konjunktur bremsen muß – die Unternehmer auffordern, es »mit den Gewinnen nicht zu übertreiben«, könnte man möglicherweise schon heute. Noch dösen die Nachbarn, noch schlafen die Hunde, oder sind die Nachbarn schon gereizt erwacht und die Hunde schon geweckt? Das historische Material liegt bereit, der Marx des zwanzigsten Jahrhunderts fehlt. Die westliche Welt – die sich unter anderem auch christlich deklariert – hat heute wie vor hundert Jahren, als Marx seine Theorien entwickelte, keine andere Antwort bereit als die der Wohltätigkeit und der Unantastbarkeit des Privateigentums. Auf einer Erde, deren Mehrheit nach Sättigung verlangt, ist sie mit den Sorgen der Übersättigung befaßt; sie hat – theoretisch versteht sich – die Armut abgeschafft; das Wort arm hat für sie keine mystische Bedeutung mehr; es ist ersetzt worden durch asozial, das – in wechselnden Mischungsverhältnissen – eine Mischung von krank, kriminell, unhygienisch ist. Sie ist damit einen wichtigen Schritt weiter materialistisch geworden; auch für Marx hatte das Wort arm keine andere als nur soziale Bedeutung – und ein Jahrhundert lang haben die Christen Marx damit abgetan, mit Recht abgetan, daß Armut als die mystische Heimat Christi und all seiner Heiligen eine andere als soziale Bedeutung habe. Sie haben – Heuchler, wie sie gelegentlich sind – damit auch die Ausbeutung gedeckt, die die Ursache der Armut war, das mystische Gold in magisches Kleingeld verwandelt; aber in welche Lage geraten sie nun den Ausgebeuteten dieser Erde gegenüber? Es sieht so aus, als sei ihre Lage auf eine verteufelte Weise dialektisch: sie bringen den Hungernden ihre Wohltätigkeit und die frohe Botschaft, von der als Besonderheit, als historische Besonderheit – denn bis zur Geburt Christi kümmerte sich keine Macht dieser Welt um die Armen – gesagt worden ist: *Armen* wird die frohe Botschaft verkündet; sie bringen den heiligen Franz – und Maschinen. Sollten sie so ganz und gar auf jenen Karl Marx verzichten können, den sie ihren Kindern als den Antichrist verkünden? Konjunkturbremse, Wohlstandsregulation und das hübsche Wort vom »nicht übertreiben mit den Gewinnen« sind so wenig christliche Vokabeln wie das ernste, dunkle Wort Klassenkampf, das auf unmißverständliche Weise Revolution bedeutet; und Revolution bedeutet: Blut. Blut fließt auch in Kriegen, die zur Verhinderung von Revolutionen begonnen werden.

Karl Marx war kein Politiker, er war ein Denker; überall da, wo er mit den Praktiken der Politik in Berührung kam, ekelten sie ihn an, und die demagogischen Fähigkeiten eines so wichtigen und engen Mitarbeiters wie Lassalle waren ihm verdächtig. Marx war in der Lage, sogar seine Niederlagen dialektisch zu deuten und dadurch zu respektieren. »Ich sehe in der Unterdrückung der *Rheinischen Zeitung* einen Fortschritt des politischen Bewußtseins und resigniere daher«, schrieb der Fünfundzwanzigjährige im Jahre 1843, nachdem er Köln hatte verlassen müssen. »Außerdem war mir die Atmosphäre zu schwül geworden. Es ist schlimm, Knechtsdienste, selbst für die Freiheit, zu verrichten und mit Nadeln statt mit Kolben zu fechten. Ich bin der Heuchelei, der Dummheit, der rohen Autorität unseres Schmiegens, Biegens, Rückendreherei und der Wortklauberei müde gewesen. Also hat die Regierung (indem sie die *Rheinische Zeitung* verbot) mich wieder in Freiheit gesetzt. In Deutschland kann ich nichts mehr beginnen. Man verfälscht sich hier selbst.«

Ich könnte mir einen jungen kommunistischen Redakteur denken, der in Dresden, einen sozialdemokratischen – wohlgemerkt fünfundzwanzigjährigen – etwa in Düsseldorf denken, der, mutatis mutandis, diesen Brief fast wortwörtlich an einen Freund im Jahre 1960 schriebe.

Marx hat die Revolution erwartet und gewollt, hat gewußt, was er wollte und erwartete: nichts Liebliches stand der bürgerlichen Gesellschaft bevor. Er hat alles, was er dachte, zu Ende gedacht und *gewußt,* was er zu Ende dachte. »Wir haben die feste Überzeugung«, schrieb der Vierundzwanzigjährige in der *Rheinischen Zeitung,* »daß nicht der *praktische* Versuch, sondern die theoretische Ausführung der kommunistischen Ideen die eigentliche Gefahr bilden, denn auf *praktische* Versuche, und seien es Versuche in Masse, kann man durch Kanonen antworten, sobald sie gefährlich werden, aber *Ideen,* die unsere Intelligenz besiegt, die unsere Gesinnung erobert, an die der Verstand unser Gewissen geschmiedet hat, das sind Ketten, denen man sich nicht entreißt, ohne sein Herz zu zerreißen, das sind Dämonen, welche der Mensch nur besiegen kann, indem er sich ihnen unterwirft.«

Das schrieb der Vierundzwanzigjährige, der sich bis zu seinem Tod seinen Ideen – und ihren Dämonen verschrieb. Daß seine Zeitgenossen seine Größe erkannten, ist aus allen überlieferten Zeugnissen unzweifelhaft zu erkennen. Über den jungen Marx, der dieses schrieb, schrieb Moses Hess an seinen Freund Auerbach: »Du wirst Dich freuen, hier einen Mann kennenzulernen, der auch zu unseren Freunden gehört, obgleich er in Bonn lebt, wo er bald dozieren wird. Du kannst Dich drauf gefaßt machen, den größten, vielleicht den einzigen jetzt lebenden Philosophen kennenzulernen, der nächstens, wo er öffentlich auftreten wird (in Schriften sowohl als auf dem Katheder), die Augen Deutschlands auf sich ziehen wird – Dr. Marx, so heißt mein Abgott, ist noch ein ganz junger Mann (etwa 24 Jahre höchstens alt), der aber der mittelalterlichen Religion und Politik den letzten Stoß versetzen wird; er verbindet mit dem tiefsten philosophischen Ernst den schneidendsten Witz; denke Dir Rousseau, Voltaire, Holbach, Lessing, Heine und Hegel in einer Person vereinigt, ich sage vereinigt, nicht zusammengeschmissen, so hast Du Dr. Marx.«

Der so beschriebene junge Mann hatte schon ein beachtliches Studium und ein beachtliches Werk hinter sich: eine umfangreiche Doktordissertation über die »Differenz der demokritischen und epikuräischen Naturphilosophie«, zahlreiche Beiträge in der *Rheinischen Zeitung*, eine Kritik der Hegelschen Staatsphilosophie.

Daß schon der junge Marx Hoffnung erweckte, Größe ausstrahlte und Furcht, ist aus allen überlieferten Zeugnissen seiner Zeitgenossen ersichtlich, die ihn entweder fürchteten oder verehrten in einer Weise, wie sie nur durch Größe erweckt wird.

Sieht Moses Hess in seinem Übereifer in Marx Rousseau, Voltaire, Holbach, Lessing, Heine und Hegel vereinigt – so erinnert der wenige Jahre ältere Marx den Engländer Hyndmans an einen Philosophen von nicht geringerer Größe:

»Als wir Marx verließen, fragte mich mein Begleiter, was ich über ihn dächte. Ich denke, sagte ich, er ist der Aristoteles des 19. Jahrhunderts. Allein, kaum hatte ich das gesagt, als ich auch schon erkannte, daß dieser Vergleich nicht ganz zutrifft. Es ist vor allen Dingen ganz unmöglich, sich vorzustellen, daß er ein Höfling Alexanders des Großen hätte sein können. Außerdem hat sich Marx nie – obwohl vielfach das Gegenteil behauptet worden ist – so von den unmittelbaren menschlichen Interessen isoliert, um imstande zu sein, die Tatsachen und ihren Zusammenhang in jener kalten und trockenen Art anzupacken, die für den größten Philosophen des Altertums so charakteristisch ist. Es kann kein Zweifel bestehen, daß bei Marx der Haß gegen das ihn umgebende System der Ausbeutung und Lohnsklaverei kein bloß intellektueller und philosophischer, sondern auch ein leidenschaftlich persönlicher war.«

Nehmen wir die Äußerung dieses Zeitgenossen für wahr, so bliebe zu fragen, wieso Marxens Haß ein persönlicher sein konnte. Seiner Herkunft nach, seinem Werdegang nach hatte er keinen Grund, um seiner Person willen die ihn umgebende Welt der Ausbeutung zu hassen.

Es ist eine überraschende Tatsache, daß der am meisten gehaßte und am meisten verehrte Deutsche des 19. Jahrhunderts nicht in einem der Zentren Deutschlands, sondern in einem seiner stillsten Winkel geboren ist: in Trier. Das Trier, in dem Karl Marx am 5. Mai 1818 geboren wurde und wo er bis zum Jahre 1835 das Friedrich-Wilhelm-Gymnasium besuchte, war friedlich, aber für die preußische Verwaltung, die noch nicht recht heimisch dort war, nicht ohne Probleme. Trier war sechzehn Jahre lang, von 1798 bis 1814, als Hauptstadt des Departements Saar französisch gewesen, und die meisten jungen Rheinländer waren – wie Görres als junger Mann – begeisterte Anhänger der Revolution gewesen. Als Karl Marx geboren wurde, war Trier erst vier Jahre preußisch, und es wurde laufend nach Berlin über Lage und Stimmung in der Stadt berichtet. Einer dieser Berichte, abgefaßt zu einer Zeit, da Karl Marx als Zwölfjähriger wahrscheinlich die Tertia des Friedrich-Wilhelm-Gymnasiums besuchte, lautet sehr vorsichtig:

»Die öffentliche Stimmung in dem Regierungsbezirk Trier ist so beschaffen, wie sie nicht anders sein kann. Wirkung ist immer notwendiges Ergebnis der sie hervorbringenden Ursache. Diejenigen, welche sie tadeln, haben also unrecht. Oft muß man hören, daß die Einwohner als französisch gesinnt, als der preußischen Regierung abgeneigt beschrieben werden und beschuldigt werden. Eine so unvernünftige Beurteilung, die wir von vielen uns ganz fremden Beamten, die das Land nicht kennen, die Denkart der Einwohner nicht verstehen und unter denen manche durch einen perfiden Gegensatz sich geltend zu machen suchen, erlitten haben, ist eine empörende Mißhandlung. Wer zu denken, zu vergleichen und zu verurteilen vermag, der weiß, daß in Hinsicht auf die Volksstimmung die Übergänge nicht zu erzwingen und wesentliche Veränderungen nur von der Dauer der Zeit zu erwarten sind. Umgeben von Tumult, Aufruhr und Empörung, hat die Rheinprovinz ungeachtet aller Keime der Unzufriedenheit die öffentliche Ruhe und Ordnung bewahrt. Im Vertrauen auf die Gerechtigkeit und die Einsichten des Königs werden wir eine bessere Zukunft ruhig abwarten. Lindere man den Druck der unerschwinglich gewordenen Steuern, dann werde ich mich innig freuen, und alle Rechtlichen mit mir, beteuern zu können, daß die Rheinländer und namentlich die Trierer mit wahrer Liebe für die Person des Königs Ergebenheit und Anhänglichkeit für die Regierung vereinigen, daß man auf ihre unverbrüchliche Treue und unbeschränkte Zuneigung zählen dürfe.«

Entkleidet man diesen sehr diplomatisch abgefaßten Bericht des Trierer Oberbürgermeisters aus dem Jahre 1830 aller Phrasen, so kann man ihm ohne Schwierigkeit entnehmen, daß die Stimmung in Trier miserabel, die Preußen einfach unbeliebt waren und sich durch arrogante Beamte noch unbeliebter machten. Die wirtschaftliche Lage der Stadt und damit die Stimmung in ihr wurde nicht besser, sondern schlechter. Polizeikommisar und Oberbürgermeister hatten monatlich nach Berlin zu berichten. In den Berichten wird vom fast absoluten Stillstand des Handels gesprochen, davon, daß Zwangsversteigerungen und Diebstähle zunähmen. Ein anderer Zeitgenosse, der Trierer Landgerichtsrat Joh. Heinrich Schlink, schreibt über das Trier, in dem Karl Marx seine Jugend verbrachte: »Nicht ohne große Furcht kann man der nahen Zukunft entgegensehen, und es dürfte dringend notwendig sein, neue Erwerbsquellen zu erschließen. Indessen nimmt der Pauperismus allerwärts in einem solchen Grad zu, daß er hin und wieder bereits drohend auftritt, so daß man zuletzt der ferneren Ausbreitung des Proletariats wird ein Ziel setzen müssen.«

Düsterer kann man die Lage einer Stadt und eines Landes kaum schildern – und fast alle diese Berichte, abgefaßt zu einer Zeit, da Karl Marx Sekundaner und Primaner war, drängen in sehr vorsichtigen Worten auf Maßnahmen zur Veränderung der ökonomischen Situation; aber das Wort reaktionär, um diese Zeit entstanden, traf auf den preußischen König und seine Regierung in vollem Umfang zu. Die Angst vor der wirtschaftlichen Revolution warf die deutschen Fürsten in einen Feudalismus zurück, der selbst den Gegnern Napoleons diesen wie einen Freiheitshelden erscheinen lassen mußte.

Der junge Mann, der einmal der – wenn auch zeitweise und von vielen nur widerwillig anerkannte – Prophet des internationalen Sozialismus werden wollte – Zeitgenosse Hölderlins, Kierkegaards, Nietzsches und Richard Wagners –, kann von dem wirtschaftlichen Elend in Trier am eigenen Leibe nicht viel gespürt haben; er gehörte unzweifelhaft zu der sehr kleinen Schicht derer, die nicht von Zwangsversteigerung bedroht waren, nie in die Lage kamen, die Reste ihres Besitzes ins Pfandhaus zu bringen; sein Vater, Heinrich Marx, Sohn eines Rabbiners, in Saarlautern geboren, das in der wechselvollen Geschichte Deutschlands und Frankreichs einmal Saarlouis, ein andermal Saarlautern hieß, war Anwalt, gehörte zu den Kreisen, die man in rheinischen Kleinstädten noch lange die Hautevolee nennen sollte; Heinrich Marx war Mitglied der bildungverbreitenden und bildungfördernden Gesellschaften, sein Sohn Karl, wenn auch wahrscheinlich kein Liebling der Lehrer, so doch zweifellos ein so blendender Schüler, daß man »Großes von ihm erwartete«. Welcher Art dieses Große, mit dem er später seine Familie erschreckte, sein sollte, konnte niemand ahnen; auch Karl Marx wußte es noch nicht: er war gewiß antipreußisch, wie alle fortschrittlichen Rheinländer jener Zeit, zog zunächst als siebzehnjähriger auf die Bonner Universität, die im Jahre 1835 sich in jener wein- und rheinfröhlichen Stimmung befand, wie sie uns aus Kommersbüchern überliefert ist. Noch wehte der Geist der Freiheitskriege, wehte schon in die vorrevolutionäre Stimmung hinein.

Karl Marx war nicht verbittert, er hatte keinerlei Druck oder Not am eigenen Leibe erfahren, kein Haß war in ihm gezüchtet worden oder entstanden, der sich an etwas bereits Vorhandenes, irgendeine der bereits bestehenden Bewegungen oder Ideen angeklammert, sich ihnen einverleibt hätte. Er war von einer geistigen Lebhaftigkeit, die mit bloßer Intelligenz zu bezeichnen eine herabwürdigende Dummheit wäre.

Er war mit seinem Vater eines Sinnes, hatte Geld genug, genoß sein Studentenleben, schrieb Gedichte, war als Neunzehnjähriger schon verlobt mit dem schönsten Mädchen von Trier: Jenny von Westfalen, der Tochter des Trierer Regierungsrates Ludwig von Westfalen, der ihm wie eine Ergänzung seines eigenen Vaters gewesen sein muß. Ludwig von Westfalen gehörte zu jenem Typ des preußischen Beamten, der den Rheinländern das preußische Joch zeitweise erträglich machte. Um diese Zeit war Berlin schon das Berlin Kleists, Hegels, es zog Geist und Geister an, eine lebhafte Stadt, in der es freier zuging als in den Rheinlanden, wo französische und revolutionäre Neigungen zu befürchten

waren und der Druck der Polizei entsprechend. Obwohl er seinen gebildeten, sehr freundlichen und ihm zugeneigten Vater sehr verehrte, war für den jungen Marx die Begegnung mit Ludwig von Westfalen, die zahlreichen Gespräche, Spaziergänge mit ihm die erste Berührung mit der Welt in diesem stillen, fernen Winkel Preußens, der Trier hieß.
Die Tochter seines väterlichen Freundes, Johanna Bertha Julie Jenny von Westfalen, wurde im Juni 1843 vor einem Standesbeamten des Standesamtes Kreuznach seine Frau, Jenny Marx. Sie ist eine der Frauengestalten des neunzehnten Jahrhunderts, die von der deutschen Geschichte und Literatur auf eine beschämende Weise vernachlässigt worden ist.
Gewiß waren alle, die ihn kannten, überzeugt, daß dem sechsundzwanzigjährigen Doktor Marx, der in den amtlichen Dokumenten als »Literat« fungiert, und seiner schönen jungen Frau eine große Zukunft bevorstand. Es fällt nicht schwer, sich Marx als jungen Professor mit großem Zulauf, als fortschrittlichen jungen Minister vorzustellen; auf einem Gemälde im Biedermeierstil würde man seine Exzellenz mit einigen Orden auf der kostbar betuchten Brust sehen; seine Frau und die Kinder um ihn herum – ein Bild deutschen Glücks; nur ein paar kleine Zugeständnisse nach innen, einige mehr nach außen – und in einem Trierer, Kölner oder Bonner Museum würde das liebenswürdige Gemälde zu sehen sein. Aber seine Größe ließ Karl Marx keine andere Wahl, als die Zukunft anzunehmen, die für ihn bereitlag: Fast vierzig Jahre des Exils, unerbittlicher Arbeit, des Elends und des Opfers, ein Bettler, der die Geschenke seiner Freunde annahm. Ideen, die seine Intelligenz besiegt, seine Gesinnung erobert hatten, an die der Verstand sein Gewissen geschmiedet hatte – das waren die Ketten, denen er sich nicht entreißen, die Dämonen, die er nur besiegen konnte, indem er sich ihnen unterwarf. Was der Vierundzwanzigjährige geschrieben hatte, klingt, auf den vierzig-, fünfzigjährigen Marx angewendet, wie eine dunkle Prophezeiung, die eingetroffen ist und in der Fülle ihres Schreckens alttestamentlich wirkt. In der Geschichte des abendländischen Geistes sind nur wenige Beispiele dafür bekannt, daß jemand, dem Absoluten folgend, Entbehrungen und tiefste Not nicht nur über sich, auch über seine Familie wie einen Fluch herabrief – und seine Kinder opferte; die italienische Mystikerin Angela von Foligno, der französische Schriftsteller Léon

Bloy – und der deutsche Doktor Karl Marx. Auf Londoner Friedhöfen liegen die kostbaren, unschuldigen Pfänder – Guido, Franziska und Edgar Marx –, die Karl Marx durch ein kleines Zugeständnis an die »Realität« hätte retten können – aber Marx glaubte, wie Angela von Foligno und Léon Bloy, an eine andere als die zu ihrer Zeit geltende Realität. Wie drei andere große Deutsche seines Jahrhunderts, Kleist, Hölderlin und Nietzsche, kannte er keinen Kompromiß. Kleist erschoß sich, Hölderlin und Nietzsche wurden wahnsinnig – Marx ging mit vollem Bewußtsein in die Tragödie seiner Existenz. Nach dem Tod seines dritten Kindes antwortet er auf einen Brief Lassalles: »Bacon sagt, daß wirklich bedeutende Menschen so viele Beziehungen zur Natur und zur Welt haben, so viele Gegenstände des Interesses, daß sie jeden Verlust leicht verschmerzen. Ich gehörte nicht zu diesen bedeutenden Menschen. Der Tod meines Kindes hat mir Herz und Hirn tief erschüttert, und ich fühle den Verlust noch so frisch wie am ersten Tag. Meine arme Frau ist auch völlig niedergebrochen.«

Es war der Marx, der täglich zehn Stunden im Britischen Museum verbrachte, mit den Vorstudien zum *Kapital* beschäftigt; der als Theoretiker die Unwürdigkeit der Bettelei verdammte, selbst aber keinem Bettlerkind widerstehen konnte. Karl Liebknecht schildert ihn: »Marx hatte wie alle starken und gesunden Naturen die Kinder außerordentlich gern. Er war nicht bloß der zärtlichste Vater, der stundenlang mit seinen Kindern Kind sein konnte; er fühlte sich auch zu fremden, namentlich hilflosen, im Elend befindlichen Kindern, die ihm in den Weg kamen, magnetisch hingezogen. Hundertmal riß er beim Durchqueren von Quartieren der Armut sich plötzlich von uns, um irgendeinem Kind, das in Lumpen auf der Schwelle saß, die Haare zu streicheln und einen Penny oder einen Halfpenny ins Händchen zu drücken. Gegen Bettler war er mißtrauisch geworden, denn in London ist Betteln zu einem förderlichen Handwerk geworden – und zwar zu einem, das noch einen goldenen Boden hat, obwohl es nur Kupfer einnimmt. Aber wenn ein Bettler oder eine Bettlerin mit einem wimmernden Kind an Marx herantrat, dann war er unrettbar verloren, und war dem Bettler oder der Bettlerin das Schelmentum noch so deutlich auf die Stirn geschrieben. Den flehenden Augen des Kindes widerstand er nicht.«

Derselbe Marx, der eine Wirtschaftskrise, eine Hungersnot herbeiwünschte, der theoretisch Tausende von Arbeitern und ihre Familien in noch tieferes Elend als das bereits erlittene hätte absinken lassen – um der erwarteten Revolution willen; der die Grausamkeiten der Pariser Kommune billigte – und sich damit so unbeliebt machte, wie sich jemand gemacht hätte, der Chruschtschows Eingreifen in Ungarn im Jahre 1956 gebilligt hätte –, derselbe Marx konnte den Bettlerkindern nicht widerstehen. Es wäre unsinnig, auf ihn jenes Klischee anzuwenden, das die modernen Diktatoren zu einem der ekelhaftesten Klischees abgenutzt haben, das eines harten Mannes, der Kindern gegenüber weich wird. Marx war nicht weich; er hatte Mitleid, und nur große Geister haben sich ihres Mitleids nie geschämt; und er war stolz genug, die Geschenke seiner Freunde anzunehmen.

In zahlreichen Briefen von Georg Weerth, den man als den Erfinder des marxistischen Feuilletons bezeichnen kann (er hatte unter Marxens Redaktion in der Kölner *Rheinischen Zeitung* unter dem Strich, wie man es damals nannte, in einer geistreichen und fast fidelen Form sozusagen die unterhaltende Art, »marxistisch« zu schreiben, entdeckt), in zahlreichen Briefen dieses alten Freundes an Friedrich Engels wird von der Geldnot im Hause Marx gesprochen, von der Befürchtung, ob Marx dieses Leben länger als ein paar Jahre aushalten werde.

»Lieber Engels,

ich habe neulich Frau Marx 2 £ geschickt, aber ich hatte nicht mehr und würde heute noch eine Note folgen lassen, wenn es mir möglich wäre. Aber mein Salär ist bereits überschritten, da mir unter anderen Sachen auch noch 5 £ abgezogen wurden, die ich Marx in diesem Frühjahr schickte oder vielmehr von hier aus schicken ließ« – schrieb er, der erst zwei Tage vorher geschrieben hatte: »Lieber Engels. Es tat mir leid, daß ich neulich nicht kommen konnte; ich wäre doppelt gern gekommen, weil Marx in verdrießlichen Umständen zu sein schien und weil ich vielleicht dazu beigetragen hätte, sein Gemüt zu erheben. Was ist aus ihm und seinen Finanzen geworden? Wenn Du etwas Näheres darüber weißt, so laß mich etwas hören; denn ich mag nicht gern das Schlimmste fürchten. Übrigens verstehe ich nicht, wie das in Zukunft gehen soll.«

Dieses grausame Jahrhundert, weit weniger grausam als das unsrige, hat freundlichere Formen der Gegenwehr gefunden als das unsrige. Ein Karl Marx des zwanzigsten Jahrhunderts hätte wenig Aussicht, im Exil länger als zehn Jahre zu leben. Das neunzehnte Jahrhundert kannte Terror, Ausbeutung und Unterdrückung, in der Anwendung des kalten, geplanten Mordes war es dem unsrigen unterlegen. Die Gesellschaft wehrte sich gegen die Sozialisten, und Marx hat ihre Gegenwehr gewiß wie eine Ehre erfunden, denn sie bestätigte ihn; es gab unzählige Streitereien, Eifersüchteleien, Machtkämpfe – an denen Marx in seinem genialen Eigensinn nicht unschuldig war; vergleicht man aber diese Kämpfe mit den kaltblütigen, meistens sogar in der Sache selbst sinnlosen Grausamkeiten und Morden in der Zeit der Stalinschen Säuberungen, mit der Angst, in der jeder aus seinem Bereich Entflohene auch im Auslande leben mußte – so sind die Animositäten, gegen die Marx sich wehren mußte, fast harmlos. Wollte man erst die Gefängnisse des neunzehnten Jahrhunderts mit den Zwangslagern des zwanzigsten vergleichen, den Polizeiterror des neunzehnten mit dem gesellschaftlichen des zwanzigsten, so würde kaum jemand die Behauptung wagen können, es wäre überflüssig, sich mit Marx zu beschäftigen. Man bekämpfte ihn, und er bekämpfte seine Gegner unerbittlich in Streitschriften, Zeitungsartikeln, Diskussionen: es gab keinen Pardon – aber niemandem wäre es eingefallen, einen Gegner über die Sache hinaus zu bekämpfen. Eine Erscheinung wie Georg Weerth, der ein kompromißloser Gegner der bürgerlichen Gesellschaft war und doch ein fideler Bursche blieb, ein treuer Freund, dem es nie eingefallen wäre, durch die Tatsache, daß er witzig und unterhaltsam zu schreiben verstand, sich unterlegen oder gar minderwertig zu fühlen, wäre in allen sozialistischen und bolschewistischen Gruppen der Gegenwart undenkbar; in etwa wäre Kurt Tucholsky Georg Weerth vergleichbar, doch war Tucholsky weit romantischer und sentimentaler als der zu romantischen und sentimentalen Zeiten schreibende Georg Weerth.

Man war gefühlvoll und gemütvoll, aber selten sentimental, und in diesem Klima gedieh die Freundschaft. Es war die Zeit des Briefeschreibens, das heute durchs Telefonieren ersetzt ist; leider, schon deshalb leider, weil so viele Freundschaftsbezeigungen nie schriftlich fixiert und so der Nachwelt verlorengehen werden. Diese Zeit der Kämpfe, in der Marx lebte und dachte, hat ganze Bibliotheken von Briefen hervorgebracht, die, miteinander verglichen, gegeneinander abgewogen, sich auf vielfältige

Weise korrigieren und von jedem Zeitgenossen ein klares Bild ergeben würden. Marx schrieb an Lassalle, Lassalle an Engels, Engels an Weerth, Liebknecht an und über alle, Heine wieder an alle und über alle, jeder wieder über jeden an jeden; in diesen noch nicht ausgewerteten Sätzen, die erst im Vergleich ihren Wert und ihre Bedeutung finden würden, ist auch das Bild jener Frau verborgen, die Deutschland auf eine schändliche Weise vergessen zu wollen scheint: Jenny Marx. Sie war an Opfermut, Edelmut und Treue, als Mutter und Ehefrau nicht im geringsten der Frau unterlegen, die das bürgerliche Deutschland des neunzehnten Jahrhunderts sich als Ideal erkor, der Königin Luise von Preußen; sie wäre der Ehre würdig gewesen, die »Königin Luise« der Arbeiterklasse zu sein, diese Bürgerliche, die unbeirrbar Marx nicht nur folgte, ihn auch ständig bestärkte in einem Unternehmen, das hoffnungsloser erschien als die Besiegung Napoleons durch die preußische Armee.

Es wäre ein reizvolles, aber wahrscheinlich müßiges Unternehmen der Phantasie, geistige Bewegung und ihre Wirkung bis in die letzte Einzelheit verfolgen zu wollen oder sie darzustellen, indem man sich vorstellt, was *ohne* einen bestimmten Geist geschehen wäre; etwa *ohne* Marx – es ist unvorstellbar; nachdem Lassalle, Proudhon und als letzter seiner möglichen Konkurrenten im Kampf um die Führung des internationalen Sozialismus, Bakunin, gestorben war, Gegner, die er heftig bekämpft, zum Teil auf die bitterste Weise gehaßt hatte, war Karl Marx unbestritten das Haupt der Internationale; nach seinem Tod nahm Engels seine Stelle ein, die Zeit der eigentlichen Kämpfe, der unmittelbar politischen, begann erst; ohne Marxens Theorie und die Richtlinien, die er für den kommenden Kampf gab, wäre kaum ein Minimum des sozialen Fortschritts eingetreten, den die Nachgeborenen heute so gedankenlos wie eine Selbstverständlichkeit genießen; Marxens Werk, sein Leben wäre ohne seine Frau undenkbar – und doch zeigen sich kaum irgendwo Ansätze, ihr jene Dankbarkeit zu entrichten oder ihr jene Aufmerksamkeit zu schenken, die man weit weniger würdigen Frauen – etwa den letzten (oder schon wieder ersten) Vertreterinnen eines feudalen oder sich feudal gebärdenden Europa zollt. Die Unsinnigkeit kritikloser Schwärmerei gehört wohl zu dem Verlangen nach Bewußtlosigkeit, sie ist nicht nur ein Zeichen der Undankbarkeit, auch der Dummheit und Unwissenheit und eine Unterlassung jener, die es angehen sollte. Ein Bild der Freiin Johanna Bertha Julie Jenny von Westfalen, die einen gewissen Doktor Karl Marx heiratete, der in amtlichen Urkunden als »Literat« fungierte, hätte eher einen Platz über dem Bett der Verkäuferin verdient, die ohne diesen gewissen Marx, der wiederum ohne seine Frau nicht denkbar ist, noch heute nicht nur um ihren Achtstundentag, um ihren freien Nachmittag, vielleicht auch noch um das Recht des freien Sonntags und das Recht, sich hin und wieder während ihrer Arbeitszeit setzen zu dürfen, kämpfen müßte.

Aber über den Betten nicht nur der Verkäuferinnen, auch der Studenten hängen die Bilder der Verbreiterinnen von Bewußtlosigkeit. Der Öffentlichkeit ist auf der Suche nach sogenannten Leitbildern kein Klischee abgenutzt und kitschig genug. Sie betet gleichzeitig »das ideale Brautpaar« und die ideale Ehebrecherin an – die Ehe, die jener Dr. Karl Marx aus Trier mit Jenny von Westfalen schloß, hat keine Aussicht, als Leitbild zu gelten, für Treue und Unbeirrbarkeit, die Karl Marx wahrscheinlich vor dem Schicksal der drei anderen verkannten großen Deutschen seines Jahrhunderts, Kleist, Hölderlin, Nietzsche, bewahrte: Selbstmord zu begehen oder wahnsinnig zu werden. Gewiß wird es nicht an Zynikern fehlen, auch solchen christlicher Provenienz, die Karl Marx noch posthum ein solches Schicksal an den Hals wünschen und der Frau den Respekt versagen möchten, die ihre Tugenden an einem Mann übte, den die Zyniker so gerne aus dem neunzehnten Jahrhundert wegdenken möchten; den Respekt auch versagen möchten einer Freundschaft, die in der deutschen Geistesgeschichte ohne Beispiel ist, der zwischen Karl Marx und Friedrich Engels, der – wie Marx, wie Jenny von Westfalen einer anderen Klasse entstammte als der, für die er kämpfte. Das Leben und das Wirken jedes einzelnen der drei ist ohne den anderen nicht denkbar. Ohne den jungen Marx, der später in einer jahrzehntelangen, unermüdlichen Kleinarbeit, von Engels unterstützt, das Material zusammensuchte, zur Stützung jener Theorien, die er genialer nie wieder formulieren sollte; ohne die Begegnung mit dem jungen Marx wäre Engels möglicherweise trotz aller Einsicht und Genialität doch der Klasse verhaftet geblieben, aus der er stammte; Marx hätte ohne Engels nie den Mut gefunden, durchzuhalten; Engels unterstützte ihn nicht nur durch Material, das er in Manchester, der Hochburg der englischen Industrie, für ihn erarbeitete, er unterstützte während der ganzen Dauer des Londoner Exils Marx mit Geld, bestärkte ihn in den widerwärtigen, langwierigen Kämpfen mit den verschiedenen Strömungen innerhalb der Internationale; und Jenny Marx hätte ohne den unermüdlichen Freund gewiß den Mut verloren. Es gibt keine Ehe und keine Freundschaft, die beispielhafter sein könnte als die Ehe von Karl Marx mit Jenny von Westfalen und die Freundschaft zwischen Marx und Engels.

Der sechsundzwanzigjährige Marx schrieb über »die verkehrende Macht des Geldes«: »Was durch das Geld für mich ist, was ich zahlen d. h., was das Geld kaufen kann, das *bin ich,* der Besitzer des Geldes selbst. So groß die Kraft des Geldes, so groß meine Kraft. Die Eigenschaften des Geldes sind meine – seines Besitzers Eigenschaften und Wesenskräfte. Das, was ich *bin* und *vermag,* ist also keineswegs durch meine Individualität bestimmt. Ich bin *häßlich,* aber ich kann mir die schönste Frau kaufen. Also bin ich nicht *häßlich,* denn die Wirkung der *Häßlichkeit,* ihre abschreckende Kraft, ist durch Geld vernichtet. Ich – meiner Individualität nach – bin *lahm,* aber das Geld verschafft mir 24 Füße, ich bin also nicht *lahm*; ich bin ein schlechter, unehrlicher, gewissenloser, geistloser Mensch, aber das Geld ist geehrt, also auch sein Besitzer, das Geld ist das höchste Gut, also ist sein Besitzer gut, das Geld überhebt mich über dem der Mühe, unehrlich zu sein, ich werde also als ehrlich präsumiert; ich bin geistlos, aber das Geld ist der wirkliche Geist aller Dinge, wie sollte sein Besitzer geistlos sein? Zudem kann er sich die geistreichen Leute kaufen, und wer die Macht über die Geistreichen hat, ist der nicht geistreicher als der Geistreiche? Ich, der durch das Geld alles, wonach ein menschliches Herz sich sehnt, vermag, besitze ich nicht alle menschlichen Vermögen? Verwandelt also mein Geld nicht alle meine Unvermögen in ihr Gegenteil? Die Verkehrung und Verwechslung aller menschlichen und natürlichen Qualitäten, die Verbrüderung der Unmöglichkeiten – die *göttliche* Kraft des Geldes liegt in seinem Wesen als dem entfremdeten, entäußerten und sich veräußernden Gattungswesen des Menschen. Es ist das entäußerte *Vermögen* der Menschheit.«

Das schrieb nicht der im Elend lebende Karl Marx der Jahre 1850 bis 1880 – es schrieb der jungverheiratete Marx, der am eigenen Leibe noch keine materielle Not erfahren hatte.

Marx selbst entäußerte sich nie, das Leben seiner Familie und seines Freundes Engels war die absolute Gegenposition zu der beschriebenen, die unverändert auf die heutige Gesellschaft zutrifft – nicht auf jene Ausnahmen, die unkäuflich sind, wie Karl Marx es war, der mütterlicherseits wie väterlicherseits aus altem Rabbinergeschlecht stammte. Wenn seine Gegner ihn verspotteten, haben sie ihn nie als Juden verspottet: er war für sie der trokkene, rechthaberische deutsche Professor par excellence, der typische deutsche Idealist. Er mußte ins Exil, weil er sich nicht verfälschen wollte.

Zum Schluß müssen noch die Grenzen dieses Versuchs über Karl Marx und seine Zeit festgelegt werden; es war nicht meine Absicht, hätte auch nicht meinen Möglichkeiten entsprochen, eine wissenschaftliche Arbeit über Marx zu schreiben. Ich wäre sehr bald in die Lage eines Mannes gekommen, der, ausgerüstet, einen Fluß von der Überschaubarkeit des Rheins zu erforschen, sich plötzlich in ein Stromgebiet versetzt sieht, das dem des Amazonas entspräche. Landstriche, die er für Provinzen von der Größe Brabants oder Westfalens gehalten hat, erweisen sich als zu erforschende Länder von der größe Boliviens und Venezuelas, und es bleibt ihm nichts anderes übrig, als sich für gescheitert zu erklären oder umzukehren und seine Ausrüstung zu vervollständigen. Die Ausrüstung vervollständigen, das würde, auf eine wissenschaftliche Arbeit über Marx angewandt, bedeutet haben, eine Lebensarbeit zu beginnen, denn »Marx und seine Folgen«, das wäre der Titel einer philosophischen Arbeit, die einer geographischen über das Stromgebiet des Amazonas entspräche: fast unzählige Nebenflüsse, Verzweigungen, Delten, tote Arme, neue Arme, die alle beanspruchen könnten, Wasser des großen Flusses und damit seinen Namen zu führen. Vergleichsweise wäre meine Position zu Marx dann nicht die eines Forschers, eher die eines Indianers, der den großen Strom nur da kennt, wo er an ihm vorüberfließt, seine Größe ahnt und versucht, sich ein Bild von ihm zu machen; ein gewagtes Unternehmen, und doch die einzige Möglichkeit. Bei diesem Versuch ging mir die eigentliche Problemstellung dieser Essay-Sammlung zur deutsch-jüdischen Geistesgeschichte verloren, weil sie sich als künstlich erwies: was an Marx jüdisch, an ihm deutsch war, ich wüßte es nicht zu sagen; in einem Lande, wo man sich selbst verfälschte, mußte notwendigerweise auch diese Frage verfälscht werden.

Marx selbst war wohl zum Ende seines Lebens hin beides nicht mehr: weder Jude noch Deutscher, auch nicht Engländer, er war Karl Marx, ein Gelehrter, der wie ein Proletarier lebte, der auf eine tragische Weise hartnäckig Material sammelte, um seine Theorien zu beweisen, die er glänzender, als er es als junger Mann vermocht hatte, nie wieder formulieren sollte; die er durch diese Überfülle von Material eher verdunkelte, als sie zu klären. Sein Genius blieb wach, noch als alter Mann lernte er Russisch, um sich selbst sein Bild von der ökonomischen Situation Rußlands machen zu können – aber die Genialität seiner Jugend erreichte er nie mehr.

Die Problemstellung dieses Buches ist in Marx buchstäblich aufgehoben. Am eigenen Leib hat er das Problem kaum erfahren, als Denker hat er es konsequent zu einer Teilfrage gemacht, und es hieße Marx verfälschen, an ihm das Problem zu isolieren. Das Überraschende für mich war, daß ich es an Marx gar nicht entdeckte. Die Unbeirrbarkeit, mit der er sein Schicksal annahm, seine Familie opferte – war sie deutsch oder jüdisch? Die Frage muß offen bleiben, wohl, weil sie keine echte Frage ist. Nur eine winzige Verfälschung seiner selbst, und in einem Trierer, Kölner oder Bonner Museum würde jenes Gemälde im Biedermeierstil hängen: seine Exzellenz, der Herr Minister, mit Orden auf der kostbar betuchten Brust; um ihn herum eine strahlend hübsche Frau, glückliche Kinder, die mit einem Hund spielen, die Bäume eines großen Gartens im Hintergrund; ein verführerisches Bild, deutlich sichtbar, fast greifbar in seiner fröhlichen Sinnlichkeit. Statt dessen eine dunkle Existenz im Londoner Armenviertel, Terroristendoktor, Schreckgespenst der gesamten bürgerlichen Welt, die sich dafür entschied, Bourgeois zu bleiben und nicht Citoyen zu werden.

Als Karl Marx starb, war seine Lehre noch nicht im taktischen Sinn politisch wirksam geworden; sie gärte noch; vieles an ihr war unausgärbar, manches explodierte; in die Hände der Politiker gegeben, erwies sich seine Lehre als ein blutiges Instrument; vielleicht nur, weil die Welt die Antwort auf Marx schuldig blieb, seine Irrtümer benutzte, um seine Wahrheiten zu verdekken. Diejenigen, in deren Händen seine Lehre politisches Instrument wurde, benutzten ihn, um ihre Verbrechen und Irrtümer zu verdecken. Er war ein Revolutionär und ein Hasser, und gerade da, wo er nur Wissenschaftler sein wollte, trieb sein Haß ihn in die Sackgasse des Irrtums. Er, der den Menschen seiner Selbstentfremdung entreißen, zu sich selbst bringen wollte, wurde umgefälscht in den Götzen einer Unmenschlichkeit, die unzählige Opfer gefordert hat. Die westliche Welt hat auf Marx geantwortet, indem sie das historische Material, das seinem historischen Materialismus zur Grundlage diente, geändert hat; sie hat sich damit in einen heillosen Materialismus manövriert, in den die Christen auf eine heillose Weise verstrickt sind, verstrickt in die Folgen eines Marxschen Irrtums, nicht in seine Wahrheit.

Rom auf den ersten Blick

Was der erste Blick bedeutet, ist abhängig vom letzten, und ich habe den letzten Blick auf Rom noch nicht getan; unzählige erste Blicke: plötzlich von der Via Trionfale aus unter uns in der Sonne diese riesige Stadt, deren Grundfarbe gelb zu sein scheint – das gelbe Rom über seine Hügel gebreitet; ein erster Blick. An endlos langen Mauern vorbei, die Kühle versprechen und Reichtum verbergen, Gärten und Palazzi, Palazzi und Gärten: ein erster Blick auf das reiche Rom, dessen reiche Jugend grausam und rücksichtslos in erlesenen Autos umherjagt – das reiche Rom – und das arme in Mietskasernen, wo die Wohnungen kaum geräumiger sind als ein Auto; das Rom der Katzen, die aus zweitausendjährigen Geschlechtern zu stammen scheinen; in den Ruinen des Forums, in den Mauern des Kolosseums; das Rom der Liebespaare, die in dieser Stadt so viele Schlupfwinkel haben wie in keiner Stadt der Welt. Das Rom, das ich aus meinen Lateinbüchern kannte: es gibt den tarpejischen Felsen also wirklich, gibt wirklich das Kapitol und die Via Appia, und die römischen Kaiser haben ihrem Namen in Gebirgen von Ruinen Dauer verliehen: Caracalla und Nero. Das Rom der reichen Kirche: diese kalten Prachtkassettendecken, diese riesigen Marmorengel, die Weihwasserbecken von der Größe von Badewannen halten, das Wappen des Heiligen Stuhls an so vielen Portalen, die Eingänge zu fast unermeßlichen großen Gärten mit unermeßlichen kostbaren Palästen sind – und die Bettelmönche in schmuddeligen Kutten, die mit Sammelbüchsen von Café zu Café gehen, alles die eine, dieselbe Kirche; lauter erste Blicke auf irgend etwas, das römisch, nur römisch ist; Rom ist die Heimat eines der mißverständlichsten Eigenschaftswörter, und alles, was man mit einem ersten Blick dort sieht, ist römisch; die Kellner sind's und die Kinder, die Kirche ist es und die Ruinen des imperialen Rom; das Denkmal Viktor Emanuels und Franziska Romana, die heilige Römerin, Schwester unzähliger Römerinnen.

Bei vielem wird der erste Blick auch der letzte sein: beim scheinbar Zufälligen; dem Kellner, der uns in einer Trattoria vor Rom den Weg zu unserer Pension erklärte; er ging dreimal den weiten Weg vom äußersten Ende der Terrasse ins Innere des Hauses: das

erste Mal, um eine Karte, das zweite Mal, um einen Bleistift und dann lächelnd das dritte Mal, um seine Brille zu holen – und ich wußte sofort, daß ein Trinkgeld ihn sehr tief verletzt hätte. Der Installateurlehrling, der in einem Friseursalon den Glaskasten fallen ließ, den er mit seinem Meister in die Wand einmontieren sollte: Flaschen und Tuben zerschellten, der Kasten zersplitterte, Parfüms und Haarwasser flossen über den Boden, und ich hatte Angst vor dem Donnerwetter, das über den weinenden Jungen jetzt hereinbrechen würde; aber der Meister blieb ganz still, er sagte irgend etwas, das »Sowas kann ja passieren« heißen mochte und fing an, den Jungen zu trösten, der schluchzend in der Ecke stand, während die Friseure seelenruhig weiter einseiften, weiter mit ihren Scheren schnippelten und eine Frau mit Besen und Feger die Reste zusammenfegte, ihren Putzlappen mit kostbaren Flüssigkeiten tränkte. Ein erster Blick auf Rom.
Die scheinbare Regellosigkeit der Autofahrer, die den ungeschriebenen mehr als den geschriebenen Gesetzen gehorchen; überraschend in einer Stadt, die die Heimat der Lex ist, daß schlafende Katzen und spielende Kinder das Recht brechen, auf das man niemals »pochen« könnte, wenn man rechtens Katzenschlaf und Kinderspiel störte oder »verkehrswidrig sich verhaltenden« Frauen Belehrungen erteilen möchte; die römische Straße ist zwar den Autos freigegeben, aber sie gehört ihnen nicht, noch nicht; der »Ritter am Steuer«, dieses puritanische Ekel, ist ja nur Ritter, weil er gnädig auf sein Recht verzichtet – für einen Augenblick; verkehrswidrig – auf den ersten Blick – scheinen in Rom die Autos zu sein, nicht weil sie Regeln brechen, sondern weil sie ihrem Wesen nach brutal und asozial sind; kein Wunder, daß es in Rom viel mehr Polizisten als Ampeln gibt: das Recht ist noch nicht automatisiert.
Erste Eindrücke bei ersten Blicken; die Vielfalt der Nonnen, so vielfältig fast wie die Anzahl der Schmetterlingsrassen, auf dem Platz vor Sankt Peter flattern sie hin und her, mit schlichten und üppigen Hauben, mit bunten und farblosen Schleiern und ohne einen solchen; manche sehen aus wie mittelalterliche Matronen, andere wie spanische Señoritas, sardinische Bäuerinnen und die modernen mit Baskenmützen und weißen Blusen fast wie Schwestern, mit denen man auf Fahrt gehen könnte; und innerhalb der einzelnen Nonnenrassen die Variation der Hautfarben: gelb, weiß, schwarz und kupfern wie Winnetou.

Alles erste Blicke am ersten Tag; mit jedem Blick etwas Römisches – und wieviel Blicke tut ein Auge täglich?

Autoren und Schicksale

Über Karl Otten, »Das leere Haus«

Karl Otten, Zeit- und Altersgenosse, wohl auch Freund der meisten in diesem Buch Versammelten, legt hier eine sorgfältig kommentierte und edierte, mit ausführlichem biographischem und bibliographischem Anhang versehene Sammlung von Texten vor, die alle, muß ich gestehen, Neuentdeckungen und Überraschungen für mich sind, obwohl die meisten Texte, zwischen 1902 und 1937 erschienen, in Antiquariaten und Bibliotheken wahrscheinlich zu finden gewesen wären. Aber neu waren für mich, außer denen von Gertrud Kolmar und Paul Kornfeld, sogar die Namen: Paul Adler, Albert Ehrenstein, Ernst Blass, Efraim Frisch, Simon Kronberg und Ernst Weiss. Karl Ottens im Nachwort stellenweise anklingendem gerechten Zorn ob der Vergeßlichkeit der Nachgeborenen empfehle ich meine Lücken zu gütiger Verzeihung; Ottens Zorn ist gerecht was die Sache, ungerecht was die angeht, gegen die er sich wendet. Uns Nachgeborene befällt angesichts dieses jugendlich ungebrochenen Eifers, der nicht nur aus Ottens feurigem Kommentar, auch aus manchem der von ihm wiederbelebten Texte spricht, eine gewisse Verlegenheit. Die moralische Überlegenheit der Vertriebenen und Verstoßenen, ihr Wissen, ihre im Exil bewahrte Kontinuität, setzt sie so leicht in die Rolle des erbosten Vaters jenem Sohn gegenüber, von dem er annahm, daß er, unschuldig eingesperrt, die Haftzeit nütze, strebsam und duldend sich bemühe, jenes Wissen zu erwerben, jene Zusammenhänge zu erspüren, die er, wäre er in Freiheit geblieben, erworben und erspürt hätte; aber siehe da, der Sohn hat mit den Halunken, in deren Gesellschaft er so viele Jahre verbrachte, nicht nur gestrebt und geduldet: Er hat auch mit ihnen Karten gespielt, von ihrem Schnaps getrunken, sein Brot mit ihnen geteilt; aus der Haft entlassen, ist er weder reuig noch reuelos, inzwischen auch unversehens vom Kinde zum Mann herangewachsen, weiß wohl, was er alles nicht weiß, und ist doch des Erzogenwerdens nicht nur müde (auch im Gefängnis gab es und gibt es »Erzieher«), er ist der Erziehbarkeit entwachsen – und richtet sich innerhalb seiner Lücken provisorisch ein; langsam, sobald er gewiß ist, nicht ständig den Zeigefinger vor der Nase, nicht ständig die schneeweiße Brust des Vaters vor Augen zu haben, dringt er in die »lückenlose« väterliche Wohnung ein, mit größerem Bangen, als er jemals zugeben wird.

Die Tragik derer, die einen Teil Deutschlands mit ins Exil nahmen, diesen Teil bewahrten, mit einem anrührenden Eifer bereithielten für die, die hinter der Mauer mehr oder weniger bewußt auf Befreiung und Erlösung warteten, ihre Tragik lag in dem Irrtum, anzunehmen, daß kontinuierlich dem Jahr 1933 nun das Jahr 1934 zu folgen habe, so wie es verlaufen wäre, wenn . . . aber es war kein Jahr mehr, keins weniger als 1945. Der verdächtige Eifer der so rasch zur »Umerziehung« Bereiten war so tödlich wie die Arroganz der Umerzieher, die genau zu wissen glaubten, wen sie vor sich hatten; vieles ist an dieser Verkennung gescheitert, einiges in jenen Jahren vermurkst und noch mehr verschüttet worden. Was damals den Nachgeborenen vom Erbe der Väter dargeboten wurde, diese Auswahl wurde recht zufällig getroffen, oft richtete sie sich einfach nach der Papierzuteilung. So konnte den Söhnen nicht jene Kontinuität entstehen, deren Fehlen Karl Otten in seinem Nachwort zum *Leeren Haus* beklagt. Und wenn das Jüdische und das Deutsche immer getrennt behandelt wird, immer nur zufällig, so wie es die wechselnde politische Opportunität gerade will, kann niemand den Mut finden, beide da zu fassen, wo sie ineinander übergegangen, miteinander verschmolzen sind, auf der Ebene der größtmöglichen Innigkeit: der Sprache. Daß die großen Vernichtungsstätten nicht nur Stätten deutschen Mordens, auch des deutschen Selbstmordes waren, ließ sich an jenen Lücken beweisen, deren eine Karl Otten mit seinem Sammelwerk füllt: Sprachlücken, Erinnerungslücken, die zu so täuschenden Ergebnissen führen wie Lücken in der Quecksilbersäule des Thermometers. Die Lücken in den Bibliotheken wären zu füllen, aber was Otten bietet, ist mehr als Aufholen, Komplementierung der Literaturgeschichte; er bietet mit den Autoren ihre Schicksale, ihren Raum, mit ihren Werken die Zwiespältigkeit des Jüdischen und des Deutschen in seiner vielfachen Verquickung. Welcher Unterschied zwischen dem Prager Juden Franz Kafka, dem galizischen Juden Joseph Roth: Schreiben sie nicht beide ein »Jahrhundertdeutsch«, wertvoller und wichtiger, den Nachgeborenen dargeboten zu werden als jeder Jahrhundertwein? Und waren fast gleichaltrig, sozusagen aus einer Generation, und nicht mehr Kilometer voneinander entfernt geboren als Thomas Mann und Bert Brecht; der Raum, in dem sie wohnten, war die Sprache, und diese Sprache war deutsch; gibt es ein anderes Bekenntnis als in *einer* Sprache zu schreiben? Das gleiche Bekenntnis legen alle ab, die Karl Otten in diesem Sammelwerk vereint hat; es ist ein Bekenntnis, das sich gegen die Deutschen wendet, in ihre Lücken eindringt. Gegensätzlicheres als Gertrud Kolmars *Susanne* und Ernst Blass' *Der Blinde* ließe sich kaum erfinden, und sie waren doch beide Berliner, beide Juden, schrieben beide deutsch, Gertrud Kolmar ein von Träumen und Märchen inspiriertes, Blass ein klares, elegantes. Was ist an der einen deutsch und am anderen jüdisch, und umgekehrt? Ich weiß es nicht, sowenig ich es von Simon Kronbergs dunklem, klagevollem, gebethaftem Stück Prosa zu sagen vermöchte oder von Efraim Frischs meisterhaftem *Zenobi*, der, würde er als heute geschrieben präsentiert, alle Aussicht hätte, als »modern« begeistert empfangen, möglicherweise als Sensation gefeiert zu werden; sensationell ist, daß ein solches Werk tatsächlich vergessen sein konnte; sensationell ist, daß Gertrud Kolmar von Berlin aus verschleppt, an unbekanntem Ort ermordet wurde und ein so kindlicher, weltfremder, fast mystischer Geist wie Paul Kornfeld das gleiche Schicksal erlitt.

In der Sammlung *Das leere Haus* sind von der leidvollen Prosa Kronbergs bis zur luciden Modernität Frischs, der das Wunder vollbringt, abseits von aller Psychologie jenen *Zenobi* zu schaffen, einen Hochstapler, der als Engel aus des Lesers Gedächtnis entschwindet – alle Gegensätze des Jüdischen enthalten, auch die des Deutschen, in dessen Sprache alle Beiträge geschrieben sind. Karl Otten, Zeitgenosse und Altersgenosse der in diesem Band Vereinten, ist als Überlebender Genosse auch noch unserer Zeit; sein Nachwort und seine Kommentare zu den einzelnen Werken gehören mit in jene Lücke, die durch seine Sammlung gefüllt wird; im Exil lebt ein Teil Deutschlands, zu dem das gegenwärtige noch keine Brücke hat, über die es einen Teil jener Tradition zurückerhalten könnte, die noch draußengeblieben ist.

Zvi Asaria

Im Januar- und Februarschnee des Jahres 1960 patrouillierten Tag und Nacht Polizisten vor diesem Haus: Köln, Roonstraße 50. Das Haus ist geräumig, ist mit einem gewissen Komfort ausgestattet, es fehlt an nichts – nur der Boden, auf dem es stehen sollte, scheint zu fehlen, jener Boden, auf dem die Realisten »mit zwei Beinen« in ihrer Wirklichkeit stehen, diese Arena der »Handfesten«, wo das »Normale« gängige Ware ist. Ist es normal, daß das geistliche Oberhaupt einer Gemeinde, die 1300 Mitglieder zählt, bei Festakten, Empfängen, Partys und Delegationsbegrüßungen den Ehrenplatz einnimmt, während sich die geistlichen Oberhäupter von Gemeinden mit Millionen Mitgliedern mit dem zweiten und dritten Platz begnügen? Wie kommt eine Gesellschaft, die der Qualität und der Proportion huldigt, dazu, derart unproportional ihre offiziellen Ehren zu verteilen? Auf die unheimliche Schuld ist ein ebenso unheimlicher Kredit gefolgt, der die jüdische Existenz in der Bundesrepublik zu einer schwebenden, bodenlosen macht.

Frau Dr. Asaria war gerade von einem Israelbesuch zurückgekommen, als ihr Haus plötzlich im Licht der Öffentlichkeit stand. Keiner der Polizisten, die unten im Schneematsch des Bürgersteigs der Roonstraße auf und ab patrouillierten, ahnte, daß die junge Frau mitten in der Nacht aufstand, den Vorhang beiseite schob und sich seiner Gegenwart versicherte. Antisemitismus? Pogrome? Schmierfinken? Welch ein Aufwand für zwei unappetitliche Wirrköpfe, denen man am besten zwei Eimer mit Seifenlauge, zwei Bürsten und eine Tracht Prügel verabreicht hätte. Wo blieb da der Sinn für Proportion, wo der Boden der Tatsachen? Tatsachen, daß die junge Frau oben am Fenster als zehnjähriges Mädchen von Antwerpen aus auf der Flucht vor der Gestapo Belgien und Frankreich durchquerte, über die Pyrenäen nach Spanien gelangte, von dort Palästina erreichte; Tatsache, daß ihr in dieser Januarnacht alle Instanzen, von dem Polizisten hinauf bis zum Bundespräsidenten, zur Verfügung stehen. Nur ein Anruf, und Minister werden herbeieilen, Polizeipräsidenten zu ihrer Verfügung stehen. Sie würde so gern den Boden erreichen, auf dem die Stiefel des Polizisten mit einer so verblüffenden Selbstverständlichkeit stehen; aber sobald sie ihn zu erreichen versucht, strecken sich ihr tausend Hände entgegen: man trägt sie auf Händen, und sie weiß nicht, ob sie es sich leisten kann, diese Hände beiseite zu schieben. Schlaf? Man kann nur schlafen, wo man des Bodens gewiß ist. Des Bodens, auf dem man nur die Frau eines Geistlichen wäre. Ihr Mann, Rabbiner Dr. Zvi Asaria, könnte sie vielleicht zu sich herabziehen, wenn er selbst diesen Boden erreicht hätte, diesen Boden, der alles ist: Erde und Heimat, Amt und Alltag, der berühmte Boden der Tatsachen, wo das »Leben weitergeht«, »die Zeit die Wunden heilt« und jeder Tag seine Last hat; aber auch er wird in dieser chagallsch-chassidischen Schwebe gehalten; er hat nie schmutzige Schuhe: sobald sich Spritzer von Schmutz zeigen, sind tausend Hände da, die bürsten, polieren, bereinigen, und es macht seine Existenz zwiefach tragisch, daß es Hände von Menschen sind, die voll echter Sympathie, voll wahrhaft guten Willens sind. Da ruft ein Schulleiter an; ein jüdischer Schüler, 15 oder 16 Jahre alt, hat den Lehrer geohrfeigt, und man fragt Dr. Asaria, was mit dem Jungen geschehen soll. »Machen Sie mit ihm, was Sie mit jedem anderen Schüler machen würden.« Aber man hat den Schüler nicht bestraft, weil er ein jüdischer Schüler ist. »Und das«, sagt Dr. Asaria, »ist das Problem unserer Existenz hier!« Die unheimliche Schuld wird zum unheimlichen Kredit, wird zum Schutzbrief. Die Realisten nutzen den Kredit aus, sie stehen auf dem Boden der Tatsächlichkeit dieses Kredits; aber Dr. Asaria ist kein Realist: im Hof des Elternhauses in Beodra, im Banat, hörte er seinen Vater mit Gott sprechen: »Oh, Herr der Welt, erbarme dich einer Mutter von vier Kindern . . .«, er wuchs auf in der frommen, freundlichen Welt des Chassidismus, studierte Theologie in Sarajewo, von 1934 bis 1938 in Wien semitische Philologie, mußte bei der Besetzung Österreichs durch die Deutschen zurück nach Budapest, wo er sein theologisches Diplom und den Doktor der Philologie erwarb; für kurze Zeit nur wirkte der 27jährige Rabbi im Banat, wurde als jüdischer Feldgeistlicher im Hauptmannsrang zur jugoslawischen Armee eingezogen, nach einem Monat Krieg deutscher Kriegsgefangener, blieb drei Jahre lang Rabbiner der einzig mobilen jüdischen Gemeinde – wie er es nennt – von 450 jüdischen jugoslawischen Offizieren in den Lagern Nürnberg, Straßburg, dann in Pommern, floh im Winter 1944/45 der englischen Armee entgegen, wurde für kurze Zeit Rabbiner in Nienburg, bis ihn die Nachricht von

der Befreiung Bergen-Belsens dorthin rief; dort stand er Sterbenden bei, beerdigte 20 000 Opfer der Gewalt, bildete im Jahr 1948 im Lager Bergen-Belsen freiwillige Rekruten für den Palästinakrieg aus und zog als Major mit ihnen in den Krieg; im Jahr 1953 kehrte er als Oberrabbiner für die britische Zone nach Köln zurück; ein Lebenslauf voller Realität, Tausende Kilometer auf dem Boden Europas, Tausende Kilometer auch, die ein zehnjähriges Mädchen über den Boden Europas floh, zwei Lebenswege, die in diesem Haus in Köln, Roonstraße 50, zu einem vorläufigen Ziel gekommen zu sein scheinen.
Auch in dieser Nacht stand wieder ein Polizist vor der Tür. Irgendwo in Süddeutschland hatte sich ein junger Mann der Polizei gestellt, ausgesagt, er sei von einer arabischen Organisation beauftragt, alle Rabbiner in der Bundesrepublik zu ermorden. Vielleicht ein Verrückter, vielleicht ein geltungssüchtiger, ein unappetitlicher Wirrkopf – oder? Dieses Vielleicht alarmierte alle Polizeipräsidenten der Bundesrepublik, ließ Polizisten in ihre Stiefel fahren und auf Posten ziehen. Irgend jemand, der 20 Pfennig in einen öffentlichen Telefonautomaten einwirft, die richtige Nummer wählt, kann diesen Alarm auslösen, das Vielleicht mobilisieren, auf dem die junge Frau dahinschwebt wie ihr Mann, der einer Gemeinde vorsteht, die 1300 Mitglieder hat, über eine riesige Stadt verstreut ist und deren Sterbe- und Geburtenstatistik wenig geeignet ist, die Bodenlosigkeit in Verwurzelung, das Vielleicht in ein Ja zu verwandeln: 27 Todesfälle in einem Jahr und 1 Geburt.

Mutter Ey

Versuch eines Denkmals in Worten

In der Düsseldorfer Altstadt fehlt ein Denkmal. Es sollte nicht allzuweit von der Kunstakademie, nicht allzuweit vom Denkmal des reitenden Landesfürsten stehen, auf einem freien kleinen Platz nahe den Häusern Ratinger Straße 45 und Hindenburgwall 11. Der Bildhauer, die das darzustellende Modell noch gekannt haben, der Maler, die Skizzen liefern, Vorschläge machen könnten, gibt es genug. Hielt die Darzustellende nicht einen Rekord, der bisher von keiner Lebenden überboten worden ist: den Rekord, die meistporträtierte Frau Deutschlands zu sein?

Geburtsurkunde No. 22. Bürgermeisterei Wickrath, Kreis Grevenbroich, Regierungsbezirk Düsseldorf: Im Jahre tausend achthundert sechzig vier, den fünften des Monats Maerz, vormittags zehn Uhr erschien vor Hugo Naegele, Bürgermeister, als Beamten des Personenstandes der Bürgermeisterei Wickrath, der Peter Stocken, vierzig Jahre alt, Standes Taglöhner, und erklärte, daß von der Josepha Engels, vierzig vier Jahre alt, Standes ohne, wohnhaft zu Wickrath, verheiratet mit ihm, dem Komparenten, am vierten Maerz dieses Jahres nachmittags zwei Uhr ein Kind weiblichen Geschlechtes geboren sei, welchem Kinde der Vorname Johanna beigelegt wurde. Diese von mir aufgenommene Erklärung ist geschehen in Anwesenheit der beiden Zeugen, als: 1. Friedrich Wilhelm Lentzen, fünfzig fünf Jahre alt, Standes Strumpfweber, wohnhaft zu Wickrath, 2. Daniel Messerschmidt, vierzig Jahre alt, Standes ohne, wohnhaft zu Wickrath. Nach geschehener Vorlesung und Genehmigung wurde diese Urkunde unterschrieben von mir, dem Personenstands-Beamten, dem Komparenten und den beiden Zeugen: Peter Stocken, Friedrich Wilhelm Lentzen, Daniel Messerschmidt.

Johanna Ey geborene Stocken wird hier in feierlichem einhundert Jahre altem Amtsdeutsch ihre Ankunft auf dieser Erde bestätigt, das Dokument ist von ihrem Vater, dem Bürgermeister, den beiden Zeugen unterschrieben. Erst fünfundsechzig Jahre später, längst schon in aller Welt bekannt, Gegenstand unzähliger Ateliergespräche, allerletzte Hoffnung für so manchen Maler, der ihr seine Bilder anvertraute, erzählt sie selbst aus ihrer Kindheit:

Jetzt bin ich fünfundsechzig Jahre alt und will meinen Lebenslauf oder meine Biographie oder, ich glaube, wenn man tot ist, sagt man Memoiren, schreiben. Am 4. März 1864 bin ich in Wickrath, einem kleinen Flecken im Kreise Grevenbroich geboren. Wir waren sechs Geschwister, ich die jüngste einer armen Familie. Mutter war eine Dulderseele, Vater ein stolzer, intelligenter Mann, jedoch Trinker, wo wir alle, besonders Mutter, sehr darunter leiden mußten. Nach der Schulzeit kam ich mit 14 Jahren zu fremden Menschen, mit 18 lernte ich meinen Mann kennen, heiratete mit 23 Jahren im Jahre 1888 und hatte eine sehr traurige Ehe. Von meinen 12 Kindern blieben vier, 2 Söhne und 2 Töchter, die mich sehr lieben und verehren. Im Jahre 1910 wurde ich geschieden, und ich mußte mich mit meinen vier Kindern, die älteste 10½, die jüngste 4 Jahre, kümmerlich ernähren. Die Kinder halfen morgens durch Brötchen-, nachmittags durch Zeitschriftenaustragen, so daß ich keine fremde Hilfe in Anspruch nehmen mußte. Durch Zufall bekam ich eine Bäckereifiliale, und ebenso war es Zufall und Wendepunkt in meinem Leben, daß eines Nachmittags zwei Studenten der Akademie kamen und frugen, nachdem sie sich was zum Kaffee eingekauft hatten, wo sie wohl etwas zu trinken bekämen. Ich war gleich bereit, eine Tasse Kaffee zu kochen, und nachdem ich nachher 10 Pfg sagte, hieß es, wir kommen wieder. So fing der Betrieb meiner Kaffeestube Düsseldorf, Ratinger Straße 45 an, in dem Haus, wo der Dichter Immermann gelebt hat und gestorben ist.

Sollte das Denkmal in der Ratinger Straße, wo der Dichter Immermann gelebt hat und gestorben ist, Platz finden, es würde eine kleine, rundliche Frau darstellen, die alles andere als eine Reklame für Schlankheitsdragees abgeben würde: ein rundes Gesicht, wirres, dunkles Haar, lächelnd, mit Brille, nicht mehr jung. Da würden die Vorübergehenden stehenbleiben, kopfschüttelnd, ein wenig amüsiert sich fragen: Ganz hübsch, das Denkmal, aber gehört denn eine solche Frau, in Erz gegossen, auf einen Denkmalsockel? Etliche würden wohl auch das gute neudeutsche »Shocking« ausstoßen und die Dargestellte denn doch ein wenig zu vulgär finden. Vielleicht würde man sie, läse man die Inschrift: Mutter Ey, 1864 bis 1947, für eine Düsseldorfer Marktfrau halten, folkloristisches Element inmitten der stilrein, elegant und sauber aufgebauten Altstadt, Erinnerung an eine weniger hygienische, weniger schlankheitssüchtige Epoche.

Johanna Ey hätte sich gewiß nicht gescheut, auf dem Markt zu stehen, Äpfel, Kartoffeln und Zwiebeln zu verkaufen, um ihre Kinder zu ernähren. Geschiedene Frau – das war im Jahr 1910 ein hartes Los. Zwei Sätze nur in ihrer Autobiographie: – »und hatte eine sehr traurige Ehe. – Im Jahre 1910 wurde ich geschieden.« Der Respekt vor der Toten, den man gewiß auch der Lebenden gezollt hätte, verbietet, tiefer in dieses Geheimnis einzudringen, das Johanna Ey ein Schicksal auferlegte, das im härtesten und eigentlichen Sinne ein modernes Schicksal war. Nirgendwo in ihrer Biographie erklärt sie, warum sie sich später der neuen Kunst zuwandte, auf eine so spontane und konsequente Weise; doch von einer Frau, die wie sie so offensichtlich aus dem Volk stammte, war das Überraschende an dieser Hinwendung wohl so selbstverständlich, daß sie es keines Wortes für wert befand.
Weder das dünne Wort Zufall noch das gewichtige Wort Schicksal scheint hier angebracht; vielleicht bescheidet man sich am besten und verfolgt ihren Weg, so wie er verlief. Die dargestellte Frau auf dem Denkmalsockel müßte jedenfalls durch ein weises Lächeln ausgezeichnet sein, wie man es auf allen Bildern von ihr sieht; und dieses Lächeln würde sie erhaben machen über Worte wie modisch, vulgär, unmodern.
Nach und nach kamen immer mehr Künstler, besonders da bekannt wurde, daß der eine oder andere pumpen konnte. Maler Karl Blech erfand ein sehr schönes Reklameschild mit der Anschrift: Kommet alle zu mir, die ihr mühselig und beladen seid.
So wenig wie Schriftsteller und Komponisten werden Maler, Bildhauer und Schauspieler als Berühmtheiten geboren; nur sehr wenige von ihnen sind mit Eltern gesegnet, die das Risiko, ein freier Künstler zu werden, dem Sohn oder der Tochter durch einen Monatswechsel honorieren; scheidet man aus der geringen Anzahl der wohlhabenden Eltern noch die aus, die dem Sohn oder der Tochter das Risiko eher erschweren als erleichtern, so wird jeder Künstler, gleichgültig zu welchen Ehren, zu welchem Vermögen er später kommen mag, zu einem Menschen, dem der Hunger nicht fremd ist; nicht jener Hunger, der als ein literarisch anspruchsvolleres Ersatzwort für Appetit gelten darf, sondern der andere, der ein Element seiner Existenz ist: nicht nur nicht wissen, was man übermorgen essen oder trinken wird, sondern: nicht wissen, was und wann man *überhaupt* essen oder trinken

wird. Wo Hunger Element der Existenz ist, wird eine Suppe, werden ein Butterbrot, ein Kaffee, eine Zigarette, zu einer Wohltat – Kredit aber wird zu einem wahren Himmelssegen. Kommet alle zu mir, die ihr mühselig und beladen seid – möglicherweise würde ein Ästhet der Exegese abstreiten wollen, daß sich dieses Zitat aufs leibliche Wohl des Menschen beziehe; jedenfalls gehörte ein mehr als leiblich denkendes Herz dazu, als Pächterin einer winzigen Bäckerfiliale, als Mutter von vier kleinen Kindern, die sie nach ihrer eigenen Aussage »kümmerlich« ernährte, irgendwelchen unbekannten Kunstschülern Kredit zu gewähren.

Des morgens wurde eine Unmenge Brötchen mit Wurst, Käse, Schinken zubereitet zu 10 Pfg, nachmittags gab es Kuchen, Törtchen zu 5 Pfg, große Apfel- und Pflaumenkuchen zu 10 Pfg, Kaffee 10, Milch 5 Pfg. Heimlich wurde auch etwas Alkohol verzapft, besonders während der Jury der Professoren, wo der eine oder andere in die Meisterklasse kam und die Künstler sehr nervös waren. Diese Zecherei wurde im »Füchschen« fortgesetzt – Inden – Heger – Altenberg – Oberboersch – Blech – Hans Jungbluth waren feine Kunden von dort. Zuweilen kam auch Professor Willy Spatz und überzeugte sich, wo seine Zöglinge blieben, und kam gern wieder. Er meinte, dort zwischen Qualm und Zigarettenrauch bei gutem Kaffee wär's manchmal interessanter als Köpfe zeichnen. Zur Bequemlichkeit lag auf dem Ladentisch ein kleines Kontobuch auf, die kein Geld hatten, schrieben einfach Namen und Schuld: z. B. 3 Teilchen, 2 Kaffee oder 4 Brötchen, 3 Kaffee, ich trug dasselbe abends ins »Hauptbuch« und so war die Sache vorläufig geklärt und erledigt. Später nahm das Pumpen überhand, denn es warteten in den Ateliers noch Modelle, die etwas zu essen verlangten, dieselben hatten früher versucht, mit den Malern zu kommen, doch da mir dies nicht paßte, mußten sie in den Ateliers bleiben und es wurde von mir Vorrat mitgenommen. Da diese Pumperei überhand nahm, entschloß ich mich, Mittagstisch einzurichten. Es kamen Jung – Dörfler – Leo Küppers – Oberboersch – Herberholz – Martini – Kerschkamp und viele andere, es gesellten sich hinzu vom Stadttheater der Tenor Heinrich Niggemeier – Bassist Rudolf Walter – Theatermeister Schmitz – Inspizient Hagemeier. Nachmittags kamen Hubert Mertens, der Bariton, der Tenorbuffo Bernhard Hackstein, es wurde ein Skat gedreht zum Ärger der Maler, die dann keinen Eingang zur Küche fanden, denn die Theaterleute wichen nicht eher, bis der Dienst um 7 Uhr zum Theater rief.

Aber noch war ihre Stunde nicht gekommen; sie war eine gütige, herzliche Frau, in deren Kontobuch jedermann seinen Namen schreiben konnte – und gewiß genügte diese Tatsache allein, sie in Marmor, Erz oder Terrakotta auf einen Denkmalsockel zu stellen; hätte ihre Bäckereifiliale in der Nähe einer Fabrik oder einer Kaserne gelegen, sie hätte Arbeitern und Soldaten mit der gleichen herzlichen Selbstverständlichkeit Kaffee gekocht, Kartoffeln gebraten – und die Seiten ihres Kontobuches offengehalten. Doch dieses merkwürdige, wahrscheinlich langhaarige, gewiß düster blickende, sowohl mit höheren Dingen wie mit sehr irdischen – belegten Brötchen – beschäftigte Volk, dem Johanna Ey da in der Ratinger Straße Milch und belegte Brötchen, selbsteingelegte Gurken auf Pump bot, hielt ein Honorar für sie bereit, das sich nicht immer in Geld ausmünzen, nicht immer in Komfort verwandeln läßt: Ruhm. Johanna Ey spekulierte nicht auf Ruhm, und vielleicht fiel er ihr gerade deswegen zu. Sie sah in diesen ewig hungrigen Kunststudenten, die auch noch für ihre Modelle Brötchen, Kuchen und Milch mit in die Ateliers schleppten, sie sah in ihnen nicht zukünftige Größen, Professoren, weltbekannte Maler, deren Bilder einmal in den Museen der ganzen Welt hängen, deren Name einmal jedem Kunsthistoriker und Kritiker bekannt sein würde. Ihr Instinkt war nicht der Kunsthändlerinstinkt, der bei aller möglichen Güte, bei aller möglichen Freundlichkeit und Sammlerwut doch insgeheim spekuliert. Johanna Ey spekulierte nicht. Sie nahm, wie sie da kamen und waren, und vielleicht ist es zum Teil ihr Verdienst, daß sie blieben, wie sie waren, auch als ihnen der Ruhm zufiel, ihnen ein Kredit von 30 Pfennigen für zwei Stück Torte und eine Tasse Kaffee nicht mehr wie ein Himmelssegen erschien.

Dieses Idyll in der Ratinger Straße, in dem Haus, in dem der Dichter Immermann gelebt hat und gestorben ist, dauerte vier Jahre, von 1910 bis 1914. Mütterlich und herzlich, wohl hin und wieder kopfschüttelnd, mit einem freundlichen Rat, kochte sie Kaffee, briet Kartoffeln, schnitt Pflaumenkuchen in acht oder zwölf Teile – und doch war ihre Stunde noch nicht gekommen, und sie war schon fünfzig Jahre alt.

Während des Krieges dienten meine beiden Söhne bei der Marine. Ich hatte nichts und bekam für beide zusammen 1,20 *Mark, denn es hieß, Paul wäre noch nicht entlassen und diene aktiv. Was blieb mir jetzt übrig, als zu sehen, wo und wie ich Arbeit bekam. Nun war hier bei der Militärbekleidungsstelle am Fürstenwall eingerichtet, daß Frauen drei halbe Tage arbeiten konnten, ein Teil montags, dienstags, mittwochs, der andere Teil donnerstags, freitags, samstags von morgens 7 bis nachmittags 3 Uhr. Es gab für den Tag 3 Mark, macht 9 Mark, abzüglich fünfzig Pfg Krankengeld. Dort mußten wir die gereinigten Militärkleider, zerrissene, von der Front, die blutgetränkten Flecken noch sehr sichtbar daran – die noch brauchbaren Knöpfe, Schnallen abreißen; die schlechten unbrauchbaren Stücke wurden zu Ballen gepreßt, es hieß, es würde Papier davon fabriziert. Fast jeden Abend mußte oben auf dem Hof angetreten werden, ein Unteroffizier kontrollierte, ob alle da waren; ich brachte es nicht fertig, mich oben in Reih und Glied zu stellen, obwohl mich die anderen Frauen immer anhielten, weil sie Angst hatten, ich würde fortgejagt. Eine Frau Althoff, die sich am liebsten auch verborgen hätte, empfand wohl mit mir; ihr Mann war Chorsänger am hiesigen Stadttheater und auch im Felde. Sie hatte auch immer etwas Warmes zu essen mittags und log manchmal aus Mitgefühl: Frau Ey, ich kann nicht alles aufessen, helfen Sie doch mit. Ich brachte nichts über meine Lippen, mein Hals war zugeschnürt, und ich fiel manchmal vor Leid und Entbehrung hin.*

Später wird man ihr vorwerfen, sie verhöhne, indem sie Bilder des »jungen Rheinland« ausstelle, die glorreiche, die heroische Zeit. Für einen Stundenlohn von knapp fünfzig Pfennigen schnitt sie von den Uniformen der Schwerverwundeten, der Gefallenen, Knöpfe ab, schnitt Flicklappen aus unversehrten Uniformteilen heraus, eine fünfzigjährige Frau, deren beide Söhne, Ernährer, Soldaten waren und die als Unterstützung 1,20 Mark pro Tag erhielt. Das Bild von Gert Heinrich Wollheim: Der Verwundete, das niemand geschenkt haben wollte, nahm sie an, hängte es sich übers Bett; ein Bild, auf dem ein Schwerverwundeter mit einer offenen Wunde im Leib, mit schmerzverzerrtem Gesicht in einer Landschaft zu sehen ist, in der man die Landschaft von Verdun, von Douaumont zu erkennen glaubt. Vielleicht hatte sie hinter den sauber gewaschenen Uniformen, aus denen sie Flicklappen herausschnitt, Hunderte solcher Schwerverwundeter gesehen, hatte, ohne sich dessen bewußt zu sein, ohne es formulieren zu können, vollzogen: daß diese neue Kunst näher an der Wirklichkeit war als die, die, überkommenen Gesetzen der Ästhetik gehorchend, alles in Schönheit und Harmonie darstellte, auch das Grauen des modernen Krieges.

Es war 1916 im Januar, Kohlen hatte ich 10 Tage lang keine und auch kein Geld. Zwei Künstler, die in Urlaub kamen, stahlen für mich in den Gartenateliers der Akademien ein kleines Zementsäckchen Kohlen, daß ich warm wurde. Hätte ich die Bekanntschaften gehabt, die ich heute habe, hätte ich vielleicht alles gehabt. Ein Freund von mir, Heinz Wever, kam in Urlaub 1916 und frug: Na, Asta, wie geht's? Ich: Ja, wie bei armen Leuten. Wever: Ja, Asta, soll ich dir etwas Geld leihen, ich brauche es ja doch nicht alle. Ich: Ja, ich weiß nicht, wann ich es dir wieder zurückgeben kann. Wever: Ach, das macht nichts, ich komme nach dem Kriege und esse quitt an Teilchen zu 5 Pfg. Ich konnte den Gedanken kaum fassen, bares Geld zu bekommen, und Wever zählte mir in 20-Mark-Scheinen 300 Mark auf den Tisch. Ich konnte nicht sprechen, überwältigt von dem vielen Geld. Ich konnte mal wieder alles bezahlen und hatte wieder neue Hoffnung auf irgendeinen Erwerb. Des anderen Tages überreichte er mir noch ein ganzes Bouquet Rosen, die eigentlich für eine Bekannte bestimmt waren, die Gattin des Malers Franz Joseph Klemm, die Wöchnerin war, und Wever sollte bei dem Kleinen Pate stehen. Dies waren so besonders gute Stunden in dem grauen Kriegselend. Nach kurzer Zeit, wo ich wieder nichts hatte, kam der Maler Julius Jungheim mit einem Feldwebel oder Offizier aus der Umgebung, es sollte Weihnachten eine Ausstellung mit Verlosung für Verwundete sein. Ich gab damals meine ganze Sammlung Bilder für 500 Mark her, es sind sicher einige tausend Mark dafür erzielt worden, und so hatte auch ich Geld. Doch ich wußte nicht, was weiter machen, und so kam ich auf den Gedanken, was früher scherzweise im Kaffee ausgesprochen wurde, Bilder zu verkaufen, also Kunsthändlerin zu werden. Doch wie? – die bekannten Künstler alle fort, ich ging auch zu niemandem hin, hatte also wenig Verbindung, und so sprach ich zufällig mit unserem Revierpolizisten Westerfeld von dieser Absicht. Schon ging er hin zu dem in Düsseldorf und Umgebung bekannten Bilderrenovator Joseph Spinnrath und machte mich dort bekannt. Ich mußte wohl ein gutes Renommee haben, denn ich bekam Defregger, Achenbach, Schreuer, Kampf, Dirks, Gebhardts, Kröner, Klaus Meyer, die »Prominenten« der alten Schule, und mie-

tete mir in der Nähe der Ratinger Straße, Ecke Hindenburgwall ein kleines Lädchen zu 25 Mark den Monat und suchte dann Kundschaft. Ich verkaufte eine Gebhardt-Studie und verdiente 150 Mark daran; ein großer Bilderhändler Weinberg kaufte dieselbe, er hatte mir dieses Angebot gemacht. 150 Mark hatte ich verdient, ich kam mir vor, als ob ich gestohlen hätte, und ging in die Wohnung Ratinger Straße, schloß ab und zählte nochmal das verdiente Geld.
Viele Jahre später, nach dem zweiten Weltkrieg, wird sie eines der schönsten Bilder von Paul Klee für 600 Reichsmark verkaufen, aufgrund eines Versprechens, denn sie meinte 6000, sagte aber 600, und ihr Kollege wird sagen: Gesprochen ist gesprochen, bezahlt ist bezahlt, und wird den Klee, der für sechstausend noch geschenkt gewesen wäre, für 600 mitnehmen: einen Klee, der heute mit 50 000 DM bezahlt würde. Eines der bekanntesten Bilder von Max Ernst, sozusagen das Klassenbild, das Gruppenbild der Surrealisten, auf dem er inmitten seiner Freunde Aragon, Breton, Arp im Jahre 1922 die ganze Freundesgruppe darstellte – wird für 5000 Reichsmark seinen Besitzer wechseln. Die Erben dieser großartigen Frau, die ihr erstes am Kunsthandel verdientes Geld wie gestohlenes empfand, werden ohne Entschädigung bleiben: Zehn Kisten mit Gemälden – zu einer Ausstellung in den USA unterwegs – werden erbrochen, bestohlen, der Rest verbrennt, verkommt, verschwindet spurlos; Bilder von Max Ernst, Pudlich, Sureda, Wollheim und Dix – spurlos verschwunden.
Ich war fast zu ängstlich, das Geld zu behalten, und hätte am liebsten Herrn Weinberg gesagt, er hätte mir zuviel geboten. Ich dachte immer, ich habe ja mit einem Schlag die Miete für einige Monate verdient und hatte fast Angst, neues zu verkaufen. Doch ich wurde der Sache Meister, fing an zu begreifen, daß man durch Handel Geld verdienen kann, und wurde geschäftlicher und freier. Abends nahm ich die wertvollsten Bilder mit zur Wohnung Ratinger Straße. Mit der Zeit bekam ich immer größere Posten. Manchmal hatte ich Werte von 40 000 bis 50 000 Mark in dem kleinen Laden. Eines Morgens machte ich die furchtbare Entdeckung, daß ich bestohlen worden war, und zwar waren elf Bilder aus den Rahmen geschnitten, und eine handgewebte kostbare rumänische Decke war fort. Ich habe mutlos Tage lang still gesessen und wußte nicht, was anfangen.

Da kam Exzellenz von Gebhardt und frug: Man hat sie bestohlen, also stehlen sie wieder. Ich sagte: Ja, Exzellenz, bei Ihnen möcht ich schon mal stehlen im Atelier. Ein Schüler von Eduard von Gebhardt kam nachher zurück und teilte mir mit, daß ich ein Bild von ihm geschenkt bekäme. Ich hatte aber wenig Hoffnung. Ich war verbittert. In dem Unglückshäuschen konnte ich nicht mehr bleiben und ging auf neue Geschäftssuche. Hier – wo ich jetzt wohne –, Hindenburgwall 11, war die Liebestätigkeit stationiert, und da ich einige Tage nachher die Räume leer sah, war es mir möglich, hier ansässig zu werden, und bekam von Spinnrath größere und bessere Bilder. Ich war sehr stolz.

Sie war schon vierundfünfzig Jahre alt, und immer war ihre Stunde noch nicht gekommen. Gewiß, sie hatte Karriere gemacht, war Kunsthändlerin geworden, war erschrocken über die Tatsache, daß sie an einem einzigen Bild so viel verdient hatte, wie sie als Arbeiterin der Militärbekleidungsanstalt in fünfzig Tagen verdient hätte. Sie verkaufte Bilder der alten, konservativen Schule, deren Schönheitsbegriff ordentlich und akademisch war, die mit hohem handwerklichen Können eine Tradition fortsetzte, die – ohne daß sie es merkte oder wußte – spätestens in Verdun endgültig unterbrochen worden war. Die unbekannten Kunststudenten, die bei Mutter Ey Kaffee auf Pump getrunken, Teilchen und Brötchen für sich und ihre Modelle hatten anschreiben lassen, waren in den Krieg gezogen. Ihre Dankbarkeit, soweit sie sie noch zeigen konnten, war spontan und herzlich. Wenn sie in Urlaub kamen, stahlen sie Kohlen für Mutter Ey, pumpten ihr Geld; ohne es zu wissen, glichen sie aus, was so viele, die in den Krieg gezogen waren, ohne ihre Schulden zu bezahlen, nicht mehr ausgleichen konnten. Langemarck, Ypern, Verdun, Douaumont, Somme, Champagne – hätte Mutter Ey je Gelegenheit gehabt, die großen Friedhöfe zu besuchen, auf den Grabsteinen, in den Listen hätte sie wahrscheinlich den Namen so manchen kleinen Gläubigers entdeckt, den sie in ihrem Hauptbuch schon lange durchgestrichen hatte. Mancher hatte ihr anstatt Geld eine Skizze gegeben, ein Gemälde als fiktive Bezahlung für Mittagessen, Kaffee und Kuchen – wer würde diese merkwürdigen Versuche, die so anders waren als die Meisterwerke der Lehrer, je mit Geld bezahlen? Die Exzellenzen Professoren und Prominenten der alten Schule vertrauten Mutter Ey ihre Gemälde an – aber würde auch nur einer von diesen langhaarigen Wirrköpfen je wieder auftauchen?

Der Krieg ging zu Ende, die Revolution kam, Soldaten kehrten heim, und die alten Freunde und Maler machten sich wieder bemerkbar, doch alle Geschäfte noch öde und leer, und mit der Zeit, als die ersten Folgen des Krieges überstanden waren, kam auch wieder etwas Leben in alle Betriebe. 1918 *oder* 1919 *wurde eine Ausstellung in der Kunsthalle gemacht: »Das junge Rheinland» – wo großes Spektakel in Düsseldorf und Umgebung war. Ich las nur immer in den Zeitungen das Für und Wider, das Schimpfen der Presse in der einen Zeitung, das Anerkennen von der anderen Seite und hatte wenig Interesse. Ich kam nach Berlin, mein Sohn Paul heiratete dort, und ich besuchte mit einer Bekannten die Galerie am Kronprinzenpalais, wo die zweite Ausstellung »Das junge Rheinland« stattfand. Da hörte ich an der anderen Seite in den Nebenräumen großes Spektakel, und zwei Parteien wurden handgreiflich. Ich hörte: Dieser Dreck sollen Bilder sein, Mist, ekelhafter Mist, weiter nichts. Der andere: Halt bloß die Fresse, Idiot, streng dein Gehirn an, dann verstehst du was. Ich habe nicht alles behalten, es sammelten sich auch immer mehr Menschen an, und so war ich froh, wie ich draußen war. Bei meinem Zurückkommen von Berlin war auch hier (in Düsseldorf) wieder größeres Interesse für Ausstellungen. Mittags sah ich kleine Gruppen von Malern hier an meinem Hause vorbeikommen. Es waren Gobiet – Schwesig – Martini und zwei andere; der eine groß, stark, langer Bart, der andere schmächtig, dünn, mit langem rotem Haar und Wickelgamaschen, immer wütend aussehend, wenn er hier zu meinem Fenster schielte. Ich ärgerte mich schon immer, die anderen grüßten, und dieser dumme Rothaarige sah immer weg. Ich hatte mir vorgenommen, ihm die Zunge rauszustrecken, aus Wut, daß er meine schönen Bilder so wenig beachtete. Martini, der eine Bestellung hier bei mir ausrichtete, fragte ich: Wer ist dieser rote Fatzke, der sich so schlecht benimmt? Martini: Was, du kennst den Maler Wollheim nicht, der ein so fabelhaftes Bild in der Ausstellung hat? Ich: Ja, muß er denn deshalb so eingebildet sein, mich nicht zu grüßen? Ich hätte am liebsten vor Wut geweint. Heute weiß ich, daß ich die Eingebildete war. Die Sache war vergessen, da kamen eines Mittags die beiden Fremden, der große Otto Pankok: Nun, Frau Ey, kennen Sie mich nicht mehr, ich habe* 1912 *als Student der Kunstakademie oftmals Kaffee bei Ihnen getrunken. Jetzt verkaufen Sie wohl keinen Kaffee? Ich hocherfreut: Doch, kommen Sie nur bitte durch, und schon war ich in der Küche und kochte Kaffee. Wie ich zurückkam, hatten Pankok und Wollheim ihr Foto auf dem Tisch mit Widmung, ich war weich und gerührt, all mein Groll gegen Wollheim fort.*

Mit diesem ersten, nach dem Kriege gekochten Kaffee wurde die Kunsthändlerin Johanna Ey wieder Mutter Ey; was sie, auf sich selbst angewendet, eingebildet nannte, war wohl nur eine gewisse Trauer, auch Eifersucht darüber, daß diese jungen Maler, inzwischen Männer geworden, nur noch grüßend an ihrem Fenster mit den wohlachtbaren Bildern vorbeigingen; daß sie es offenbar kaum noch wagten, eine so arrivierte Frau, die die Bilder ihrer ehemaligen Professoren verkaufte, um einen Kaffee zu bitten; Handel allein, mochte er noch so achtbar und verhältnismäßig einträglich sein, genügte ihr nicht; vielleicht spürte sie in diesem Grüßen der Vorbeigehenden auch eine gewisse Verachtung für die Bilder, die in ihrem Schaufenster zu sehen waren, eine Verachtung, die sie selbst, nicht was die Personen, aber ihre Darstellungsweise betraf, teilte? Mit diesem ersten Kaffee war der Bann gebrochen. Mutter Ey wurde die Mutter des Jungen Rheinland, ihr Laden das Zentrum der neuen Kunst in Düsseldorf; eine Zeitschrift wurde gegründet, bei ihr fanden die Redaktionssitzungen statt. Ihre Stunde war gekommen.

Ich frug (die beiden) dann später, ob sie auch hier malten und was für Bilder. Sie lachten beide und sahen mich an. Ich bat beide, mir doch was zu zeigen, und da lachten sie noch mehr, kamen aber anderen Tags, und nachdem Pankok sagte: Setzen Sie sich erst, sonst passiert noch etwas, sah ich ein Bild von Wollheim, Pankoks Porträt, von Pankok eine große Zeichnung: Wollheim spielt Geige. Beide gefielen mir, für mich war es etwas Interessantes, nichts Alltägliches, und ich meinte: Wenn es Ihnen Spaß macht, stellen Sie dieselben ins Fenster. Die beiden sahen mich an, als ob ich irrsinnig geworden sei, und so wurden die Bilder Tags drauf ins Fenster gestellt. Die Wirkung war katastrophal. In Zeit von 10 Minuten konnte niemand mehr am Fenster vorbei, das Trottoir war versperrt. Ich hörte nur Lachen, Schimpfen, eine Menschenmenge, als ob jemand ermordet worden wäre. Sonntags morgens erwachte ich von Johlen und Schimpfen, so daß ich im ersten Augenblick dachte: Ja, was hab' ich denn getan?

Ohne es zu wissen, hatte sie etwas Außerordentliches getan. Ihr schlichtes: Die beiden Bilder gefielen mir – hatte sie einfach umgesetzt in die Vorstellung: Warum soll, was mir gefällt, nicht auch den Leuten gefallen? Sie hatte nie Kunstgeschichte studiert, die Revolution der Formen und Inhalte nie abstrakt durchdacht. Sie hatte nur für Kunstschüler Kaffee gekocht und Brötchen geschmiert, hatte während des Krieges in einer Militärbekleidungsanstalt Knöpfe von zerrissenen Uniformen geschnitten, sich erniedrigt gefühlt, wenn sie als fünfzigjährige Frau, als Mutter zweier Söhne, die Soldaten waren wie er, vor diesem Unteroffizier antreten sollte. Sie unterschied sich durch nichts von dem Volk, das sie umgab, in dessen Mitte sie da in der Düsseldorfer Altstadt lebte; und so begriff sie am wenigsten, warum man da vor ihrem Schaufenster Radau schlug. Wenn ihre Gefühle nicht verletzt waren – wessen Gefühle wurden durch diese Bilder verletzt?

Ausstellungen der jungen, revolutionären Kunst waren zwar aufregend, aber nichts Neues. In einer Ausstellung wirkt jedes, auch das provozierendste Bild, noch wie hinter Glas – es hat eine gewisse Unverbindlichkeit. Aber im Schaufenster einer Kunsthandlung, dem hochverehrten Publikum zum Kauf angeboten – wirkt es erst revolutionär.

Ja, was habe ich denn getan? Und so kam ein Entschluß in mir. Jetzt gerade stelle ich von den Modernen aus, und so sagte ich zu den beiden: Von jetzt an können Sie das Fenster immer für sich zum Ausstellen behalten.

Ein Kapitel der modernen Kunstgeschichte, und kein unwichtiges, nahm seinen Anfang, im Hause Hindenburgwall 11 in Düsseldorf, wo das Denkmal immer noch fehlt. Die kluge Frau, die ihr Herz nie verleugnet hatte, bewies einen Mut, für den sie zwölf, dreizehn Jahre später teuer bezahlen mußte. Der Geist, der da vor ihrem Schaufenster johlte und schimpfe, war der Geist, der die Begriffe »entartet« und »volksfremd« schuf, der sich in den großen Ausstellungen neudeutschen Kitsches in den Jahren 1933 bis 1944, auf eine massive Propaganda gestützt, alle Publikationsmittel beherrschend, festsetzte – der immer noch spukt und wirkt, wenn über Kunst gesprochen, geschrieben wird; ein Geist, der kein Pardon und keine Gnade kannte, keine Scham – der ein gutes Jahrzehnt später die fast siebzigjährige Mutter Ey aus ihrer Wohnung vertreiben würde. Die Frau, die dort im Laden stand, war mit einem Schlagwort wie »intellektuell« nicht zu treffen, auch nicht mit einem Schlagwort wie »ungesund«; man kannte ihre Kinder, ihr Herz, schon länger als ein Jahrzehnt wohnte sie dort in der Düsseldorfer Altstadt; vielleicht war gerade darum die Wut auf sie so groß, weil man wußte, daß sie sich so wenig von dem Volk, in dessen Mitte sie lebte, unterschied. Es mußte ein Grund gefunden werden, der ihre Verirrung erklären konnte. Der Grund war rasch gefunden. Man nannte ihren Laden: rot; wenn alle Diffamierungsversuche scheitern, die politische Diffamierung – als solche war die Bezeichnung rot gemeint – mußte ihre Wirkung haben.

Das Ausstellungsfenster sowie das ganze Haus waren immer von einer großen Menschenmenge umlagert, Professoren der Akademie, Verwaltungsinspektoren, Maler, Radschläger, alles tobte, schimpfte. Abends bei Dunkelheit kamen die, die nicht tun wollten, als ob sie sich interessierten, und das waren die Schlimmsten, die dann im stillen hetzten, und so kam auch die Presse mit der Zeit und schimpfte, so daß sich mit der Zeit ein ernster Kampf entwickelte. Es kam dann auch so, daß ich den ganzen Laden mit meinen Verkaufsbildern ausräumte und mich zum Entsetzen aller abseits stehenden Maler nur für die neuzeitliche Kunst einsetzte. Es kam eine Ausstellung für Kriegsbeschädigte in der Kunsthalle, Wollheim stellte das Bild »Der Verwundete« aus. Er mußte es entfernen, weil es zu stark war, und wechselte es aus gegen drei Zeichnungen, weil eventuell auch für 1000 Mark von jedem kriegsbeschädigten Künstler gekauft werden sollte. Das Bild »Der Verwundete« lagerte unterdessen in den Kellereien der Kunsthalle. Wollheim machte den Versuch, es zu verschenken. Niemand nahm an. Beim Kaffee nachmittags wurde diese Angelegenheit besprochen, und Wollheim frug zu mir sich wendend: Willst du das Bild haben? Ich schenke es dir, du mußt es aber hier in diesem Zimmer aufhängen. Ich kannte das Bild nicht, alle anderen Künstler sagten schon für mich: ja, ja; ich mußte mit zur Kunsthalle, das Bild ansehen, und beim Ansehen des Bildes war ich so ergriffen, daß ich nichts sagen konnte, und ein Dutzend Hände nahmen das Bild und trugen es in meine Wohnung, es wurde über mein Bett gehängt. Ich wagte gar nicht, abends mich ins Bett zu legen, und schlief drei Nächte auf dem Bettzeug auf der Erde, um mich nach und nach daran zu gewöhnen. Dann wurde ein Vorhang über das Bild gehängt und bei Besichtigung der Vorhang weggezogen. Ich muß jetzt lachen bei der Erinne-

rung an diese Schwächen, denn mit der Zeit wurde ich sehender in der Beurteilung der Werke. Es wurde eine schöne Zeit für mich, als ich diese geistig hochstehenden Menschen um mich hatte, und alle gehässigen Machenschaften von allen anderen Menschen prallten ab. Wir waren zufrieden, wenn wir mit zehn Künstlern mittags für 40 Pfennig Mittag essen konnten, und das Schönste war dann nachher Kaffee und Zigaretten zu Hause. Ab und zu, ich kann wohl sagen ganz gut, verkaufte ich noch Gebhardt-Bilder. Das war die einzige Erwerbsquelle, ich war eine von den wenigen Vertrauenspersonen, die echte, d. h. keine gefälschten Gebhardt verkaufte. Ich kaufte von dem Verdienst jedesmal Kaffee, Zigarren, Likör und verschiedene Viertelpfunde Pralinen. Wenn alles still war abends, schrieb Wollheim seine Dramen, und neben Kaffeekanne und dicker Zigarre lagen auch Pralinen. Für mich war Wollheim immer das kranke verwöhnte Kind, und er fand sich ganz zufrieden so. Otto Pankok saß meistens still da; ab und zu redete er und knurrte dazwischen, zog an seinem Bart oder machte Holzschnitte für eine Zeitschrift; der Aktivistenbund schrieb Artikel dazu.

Noch war das Wort, das einmal zur Mordwaffe werden sollte, nicht auf dem Markt: das Wort »entartet«. Das dumpfe Gefühl, das sich gegen jene Kunst wandte, die – mit unterschiedlichem Ergebnis – die eigene Wirklichkeit darzustellen versuchte, hatte noch keinen Namen; es brodelte nur, gärte und wandte sich mit dem Instinkt des Getroffenen und Betroffenen gegen die, die Revolution der Formen und Inhalte vollzogen. Die Bewegung innerhalb der europäischen Kunst, die zwischen 1910 und 1914 begonnen hatte, genau in den Jahren, als Mutter Ey ihr Kontobuch für hungrige Kunstschüler auf die Theke ihres kleinen Bäkkerladens legte; diese Bewegung, die Jahrzehnte vorher schon von den Großen vorausgeahnt und im voraus vollzogen worden war, war durch den ersten Weltkrieg nur scheinbar unterbrochen worden; tatsächlich beschleunigte der Krieg den Ablauf dieser Bewegung, die in Friedenszeiten möglicherweise zehn oder zwanzig Jahre gebraucht hätte, um auszureifen; die Geschichte hatte die Kunstgeschichte nicht nur eingeholt, sie hatte sie überholt; die jungen Künstler und Dichter waren in den Krieg gezogen oder hatten sich geweigert, an ihm teilzunehmen; aber wo sie die Geschichte erlebten oder erlitten, blieb gleichgültig. Was in den Jahren 1910 bis 1914 nur eine Ahnung gewesen war, wurde bestätigt: Ein Zeitalter ging zu Ende, ein neues hatte begonnen, und die wollten der Ausdruck dieses neuen Zeitalters sein; das Tempo war – hier ist der so viel verschlissene Ausdruck angebracht – bestürzend; man lebte in einem Interregnum; die alten Herrscher – damit sind nicht nur die gekrönten gemeint – waren schon abgesetzt, geflohen, gestorben, resignierten, und die neuen, die schrecklichen, waren noch nicht da. Die Revolution der Formen und Inhalte war – ob vom Künstler gewußt oder nicht – einer politischen Revolution gleich und wurde als solche verstanden. Während man Könige verjagte, Fürsten stürzte, sich uralter Institutionen entledigte, blieben die Könige der Malerei, die Fürsten der Plastik auf ihren Thronen – als wäre nichts geschehen; die politischen Instanzen begriffen nicht, daß eine Umwälzung, die alle Lebensbereiche betraf, auch die Kunst betreffen müsse; was die Kunst anging, reagierte sie – als wäre nichts geschehen. So nahmen die Künstler den Kampf auf, und Mutter Ey, nicht ahnungslos und doch ohne genau zu wissen, in welches Zentrum eines Orkans sie sich begeben hatte, war plötzlich mitten im Wirbel.

Mein Laden oder Ausstellungsraum wurde bekannter und gehaßter, es wurde im geheimen immer das »rothe Malkästle« genannt. Die Doofen und Hetzer dachten immer, es würde Politik hier getrieben, es wurde nur eine fortschrittliche Kunst hier durchgekämpft, und so sammelten sich immer mehr Freunde zu uns. Maler Hermann Babtist Hundt, der Journalist Gert Schreiner, Ludwig Beil, Rilke, Schwesig und viele andere kamen, es war ein Kommen und Gehen. Ich hatte eine Idee. Wollheim sollte hier Vortrag halten über neue Kunst. Wollheim ging zuerst zum Direktor der Akademie Roeber und bat um einen Saal, es wurde abgelehnt. Pankok und Wollheim waren schon einmal von der Akademie verwiesen worden, und so wurde dann durch Anschlag am Schaufenster der Vortrag Wollheims bekanntgemacht. Nicht nur im Laden, im anschließenden Raum, im Hof, vor dem Haus, am Schaufenster, bis auf den Hindenburgwall stauten sich die Menschen, teils aus Interesse, teils aus Neugier. Ich hatte Wollheim noch nie reden oder Vortrag halten hören und war etwas ängstlich. Pankok sagte ganz stolz: Habe keine Angst, der schlägt alle im Reden; ich war beruhigt. Das Interesse wurde größer, meine Bude wurde zu klein. Es waren nachher Vorträge im Ibach-Saal an Hand von verschiedenen geliehenen

Bildern von Klee und Felix Müller, und jetzt erst fing der richtige Kampf an zwischen den alten und den fortschrittlichen Künstlern. Im Malkasten wurden Versammlungen abgehalten, Beleidigungen gingen hin und her, das Verhältnis zwischen rechts und links wurde immer gespannter, und eines Tages kam es zu einem großen Krach. Die Vereinigung »Das junge Rheinland« trat aus der Arbeitsgemeinschaft aus, verlegte ihre Geschäftsräume nach Hindenburgwall 11, *und so fing erst der richtige Organisationsbetrieb bei mir an. Vorerst war schon eine Zeitschrift gegründet worden, »das Ey«; wofür Gert Schreiner, Pankok und Wollheim zeichneten.*

Einer der Fürsten der alten Malerei verhielt sich zu Johanna Ey und ihrer neuen Kunst auf eine Weise, die man zur Ehrenrettung der Worte königlich und fürstlich hier getrost so bezeichnen kann: Exzellenz Eduard von Gebhardt. Es ist nicht jedermanns Sache, öffentlich – und vor welcher Öffentlichkeit? – sich bankrott zu erklären und seine Krone ins Pfandhaus zu tragen; es ist auch nicht jedermanns Sache, im hohen Alter, ahnend, daß eine neue Zeit heraufkommt, die Fahne in den Wind zu hängen, sich dem zuzuwenden, was damals als opportun gelten konnte. Die Höhe des geistigen Ranges erweist sich nicht im raschen und geschickten Umschalten, sondern in der Würde des Verhaltens; ob bewußt oder ahnungslos, auf seine Weise trug Eduard von Gebhardt, der große Alte, dazu bei, die neue Schule zu stützen.

Ich hatte vor kurzer Zeit, als der Krach anfing, von Exzellenz von Gebhardt für meine damals gestohlenen Bilder ein neues geschenkt bekommen, hatte dieses Bild für 7000 Mark verkauft und war dadurch in der Lage, meine neue Sache – Otto Dix – zu finanzieren. Und jetzt ließ von Gebhardt mich rufen. Aha, dachte ich, jetzt, wo überall Krach ist und sich alle mit der Akademie verfeindet hatten, jetzt will die alte Exzellenz mit Drohungen kommen; aber ganz das Gegenteil. Er sagte: Wollen Sie noch ein Bild haben? Er hatte eine schöne Madonna. Ich frug nach dem Preis. Gebhardt: 1000 *Mark, gehen Sie zu Stern, der gibt* 3000 *dafür. Ich verkaufte es selbst für* 4500, *und so fing ich an, von Wollheim, Pankok und Felix Müller, Grafik von Nolde und sonst bekannten Malern zu kaufen. Wollheim und Schreiner kamen als Dozent zur Volkshochschule. Wollheim malte gerade ein Bild: Ein Stück Festland passiert unter wehender Flagge den Baum von Omega. Über Wollheims Bild gab es eine Diskussion –*

Ausstellung im Fenster oder nicht? Es wurde Ausstellen im Fenster beschlossen. Abends wurde das Bild ausgehängt, aber morgens um 9 Uhr kamen schon zwei Kriminalbeamte, zogen eine Decke von dem Tisch und warfen, o Schreck, die Decke über das Bild, um das Geschlechtsteil des Mannes zu verdecken. Da im Augenblick wurde es lebendig vor dem Fenster. Alles lachte, und der Tumult war da. Die Decke hatte ihre Wirkung getan. Das Bild wurde dann aus dem Fenster genommen. Beamter: Wer ist der Maler dieses scheußlichen Bildes? Ich: Der Maler Wollheim. Beamter: Das Bild bleibt aus dem Fenster. Wollheim kam gegen 10 Uhr, klebte das anstößige Teil des Aktes mit einem Datumblättchen eines Abreißkalenders, einem roten, da es gerade Sonntag gewesen, zu, und setzte es zurück ins Fenster. Noch größerer Menschenauflauf. Ich glaube, unter den Zuschauern waren Kriminalbeamte postiert, und schon erschien ein Kriminal in eigener Person und erklärte Wollheim, das Bild würde durch die Feuerwehr herausgeholt, wenn es nicht gutwillig herauskäme. Wir befolgten diesen guten Rat, und nach einigen acht Tagen kamen wieder neue Beamte und beschlagnahmten das Bild und hielten Revision in meinen Geschäftsräumen, ob noch andere unsittliche Bilder dort seien. Ich hatte noch zwei andere, die europäische Wöchnerin und den Zwiebelmann versteckt, sie hätten dieselben ganz bestimmt mitgenommen, weil auf dem Bild, das eine Operation darstellte, Blut war.

Die Jugend Europas war im ersten Weltkrieg verblutet; aber auf einem Gemälde dargestelltes Blut genügte, dieses Gemälde zu beschlagnahmen. Deutlicher kann nicht erklärt werden, wie sehr man sich davor fürchtete, die eigene Wirklichkeit zu erkennen, wie heftig man darauf bedacht war, sie zu leugnen, hinter einem Schönheitsideal zu verstecken, das nur den Zweck haben konnte: mehr Blut, neue Opfer zu fordern. Die großen Künstler, die nach dieser Wirklichkeit suchten, Dix und Grosz, Wollheim und Käthe Kollwitz – sie waren dem Volk nicht fremd, waren nicht aus der Art geschlagen; sie waren mitten in ihrer Art und gehörten mitten in dieses Volk, das leidgeprüft war; unzählige Mütter hatten ihre Söhne verloren, Frauen ihre Männer, Kinder ihre Väter – aber die Wirklichkeit dieses Todes darzustellen galt als straffälliges Verbrechen. Der Krieg, bisher ein von Männern wohlbehütetes Geheimnis, galt als hart, aber großartig; Tapferkeit, Tod, Vaterland – hinter großen Worten war bisher seine

Wirklichkeit versteckt worden. Zum ersten Mal in der Geschichte der Kunst wurde er zum Hauptgegenstand, teilten die Künstler ihren Völkern mit, wie sie ihn erlebt hatten. Das bisher so sorgfältig in vaterländischen Klubs, in einer Stammtischatmosphäre gehütete Geheimnis drohte ins Volk vorzudringen. Und schon wurde Alarm geschlagen.

Solange Künstler untereinander streiten, mag's auch Ohrfeigen geben und von Beleidigungen wimmeln, findet noch eine Auseinandersetzung statt, die in der Natur der Sache liegt. Leidenschaft, leidenschaftlicher Streit gehören zur Kunst, und die Auseinandersetzungen finden nicht immer in sehr artikulierter, wohltemperierter Form statt. Sobald aber die Polizei sich um die Kunst zu kümmern beginnt, müßte auch den Gegnern des jeweils Neuen klarwerden, daß damit die Auseinandersetzung auf eine Ebene getragen wird, die kunstfeindlich in ihrem Wesen ist. Mögen die Motive des Streits unterschiedlich in ihrer Qualität sein: Neid, Eifersucht, Wut und Mißgunst – sobald die eine Partei die Hilfe der Polizei annimmt oder gar anruft, tritt ein Moment hinzu, das sofortige Verbrüderung herbeiführen sollte. Aber Verbrüderung ist ein großes Wort, und wo man die Hilfe der Polizei in Kunststreitigkeiten annimmt, beweist man, daß man um Kunst nichts gibt, beweist, daß man *politisch* miteinander streitet.

Ich wollte wissen, wer Anstoß an den Bildern genommen hatte; ich bekam Einsicht in einen dicken Aktendeckel mit Briefen. Die Überschrift: »Notschrei«. 30 000 sittliche Jünglinge und Jungfrauen protestierten usw. Unterschrift: Geheimer Justizrat Hochgürtel. Also dieser Herr war der unsittliche Phantast, der in einem Geschlechtsteil, das außerdem mit Geschwüren behaftet war, Erotik sah. Wollheim flog von der Volkshochschule, und der Prozeß nahm seinen Anfang, dem die ganze Stadt mit Erwartung entgegensah. Rechtsanwalt Dr. Obuch führte den Prozeß. Es waren ungefähr 25 Zeugen und Sachverständige geladen. Museumsdirektor Dr. Koetschau, Prof. Nauen, Herbert Eulenberg, Prof. Alfred Sohn-Rethel, Dr. Keim, Gert Schreiner, Bildhauer Leo Laufs, Maler Kaufmann, Adolf Uzarskis, Dr. Queddenfeld, Graf Wilhelm von Kielmannsegg und viele andere Pressevertreter. Morgens füllte sich der große Gerichtssaal, die Zeugen passierten in den Gängen und auf der Treppe des zweiten Stockwerks am Königsplatz. Maler Artur Kaufmann hatte vorgesorgt, und so aßen wir gemütlich Eier und Butterbrote, inzwischen gingen die Türen zum Gerichtssaal auf und zu, und man hörte feine Auseinandersetzungen zwischen Vorsitzenden und Angeklagten. Wir hatten auch eine Anzahl Blätter von dem Zeichner und Maler Brüning gekauft, die in einer Buchhandlung an der Schadowstraße ausgestellt wurden, feine Akte mit Spitzenhöschen oder Schleier, die viel unsittlicher wirkten wie das abstoßende Syphilisbild. Wie dieselben dem Vorsitzenden vorgelegt wurden, sagte er ganz erfreut: Ah, das sind wohl von den Blättern, die irgendwo auf der Schadowstraße ausgestellt waren. Allgemeines Gelächter im Zuschauerraum mit vereinzeltem Ausruf: Er weiß Bescheid – noch tolleres Gelächter. Vorsitzender ganz wütend: Ich werde den Saal räumen lassen bei einem nochmaligen Bemerken.

Eine Eigenschaft der Johanna Ey, ob sie sie inzwischen erworben hat oder ob sie ihr gegeben war, wage ich nicht zu entscheiden, macht sich immer deutlicher bemerkbar: ihre Unbeirrbarkeit. Wenn das, was man Kunstverstand nennt, so bei ihr als Gabe auftritt, unabhängig vom Bildungsweg und Bildungsstand – wer könnte da noch wagen, auf Kunst Worte wie entartet und volksfremd anzuwenden; ihre Unbeirrbarkeit erwies sich nicht nur an der Kunst, sie erwies sich auch an ihrem Lebensstil; mit belegten Broten und hartgekochten Eiern sitzt sie da im Gerichtsgebäude und harrt der Dinge. Sogar die moralischen Grenzen der Kunst waren ihr vertraut, und dazu gehört ein hohes Maß an Einsicht: besser als mit dem Vergleich zwischen dem Wollheimschen Bild und den schlüpfrigen Zeichnungen, die sie zitiert, ließe sich die Grenze nicht bestimmen.

Alle Zeugen wurden vernommen. Dr. Koetschau, Frau Luise Dumont, der weit über Düsseldorf bekannte Dichter Herbert Eulenberg, der vom Vorsitzenden als Hubert Eulenberg aufgerufen wurde zum Gaudium der Anwesenden, und unser Dichter Herbert Eulenberg mußte erst dem Vorsitzenden mit vor Wut hochrotem Kopf klarlegen, daß er nicht der Eulenberg sei. Dann wurde es auf einmal außerhalb des Saales lebendig. Stadtverordneter Opel bekam Krach mit dem Rechtsanwalt Dr. Levy. Im Gerichtssaal hatte sich der temperamentvolle Ewald Opel etwas vorgedrängt, und der Rechtsanwalt hatte ihm einen Rippenstoß gegeben. Es kam dann draußen zum Explodieren. Die Gerichtssaaltür ging auf. Der Gerichtsdiener sagte: Die Gänge müssen geräumt werden, wenn nicht Ruhe eintritt. Ich hatte Angst, es ginge bis zum Keller. Es trat Ruhe und Pause ein, bis entschieden wurde, daß also das Bild nicht unsittlich sei und freigegeben wurde. Eine Berufung des Urteils seitens des Staatsanwaltes am Reichsgericht in Leipzig hatte auch keinen Erfolg. Nun ging die Klage wegen Verleumdung gegen den Geh. Justizrat Hochgürtel. Der alte Herr meldete sich immer krank. Rechtsanwalt Dr. Obuch und Wollheim ließen nicht locker, und so stieg der Prozeß. Zum Schluß erklärte Justizrat Hochgürtel unter Bedauern, daß er falsch unterrichtet worden sei. Also weil ein einziger klatschsüchtiger Maler namens Lersch unwahre Behauptungen aufgestellt hatte und an 25 prominente Fach- und Presseleute richtig aussagten, deshalb mußte ein solches Hallo und Radau gemacht werden.

Was diese Gruppe einte, die sich um Johanna Ey zusammenfand, war nicht die Einheit ihrer künstlerischen Ziele. Gewiß trennte Max Ernst mehr von Otto Dix als Otto Dix von Eduard von Gebhardt, und Pankok und Gert Wollheim waren nicht weniger weit voneinander entfernt. Was sie einte, war Johanna Ey, die erkannte, was sie voneinander unterschied, und doch in jedem die eigene Qualität, seinen Rang, seine Originalität schätzte. Was sich um sie sammelte, war keine Kunstrichtung, sondern eine Gruppe, eine Kampfgruppe, die – wie seit jeher – untereinander ihre Streitereien, ihre Eifersüchteleien ausfocht, um Frau Eys Kaffeekanne geschart, aber zusammenhielt, wenn sich außen zusammenscharte, was ihr gemeinsamer Feind war. Wie idiotisch eine Vokabel wie entartet war, läßt sich nur daran ermessen, daß sie so weit voneinander verschiedene Maler wie Otto Dix und Max Ernst, Paul Klee und Wollheim unter einem Begriff zusammenfaßte. Noch war die Stunde der Räuber und Diebe, die auch die siebzigjährige Johanna Ey nicht schonen würden, nicht gekommen. Noch fanden immerhin Prozesse statt, lächerliche zwar, aber das juristische Dekor wurde noch gewahrt. Für die Betroffenen waren diese Prozesse ein köstliches Schauspiel, für sie war es ein herrliches Spektakel, denn – auch sie täuschten sich über die Natur und das Ziel des Kampfes, der hier ausgefochten wurde, hielten es für den Kampf der Bourgeoisie gegen die Boheme. Längst schon traf das Wort Bourgeoisie nicht mehr das, was sich hier formierte.

Hier ging der Kampf ununterbrochen weiter, wohl noch wüten-

der. »Das junge Rheinland« schied aus der Arbeitsgemeinschaft aus und verlegte seinen Sitz nach Hindenburgwall 11. 1923 kam hier in Düsseldorf eine große Ausstellung zustande. Sie wurde von den Jungen boykottiert, und so kam im Hause Leonhard Tietz eine große internationale Ausstellung zustande, die im In- und Ausland viel von sich reden machte. Hier – Hindenburgwall 11 – wurde für die ausländischen Künstler Quartier gemacht, und überall wurden dieselben bei Kollegen freundlich aufgenommen. Schöne interessante Zeit. Doch nach diesen Zeiten kamen wieder Auseinandersetzungen. Das junge Rheinland teilte sich, und es entstand die Rheingruppe. Es vergingen zwei Jahre, Fritz Feigler erhielt den Ruf als Professor an die Staatliche Hochschule in Weimar, Otto Dix ging nach Berlin, um nachher an die Akademie der Künste in Dresden berufen zu werden. Wollheim hatte auch keine Lust mehr in Düsseldorf und ging nach Berlin. Die besten Pferde waren aus dem Stall Ey weg und hatten ihr Rennen gemacht. Es wurde still hier, geistige Kräfte und Organisatoren fehlten. Für die meisten Künstler wurden die Zeiten ganz erbärmlich. Ich litt auch sehr darunter. In den letzten zwei Jahren wurde die Situation für mich zur Katastrophe. Kein Verkauf fast. Interesse sehr groß. Es sind ja meistens Interessenten, die Verständnis für die geistige Kunst haben, doch die anderen geben das Geld für Unterstützungen aus, die mehr in die Öffentlichkeit kommen und Reklame für sich führen.

Die Zeiten wurden noch härter; täglich wuchs die Zahl der Arbeitslosen – wer kaufte da noch Bilder? Kunden kamen – Studenten, die einen Max Ernst mit zwei, drei Mark anzahlten, wöchentlich, monatlich ihre Raten brachten; Jawlensky, Dix, Schlemmer, Sureda, Pudlich, Pankok, alle gingen durch die Hände dieser unbeirrbaren Frau; Bilder, die heute als Kostbarkeiten in den Museen der Welt hängen, während sie damals in schlaflosen Nächten darüber nachgrübelte, wie sie Strom- und Gasrechnung bezahlen sollte.

So bin ich denn glücklich 65 Jahre alt geworden. Alle haben mich sehr geehrt; doch wie glücklich war ich, wie mir Freund Gert Schreiner, Dix, Klüte, Maler Pudlich abends bei einem befreundeten Restaurateur noch Vorrat holten: Brot, Blutwurst, Schwartemagen, Alkohol hatten wir noch genug, und wie hat dieses alles geschmeckt nach dem Kuchen; ich brachte auch nichts über die Lippen, es ging alles wie im Film an mir vorüber –

nur: Ich hatte den Geburtstagsmorgen Sorge, daß Gas und Wasser gesperrt würden, denn ich hatte nicht bezahlen können. Abends fanden sich zwanzig Mark unter einer Parfümflasche, und Maler Jupp Bell hatte mir in Ermangelung eines Geschenks 20 *Mark durch meine Tochter überreichen lassen. Er schämte sich anscheinend, mir die anzubieten, und entschuldigte sich eigentlich dabei. Mein lieber Jupp, ich habe dir an demselben Abend unter vier Augen noch gesagt, wie glücklich ich war, daß ich dieselben hatte. Jetzt kommt die Zeit der Misere. Auf Räumung verklagt, wird es Zeit, daß ich einen anderen Beruf ergreife. Was für mich in Frage kommt, ist wohl einzig eine Kaffeestube, weil ich da noch die Hoffnung habe, daß sich da viele alte Bekannte und Freunde einfinden werden, die vor* 25 *Jahren meine Gäste waren, und die Prominenten, die auswärtigen, werden mich dann auch wohl einmal beehren.*

Die Räumungsklage wurde noch einmal aufgehoben, Maler schenkten der Stadt Düsseldorf Bilder als Ersatz für die Miete, die Johanna Ey nicht bezahlen konnte, Miete für Räume, die man ihr mietfrei zur Verfügung gestellt hatte. Hinter der offiziellen, der rauschenden Feier – Oberbürgermeister Dr. Lehr gratulierte ihr persönlich zum 65. Geburtstag; Blumen und Kuchen, Schnaps und Zigaretten, Blitzlicht der Fotografen – wird ihr persönliches Elend deutlich; zwanzig Mark, unter einer Parfümflasche gefunden, retten sie vor dem Beamten des Elektrizitätswerks, der schon mit der Plombenzange unterwegs war. Mit dem Auszug ihrer alten Freunde, deren Aufstieg und Karriere war es nicht mehr die Person Johanna Ey, der das Interesse und die Freundschaft galten, sie war eine Institution. Früh schon bekam sie zu spüren, was heutzutage den Berühmtheiten sozusagen zum Frühstück serviert wird: die Dummheit, die Hohlheit und Bitterkeit der Publicity. Sie war nicht mehr sie selbst – man machte aus ihr ein »typisches Düsseldorfer Altstadtelement«, war stolz auf sie, pries sie als Institution für durchreisende Fremde – und ließ sie fast verhungern. Deutlich ist im letzten Abschnitt ihrer Autobiographie die Resignation zu spüren – und eine gewisse Ironie. Wie mag es ihr vorgekommen sein, daß die alten Freunde, vor zehn Jahren noch ums Geld für einen Kaffee verlegen, noch die Gesellschaft verfluchend, ihr Krieg und Mord androhend, nun als Professoren an Akademien wirkten, die sie selbst vor zehn Jahren noch für überflüssig und abschaffenswert erklärt hatten; daß ihre Bilder in den Museen hingen – daß einer, den entdeckt zu haben sie sich rühmen konnte, zum Stammvater einer ganzen Kunstrichtung wurde: Max Ernst. War die Welt wirklich so verändert worden, war sie so mit der neuen Kunst eins, mit ihr vertraut, bereit, sie zum Lehrgegenstand der Akademien zu machen? Merkwürdig wenig ist von den vier Jahren zwischen 1929 und 1933 zu berichten. Diese Jahre, politisch wohl die unruhigsten in der Geschichte der Weimarer Republik mit Wahlen, Streiks, Unruhen, Schießereien auf den Straßen, mit neun Wahlen; Kanzler wechselten rascher als die Hutmode; rote Fahnen – die einen mit Hammer und Sichel als Symbol, die anderen mit einem dicken, schwarzen Hakenkreuz als Symbol – wurden durch die Düsseldorfer Altstadt getragen; Schießereien, Panzerwagen, Polizei. Brüning – Papen – Schleicher – Hitler. Johanna Ey war mit ihrer Sammlung unterwegs – fast wäre der große Sprung nach Amerika geglückt, nicht für sie, aber für ihre Bilder; auf der Weltausstellung in Chikago sollte ihre Sammlung gezeigt werden, die Bilder wurden verpackt, blieben aber in Hamburg liegen. Grund: Devisenschwierigkeiten. 17 Kisten voll Bilder! Später, da der Plan endgültig gescheitert war, kamen sie nach Düsseldorf zurück und verbrannten während des Krieges.

Nur wenige Wochen nach der sogenannten Machtübernahme meldete sich der Geist, der ein gutes Jahrzehnt vorher vor ihrem Laden getobt und geschimpft hatte, am Telefon. Wieder einmal, obwohl die Räume ihr ausdrücklich mietfrei überlassen worden waren, wurde Miete gefordert, rückwirkend vom Jahre 1930 an – aber da dieses Argument bei der energischen alten Frau nichts zu fruchten schien, vielleicht auch eine gewisse Scham die Argumente des telefonierenden Beamten schwächte, wurde ein anderer Grund für die Räumungsklage angegeben: sie beherberge Juden und habe Bilder jüdischer Maler in ihrem Laden.

Sie mußte den Laden am Hindenburgwall räumen, für die Mietschuld wurden Bilder beschlagnahmt, entartete Bilder, die damals in Deutschland einen geringen, im Ausland einen höheren Kurs hatten. Die Devisen, die gefehlt hatten, die Sammlung Ey nach Chikago auf den Weg zu bringen, wurden durch die verschleuderten Bilder um ein Vielfaches eingebracht: Schweizer Franken, französische Franken, englische Pfunde und gute amerikanische Dollar.

Der Raub war legal geworden, Gewalt ging vor Recht. Wollheim war nach Paris emigriert, die meisten ihrer Freunde gingen in die Emigration. Die blieben, verhielten sich still, jeden Augenblick des Schicksals gegenwärtig, das einigen ihrer Freunde bereitet wurde: der Maler Schwesig wurde im Gestapogefängnis gefoltert, der Maler Ludwigs starb im Gefängnis. Luise Strauss-Ernst, die erste Frau von Max Ernst, wurde noch in Frankreich von der Gestapo verhaftet und in einem Konzentrationslager ermordet. Im Jahre 1937 schrieb Johanna Ey an einen Freund:
Ich fühle mich tatsächlich alt werden. Die Lebendigkeit und der Kampf fehlt und alle die Menschen, die es wert waren, daß man den Kampf führt.
Hin und wieder tauchten auch während dieser Jahre Freunde auf, die ihr halfen, alte Bekannte, die ihr heimlich noch etwas abkauften, vielleicht Raten brachten für Bilder, die zu besitzen längst strafbar war. Heimlichkeit herrschte. Zu kämpfen, so wie man in den Jahren 1919 bis 1923 gekämpft hatte, wäre einem Selbstmord gleichgekommen. Viele begingen diesen Selbstmord.
In den Kunstausstellungen herrschte der absolute Kitsch. Wenn man diese Bilder betrachtete, wurde einem erst klar, von welcher Größe, welcher Reinheit und von welch hohem handwerklichen Können die alte Schule gewesen war. Dieses Neue, das sich in den Ausstellungen manifestierte, sich als Kunst erklärte, das alle Publikationsmittel beherrschte, war der Rückfall in die totale Barbarei. Diese Kunst mit der Fotografie zu vergleichen wäre eine Beleidigung für die Fotografie. Das Grauen, das in den Gefängnissen herrschte, in den Konzentrationslagern, das Grauen des Krieges, der vorbereitet wurde, wurde hinter süßlichen Landidyllen, hinter fröhlichen Manöverbildern versteckt.
Johanna Ey schwieg. Ihre Wohnung in der Stockkampstraße in Düsseldorf wurde zerstört, sie verlor den Rest ihrer Sammlung, ihren gesamten Besitz bis auf wenige Bilder, die ihr Sohn in ein Eifeldorf verschickt hatte. Ein Brief an einen alten Freund, den sie im Jahre 1944 schrieb, kam als unbestellbar zurück.
M. l. Ulrich Leman, du wirst dich wundern, hier von Reinbeck bei Hamburg von mir zu hören. In Düsseldorf ist ja alles in die Brüche und überall dasselbe Elend. Was kannst du froh sein, daß du vor Abgang noch die Bilder retour hattest. Bei Beyer-Meyer habe ich auch meine ganze Sammlung verloren und zu Hause

den Rest. Die Liste von den Bildern trug ich ja immer bei mir. In Essen ist wohl dasselbe. Hat Schaumann noch etwas gerettet? Hier bei meinen Papieren fand ich noch eine Quittung von Schaumann. Damals nach Abholung deiner 11 Bilder bei mir fand ich noch eine Quittung, wo er zwei weitere Bilder bei mir abholte, mit verschiedenen Aquarellen, die große Spanische Landschaft und eines von den großen Stilleben, ich weiß nicht mehr genau, ob es das mit der Lampe oder den Muscheln war. Eines davon hattest du der Stadt für meine Miete geschenkt. Hier hast du die Quittung, vielleicht kann sie dir noch etwas nützen, oder kannst noch etwas für dich herausschlagen. Ich habe von der Stadt Düsseldorf bis jetzt 250 Mark – in Buchstaben Zweihundertundfünfzig Mark – bekommen. Ich habe erst jetzt einen Überblick über meine ganze Sammlung machen können; ich hatte bis jetzt keine Lust dazu. Hermann und Paul haben auch alles verloren, auch meine Tochter in Lübeck, die jetzt hier eine kleine Zweizimmerwohnung hat, wo ich vorläufig bin. Hundt hat sein Haus in Mülheim verloren, sein Haus und Atelier stark mitgenommen. Mathias Barz Haus und Atelier verloren, Rübsam auch, das ganze Getreidehaus, wo Macketanz und viele andere wohnten, alles weg. – Die ganze Schadowstraße, Graf-Adolf-Straße, Bismarckstraße – kein Haus mehr. Stadthalle, Schauspielhaus, Apollo – alle Kinos, alles weg. In Hamburg war das Unglück noch größer; jetzt nach sechs Wochen werden noch viele Opfer, wenn auch stückweise, geborgen. Einige Soldaten, die hier in Urlaub waren, erklärten, an der Ostfront wäre nicht soviel Elend wie hier in Hamburg, doch es heißt ja immer »stillhalten«. Ich bin doch froh, daß ich in den letzten zwei Wochen in den Keller gegangen bin, sonst wäre ich gar nicht mehr. Wenn ich auch jetzt bald 80 Jahre bin, sterben kann ich noch immer und möchte doch so gern leben. Ob ich noch einmal nach dem Hindenburg(wall) komme? Die Sehnsucht bleibt doch. Nun hoffe ich, lieber Ulrich Leman, daß du gesund bleibst mit deinen Angehörigen und deiner Mutter und daß du später noch einmal nach deinem heißgeliebten Spanien kommst. Alles Gute und Liebe für dich, lieber Leman, und bleibe gesund; deine alte Ey –

Die letzten Fotos von Johanna Ey zeigen das Gesicht einer alten Frau, von der man sagen könnte, daß sie den Worten »gesund«, »mütterlich« half, ihren Sinn und ihren Wert zu retten; ein Gesicht, das beweist, daß Geist sich nicht unbedingt hinter klassi-

schen Maßen versteckt. Wäre die Geschichte, die Kunstgeschichte, von der sie ein Teil war, so verlaufen, wie sie hätte verlaufen können, so wären ihr bestimmt Kummer und Kampf, Enttäuschungen nicht erspart geblieben. Wo aber staatliche Gewalt sich der Kunstgeschichte bemächtigt, Schergen über Wert und Unwert von Bildern bestimmen, behalten nicht einmal mehr Träume und Erinnerungen ihren Wert; es bleibt nur der Staub der Resignation, der durch keine Träne mehr befeuchtet wird. Alle Versuche, Johanna nach dem zweiten Weltkrieg wieder in die Ehre zu setzen, blieben künstlich, fast krampfhaft, und gewiß hat diese weise alte Frau die Künstlichkeit, den leisen Krampf gespürt. Die Schuld lag nicht bei ihren Freunden, deren Herzlichkeit, soweit sie noch lebten und sich meldeten, ungemindert war, auch nicht bei den Behörden und den Personen, die diese Behörden vertraten. Es lag an der Zeit, die leer war, sich entleert hatte, derer beraubt war, die sie hätten füllen können. Ein zweites Mal war Europa seiner Jugend beraubt worden; die heimkehrten aus diesem Krieg, waren nicht zornig, nicht traurig, sondern nur müde und hungrig. Ein Bild wie Wollheims »Der Verwundete« hatte kurz nach dem ersten Weltkrieg die Gemüter erregt: die neue Kunst hatte getroffen, sie hatte sich – mit unterschiedlichem Ergebnis und auf unterschiedliche Weise – bemüht, die Geschichte zu bewältigen. Nun, nach dem zweiten Weltkrieg, war sie von der Geschichte überwältigt, sie verstummte. Nicht einmal die Schuldigen, die wenigen, die eindeutig als solche zu erkennen waren, erregten Zorn.
Daß die barbarische Heftigkeit, mit der diese Schuldigen sich der Kunst bemächtigt, sie unterdrückt hatten, im Zusammenhang stehe mit den Opfern, die Europa gebracht hatte; Randalieren vor einem Bilderladen, Eingreifen der Kriminalpolizei in die Kunstgeschichte, Räumungsklage wegen Verkaufs entarteter Kunst und Beherbergung von Juden; daß alle diese Vorgänge unmittelbar auf die Katastrophe zugeführt hatten, zum Mechanismus des Unheils gehörten – das zu erkennen, war diese Zeit nicht reif. Es ist leicht, sich vorzustellen, wie Johanna Eys Lebensabend ausgesehen hätte, wäre die Gewalt nicht in dieses Leben eingebrochen: eine Kaffeestube in Düsseldorf, nicht viel komfortabler als die, in der sie im Jahr 1910 begonnen hatte, für Kunststudenten Kaffee zu kochen; ihre Freunde hätten sie besucht; die Wände hätten voller Bilder gehangen, man hätte Erin-

nerungen ausgetauscht – und Johanna Ey wäre eine wohlhabende Frau gewesen, unbeirrbar, unverändert die, die sie immer war und geblieben ist; ohne verlegen zu werden, hätte man auf sie alle die Worte anwenden können, die in die Gegenwart hinüberzuretten sie mithalf: mütterlich, gesund, aus dem Volk – und sie wäre die Besitzerin einer Kunstsammlung gewesen, die alles das enthalten hätte, was als ungesund, volksfremd, artfremd bezeichnet worden wäre. Eine ihrer wichtigsten Eigenschaften, ohne die sie nie Johanna Ey gewesen wäre: der Drang zur Unabhängigkeit, wird in einem ihrer letzten Briefe deutlich, den sie ein halbes Jahr nach dem Ende des zweiten Weltkrieges an einen alten Freund schrieb:

l.' Karl Kyser,

Jetzt, da ich wieder an deine Adresse schreiben kann, versuche ich, noch einmal ein Lebenszeichen von dir zu hören. Wir haben ja alle Strapazen hier überstanden, der eine besser wie der andere, und nun möchte ich doch gerne wissen, wie es meinem guten, lieben Freunde geht, deiner Frau und den Kindern. Ich habe ja alles verloren und möchte so gern wieder nach Düsseldorf. Ein Rechtsanwalt Siemsen aus Düsseldorf ist jetzt dabei, mit Düsseldorf zu verhandeln, um Bilder, von Prof. Koetschau taxiert, der Stadt wieder abzunehmen. Die Stadt hat nämlich in Wiesbaden, wo die letzte Ausstellung meiner Bilder stattfand, sich für ein Darlehn von 4000 *Mark für über* 30 000 *Mark Bilder aus der Ausstellung genommen und hat dieselben teilweise für vieles Geld in die Schweiz verkauft. Dann hat die Stadt noch in seiner Wohnung für ungefähr* 10 000 *Mark genommen für die Miete Hindenburgwall, wo ich doch* mietfrei *wohnte. Doch die verfluchten Nazi* durften *ja alles; und meine schöne Wohnung mit Raritäten, Stockampstraße – Möbel, Bilder und* 10 *Bilderkisten mit Inhalt –, alles verbrannt, nur mein Leben konnte ich retten. Auch die Ausstellungsbilder mit Kisten bei Beyer-Meyer, dem Versammlungslokal Düsseldorfer Künstler – alles verbrannt.* 1943, *drei Tage vor Pfingsten schaffte Hermann den Bilderschrank und zwei Kisten nach Kottenheim in der Eifel, wo ich mal in Ferien war, und diese Sachen sind unversehrt geblieben, so daß ich noch zu leben habe, und wenn die Stadt D. mir meine Bilder herausgeben, soweit sie noch da sind, oder Schadenersatz leisten muß. So kann ich mein Leben beschließen, ohne einem Menschen zur Last zu fallen, auch nicht meinen Kindern. Nun möchte ich doch gerne wissen, wie es euch allen gesundheitlich geht; du, mein lieber guter Freund, hast ja auch vieles durchgemacht, und möchte so gern wissen, was du noch leisten kannst; alle kommen jetzt wieder zu ihrem Recht oder Posten. Du warst ja in Düsseldorf einer der ersten und besten und so zufrieden, wenn du abends in meinem Freundeskreis sitzen konntest und deine Brötchen mit Wurst verzehren konntest. Meine Tochter Lisbeth in Düsseldorf ist noch immer dabei, mir 1–2 Zimmer zu beschaffen, doch Düsseldorf soll ein Trümmerhaufen sein. Ich wohne hier in einem schönen Hause, doch die Heimat ist es nie. Nun schreib mir doch so bald wie möglich, daß ich wenigstens Weihnacht erleben kann mit dem einzigsten Wunsche, Euch alle so weit gesund zu wissen. Einen kleinen Nervenzusammenbruch haben wir Erwachsenen wohl alle gehabt, es blieb bei diesem furchtbaren Durcheinander auch wohl nicht anders aus, es kommt bloß darauf an, ob man es abschütteln will. Also bleibt alle soweit es geht gesund und schreibt bald einmal der alten Frau Ey, die viel an Euch denkt.*

In der Düsseldorfer Altstadt fehlt ein Denkmal. Es sollte nicht weit von der Kunstakademie stehen, nicht weit von dem Haus Ratinger Straße 45, in dem der Dichter Immermann gelebt hat und gestorben ist und in dem Johanna Ey im Jahre 1910 ihre Bäckereifiliale eröffnete. Nicht viele Städte können sich rühmen, eine Person beherbergt zu haben, die so unzertrennlich ist von ihrer Geschichte wie Johanna Ey, und es gibt wenig Personen; die wie sie der Dankbarkeit ihrer Freunde so gute Gelegenheit geben, ihr ein Denkmal zu errichten.

Befehl und Verantwortung

Gedanken zum Eichmann-Prozeß

Morgen beginnt in Jerusalem die Gerichtsverhandlung gegen einen Mann, der schuldig ist am Tod von mehr Menschen, als Hamburg Einwohner hat. Hamburg und seine Umgebung menschenleer; wir sind nicht fähig, es uns vorzustellen, und doch sind die Menschen, für deren Tod Adolf Eichmann verantwortlich ist, so alltäglich gewesen wie die Bewohner von Hamburg und dessen Umgebung. Sie haben Schulen besucht, Konten geführt, telefoniert, Straßenbahnen bestiegen, sind ins Kino gegangen, haben geflucht und gebetet, sich gelangweilt, sich auf den Feierabend gefreut, und es waren unter ihnen so viele Intelligente und so viele Unintelligente wie unter den Bewohnern Hamburgs, die jeden Morgen nach dem Wetter schauen, frühstücken und sich mehr oder weniger widerwillig auf den Weg zur Arbeit machen. Alle diese Menschen haben einen Ort auf dieser Erde gehabt, mag er noch so armselig gewesen sein; es waren Tüchtige darunter und Untüchtige. Der Mann, der für ihren Tod verantwortlich ist, hat nicht einen einzigen von ihnen mit eigener Hand getötet; er ist kein Mörder; jeder Mörder hat ein Motiv: Eifersucht, Habgier, Haß oder jene dunkle, unergründliche Zerstörungslust, die immer krankhaft ist; Adolf Eichmann ist nicht krank, er hat seine Opfer wahrscheinlich nicht einmal gehaßt, er ist kein Täter, er hat nur eine Tätigkeit ausgeübt: den Mord vorbereitet und verwaltet; er ist von einer Durchschnittlichkeit, die das Grausige seiner Tätigkeit erst betrachtenswert macht. Er hätte, ohne aufzufallen, als Versicherungsvertreter an unsere Tür kommen, als Lokalredakteur einer kleinen Zeitung sich um Unfälle und Brände kümmern, als Geschäftsführer einer Reinigungsanstalt uns höflich unsere gereinigte Hose überreichen können; er ist vollkommen normal – und er ist ein Deutscher. Es war unsere Geschichte, die deutsche, die ihn an jene Stelle trug, wo es ihm möglich war, den Tod von mehr Menschen zu verwalten, als Hamburg Einwohner hat.

Wenn wir die Worte Unbehagen und unbewältigt so flott auf die deutsche Geschichte anwenden, froh darüber, ein neues Schlagwort gefunden zu haben, sollten wir uns, bevor wir diese Worte anwenden, überlegen, welche überraschenden Positiva diese

Worte haben: Behagen und bewältigt; ob es wirklich vorstellbar ist, daß auch nur ein einziger Deutscher die Vergangenheit bewältigen und sich so recht behaglich in dieser Gegenwart auf die Zukunft zu in seinem Sessel ausstrecken könnte? Bewältigung ohne Verantwortung wäre eine Selbsttäuschung, wie jene Behaglichkeit, mit der man sich in der deutschen Gegenwart niederläßt. Der Prozeß gegen Eichmann wird nichts klären, was nicht ohne diesen Prozeß geklärt werden könnte. Der *Fall* Eichmann ist klar, über die Schuld der Person Eichmann werden die Richter in Jerusalem befinden. Sicher ist, daß nicht Eichmann allein dort vor Gericht steht; die Geschichte, die ihn an jene Stelle trug, ist nicht eine zufällige gewesen, zufällig an ihr mag nur eine Erscheinung wie Eichmann sein, der auswechselbar gewesen wäre. Er hat auf Befehl gehandelt, und dieses Wort »Befehl« wird häufig aus seinem Mund zu hören sein; er hat den Befehl ausgeführt, ihn weitergegeben, unzählige Spitzel und Schergen haben für ihn die schmutzige Arbeit getan; ein geheimer Staat, der SS-Staat, stand Eichmann zur Verfügung, jenes dunkle Geflecht, das nur *eine* Schicht dieses verruchten Staates war, der aus vielen Schichten bestand, unentwirrbar miteinander verwobenen, ineinander verstrickten Schichten; da wurde in den Kirchen für den Sieg gebetet, von Priestern derselben Konfession, deren Mitbrüder in Lagern alltäglich von den Schergen geschunden wurden; da gab es Unzählige, die zu verhüten suchten, was eben zu verhüten war, und doch diese Verhütung nicht hätten ausführen können, wenn sie sich nicht verstrickt hätten; es gab offenen Widerstand und geheimen, eine gewaltige Armee, in der alle Mischungsgrade der Verstrickung und des Widerstands sichtbar wurden, und es gab die ungeheure Masse der Indifferenten, die nichts sehen, nichts hören, nichts wissen wollten, sich von einer Mahlzeit zur anderen durch diesen fürchterlichen Alltag des Krieges schleppten, dessen eine Seite jene war, die in Jerusalem mit Adolf Eichmann vor Gericht steht. Es wäre sehr einfach, mit dem Prozeß gegen Eichmann eine weitere Teilzahlungsrate an Verantwortung loszuwerden: soundsoviel aufs Konto Ohlendorfs, soundsoviel aufs Konto von Höß, *ein* Toter aufs Konto von dem Bach-Zelewski, bis das Konto beglichen ist – aber so einfach ist die Sache nicht; immer wird ein Teil der Verantwortung unangenommen bleiben und an die Unschuldigen, unsere Kinder, weitergegeben werden; von Unschuldigen wird diese Verantwortung gefordert werden. Das Fürchterliche an der nationalsozialistischen Seuche war, daß sie nicht als Episode abgetan, für erledigt betrachtet werden kann; sie hat das Denken verseucht, die Luft, die wir atmen, sie hat die Worte, die wir sprechen und schreiben, in einer Weise vergiftet, die nicht vor einem Gerichtshof bereinigt werden kann; im Wirkungsbereich dieser Seuche hat das Wort Verantwortung keinen Platz, es wird ersetzt durch das Wort Befehl – und es ist dieses Wort, das in Jerusalem vor Gericht steht. Was die Nationalsozialisten zur endgültigen Verächtlichkeit verdammt hat, ist die Tatsache, daß es nach 1945 nicht einen einzigen mehr von ihnen gab; sie ließen sich aus den abenteuerlichsten Berufen, aus den entferntesten Ecken der Welt vor Gericht schleppen, um die Verantwortung abzulehnen! Das Hauptmerkmal aller, die von dieser Seuche befallen waren, ist eine unergründliche Feigheit und vollkommene Verantwortungslosigkeit. Es ist im vollen Sinn des Wortes: unfaßbar – und was daran nicht zu fassen ist, wird kein einziger Pressekommentar, keine Schlagzeile zu fassen kriegen. Aus dem Eichmann-Prozeß eine Sensation zu machen ist so unverantwortlich, wie es unverantwortlich wäre, irgendeinen politischen Kredit oder Mißkredit aus diesem Prozeß zu ziehen. Was an diesem Prozeß um die Person Adolf Eichmann geht, ist zu klar, als daß es nur mehr als einiger Zeilen wert wäre. Personalien, Lebenslauf – und die unbestreitbare Tatsache: Schuld am Tode von soviel Menschen, wie Hamburg Einwohner hat. Aber schon werden Filmskripte geschrieben, beginnt man mit den Dreharbeiten, schon werden in die Kameras die Filmrollen geschoben und die Belichtungsmesser auf ihre Zuverlässigkeit geprüft: gierig wartet die Welt auf etwas, das sie schon lange weiß, seit fast zwanzig Jahren gewußt hat. Diese Gier wird nichts heilen, wird nichts klären, was nicht am Wort geheilt und geklärt werden könnte, an jenem Wort, das in Jerusalem vor Gericht steht: Befehl. Es fängt mit kleinen Befehlen an, über die man lachen, die man mit einem inneren Lachen ausführen kann: linksum, rechtsum, kehrt; es folgen größere, gewichtigere Befehle: auf eine Pappscheibe zu schießen; Befehle, immer mehr, kleine und große, die sich zu dem ungeheuerlichen Befehl addieren, Menschen zu töten. Das kann auf mancherlei Weise geschehen, zu bedenken ist nur, daß die, die man tötet, auf dieser Erde nichts zu suchen haben; sie sind Feinde, sie sind Auswurf, und man hat keine Verantwortung für ihren Tod; denn dahinter steht das schreckliche Wort, das einem alle Verantwortung abnimmt: Befehl.

Es wird in Jerusalem oft ausgesprochen werden, dieses Wort und das zweite, das unzertrennlich dazugehört: Gehorsam. Man sollte nicht nur Zeugen und Überlebende mit Adolf Eichmann konfrontieren, auch solche, die den Befehl *nicht* ausgeführt haben; es hat sie gegeben, mehr als wir ahnen, es sind in diesem Krieg, der mit Eichmann vor Gericht steht, so viele Befehle nicht ausgeführt worden: Erschießungsbefehle, Sprengungsbefehle; Menschen wurden vor dem Tode bewahrt, Städte und Brücken vor der Vernichtung gerettet, weil Befehle *nicht* ausgeführt wurden; Befehlsverweigerung – ein ehrenwertes Delikt; man sollte sie in den Lesebüchern unserer Kinder verewigen, die Unzähligen, die Befehle verweigert haben, die gestorben sind, weil sie nicht morden und nicht zerstören wollten, und die die Mächte zu beseitigen versuchten, von denen Adolf Eichmann an jene Stelle getragen wurde, wo er die Befehle ausführen konnte. Er war gehorsam in einer Zeit, wo Ungehorsam eine Tugend war. Ich habe es vor wenigen Tagen gehört, aus dem Mund einer Dichterin: »Die Uniform des Tages ist die Geduld, die Auszeichnung der armselige Stern der Hoffnung über dem Herzen. Er wird verliehen für die Flucht vor den Fahnen, für die Tapferkeit vor dem Freund, für den Verrat unwürdiger Geheimnisse und die Nichtachtung jeglichen Befehls.«

Hast Du was, dann bist Du was

Zuerst tauchte er in der Hauptandachtsstunde der deutschen Seele auf, im Fernseh-Intermezzo, der halben Stunde zwischen 19.30 Uhr und 20.00 Uhr abends: ein glattes Gesicht, mit jener perfiden Sicherheit ausgesucht, die man Werbegenialität nennen kann; ein wohlfrisierter freundlicher Zeitgenosse, der seinen Namen ungeniert von sich gab: HAST DU WAS, DANN BIST DU WAS. Die Umkehrung seines Spruchs – HAST DU NICHTS, DANN BIST DU NICHTS – wurde der deutschen Seele erspart. Der HAST DU WAS, DANN BIST DU WAS, der etwa zehn Millionen deutschen Seelen in gewissen Abständen serviert wurde, passierte ungehindert alle Kontrollen, erregte bei den offiziellen Kontrollinstanzen – falls es solche gibt – keinerlei Anstoß. Die Sendezeit, während der er auftritt, ist für Kinder freigegeben, es sind keine leichtgeschürzten Damen zu sehen, nur biedere, hochgeschlossene Durchschnittsweiblichkeit, deren eine und aller einzige Sorge darin zu bestehen scheint, zwischen 3 Waschpulvern, 3 Sekt- und 3 Kognakmarken die fürchterlich schwere Wahl zu treffen. Der HAST DU WAS, DANN BIST DU WAS paßt gut in dieses Milieu: seine Zähne sind makellos, der Sitz seiner Jacke ist à la mode, seine Krawatte ist untadelig, er ist jung und glatt, so recht geeignet, der zur Hauptandachtsstunde versammelten deutschen Seelengemeinde seine Sozialzote vorzubeten, möglichst kurz bevor sie das Wort zum Sonntag zu hören bekommt. War er auf dem Bildschirm noch flüchtigen Charakters – herbeigeflimmert, seine Zote abgebetet, weg war er – so ist er nun in Druckerschwärze (Tiefdruck) verewigt, ist aus der Hauptandachtsstunde auf den Hauptfutterplatz der deutschen Seele, in die Zeitschrift HÖR ZU übergewechselt, tritt gegenwärtig seine Rundreise durch die deutsche Presse an, der HAST DU WAS, DANN BIST DU WAS.

Offenbar ist für die deutsche Seele nichts perfide genug, offenbar auch sind die Kirchen entschlossen, endgültige Blindheit walten zu lassen, Moral endgültig für sexuelle Moral zu halten, heftig gegen leichtgeschürzte Damen (wie sie jedes Kind in jeglicher Anzahl in jedem Strandbad sehen kann) zu protestieren, sobald sie sich auf dem Bildschirm zu einer Zeit zeigen, die fürs deutsche Kinderauge zugelassen und entsprechend gereinigt ist. Hätte man als Christ gar – aller Erfahrung widersprechend – die

Hoffnung gehabt, die Kirchen könnten möglicherweise auf solch ein infames Geschwätz aufmerksam werden, so muß man nach dem Fastenhirtenbrief des Kölner Erzbischofs und Kardinals nun diese Hoffnung endgültig begraben. In diesem Hirtenschreiben wird das HAST DU WAS, DANN BIST DU WAS zum wohltemperierten theologischen Unterbau für alle Ratschläge, die ein Kirchenfürst seinen Erzdiözesanen schuldig ist. Dem HAST DU WAS, DANN BIST DU WAS kann man's möglicherweise noch verzeihen, möchte man auch ihm und all seinen Hintermännern die Pest an den Hals oder einen Mühlstein um denselben wünschen, vielleicht kann man ihm und seinen Hintermännern zugute halten, SIE WISSEN NICHT, WAS SIE TUN. Ein Oberhirte wird wohl wissen, was er tut, wenn er seine Gläubigen auffordert, »durch Erwerb von Anteileigentum, etwa am Betriebskapital des Werkes, in dem man arbeitet, durch Beteiligung am Investmenttrust und ähnliches Eigentum zu erwerben. Dadurch wird der eigenen Familie Widerstandskraft gegeben, und der Hausvater gewinnt das beruhigende Bewußtsein, wenn er einmal sterben muß, seine Hinterbliebenen nicht ganz unversorgt zu lassen«. Nun, wenn ich recht unterrichtet bin, mich recht erinnere, ist innerhalb einer einzigen Generation zweimal alles Ersparte weggeräubert worden, sind die braven Sparer zweimal zu Habenichtsen geworden. Für jeden Christen erbaulich wird der Text dann auch erst im folgenden Abschnitt des Hirtenbriefes: »Eine solche breite Eigentumsstreuung würde die soziale Ordnung im Volke wesentlich befestigen, die wirtschaftliche Kapitalbildung sichern, die Arbeiterschaft und überhaupt die minderbemittelten Volkskreise gesellschaftlich heben und in das Volksganze eingliedern. Staat, Gemeinden und Betriebe mögen alles tun, um diese Entwicklung zu fördern.«

Als ich's in der Heiligen Messe hörte, hab' ich meinen Ohren nicht getraut: meinen Augen, die es jetzt vor sich sehen, in Stück 4 des 101. Jahrgangs des Kirchlichen Anzeigers für die Erzdiözese Köln, muß ich wohl trauen, obwohl es mir lieber wäre, ich könnte einen Augenfehler, einen Sehfehler für diese Worte verantwortlich machen. Sollte es tatsächlich möglich sein, daß Arbeiter und *überhaupt* Minderbemittelte gesellschaftlich gehoben, ins Volksganze eingegliedert werden müssen durch *Besitz*? Es gibt ein sehr schönes Wort für minderbemittelt: arm, und einer der größten Heiligen, den dieses verruchte Abendland hervorgebracht hat, Franz von Assisi, war mit der Armut vermählt. Hat es *überhaupt* je einen reichen Heiligen gegeben? Ganz zu schweigen vom Nadelöhr. Die Heiligsprechung des Habenichts von Assisi war wohl ein Irrtum, wie die Heiligsprechung des Habenichts Johannes Maria Vianney und die des Oberhauptes aller modernen Habenichtse: Joseph Benedikt Labre? Vielleicht sollte man versuchen, die gesellschaftlich ein wenig zu heben, indem man ihnen ein bisher geheimgehaltenes Sparkonto oder ein posthum entdecktes Aktienpaket in den Nachlaß schmuggelt. Überlassen wir die heute lebenden Habenichtse, die keine Aussicht haben, je kanonisiert zu werden, getrost den Kommunisten. HAST DU WAS, DANN BIST DU WAS. Ob auf uns die fürchterliche Formel lautet: HAST DU NICHTS, BIST DU KEIN CHRIST?

Zwischen allen Feuern

Über Josef W. Janker, »Zwischen zwei Feuern«

Fünfzehn Jahre nach Kriegsende erscheint dieser Erstling mit dem anspruchslosen Titel, ein stilles Buch, das in Gefahr gerät, zwischen soviel sensationelleren Kriegsbüchern unbemerkt zu bleiben, zumal es auf eine authentische Weise unpolitisch ist. Schicksal einer Gruppe von Pionieren in Rußland, Vormarsch, Rückzug; sechs Kapitel, die sich in viele kleine Abschnitte teilen; keine durchgehende Handlung und nur eine einzige »story«: um ein Hemd, das ihm zum bevorstehenden Appell fehlt, entschärft der Pionier Kuskat achtzehn Minen, von denen siebzehn dem Konto des Gefreiten gutgeschrieben werden, der ihm das Hemd schenkt. Jankers Stil ist das Ergebnis vielfacher Konzentrierung; da gibt es Sätze, die in ihrer partizipialen Knappheit an lateinische Kriegsberichte erinnern (»die geringfügige Verletzung, standhaft verschwiegen, hatte ein Fieber entzündet«), daneben eine lyrische Schilderung des unvergleichlichen, lebenspendenden und -erhaltenden Trostes des russischen Ofens: »in der Tiefe des Raums ein schmutzig-gelber Koloß, das mit Lumpen und Pelzwerk bedeckte Höckertier, das Schlafplätze bereithält, die Herd-Kuh mit ihren Lehmflanken, ihren Backtrögen und Feuerkuhlen, die Aschenmuhme mit ihren Fellhimmeln auf dem Rücken.« Viel pathetisches, gestelltes und gestelztes Wehklagen einer »enttäuschten und betrogenen« Generation, die über der Anklage das selbstverständlich Absurde des Krieges vergaß, über dem weltanschaulichen Zusammenbruch, den verlorenen Idealen die natürliche Optik, ist in diesem kleinen Buch »aufgehoben«. Es ist von einer listigen Ironie durchzogen, das Buch eines Träumers; es klagt nicht an, aber plötzlich wird im Text ein Telefongespräch notiert: »Hallo, Hasemann, haben Sie Lust, mit nach Balinki zu fahren? – Einverstanden! Den Tee also bei mir, und den Skat bei Haustein. – Aber natürlich, wir werden prächtiges Jagdwetter haben. Tolle Sichtverhältnisse, sag ich Ihnen. Der Gegner so gut wie an die Wand gespielt. Da schießen Sie wie auf einem Anstand, mein Lieber. Liegend aufgelegt und in allen Disziplinen – Sache des persönlichen Geschmacks und der Nerven! – Also abgemacht! – Ich erwarte Sie gegen fünfzehn Uhr.« Findet dieses Telefongespräch im Jahre 1960 in der Lüneburger Heide statt, oder im Jahr 1942 auf einem Pioniergefechtsstand in Rußland? Sind mit dem an die Wand gespielten Gegner Russen gemeint, oder die jeweilige Opposition in irgendeinem Bundesland?

Geschossen wird in allen Disziplinen. »Eine empfindliche Lücke war entstanden in der Kette sinnvoller Sicherungen«, aber »Hatte nicht von Manstein die Krim erobert? Stand nicht Rommel in der Cyrenaika? Würde nicht demnächst in zügigem Vorgehen dieser Feldzug entschieden?« Der Tod trifft immer einzelne in diesem Buch, nie Massen, und immer hat er das, was ihn im Krieg für alle Betroffenen so schrecklich macht: man hat mit ihm gerechnet, ihn aber nicht erwartet, und die Plötzlichkeit, mit der er auftritt, verleiht denen, die er herausgreift, eine verletzte Unschuld; läßt sie wie Vergewaltigte zurück; das Verbum »sterben« hat im Krieg keinen Platz, jeder Tod hat etwas Mörderisches, und es ist dieses Mörderische, das Jankers Träumen so gegenwärtig ist. Eine tiefe Verachtung des Kriegerischen als solchen durchzieht dieses Buch, das nicht die geringste »antifaschistische« Attitüde enthält, sie nicht braucht, weil das pro für den Verfasser ganz offensichtlich niemals auch nur zur Erwägung stand. Es gibt wenig Bücher von solcher Selbstverständlichkeit, die den Faschisten wie den Antifaschisten so wenig Futter geben; wenig Aktion, wenig Aktivität, genaue Beobachtung, genau beschrieben; die mörderische Absurdität des Krieges ergibt sich von selbst und jegliche Bemühung um heroisches Pathos erliegt der Ironie des Stils: »Seine Anfälle von Mut, das wußte er, waren nie von langer Dauer . . . Er erschrak über das Echo seiner eigenen Schüsse. Er zitterte vor Anstrengung, dachte, während er zurückwich und die Einschußlöcher schrumpfen sah: wozu dieser unnütze Kraftakt? Wozu dieser blinde Eifer, diese fieberhafte Sucht, als ein mutiger, kühner, unerschrockener Mann zu gelten, wo er bestenfalls tapfer, umsichtig und verläßlich war.«

Ein politisch wachsamer Leser würde in Jankers Roman einige rote Striche anzubringen haben. Sind Shenja und ihr Oheim nicht eigentlich Kollaborateure? und müßte nicht nach einer so poetischen Schilderung eines russischen Bauernofens sofort der ideologische Alarmknopf herausspringen – das brutale Aufstöbern der Schlaftrunkenen beklagt werden. Nichts dergleichen; unter den »beifälligen Zurufen« der Aufgestöberten besteigen die Soldaten den Ofen – ein vollkommen undialektischer Vor-

gang, unfaßbar, aber sie genießen »den Reiz solch eigenartiger Erhöhung nicht lange«, werden bald hinausbefohlen. Manchen kleinen Brocken ähnlicher Art liefert Janker dem strengen Betrachter, dessen ideologisches Sicherungssystem funktioniert, und so hat sein Buch wenig Aussicht, den einen oder den anderen so recht ins wohlumzäunte Gehege zu passen; da »erzählt weder der Frontsoldat« noch einer, der »immer schon dagegen war« (es aber erst 1945 eigentlich bemerkte). Schlimmer noch, Janker ist ein Romantiker: die in einem Tongefäß Hirse stoßende Nastasja wird von der Madonna bewacht! »Er verwünschte die Nähe des Bildes, mehr noch den Maler, der es entworfen, und er war froh, als das Wachs zu Ende ging und die Flamme erlosch.«
Während des Lesens erscheint wie eine Schwäche des Buches, was, wenn es absichtslos geschah, eine Stärke wäre: es ist schwer, die jeweils im Mittelpunkt eines Abschnittes stehende Person zu erkennen, sie in späteren Abschnitten wiederzuerkennen; man weiß zum Schluß nicht mehr recht, wer's nun war, der um ein Hemd siebzehn Minen entschärfte, wer mit wem befreundet ist. – Matasch mit Liebscher, oder Brielitz mit Kuskat; neun Personen in einer, eine in neun, vielfach gebrochen, ineinander verstrickt, sich anklammernd, ausklammernd, – und zum Ende hin noch drei weitere Personen. Keins dieser Kurzporträts ist realistisch und ausführlich genug, um als Signalement gelten zu können; eine Art Tupftechnik, in der die dargestellte Pioniergruppe traumhaft wird. Die »Gruppe« ist das Modell vieler Kriegsbücher gewesen: von der »Gruppe Bosemüller« bis zu Remarques *Im Westen nichts Neues,* die beide, so oder so, im pro oder contra wertender oder ablehnender Pathetik abgesichert waren – und beide so mißverständlich. Jankers Buch ist unmißverständlich, durch Sparsamkeit, Präzision, und ohne jede durchscheinende Theorie ist ihm ein Erstling von selbstverständlicher Gegenwärtigkeit gelungen; der also das ist, wofür das Wort modern die vorläufig beste aller verfügbaren Hilfsbezeichnungen ist.

Brief an HAP Grieshaber

Lieber HAP Grieshaber, ich weiß nicht, wie wir's anfangen sollen. Mir liegen so viele Dinge auf der Seele, die unmittelbar mit unserem Problem zu tun haben: Briefschaften, die ich seit Monaten (manche seit einem Jahr) mit mir herumschleppe, von Reise zu Reise, Ort zu Ort, weil ich nicht weiß, was ich antworten soll: dem jungen Mädchen, das mir schrieb, es habe durch mich den Glauben an Christus wiedergefunden; dem Primaner, der mir schrieb, er sei meinetwegen (weil er eine meiner Geschichten nicht interpretieren konnte) bei der Reifeprüfung durchgefallen – und dem Oberstudienrat, der in einer Geschichte von mir einen bösartigen, Sinn und Form der Geschichte in Frage stellenden Rechenfehler entdeckt hat. Ich komme mir einfach dumm vor angesichts solch ernsthafter Briefschaften, vor allem komme ich mir viel weniger verantwortlich vor, als meine Briefpartner zu glauben scheinen. Wäre diese Diskongruenz zwischen Wirkung (dem, was man »anrichtet«) und dem Verantwortungsgefühl nicht die Ecke, in der sich der »Gaukler« versteckt – und wäre das möglicherweise festzustellende Ausmaß dieser Diskongruenz nicht ein Gesprächsthema? Für mich ist das, was an meiner Arbeit möglicherweise »Kunst« ist, so selbstverständlich wie der *Inhalt* dieser Versuche, Kunst zu machen; ich habe einfach den Streit zwischen den Engagierten und nicht Engagierten nie verstanden, ich weiß nicht, worüber sie reden; ich glaube da an eine Einheit, und die übliche (wahrscheinlich für alle, die keine Kunst machen, wirklich wichtige, lebenswichtige) Frage, ob ich des jeweiligen Inhalts oder der Form wegen schreibe, kann ich nicht beantworten. Mein Verhältnis zum Schreiben ist sicher erotischer Natur; wenn man eine Frau liebt, ist es bestimmt fast unzüchtig, nur an die Kinder zu denken, die man von ihr haben könnte – so wie es unzüchtig wäre, nur daran zu denken, daß man kein Kind von ihr möchte; man liebt eben – und eines Tages kommen dann Kinder auf die Welt, vielleicht auch keine; aber wer könnte die volle Verantwortung für ein Kind übernehmen? Ich will gar nicht das Verhältnis Künstler – Werk in ein Verhältnis des Zeugenden und Gezeugten umfälschen – das wäre grundfalsch, ich suche nur annähernd Vergleiche und Beweise für die Tatsache, daß die Früchte der Liebe selbständig werden – und daß man dem Urheber kaum noch die volle Verantwortung aufbürden kann. Vielleicht ist es eine Anmaßung, Bilder zu malen, Bücher zu schreiben, ganz sicher ist es eine Anmaßung, bewußt Kinder zu zeugen. Millionen und Abermillionen Streitgespräche und theologische Exkurse über die Frage, ob es der Sinn der Ehe sei, Kinder in die Welt zu setzen, können die mounteverestgroße Tatsache nicht aus der Welt schaffen, daß eine kinderlose Ehe eine Ehe ist. Sie schreiben mir, lieber Grieshaber, Sie schämten sich fast, mir die Frage zu stellen, ich sei doch Katholik und müßte wissen, warum die Kunst am Leben vorbeigehe. Nun, ich schäme mich manchmal fast, daß ich Katholik bin, gleicher Hautfarbe mit diesen Linksverquerern und Rechtsverquerern, diesen Mittelstürmer-Optimisten, und was es da alles noch für Funktionen in diesem Verein gibt; als Künstler mag Sie die Tatsache, daß die katholische Kirche »ein so gutes Verhältnis zur modernen Kunst« hat, zu dieser Frage an mich bestimmt haben – aber mich interessiert das Verhältnis der Kirche zur Kunst (das mag Sie überraschen) gar nicht, mich interessiert viel mehr ihr Verhältnis zur Theologie und das Verhältnis der Theologie zur Politik. Die Kirche (unsere) ist meiner Meinung nach gar nicht kompetent in Fragen Kunst, alles, was sie darüber äußert, für oder dagegen tut, ist mehr oder weniger »Hobby«, und es ist höchst erfreulich, daß sie (im ganzen gesehen) diesem Hobby mit so viel Geschmack, so viel Instinkt, »Aufgeschlossenheit« und Freundlichkeit nachkommt; das ist sehr hübsch (wie es sehr hübsch ist, daß sie sich hin und wieder ihres guten alten Index erinnert und ihm ein, zwei, drei Brocken Futter gibt, auf daß er nicht sterbe – im übrigen wuchern die indizierten Gedanken dann in abgewandelter Form in Millionen Exemplaren an den Taschenbuchkiosken, und jedes Kind kann sie sich um den Preis eines Kinobilletts kaufen). Die Tatsache, daß eine Heilige Messe in einer Nissenhütte keineswegs geringer ist als eine in der Kathedrale von Chartres, das Gebet einer Frau vor einer Kitschmadonna nicht geringer als das der anderen vor Fra Angelico, macht das Verhältnis eines Körpers wie der Kirche zur Kunst doch zweitrangig – und so verstehe ich Ihre Frage nicht, wieso ich als Katholik doch wissen müßte, warum die Kunst am Leben vorbeigehe. Die katholische Kirche hat die Kunst gewiß »gefördert«, aber nicht erfunden; die Frage wäre, wie weit die katholische Theologie sich Gedanken über eine Art Moral des Ästhetischen gemacht hat; ich weiß nichts von Versuchen dieser Art, aber dieses Nichtwissen kann Ignoranz sein. Ich glaube an die Verantwortung des Künstlers, aber mein Gewissen allein ist mir ein zu schwaches Instrument. – So bleibt ein Rest, den mir weder die sogenannte Gesellschaft noch meine Kirche, noch Freunde erklären können. Ich finde den Aufsatz von Lutz Greve sehr, sehr gut, besonders das Wort Tatort bezeichnet etwas Richtiges, denn jeder Künstler ist ein Täter, der nicht genau weiß, was er anrichtet. Tatort wäre also ein Wort für unser Gespräch – und vielleicht das Wort »selbstverständlich«. Es wird bei uns in Deutschland ja so viel, so lange und so unermüdlich über das geredet, was anderen selbstverständlich ist: etwa, daß das jeweilige »Engagement« doch nur eine Art Grundierung sein kann, *auf* der sich irgend etwas abspielt, das man dann vielleicht Kunst nennen kann. Was würden Sie davon halten, wenn man nur über das Holz spräche, auf und an dem Sie Ihre Kunst machen? Viele Kunstgespräche, Kritiken sind in diesem Sinn Grundierungsgespräche und -kritiken, Gespräche über Materialien – also eigentlich überflüssig. Wie können wir nur unser Gespräch auf das andere bringen? Auf die Gauklerecke? Ich habe so manchmal das Gefühl, wenn ich durch riesige Ausstellungshallen schreite und die Zuschauer mit ihrem rührenden, wirklich beflissenen Ernst umherwandeln sehe, daß irgendwo hinter den Kulissen sich einer versteckt hält, der sich über den Ernst totlacht, mit dem die Leute sich das alles anschauen. Hab ich vielleicht recht? Als Künstler, als Mitwisser sozusagen, Mittäter, kann man vielleicht Form separat oder unabhängig vom Inhalt würdigen, genießen, wahrnehmen und einschätzen – aber gibt es nicht Ateliergespräche, heiße Köpfe und Krach unter den Malern genug? Wenn man jede Publikumsäußerung gegen irgendein modernes Kunstwerk sofort als reaktionär abtut (also mit einer politischen, übrigens sowohl vieldeutigen wie fragwürdigen Vokabel abtut), begibt man sich in jedem Fall in falsche Position. Das ist eine Art Terror, der ein Klima der Heuchelei schafft (und außerdem: ich habe mich immer gefragt, warum die Leute, die Fensterscheiben einschmeißen, sich wundern, wenn jemand ärgerlich den Kopf durchs kaputte Fenster steckt – sie müßten doch eigentlich über die Wirkung froh sein). Der Denkfehler wird da gemacht, wo man modern, gegenstandslos per se als Qualitätsbezeichnung nimmt; das ist echter Terror, der sich eines Tages bitter rächen könnte; ich habe noch nie etwas vom gegenstandlosen, vom modernen Kitsch gelesen, den es doch zweifellos geben muß; wäre das nicht eine Sache für Sie? Ich würde mich dann bemühen, den gegenstandlosen Kitsch in der Literatur heranzuziehen. Durch diesen Terror werden eine ganze Menge wahrscheinlich mediokrer Talente auf eine Weise in Macht gehalten, die sie so gefährlich macht wie die Gegner der entarteten Kunst! . . .

Ihr Heinrich Böll

Cocktail-Party

Die Cocktail-Party ist eine Strapaze, der man sich merkwürdigerweise hin und wieder sogar freiwillig unterzieht, so, wie man hin- und wieder freiwillig ein Karussell besteigt, obwohl man weiß, daß Übelkeit die unausbleibliche Folge ist. Es gehört zum Wesen der Cocktail-Party, daß man hingeht und sich doch über sie mokiert. Alles dreht sich um irgend etwas: eine neue Rosensorte, einen Jahrestag von irgend etwas. Die Oktoberrevolution wird ebenso zum Anlaß, sich zu drehen und gedreht zu werden, wie die Uraufführung irgendeiner Schnulze. Die Cocktail-Party ist ein Instrument vollkommener Nivellierung. Zu jeglichem Anlaß wird dasselbe getrunken, nämlich Sekt, dasselbe gegessen, nämlich fingernagelgroße aufgespießte Bissen, von denen ich immer hoffe, daß sich wenigstens die Lohndiener heimlich tatsächlich gütlich daran tun, so wie ich hoffe, daß sich irgendeiner die Zigaretten – die ja von der Steuer abgesetzt sind – einsteckt und die Zigarren, die niemand raucht, einem zigarrenrauchenden Großvater mitnimmt. Aber ich fürchte, daß auch die Lohndiener schon vom allgemeinen Snobismus angesteckt sind, daß sie die Party ernst nehmen und sich zur Korrektheit verpflichtet fühlen, wo Unkorrektheit die einzige Rechtfertigung wäre. Auch der ursprüngliche Zweck einer solchen Veranstaltung – daß jeder jeden kennenlernen soll, kein schlechter Zweck, wenn er erfüllt würde – wird nie erreicht: man behält keinen einzigen Namen, muß die Namen derjenigen, für die man sich möglicherweise interessiert, unter schrecklichen Strapazen später herausfinden, indem man die betreffende Person beschreibt und den Gastgeber um Auskunft bittet.

Besonders hübsch sind Einladungen zu Empfängen, bei denen Frack und Orden vorgeschrieben sind. Es gibt auf der ganzen weiten Erde nur zwei Staaten, die einen gewissen Stil verraten: Indien und Rotchina. Inmitten der befrackten Ordensträger, wo immer und zu welcher Gelegenheit sie sich auch treffen, fallen immer nur zwei Personen, soweit sie anwesend sind, wirklich auf: Mao und Nehru. Alle anderen Staaten – auch die Sowjets törichterweise – haben den internationalen Diplomatenstil, der aus der Zeit des Wiener Kongresses stammt, der also nicht einmal mehr bürgerlich, sondern noch spätaristokratisch ist, übernommen – und notwendigerweise färbt dieser vollkommen sinnlose Stil auf alle gesellschaftlichen Veranstaltungen ab. Ich weiß nicht, ob es den Lohndienern erlaubt ist, auf ihrem Frack auch ihre Orden zu tragen; wenn nein, desto kompletter die Idiotie, denn Frack ist Frack und Orden ist Orden (oder nicht?). Wenn ja, dann würde also ein Herr mit Pour le mérite einem Herrn mit Ritterkreuz ein Glas Sekt anbieten oder Feuer für die Zigarette geben? Das wäre ja fast eine Andeutung der klassenlosen Gesellschaft. Da würde man also den Botschafter eines angesehenen Staates mehr oder weniger herablassend bitten, rasch einen Drink zu besorgen, oder der befrackte Diener würde einem befrackten Kollegen das Tablett hinhalten. Eine Gesellschaft, die keinen Stil und kein Gesicht hat, ist notwendigerweise der Schauplatz billiger Verwechslungskomödien. Wer die Gesellschaft repräsentiert, weiß man ja ohnehin nicht mehr. Man komme mir nicht mit dem Einwand, an den Gesichtern könne man erkennen, ob man mit einem Diplomaten oder einem Lohndiener spricht. Nur die Diener sehen wirklich aristokratisch aus, würdig, feierlich, gemessen und angemessen. Der Fall des Butlers Cronin ist viel interessanter, als die illustrierten Zeitungen verraten. Wenn es tatsächlich nur noch siebenhundert oder achthundert geschulte Butler gibt, sind sie dann nicht die eigentliche Aristokratie? Sie wissen immer, was man »anziehen«, welchen Wein man zu welcher Gelegenheit trinken »muß«. Dieses »Muß« entbehrt jeglicher Notwendigkeit, wenn der Müssende sich einen Spezialisten halten muß, der ihn in die »gemußte« Richtung dirigiert. Dann sind die Diener nicht mehr Diener, sondern Tyrannen, und das Absurde ist, daß die Gesellschaft sich von ihnen tyrannisieren läßt. Das Ergebnis ist absolute Lächerlichkeit, jene, gegen die sich Mr. Armstrong-Jones mit Recht gewehrt hat.

Gesellschaftlicher Stil setzt Bewußtsein voraus. Und wie könnte sich Stil bilden, wo Bewußtlosigkeit das allgemeine Merkmal ist. Die einzigen Personen, die bei Cocktail-Parties oder Empfängen – in Frack und Orden – Respekt verdienen, sind die Diener, denn sie üben eine gesellschaftliche Funktion aus, außerdem ihren Beruf, der sie und ihre Familie ernährt, eine höchst respektable Tätigkeit. Alle andern Teilnehmer sind mehr oder weniger lächerlich, mehr, wenn sie sich ernst nehmen, weniger, wenn sie sich ihrer Lächerlichkeit bewußt sind. Man besucht nicht einen

Freund, sondern der Freund »gibt« eine Party. Das ist schon blöde genug, noch blöder, wenn man hinter solcher Party so etwas wie Stil, so etwas wie »neue gesellschaftliche Form« zu entdecken glaubt. Nach Auschwitz und Stalingrad ist der Rückgriff auf den Diplomatie-Stil der Metternichzeit makaber, die Cocktail-Party einfach nur lächerlich. Keinen Stil zu haben, wäre stilvoller als dieses schlecht abgeguckte Hollywood-Getue, das sein Vokabularium aus drittrangigen Filmen bezieht. Da muß das, was man früher fröhlich und schlicht einen Einstand nannte, natürlich eine »house-warming-party« sein. Das alles sind Fluchtversuche aus der eigenen Gegenwart, die Cocktail-Party und alles, was an Aufwand, Getue und dem Wortschatz damit zusammenhängt, ist der neue Kitsch, viel weniger überzeugend als der Kitsch unserer Großmütter, die vielleicht hin und wieder den törichten Einfall hatten, auf »fein« zu machen. Die Party ist der Ersatz für den Grafen, der das Dienstmädchen heiratete. Man scheut sich vor Gefühlen, will nicht gern zugeben, daß man hin und wieder seine Freunde gern trifft und mit ihnen einen trinkt – und so flieht man in das elende Fluidum drittrangiger Filme und verliert immer mehr das Bewußtsein der eigenen Lächerlichkeit. Solange man noch weiß, wie lächerlich man ist, indem man sich dieser Hilfsformen gesellschaftlichen Beisammenseins bedient, mag's noch angehen; fängt man aber an, dieses Theater für Realität zu nehmen, dann sitzt man in einer Falle, aus der einen keine Pappritz mehr herausbekommt. Es wäre eine verflucht unangenehme Welt, in der man in Büchern nachschauen müßte, was man seinen Freunden zu trinken vorsetzt und ob man, wenn man sein Mädchen trifft, eine taubenblaue oder eine veilchenblaue Weste anzieht. Wenn alle »Anstandsbücher« so gut verkauft werden, ist bewiesen, daß der »Benimm« keine natürlichen Voraussetzungen mehr hat, daß es an natürlicher Würde, an natürlicher Autorität fehlt.

Vom deutschen Snob

Ein deutscher Snob ist von vornherein in einer mißlichen Lage. Es fehlt ihm an Leitbildern. Das »Selten so jelacht« und »Nie jehört« haben keinen gesellschaftlichen Rückhalt mehr, so wenig wie der wildblickende Anarchist oder der Bohemien; eine kümmerliche Gesellschaft bringt kümmerliche Snobs hervor. Ein Snob muß spielen können, was von jedermann erkannt werden kann. Die austrischen Snobs haben's besser, der Humus, aus dem sie erwachsen, hat noch Realität, der Küß-die-Hand-Baron noch Chancen, für einen solchen, wenn auch fragwürdigen oder der Herkunft nach schwer zu ergründenen gehalten zu werden; wo ein Snob gedeihen soll, muß es wenigstens noch nach Adel riechen, und so mag der Humus noch bis München reichen, wo Kirche und Haus Wittelsbach reichlich gestreut haben, auf daß der wachse, dem »background« fehlt und der, indem er ihn vorgibt, den vorhandenen bestätigt. Gen Norden zu wird es kümmerlicher; worauf sollte man im Herrschaftsbereich der freien, bürgerlichen Städte spielen, etwa auf Bürger? Es wäre konsequent, aber das Muster Bürger gibt zu wenig her; jeder Snob ist ein Stück Ästhet, das Ästhetische hängt mit dem Sozialen eng zusammen – ein Bürger gibt einfach ästhetisch nichts her; nur wenn er schon wieder adlig, Patrizier ist, und so gibt es denn auch den hansischen Snob, der seine Provinzbühne hat. Nördlich des Mains hat das Kirchliche nie das Religiöse überwuchert, und so blieben dort auch dem Religions-Snob wenig Chancen, und der Adel blieb rauh in diesen Gefilden, die immer noch ein bißchen nach Hermann und Thusnelda riechen; rauh blieb der Adel, bis die Industrie ihn lehrte, was wirklich »fein«; es war eine bürgerliche Feinheit, die den Adel zum Tischtuch bekehrte (Ausnahmen bestätigen – bekanntlich – die Regel); es entstand eine Mischmasch-Gesellschaft, in der nur der Prolet wirklich Stil hatte: er verbannte unerbittlich Tischtuch und Untertasse, Krawatte und Sonntagsspaziergang, gestand dem bürgerlichen Wochenende nur ein reines Hemd, ein plätschriges Bad in der Zinkwanne zwischen Küchenschrank und Küchentisch zu; die übrigen Wochentage hing die Zinkwanne im Hinterhof an der Backsteinmauer neben dem Wäschereck. Tatsächlich hat es denn auch für kurze Zeit den Proleten-Snob gegeben; Prolet war aber eine zu ernste, zu entscheidende gesellschaftliche Position, zu anstrengend, als daß sie dem Snob auf die Dauer zugesagt hätte. Wie kommt man bloß aus der eigenen, unerfreulichen Haut heraus, wenn die Gesellschaft keine bequemen Häute als Muster bietet? Wie bekommt man Hintergrund, wo alles blindlings nach vorne drängt? Notgedrungen blickt man über die Grenzen des engen Vaterlands, blickt über den Kanal, über den Ozean, macht es Wildesch oder Proustisch oder mit Prinz-Albert-Tabak oder versucht's dann doch auf Küß-die-Hand-Baron. Ein deutscher Snob ist notwendigerweise eine traurige Erscheinung, weil der Spiegel, in dem er sein eigenes Bild sehen möchte, immer beschlagen ist, zu viel Dampf in der Küche. Er kann – das wäre seine gegenwärtige Chance – auf gebildet machen oder auf informiert; beides ist anstrengend, das Gebildetsein ist dummerweise kontrollierbar – wie Mathematik –, und es gibt schreckliche, peinliche Pannen, die den Ruf endgültig ruinieren; sich informiert geben wollen, würde bedeuten, Woche für Woche alles zwischen *Wochenend* und *Spiegel* wenigstens durchzublättern; über alles zwischen Adenauer und Zátopek informiert sein, das gibt »background« und ist schließlich nur eine Frage der Attitüde und der Frechheit: wer wollte schon ernsthaft kontrollieren wollen, ob Adenauer nicht doch zur Ehre der Altäre eingereicht ist oder ob Zátopek seiner Hühneraugen nicht mehr Herr wird. So wird der Informationssnob zum frechen Behauptungssnob, der sich aus Klatsch einen Hintergrund macht.

Ein schwieriger Punkt bleibt die Kleidung des Snobs, sein Kostüm; die Textilindustrie produziert ja fast nur snobistische Kleidung, das heißt solche, die nicht zu den Leuten paßt, die sie kaufen und tragen; unübersehbare Massen von Gentlemen bevölkern tweedig unsere Straßen, Autos und Bahnen; wie sollte man da noch wie ein Gentleman aussehen können? Primaner mit dem redlichen, makellosen Namen Karl Schmitz sehen aus wie der achtunddreißigste Earl von Pipeline, und der achtunddreißigste Earl von Pipeline versucht vergebens wie Karl Schmitz auszusehen, er trägt notgedrungen Earl-Kleidung, wie die Textilindustrie sie ihm bietet. Ein Snob könnte versuchen, schlunzig einherzugehen, aber auch diese Mode könnte rasch um sich greifen, die Textilindustrie könnte auf den Gedanken kommen, schlunzige Kleider zu produzieren, sie zu einem Schwarzmarktpreis unter der Theke anbieten zu lassen; etwa Hosen aus unverschleißbarem Stoff, die unauslöschliche Spuren des Verschleißes zeigen, oder fleckige Hemden, auf denen garantiert auch nach der Wäsche noch die Flecken sichtbar bleiben; man ist vor nichts sicher; Klein-Doofie ist sowieso in den Krallen der Textilindustrie, und wie Klein-Doofie auszusehen kann selbst einem Snob keinen Spaß machen. Vorsicht, Snob, die Gesellschaft, in der du lebst, ist dir nicht hold. Es sei denn, du entstammtest tatsächlich Austriens Gefilden und dein Akzent wäre so echt wie die Farbe deiner Augen, oder du hättest eine englische Mutter gehabt und von ihr das Recht geerbt, das gute deutsche W – besonders wenn es um Whisky geht – auf englische Art zu sprechen. Vielleicht wäre auch das Waidwerk zu empfehlen, im November-Morgendämmer Meister Lampe auflauern, im Mund die Dunhill und in dieser, was sie erst zu einer Pfeife macht: schlecht brennender Tabak. Angesichts solch trauriger Voraussetzungen in einem so traurigen Vaterland entschließt sich dann der deutsche Snob, metaphysisches Terrain zu betreten, er schafft sich Hintergrund in der Sünde oder in der Tugend, er geht – seiner jeweiligen Natur zuwider – sexuell »bis zum letzten«, »da kennt er nichts mehr« und hat auch, was eigentlich sogar einem Snob zusteht, keinen Feierabend mehr, nicht einmal im stillen Kämmerlein kann er sich vor den Spiegel stellen, sich vom strapaziösen Dasein des achtunddreißigsten Earl von Pipeline ausruhen und sich eingestehen, daß er in Wirklichkeit Karl Schmitz ist, eines Schuhmachers mißratener Sohn, mit einem Stammbaum, der älter und makelloser ist als der des Earl. Sünde und Tugend – das ist das Aufreibende an ihnen – erfordern rastlosen Einsatz. Mit dem Schritt ins Metaphysische (sogar der deutsche Snob ist konsequent) stellt sich der Snob endgültig außerhalb der Grenzen des Humors. Selige Zeiten, in denen das »Selten so jelacht« einem noch »background« geben konnte; heutzutage müssen sogar die Snobs ernst werden und wollen ernst genommen werden, nur wenigen gelingt es noch (denen, die sich mit provinzieller Wirkung begnügen), eine gesellschaftliche Funktion auszuüben, indem sie einfach amüsant sind und nicht ernst genommen zu werden verlangen. Aber den deutschen Snob verlangt's eben nach der Nationaltugend: der Gründlichkeit. Es ist halt schwer, ein deutscher Snob zu sein, und einer, der es schwer hat, erregt, was ein Snob nicht erregen darf: Mitleid.

Antwort an Georg Ramseger

Zum 13. *August* 1961

Die Äußerungen von Schriftstellern zu politischen Ereignissen haben in der Bundesrepublik ein merkwürdiges Schicksal: Äußerungen gegen Atombomben, gegen das »Zweite Fernsehen«, gegen die Boykottierung französischer Schriftsteller durch den Staat werden – wie die Pressestimmen und die ironischen Kommentare bewiesen haben – bestenfalls als ein Ausdruck politischen Dilettantismus gewertet, bestenfalls. Von eben diesen Dilettanten – seltsamerweise nur von einer bestimmten Gruppe, deren »allumfassende Menschenliebe« Ihnen anscheinend schon lange ein Dorn im Auge ist – erwarten Sie offenbar eine bestimmte Stellungnahme in einer bestimmten Sache. Es überrascht mich, welchen Kredit Sie diesen Dilettanten mit einem Male zubilligen, welche Publizität, welche Wichtigkeit.

Sie drücken Ihre Erwartung in einer Tonlage aus, die mich auf eine peinliche Weise an jene erinnert, mit der man zur Zeit in Ostberlin und in der ganzen Zone die »Bummelanten« zu aktivieren unternimmt. Mut würde dazu gehören, heute öffentlich in der Bundesrepublik zu äußern, wie es zu dieser Mauer, die quer durch Berlin gezogen wurde, gekommen ist. Sie wissen so gut, wie ich weiß, daß nur ein Krieg oder ein paar handfeste politische Zugeständnisse diese Mauer werden beseitigen können.

Sie wissen so gut, wie ich weiß, daß diese Mauer zur Zeit Gegenstand internationaler und nationaler Heuchelei ist – und erwarten jetzt ausgerechnet von uns Dilettanten eine Stellungnahme, wohl möglichst im Bildzeitungsjargon? Erwarten, daß wir uns klüger geben als die Regierungen Kennedy, Macmillan und de Gaulle miteinander (da die Regierung Adenauer ganz offensichtlich nicht zur allerkleinsten Aktion ermächtigt ist, schließe ich sie aus)?

Es gehört nicht der geringste Mut dazu, das Selbstverständliche zu sagen: daß ich gegen die Mauer bin, froh über jeden, dem die Flucht gelingt. Es gehört nicht der geringste Mut dazu, 300 000 Mark zu stiften, wie es der Bundesverband der Deutschen Industrie getan hat (dessen allumfassende Liebe zur Menschheit Ihnen offenbar kein Dorn im Auge ist).

Ich habe nicht den Mut, die Menschen, die in der Zone bleiben müssen, zum Aufstand, zum Selbstmord aufzufordern und ihnen Tag für Tag die geschichtliche Wahrheit einzuhämmern, die sie in politischer Münze bezahlen müssen: daß offenbar sie es sind, die den verlorenen Krieg für uns, die Bundesrepublikaner, mitzubezahlen haben.

Ich habe nicht einmal den Mut, den Schriftstellern in der Zone Selbstmord anzuraten. Ich weiß, welche Folgen Aufstände in Gefängnissen haben. Es ist kriminell, große Worte auszusprechen, wenn man sie nicht halten kann; falsche Phrasen erhöhen den Brechreiz, vergrößern das Elend. Für kriminell halte ich auch, wenn unsere Presse aus jeder gelungenen Flucht eine Meldung macht, zwar hin und wieder den Ort der Flucht auf eine dilettantische Weise zu kaschieren versucht, aber die Methode als Sensation den im trockenen sitzenden Bundesbürgern verkündet.

Verzweiflung macht die Menschen mutig, in manchen Fällen genial, aber dieser geniale Mut der Verzweiflung wird in unserer Presse im Ausverkauf angeboten. Eine Zeitlang war es möglich, aus der ČSSR zu fliehen, indem man sich in den Wassertank der Toilette einschrauben ließ. Seitdem die westliche Presse aus dieser Methode eine Sensationsmeldung gemacht hat, werden an den Grenzbahnhöfen alle Wassertanks aufgeschraubt.

In den Untertönen Ihres Artikels glaube ich die ersten Ansätze einer (möglicherweise unbekannt praktizierten) Demagogie zu spüren, die bittere Folgen haben könnte, wenn am Verhandlungstisch gesprochen worden sein wird. Sie fragen, ob uns etwas aufgehe. Mir geht etwas auf: daß die Politik der Stärke sich als die schwächste aller möglichen erwiesen hat; daß man jetzt zu Verhandlungen mit der Sowjetunion gezwungen ist, unter weit, weit ungünstigeren Bedingungen als vor Jahren. Mehr habe ich Ihnen nicht zu sagen.

Ihr Heinrich Böll

Mein Bild

Paul Cézanne (1839–1906): Kartenspieler

Ich habe eine Reproduktion dieses Bildes, eine sehr billige, schon als Schüler über oder in der Nähe meines Schreibtisches hängen gehabt; die Gesellschaft, die dieses Bild hatte, wechselte, es selbst konnte ich nie abhängen, bis es eines Tages nach vielen Bombenangriffen und vielen Umzügen zu sehr vergilbt, verstaubt und fast regelrecht verschlissen war, vor wenigen Jahren erst, beim (vorläufig) letzten Umzug. Ich habe mir keine neue Reproduktion gekauft, wahrscheinlich deshalb nicht, weil mich deren Perfektion enttäuscht hätte.
Ich habe mich nie gefragt, warum dieses Bild das einzige war, das ich nie auswechselte. Vielleicht weil ich spürte, was mir beim späteren Nachdenken darüber (halbwegs) klar wurde: daß es alles enthält, was Kunst enthalten sollte: die Leidenschaft, das Vergängliche unvergänglich zu machen, eine ungeheure Spannung – und atemlose Stille, Menschliches – und eine eiskalte Verachtung des Menschlichen; eine Komposition, bei der jede, jede winzige Ecke »sitzt«, kein Tupfer überflüssig oder gar »daneben« – und die so einfach wirkt, daß Dummköpfe sie für klein halten; hohe Spiritualität – und ein bißchen von der Erde, aus der wir gemacht sind.

Der Schriftsteller und Zeitkritiker Kurt Ziesel

Über Kurt Ziesel, »Das verlorene Gewissen«, »Die verratene Demokratie«, »Die Geister scheiden sich«

Wenn die Verantwortung endgültig ausverkauft ist, niemand sich mehr eigentlich »in Gesellschaft« befindet, werden Stimmen laut: Wählerstimmen, Leserstimmen, Hörerstimmen, Seherstimmen; einhundert, vielleicht schon fünfzig »Zuschauerstimmen« zu einem Fernsehprogramm etwa, das zehn Millionen Augenpaare gesehen haben, können erhebliche Unruhe stiften (manipuliert man diese »Stimmen«, provoziert man sie, hat man genau den demagogischen Nerv getroffen; man braucht sie nur zu »redigieren« und hat »die Sache in der Hand«).

Stimmen werden in der Wüste laut: solche, die nach einer geistigen Heimat um jeden Preis verlangen; die mit hämischem Applaus jeden begrüßen, der für schuldig befunden werden kann und geeignet ist, eine Teilzahlungsrate an Geschichte zu übernehmen.

Eine solche »Stimme in der Wüste« ist Kurt Ziesel. Der Beifall, den er bekam, ist so bezeichnend für die deutsche Situation wie das Schweigen, mit dem man ihn überging.

Schamhaft oder aus Geschmacksgründen haben »seriöse« Zeitungen und Zeitschriften Ziesel übergangen; vielleicht hielten sie es für angebracht, die dunkle Flamme der Wut nicht mit neuem Brennstoff zu nähren.

Nun wird die dunkle Flamme mit äußerst fragwürdigem Brennstoff genährt: eben mit hämischem Applaus, unwürdigen Gegenerklärungen, Prozeßakten, ekliger Diskussionshysterie.

Ziesel sticht in die Wunde, die der Heilung bedarf; nur sind leider Stichel und Stecher nicht so rein, wie sie sich geben. Wenn die großen Geister oder die, die man dafür hielt, Verantwortung ablehnen, wendet man sich an die kleinen. Gewiß würde das Volk auf dem Kölner Domplatz zusammenströmen, um Bernhard von Clairvaux zu hören; notgedrungen begnügt es sich mit Pater Leppich. (Auf den Gipfeln der Theologie herrschen Klarheit und Ruh'; in den Niederungen plagen einen die Mücken.)

Gern würde ich Ziesel glauben, seinem Stichel vertrauen, wenn er in einem nächsten Band Lebensläufe, publizistische Sünden all derer veröffentlichen würde, die nach 1945 Ziesels erzählerisches

Werk *nicht ungnädig* behandelt haben. Seine drei Bücher *Das verlorene Gewissen*, *Die verratene Demokratie* und *Die Geister scheiden sich* – reichen nicht aus, jenes Vertrauen in die reine Absicht zu schaffen, das die Einwände gegen Stil und Gedankenführung verringern, den sogenannten guten Willen als vorausgesetzt gelten lassen könnte.

Als Ziesel im Jahre 1933, immerhin zweiundzwanzigjährig, also so ganz jung nicht mehr, auf der Suche nach dem Heil die Grenze zwischen Austria und Germania überschritt, hatte er offenbar Hitlers *Mein Kampf* nicht gelesen, sonst hätte er wohl kaum annehmen können, das neue Heil sei ohne Antisemitismus denkbar. Oder hatte er gar alles Einschlägige gelesen und glaubte, den Nationalsozialismus reformieren zu können?

Es gibt Augenblicke, in denen Naivität und jede Art Idealismus, auf die Ziesel sich beruft, sträflich sind.

Gut. Er hat bereut, beruft sich auf Haft, Verbot seines Buches, seine Unbequemlichkeit. Gut.

Aber von Goebbels nicht gemocht worden zu sein, das langt nicht einmal zur Andeutung eines Heiligenscheins. Was geht's uns schließlich an, weswegen die Nazis sich untereinander nicht gemocht haben? Das sollte die geringste unserer Sorgen sein. Wir wissen ja inzwischen längst, daß es nicht einen einzigen Nazi gegeben hat, der nicht insgeheim des Widerstandsdranges voll gewesen wäre und das »Beste gewollt hat«.

Es ist nicht jedermanns Sache, sein Gewissen in siebter oder achter Auflage auf den Markt zu werfen. Beichten ist gut, wenn man ein Ohr für die Beichte weiß.

Nun, die deutschen Ohren standen nach 1945 für die Beichte offen: niemand hat sich ihrer bedient. Die unbeschreibliche Feigheit der Nazis hat nach 1945 die Reinigung ebenso verhindert wie der Wahnwitz der Entnazifizierungsbehörden.

Ziesel plaudert nichts anderes als anderer Leute Beichtgeheimnisse aus, und er trifft dabei eine seltsame Auswahl. Gerade ihn, der so *gläubig* war, müßte doch das Unfaßbare am meisten empören (die Unfaßbarkeit etwa Carl Schmitts, Ernst Jüngers, Friedrich Sieburgs – um nur drei von zahlreichen Ebenen der Unfaßbarkeit zu nennen).

Ich weiß nicht, ob einer der drei genannten auch im *Reich* publiziert hat. Es interessiert mich nicht, wie mich Ziesels Optik nicht interessiert. Jedem Menschen steht das Recht zur inneren oder äußeren Konversion zu.

Ich habe das *Reich* vielleicht drei-, viermal gelesen, notgedrungen, weil nichts anderes zur Hand war, und ich habe diese Zeitung gehaßt: nicht weil sie dumm, sondern weil sie so intelligent gemacht war.

Die Autoren des *Reich* – es würde wohl noch für zwei, drei Zieselbände langen, wollte man sie alle herausfischen – sollten sich heute nicht auf inneren Widerstand herausreden. Einer Jugend, zu der man so gebildet, so verschlüsselt hätte reden können, hätte man den Code zu dieser elenden Bildung wohl mitliefern müssen.

Das wäre allerdings gefährlich gewesen. So blieb dieser Widerstand (soweit er stattfand) ein stilistisch amüsantes, makabres Gesellschaftsspiel unter Eingeweihten. Man kann nun einmal auf einem Mensch-ärgere-Dich-nicht-Brett kein Schach spielen.

Mögen die Toten – die Ermordeten und Gefallenen – über dieses Gesellschaftsspiel richten: eine bis zum Himmel reichende Welle eisigen Schweigens tödlicher Verachtung über soviel nutzlose Intelligenz, soviel ausverkaufte Bildung, soviel Feigheit. Dieser (wenn vorhanden, verborgene) Widerstand ist verlorengegangen an den Toten von Auschwitz, von Stalingrad, wohl auch an den Überlebenden; mit Sicherheit kann ich sagen: an mir.

Es war mir vollkommen gleichgültig, daß Ernst Jüngers *Gärten und Straßen* verboten wurden, wie es mir heute vollkommen gleichgültig ist, zu erfahren, daß Ziesels *Vergessener* verboten wurde. Daß Ziesel heute noch stolz darauf ist, neben Jünger auf der Verbotsliste gestanden zu haben, sich wohl aus diesem Nebeneinanderstehen einen gewissen Rang zuspricht, finde ich lustig, wie ich Lausbubenerinnerungen lustig finde.

Mein Respekt vor den Toten verbietet mir, hier mitzuteilen, was ich über manchen hitlergläubigen, idealistischen Offizier und Soldaten gedacht habe. Der überlebende Ziesel verdient diesen Respekt nicht. Aufdringlichkeit ist peinlich. Den Toten auch ein paar Blumen aufs Grab, meinetwegen mit Schleifen, auf denen Worte wie Pflicht, Vaterland, Ehre, Gehorsam stehen. Der Regen wischt die Worte aus, und wer Ohren hat, zu hören, hört das eisige Schweigen aus den Äckern um Auschwitz und um Stalingrad.

Kein Überlebender hat das Recht, sich eines der Worte wie Pflicht, Vaterland, Ehre, Gehorsam als Blümlein ins Knopfloch zu stecken. Immer wieder tauchen diese Worte bei Ziesel auf und

deren Negativa: Etappe, Front, Drückeberger, Schreibtischsoldat (den »Heimatschuß« verschweigt er).
Es dürfte sich aber doch 'rumgesprochen haben, daß von je zehn Soldaten jeweils einer »kämpft« – wie sollte man da die übrigen neun verachten? Es kann jemand aus Angst bei der Truppe bleiben, es kann jemand aus Angst desertieren; zu beidem kann Mut gehören. Gar mancher Deserteur hat mit dem Leben bezahlt, das andere, indem sie den Weg des geringeren Widerstands gingen und »bei der Truppe« blieben, gerettet haben. Millionen deutscher Soldaten haben jahrelang herrlich und in Freuden gelebt, als »Frontkämpfer«, während ihre Frauen, Kinder und Mütter täglich Todesangst erlitten. Wie kann so ein dummes Wort wie »Frontkämpfer« noch in einem reinen Gewissen Platz haben. Der einzige Titel, auf den wir alle Anspruch haben, ist: Überlebende.
In den drei Büchern, die ich gelesen habe, habe ich Ziesels wahres Gewissen nicht gefunden. Möglicherweise schlafen die, die Ziesel geschont hat, schon so unruhig wie die, die er nicht geschont hat. Es könnte jemand auf die vertrackte Idee kommen, Ziesel den Band abspenstig zu machen, der Lebensläufe, Reden, Publikationen all derer enthalten würde, die Ziesels Enthüllungsdrang bisher entgangen sind. Dieses Buch könnte dann das wahre deutsche Wunder an Schmutz sein, es könnte die *Verratene Demokratie*, *Die Geister scheiden sich* und das *Verlorene Gewissen* zu einer Farce machen, zu einer nicht einmal sehr witzigen.
Ich kann leider nicht bestätigen, was Ziesel in einigen Leserzuschriften so bereitwillig bescheinigt wird: daß er zur Ironie begabt sei. Ironie greift nicht nur an, sondern zu; sie ist nie eigentlich hämisch, und Bissigkeit ist noch lange keine Ironie. Auch Ironie, ohne eine Spur von Selbstironie, wäre ein fades Gewürz für diesen Gewissensprüferstil.
Ziesel nimmt sich selber so wichtig, daß er seinen »Gegnern« von einigen hundert Buchseiten (in *Die Geister scheiden sich*) ganze zweiundzwanzig überläßt. Das ist eine kümmerliche Bilanz für jemanden, der den Gral des kristallenen Gewissens sucht.
Zwei Autoren, die ihm Lob spenden (Sellenthin und Franzel) nimmt er gleich zweimal auf. Eine peinliche Art, »pro domo« und »pro enttäuschte Jugend« zu sprechen. Schließlich kann man von einem jungen Mann über zwanzig, der des Denkens

und Fühlens nicht ganz unkundig ist, getrost verlangen, daß er seine »Vorbilder« erkennt, entlarvt, ohne sie auskommt und ein wenig »existiert«. Dieses Gerede eines Fünfzigjährigen ist einfach nur peinlich.

Ein Minimum an Logik möchte ich auch in den Büchern finden, deren Subjektivität sich zu erkennen gibt. Wenn eine Zeitung ein Lob eines Zieselschen Romans abgedruckt hat, später dann einen Tadel der Zieselschen Pamphlete, so erscheint das Ziesel als ein Mangel an demokratischem Geist – wo's doch genau das Gegenteil beweist!

Die Behauptung, Deutschland sei das klassische Land der Literatur, erscheint mir als recht kühn; so kühn wie die unbelegte Behauptung, die deutschen Bühnen spielten keine deutschen Autoren. Schrieb Brecht denn chinesisch? Und schreibt Wittlinger französisch?

Mit gleicher Kühnheit behauptet Ziesel, nichts sei biegsamer als das Wort. Die Zitate, die er von seinen Opfern auswählt, beweisen doch, wie wenig biegsam das Wort ist.

Offenbarend ist eine Stelle auf Seite 100 des ersten Bandes: ». . . und ich habe sogar viele jener Autoren, die ich wegen ihrer Wandlung vom eifrigen Demokraten zum eifrigen Apostel Hitlers verurteilt habe, später zu Freunden gewonnen, und es gibt einige, die mir ihre Freundschaft auch über 1945 hinweg bewahrten, aber ihre Zahl ist nicht groß.«

Da wird dann wohl dem einen die Wandlung vom Demokraten zum Nazi angekreidet, dem anderen wird sie verziehen. Dem anderen wird die Rückverwandlung vom Nazi zum Demokraten vorgeworfen, dem einen dann wohl verziehen?

Wem wird nun Wandlung, und unter welchen Bedingungen, abverlangt? Mein Gott, da möchte man ja sogar einem Nazi zugestehen, daß ihm der Ziesel auf die Nerven geht! Geht es etwa doch nur darum, ob man ein Freund oder ein Feind von Ziesel ist, und nicht darum, zu was man sich im Augenblick gerade gewandelt hat? Wenn die »deutsche Jugend« – wie Zuschriften und Auflage zu beweisen scheinen – in solch verknäultem Gefühlsdickicht Klarheit gefunden zu haben glaubt, dann müßte man ja die Jugend von 1937 um ihrer Klarheit willen geradezu beneiden.

Das Wort ist nicht biegsam, es ist unbeugsam, dauerhaft und beweiskräftig. Die von Ziesels Enthüllungen Betroffenen sind nicht ihm, sicher aber sich selbst und ihren Freunden Erklärungen schuldig. Ziesel hat sie auf eine Weise bloßgestellt, die man nur begreifen kann, wenn man das Wort »bloßstellen« – unbeugsam, wie es ist – wörtlich zu nehmen weiß. Ich mag mich am Anblick ihrer Scham nicht weiden, so wenig, wie ich mich am Anblick junger SS-Soldaten weiden mochte, die in einem amerikanischen Gefangenenlager strafexerzieren mußten. Diese jungen SS-Soldaten waren wahrscheinlich weniger schuldig als die von Ziesel Enthüllten. Ich schäme mich des Mitgefühls für sie nicht. Ziesels dumme Behauptung »das wahre Deutschland aber schweigt und trauert« ist durch seine geschwätzigen Bücher hinreichend widerlegt. Man kann nicht hämisch trauern, nicht trauernd triumphieren. Gewiß zählt Ziesel sich zum »wahren Deutschland«, und dieses »wahre Deutschland« ist mit einem verbissenen, fast selbstmörderischen Eifer darum bemüht, in den *Spiegel* zu geraten. Daß immer die »Stillen im Lande« solchen Krach schlagen müssen!

Wie kühn Ziesel ist, wird durch das zweite der Zitate bewiesen, die er dem letzten Kapitel des zweiten Buches *Die Geister scheiden sich* voranstellt. Unter dem ersten Zitat, einem von Ziesel selber (das ist immer besonders hübsch, wenn Autoren sich selber zitieren), steht eins von Sigmund Freud: *»Der Verlust der Scham ist das erste Zeichen von Schwachsinn.«* Soll dieses Freudzitat unkommentiert unter dem Zieselzitat stehenbleiben.

Ich habe niemals jemanden für einen guten Autor gehalten, nur weil er Emigrant war. Ein Autor, gegen den ich allergisch war – Wittek – hat mir durch eine Nachkriegspublikation Respekt abgezwungen. Ziesel flößt mir keinen ein, zwingt mir nicht den geringsten ab. Durch ihn zu erfahren, welch wildes Widerstandsgewühl sich innerhalb der Reihen der Naziautoren abgespielt hat, ist die eigentliche Überraschung seiner Bücher. Hätte man doch etwas von diesem Widerstand gemerkt!

Daß Ziesel in bester Absicht zu publizieren glaubt, sei ihm ohne weiteres zugestanden. Er merkt nur nicht, durch wie viele Klappen seine Absicht verstellt, durch wie viele Verrenkungen sein guter Wille verknotet ist.

Sein drittes zeitkritisches Buch, *Die verratene Demokratie,* wo er sich fast ganz der persönlichen Polemik enthält, nur seine »reine Lehre« bietet, ist ein Sammelsurium zum Teil rührender

Banalitäten, die man als sonderbar, als abwegig belächeln könnte, wären sie nicht mit soviel offensichtlichem Unsinn vermischt. Daß man in Deutschland »mit Instituten für Zeitgeschichte, Forschungsaufträgen und publizistischen Bemühungen hofft, der Verdrängung Herr zu werden«, erscheint Ziesel als frevelhaft. Aber was gibt er denn anderes als »Zeitgeschichte«, freilich auf seine Weise? Und forscht er etwa nicht in der Vergangenheit, um des Übels Wurzel zu finden? Und ist das Ganze nicht ein, wenn auch verkrampftes, publizistisches Bemühen?

Diese politische Verworrenheit Satz für Satz, Abschnitt für Abschnitt zu analysieren, diese Verkürzungen und Vereinfachungen (»Hitler hatte die Deutschen auf eine Fahne verpflichtet, jetzt sind sie verpflichtet auf Auto, Kühlschrank und Fernsehtruhe«) auseinanderzunehmen und aufzufüllen würde fast eine Lebensarbeit bedeuten.

Jedem, der sich mit politischer Bildung befaßt, sei die *Verratene Demokratie* als Lektüre empfohlen: sie enthält alle schlechten und einige gute Gefühle, enthält alle Irrtümer und genau jene paar Wahrheitspartikelchen, die sie zur demagogischen Waffe machen.

Ich muß Ziesel als einen Autor bezeichnen, der Hitlers gar nicht bedurft hätte, um in dessen Irrtümer zu verfallen.

Wenn ein Autor so unsinnige Gegenüberstellungen wie »gesundes Bauerntum« und »Asphalt und Wurzellosigkeit der Städte« ohne jede Einschränkung, ohne nachträgliche Kontrolle übernimmt (als ob man in einer Stadt nicht so tief »verwurzelt« sein könnte wie auf einem Bauernhof!); wenn er den Arbeitsdienst ohne jede Einschränkung empfiehlt, den möglichen Widerstand dagegen nur aus dem »verdrängten Trauma der unbewältigten Vergangenheit« zu erklären vermag; wenn da behauptet wird, »wer noch an Gott glaubt oder gar an die Kirche, wer sich gebunden fühlt an eine religiöse Ordnung, ist bei den öffentlichen Meinungsmachern schon von vornherein verdächtig« – dann bleibt einem einfach die Spucke weg. Im derzeitigen Deutschland westlicher Provenienz ist wohl kaum etwas opportuner als kirchliche Bindung.

Da wird »zwar zugegeben«, daß Picasso, Joyce, Schönberg »genialische Naturen« sind, aber »was sie . . . an der Kunst verbrochen haben, ist eine Sünde, die sie kaum verantworten können. Denn ihre genialischen Experimente hat man heute zum Inbegriff der Kunst gemacht.«

Von *Koeppen, Grass* und *Kuby* wird behauptet, sie würden als poetische Leitbilder hingestellt. Nun, ich möchte gern wissen, wer je Kuby als poetisches Leitbild hingestellt oder auch nur insgeheim als solches empfunden hat – ganz zu schweigen davon, daß Grass und Koeppen einige Himmel weit voneinander und von Joyce entfernt wohnen.

Schlimm ist, daß Ziesel in seinen politischen Thesen partikelchenweise recht hat, daß aber, wer diese Partikel finden möchte, ein ganzes Kilo Unsinn mitschlucken muß. Seine wilden Vereinfachungen haben faschistische Züge, mag er mich getrost dieser Feststellung wegen für »einen primitiven Ehrabschneider« halten. Es ist einfach nicht wahr, daß in der Bundesrepublik das Bauerntum verachtet wird; es ist nicht wahr, daß die »perfide Aushöhlung des Willens zur Selbstverteidigung zum wichtigsten Instrument auch der eigenen öffentlichen Meinungsbildung in Deutschland geworden ist«, und es ist nicht wahr, daß »man« ohne jegliches Verständnis über Familie, Bauern- und Soldatentum herfällt. Es ist nicht wahr, daß Deutschland eins der ältesten Kulturländer der Erde sei.

Es wäre töricht und entspräche nicht den Tatsachen, wollte man Ziesel einfach als unbelehrbaren Nazi abtun: dieser Wirrwarr ist vorhitlerschen Ursprungs und ist im eigentlichen Sinn des Wortes »eigensinnig«. Jeder, der mit der Vergangenheit nicht fertig wird, ist für Ziesel nur ein »Neurotiker«: bezeichnend, daß er, der das Psychologisch-Analytische gewiß als »dekadent« abtun würde, sich eines billigen psychologischen Terminus bedient, wenn er ihm gerade ins Wutgefüge zu passen scheint.

An Verworrenheit, dunklem Hin-und-her-Geschlängele, stilistisch, sind Ziesels Bücher eine Fundgrube für jeden, der sie Satz für Satz kommentieren könnte, um daran zu lehren, wie man etwas nicht ausdrücken kann.

Einer der letzten Sätze der *Verratenen Demokratie* lautet: »Statt Kreuzzüge zu planen, sollten wir lieber eine Reformation einleiten. Statt an die Zerstörung anderer zu denken, sollten wir mit Selbstheilung beginnen, und statt Selbsthaß zu predigen, Nächstenliebe verwirklichen.«

Das sind wirklich beherzigenswerte Thesen, die man fast uneingeschränkt übernehmen kann. An sehr vielen Stellen seiner Bücher beklagt Ziesel – mit Recht – den in der Bundesrepublik herrschenden Opportunismus, nimmt aber kritiklos Beifall entge-

gen, der gewiß nicht Ziesels Anliegen, sondern der politischen Opportunität seiner wilden Vereinfachungen und Enthüllungen gilt.
Wenn solche Publikationen Beifall im Ausland, von Emigranten und jüdischen Mitbürgern bekommen; wenn ein vielbeschäftigter Bundesminister für Verteidigung (Strauß) Zeit genug hatte, innerhalb von drei Monaten dreimal dem Autor seinen Beifall zu bekunden; wenn ein Kirchenfürst dem Autor gegenüber »offen ausgesprochen hat«: »Sie haben mehr für die Erhaltung des Glaubens getan als unsere ganze katholische Presse zusammen« – dann wird mir nicht nur bange, sondern sterbenselend. In solch einem geistigen Klima also leben und wachsen unsere Kinder auf!
Ziesels Bücher tun nichts, die notwendige Reinigung zu beschleunigen; sie haben nur den vielen Kategorien der »Geschädigten« eine hinzugefügt: die der »Zieselgeschädigten«. Geschädigte durch die Vergangenheit sind wir alle – und Überlebende. Nichts wird durch Ziesel geheilt oder bereinigt.

Erklärung zur Einstellung der Zeitschrift »Labyrinth«

In der Welt, in der wir leben, hat das Labyrinth zu viele Entsprechungen, als daß eine Zeitschrift mit diesem Namen ihre Existenzberechtigung verlieren könnte. Ohne allzu große Phantasie kann man an der modernen Bürokratie deren labyrinthischen Charakter erkennen: niemand weiß, hinter welcher Ecke welches der zahllosen Gänge das Ungeheuer lauert und zupackt; es fällt nicht schwer, sich den Papst in seinem Labyrinth als einen wehrlosen Theseus vorzustellen, oder im Grab des Lazarus ein Vorbild für den Atombunker zu entdecken: »Herr, er riecht schon.«

Es gibt Deutungen der Labyrinthsage, die auf überraschende Spuren führen: es könnte sich um ein aus Stierkampfelementen und Akrobatik zusammengesetztes Opferspiel gehandelt haben; das Opfer wäre dann vergleichbar mit einem modernen Boxer, Seiltänzer, Autorennfahrer: nichts lockt die Schaulust mehr als fließendes Blut und der mögliche Tod. Die Öffentlichkeit als solche wäre in der Rolle des Minotauros, der nach unten weisende Daumen das Zeichen ihrer absoluten Herrschaft; der Artist, der Gaukler, der Künstler, überraschenderweise in der Rolle des Opfers, ein Theseus zwischen Minos, dem Hochachtbaren, der das Gesetz und die Würde vertritt, das Notwendige – und Minotauros.

Wie es nicht Zufall ist, daß diese Zeitschrift entstand, sich den Namen *Labyrinth* zulegte, ist es nicht Zufall, daß ihre Herausgeber sich zunächst an einem Ende sehen, an einer Gangbiegung, hinter der es dunkel wird. Die Zeitschrift hört nicht auf, weil die Zahl der Freunde und Feinde, Leser und Abonnenten zu gering gewesen wäre; sie hört auf, so glaube ich, weil sie ein ausschließlich männliches Unternehmen war. Ein Labyrinth ohne Theseus ist nur noch eine Stätte, wo blind geopfert wird, ein Theseus ohne Ariadne ist nicht mehr Gaukler oder Abenteurer, sondern nur noch ein Selbstmörder. Gewiß war Ariadne im streng staatsrechtlichen Sinne eine Verräterin, und vielleicht ist diese Zeitschrift an einem Ende, weil es schwerfällt, in Staat, Beruf, Familie Entsprechungen des Labyrinths zu erkennen und zu »verraten«.

Briefe aus dem Rheinland

I

Lieber Freund,

Deine Feststellung, daß der rheinische Boden der Philosophie abhold sei, keine Denker gebäre, entbehrt nicht einer gewissen Ungerechtigkeit: hast Du Karl Marx vergessen und vergißt Du Konrad Adenauer, einen der immerhin maximenträchtigsten Staatsmänner der neueren Geschichte?

Ich kenne Deinen Einwand: der eine war Dialektiker, der andere spricht Dialekt. Aber bedenke, daß selbst ein so großer Geist wie Goethe sich des liebenswürdigen Provinzialismus, Dialekt zu sprechen, nicht geschämt hat und daß seine Zunge wahrscheinlich Laute formte, die denen Krämer-Badonis ähneln.

Nun kommst Du mir mit dem Einwand, daß Adenauer Dich zu sehr an Millowitsch erinnere und umgekehrt. Aber ich bitte Dich, sei auch in diesem Punkt gerecht, gegen Millowitsch. Ein Komiker muß Einfälle haben, ein Politiker nicht. Ein Komiker muß seine Einfälle variieren können, ein Politiker hat nichts, was er variieren müßte; und in seinen besten Stunden ist Adenauer fast ein so guter Komiker wie Millowitsch.

Nun runzelst Du Deine protestantische Stirn und meinst, unsere Lage sei nicht komisch genug, als daß der Kurs vor einem gelegentlich halbwegs guten Komiker bestimmt werden könnte. Die Lage ist eben ernst, sagst Du. Fürchterlich, aus Deinem Mund eine Adenauer-Maxime zu hören.

Über eins kannst Du ja beruhigt sein: die Kurse steigen wieder. Ich bin Deinem Rat gefolgt und habe meine Zeitungslektüre auf die Aktienkurse beschränkt, anstatt mich mit den umständlichen politischen Leitartikeln zu plagen. Schwankt K. A., dann schwanken die Kurse, ist er fest, bleiben diese fest; wird er noch fester, steigen dieselben.

Nach dem Prinzip der einfachen Umkehrung kann ich nun aus den Aktienkursen ersehen, wie es K. A. jeweils gutgeht – und es scheint ihm ausgezeichnet zu gehen, fast so gut wie Lou van Burg, dem man nun seine überwältigende Herzenswärme aufs Schuldkonto setzt.

Die Welt ist ungerecht, diese Feststellung hat meine Urgroßmutter schon meiner Großmutter weitergegeben, und sie hat mich über meine Mutter unversehrt erreicht, wie Du siehst. Trotzdem sind wir verpflichtet, weiterhin auf dem Pfad der Gerechtigkeit zu wandeln, mögen Dornen, Disteln und Nesseln uns auch auf schmerzliche Weise behindern.

Wenn Du Dich eines Minimums an Ehrlichkeit befleißigst, wirst Du gestehen: die Schlaflosigkeit Deiner Nächte hatte nicht ihre Ursache im Bangen um Deutschlands Zukunft; die Börsenkurse waren's, die Dein imaginäres Kardiogramm zu einer unästhetischen Linie machten, denn, obwohl Linksintellektueller (ein Titel, den Du so stolz trägst), legst Du Deine Überschüsse in sogenannten Papieren an, und es ist nicht das Nachtprogramm, nicht der Kirchenfunk, der in dunkler Nacht Deine Finger zittern macht, wenn sie das Radio einschalten: 's sind Börsenkurse.

Geh in Dich und sage mir, wo Dein Herz ist – denn wo Dein Geist ist, das glaub' ich zu wissen. Es braucht nicht Deiner bebenden Stimme am Telephon, die mir zuflüstert, was »Kuba uns gekostet hat« und was die Regierungskrise Dir einbringt; kann ich mich auch, was Dein Herz betrifft, auf die Lektüre des Wirtschaftsteils beschränken? Sei gerecht und nimm es denen, die sich den Titel Rechtsintellektuelle mit komischem Ernst zusprechen, nicht übel, wenn sie offen um die Börsenkurse bangen. Du weißt ja, nichts ist so heiß wie heimliche Liebe.

Was mich betrifft, so arbeite ich fleißig an meiner Studie über den inneren Monolog in der Politik. Stell Dir vor, der Bundestagspräsident würde ankündigen: »Es folgt nun der innere Monolog des Bundeskanzlers.«

K. A. würde aufs Podium gehen, etwa fünfundzwanzig Minuten schweigend im inneren Monolog verharren, anschließend würde der Bundestagspräsident fünf Minuten für inneres Buh und inneren Beifall freigeben, dann käme der innere Monolog des Abgeordneten Prof. Dr. Carlo Schmid, dann würde das Parlament »zur Abstimmung schreiten« – und alles bliebe beim alten: wenn jeder weiß, was jeder denkt und jeder tut, scheint mir der innere Monolog in der Politik zumindest vom ästhetischen Standpunkt aus diskutabel.

Stell dir vor: innerer Monolog im Wahlkampf, am Fernsehschirm – wie das reinigen würde! Und Du weißt ja, daß meine Neigung zur Katharsis groß ist; es könnte so ein geradezu mysti-

scher Stil in die Politik gebracht werden. Das Wichtige kann pantomimisch vor sich gehen: Abstimmung durch Handaufheben, Vorstellen der neuen Minister, denen man Schilder umhängen könnte: »Außen«, »Innen«, »Verteidigung« und so weiter. Namen sind ja nicht Schall und Rauch, und Kleider machen nicht einmal Minister, während Kränze Staatsbesuche machen.
Du verstehst: ich will auf eine fast abstrakte Politik hinaus, die nur noch gute Regisseure und gute Kranzbinder brauchte. Doch stecken meine Überlegungen noch in den Anfängen.
Ich weiß, daß Du schon lange begehrlich nach dem Positiven schreist. Nun, es liegt in diesen Tagen auf der Hand. Das neue Kabinett Adenauer gibt mir die Argumente zum Positiven: nichts ist so peinlich, daß es karrierebehindernd sein könnte. Das ist doch ein Trost in dieser trostlosen Zeit, in der man die Börsenkurse studieren muß, um zu wissen, wie es einem Freund geht.
Gleich nachdem ich die neue Kabinettsliste gelesen hatte, schickte ich einen meiner Söhne in die Küche zu meinem Weib, das mit liebevoller Hand weihnachtliches Backwerk bereitete, und ließ ihr die Meldung überbringen: »Sag Mutter, 's ist Uwe . . .« Ich bekam als Antwort überbracht: »Lewwer duad üs Slaav.«
Kurz drauf rief mich ein französischer Freund an, der das neue Kabinett mit einem *»ça va«* halbwegs billigte, woraufhin ich nicht viel, aber wenigstens eine Silbe weiter dachte: Sawade.
Man muß auch das Positive sehen; Du kannst immer noch Minister in einem Kabinett Adenauer werden; die Kurse steigen, die Freiheit ist gerettet.

Bald mehr von Deinem *Lohengrin*

2

Lieber Freund,

Deiner Bitte entsprechend, habe ich mich ein wenig mit unserem jüngsten Minister beschäftigt, der mit Rilke den Vornamen gemeinsam hat; und so liegt es am Gegenstand, daß mein Brief heute fast nur Positives enthält, so viel, daß ich fürchten muß, in den Ruf eines Optimisten zu geraten, in ein ganz und gar unmodisches Licht also. Dabei möchte ich, obwohl in einer Kleinstadt beschaulich vor mich hinlebend, doch so gern *up to date* sein, in meinem blassen Gesicht einen müden Ernst tragen, meine Mundwinkel in schräger Melancholie abwärts auseinanderlaufen lassen wie die Schleifen der hübschen Krawatten, die man jetzt trägt.

Deine Frage, ob der Vorname unseres jüngsten Ministers tatsächlich als christlich zu bezeichnen sei, brachte mich zunächst in arge Verlegenheit, denn weit und breit war kein römisches Martyrologium aufzutreiben, und so mußte ich denn ins heilige Köln eilen, in dessen Bannmeile ich ja, wie Du weißt, ein der Bienenzucht, der Kinderzeugung und der Kindererziehung gewidmetes Leben führe.

In Köln trieb ich bei einem geistlichen Freund ein Martyrologium auf und bin nun in der glücklichen Lage, Dich vollkommen beruhigen zu können. Das ehrwürdige Buch verzeichnet den Namen zweimal: unter dem 17. Juni einen Bekenner dieses Namens in Pisa, unter dem 30. Dezember einen Bischof des gleichen Namens in Aquila.

Die Frage, an welchem Tag Du nun Deine innigen Namenstagswünsche in die Bonner Lennéstraße schicken mußt, ist damit noch nicht beantwortet. Da diesem jungen Manne alles, auch das Mißglückte, glückt, würde ich auf den 17. Juni tippen; aber wer weiß schon, ob Du ihn dann noch im Ministerium erreichst. Mit unziemlicher Geschwindigkeit läuft die Zeitgeschichte ab.

Man bezeichnet diesen jungen Mann als »aufstrebend«, aber ich weiß nicht recht, ob man nicht hier das Partizipium Präsens durch das des Perfekts ersetzen sollte: aufgestrebt.

Das Verbum *streben* hat so viele Zweige: Im Bergbau kennt man den *Streb*, in Schule und Berufsleben den *Streber*, es gibt das Adjektiv *strebsam* (das einer meiner Schüler übrigens einmal auf eine hübsche Weise irrend in »strebig« verwandelte), es gibt das häßliche Substantiv *Streberei*, gibt das *Strebertum*, schließlich gibt es *Verstrebungen*, und ob dieser junge Mann sich nicht eigentlich ver-strebt hat, wird die rasch ablaufende Geschichte zeigen.

Gar mancher Fromme ist schon gestolpert, und selbst wenn man auf den leisesten Sohlen einhergeht, kann einem der Knüppel, den man für andere bereithalten mag, unversehens zwischen die eigenen Beine geraten.

Nun, glücklicherweise ist der 30. Dezember vorüber, der 17. Juni noch weit entfernt, und Du kannst Dir Zeit lassen.

Deine Annahme, ich könnte vielleicht in den »entsprechenden kirchlichen Nachschlagewerken« den Namen entdecken, beruht auf einem Mißverständnis: noch nie ist ein Lebender heiliggesprochen worden! Selbst den Rittern des Ordens vom heiligen Knüppel ist diese Gunst versagt; sie wird ja nicht einmal Freiheitsrettern gewährt. Es gibt wohl einen heiligen Kriegsdienstverweigerer, Martin von Tours, und einen heiligen Deserteur, Johannes Maria Vianney, bekannt als der heilige Pfarrer von Ars, aber selbst diese beiden sind erst nach ihrem Tode heiliggesprochen worden.

Deine offenbar unersättliche Gier nach heiligen Landesverrätern kann ich nicht stillen, besser gesagt: noch nicht. Vielleicht wird es mir bei tieferem Eindringen in die Hagiographie möglich sein; ich werde mich jedenfalls weiterhin bemühen, Dir geschichtlich und theologisch korrekte Auskünfte zu erteilen, wenn ich auch öfter als bisher aus unserem friedlichen Städtchen ins ehrwürdige Köln fahren und meinen geistlichen Freund um Rat fragen muß.

Das Delikt »Landesverrat« ist ja noch jung, man könnte fast sagen modisch. Früher gab es nur den Verrat, und wer ein Verräter war, das bestimmte der Erfolg. Ein erfolgloser Verräter war natürlich verloren, so, wie ein erfolgloser Revolutionär wohl kaum Aussicht hat, vom Vatikan anerkannt zu werden.

Einer der prominentesten Landesverräter der abendländischen Geschichte war, wenn auch kein Heiliger, so doch Kaiser des Heiligen Römischen Reiches: Franz I., Maria Theresiens Ehegespons, der eines der Kernländer eben jenes Reiches, Elsaß-Lothringen, wie das Geschichtsbuch sagt, gegen die Toskana vertauschte, wir würden heute sagen: verscheuerte.

Natürlich hat er eine fürchterliche Gardinenpredigt anhören müssen, aber ich glaube nicht, daß er so viele Scherereien hatte wie dann später Karl Liebknecht, der gegen die Zurücknahme Elsaß-Lothringens ins Deutsche Reich protestierte und des Landesverrats beschuldigt wurde.

Natürlich hast Du recht mit der Annahme, daß der Separatismus ein »landesverratsähnliches Delikt« sei, aber auch dieses Delikt ist ja noch jung, erst nach dem Ersten Weltkrieg so recht in Sprachgebrauch gekommen; und seitdem ist kein deutscher Geschichtsträger oder Politiker mehr heiliggesprochen worden, nicht einmal der Prälat Kaas, der das Konkordat mit Hitler vorbereitete.

Deine weitere Frage, ob im Rheinland noch Spuren vom Christentum zu entdecken seien, will ich im nächsten Brief beantworten. Ich möchte nicht zuviel Positives in einen einzigen Brief packen, ich käme sonst in den Verdacht der Schönfärberei.

Eins kann ich Dir schon mitteilen, bevor ich ausgiebigere Studien habe anstellen können: verfolgst Du denn nicht das unermüdliche Wirken der Dominikaner zu Köln, die keine, aber auch gar keine Gelegenheit ungenutzt lassen, die Armut gegen den Luxus, die Besitzlosen gegen die Besitzenden in Schutz zu nehmen?

Wer Ohren hat, zu hören, der hört – wer Augen hat zu sehen, der sieht das unermüdliche Wirken der Dominikaner. Bevor meine Stimmung zu heiter wird, mein Optimismus zu schwelgerisch, schließe ich rasch. Im nächsten Brief erfährst Du Genaueres über das Christentum im Rheinland

von Deinem *Lohengrin*

3

Lieber Freund,

es geht mir sehr nahe, daß Du so viele Deiner Tage in Weltschmerz und Trübsal verbringst, weil Du Dich Deiner Staatsangehörigkeit schämst. Du fühlst Dich einem Volk der Biertrinker, Sauerkrautesser, CDU-Anhänger und Wagner-Schwärmer verhaftet, aber bedenke doch: das meiste Bier wird in Belgien getrunken, das beste Sauerkrautgericht ist immer noch Choucroute à l'alsacienne, die strammsten Anhänger der CDU sitzen in Zürich und Amsterdam, und die glühendsten Wagner-Verehrer findest Du im nebelbedrohten London.

Außerdem zitierst Du das deutsche Wort »Schmetterling« und meinst, es sei doch typisch, daß ein so »hübsches und leichtes Lebewesen« in unserer Sprache so drohend benannt wurde.

Wie kannst Du so leichtgläubig sein, einer oberflächlich betriebenen Philologie zu vertrauen und anzunehmen, das Wort habe mit »Schmettern« zu tun; es darf als nachgewiesen gelten, daß »Schmetterling« von »Schmettenling« kommt; »schmetten« bedeutet absahnen, den Rahm abschöpfen; der Schmetterling aber hieß früher »Molkenfliege«, »Buttervogel« – und da sind wir ganz nahe an dem lieblichen englischen Wort *butterfly*. In der bloßen Tatsache, daß ein »n« sich in ein »r« wandelt, ein Vorgang, der jedem Philologen als Dissimilierung bekannt ist, liegt doch nichts Diffamierendes, lieber Freund. Du hast keinen Grund, im Wort »Schmetterling« den germanischen Schmettergott Donar am Werk zu sehen, und so schreibe ich Deinen Vorschlag, dieses freundliche Insekt »Donnervogel« zu nennen, einer übermäßigen Galligkeit zu.

Diese Galligkeit wiederum schreibe ich der Tatsache zu, daß Du es nicht lassen kannst, Kanzlerreden mitzustenographieren, in Klartext zu verwandeln, Wort für Wort, Satz für Satz zu studieren, Syntax und Aufbau zu analysieren . . . aber mein Bester: warum betreibst Du auch ein so selbstmörderisch Werk? Das muß einem ja auf Leber und Nieren schlagen. Ich rate Dir, nimm häufiger als bisher ein mit beruhigenden Ingredienzen wohlriechend gemachtes Bad und lies in der Wanne des Tacitus *Germania* oder Cäsars *Bellum Gallicum*; Du wirst Dich, obwohl Spätgermane, wie ein Spätrömer in den Thermen fühlen, und wenn Du dann noch ein kräftiges Laxativ nimmst, wird der Druck von Leber und Galle weichen.

Wenn ich gar zu arg vom Kummer über diese verworfene Welt heimgesucht werde, dann setze ich mich auf unser Kleinbähnchen und fahre nach Köln, wo ich nicht nur einen geistlichen Freund habe, sondern auch einige weltliche.

Einer von diesen weltlichen Freunden steht, wie er sagt, mit einem Bein im Funk, mit einem anderen im Fernsehen, mit je einem weiteren Bein in der Kirchenarbeit, Zeitungsarbeit, Verlagsarbeit, Parteiarbeit und so weiter.

Nun sehe ich Dich, wie Du Dich mit nordischer List naiv stellst und meinst, der Mensch sei doch ein zweibeinig und aufrecht Wesen, und selbst wenn er die Hände zu Füßen degradiere, habe er nur vier Gehwerkzeuge und gleiche dann schon einem Kriechtier.

Ich sage Dir, Du irrst. Der Mensch hat die Anlage zum Tausendfüßler, und wenn Du mich fragst, wozu denn ein solcher Vielbeiner noch sein Rückgrat brauche, dann weiß ich Dir Antwort: damit der Bauch nicht durchhängt und über die Erde schleift.

Nun, genau besehen, sitzt dieser Freund mit seinem – entschuldige – Hintern im Funk, ist aber mit seinen Gedanken beim Fernsehen, während seine fast unzähligen Beine für ihn das Tretwerk in anderen Regionen vollziehen.

Jetzt kannst Du Dir wahrscheinlich gar kein Bild mehr machen von seiner derzeitigen physiologischen Erscheinungsform. Aber wenn ich Dir nun sage, daß er die Nase zum Beispiel immer in der Filmarbeit hat (immer, er nimmt sie einfach nicht mehr da weg) – mein Gott, merkst Du denn nicht, daß die Menschen nicht mehr so sind, wie Leibl sie gemalt und Fontane sie beschrieben hat?

Stell Dir bei solch einem Lebewesen sein Liebesleben vor, oder gar sein religiöses Leben! Es steht natürlich einer der beiden Hauptkirchen christlicher Prägung sehr nahe – welcher, darf ich nicht sagen, weil er aus Gründen der Proportion seiner Putzfrau gegenüber als der einen, seinen Sekretärinnen gegenüber als der anderen steuerpflichtig erklärt werden muß; ich habe mir sagen lassen: So, wie es im Jahr 1932 Menschen mit zwei Parteibüchern gab, so gibt es heute solche, die beiden Konfessionen Steuern zahlen. Natürlich weiß so einer gar nicht mehr, ob er ein *homo* oder *sapiens* ist, und das eine Mal bittet er eben die Putzfrau, das andere Mal seine Sekretärinnen, ihm ein Dienstauto zum Kirchgang zu bestellen.

Nun fragst Du Dich, wie solch ein Wesen mir in meiner Melancholie Trost bieten könne.

Nun, ich gehe einfach zu ihm ins Zimmer (er liegt meistens auf einer Couch und liest entweder Mickey Spillane oder Marcel Proust) und setz' ihn mir zusammen.

Sagen nicht alle klugen Ärzte, daß Basteln ein empfehlenswertes Hobby sei? Ich kenne jemanden, der sich billige Picasso-Drucke besorgt (ich zum Beispiel schenke ihm alle abgerissenen Kalenderblätter), sie wie Ausschneidebogen behandelt und dann – anders natürlich als Picasso – wieder zusammensetzt. Mit Schere und Leim in rührendem Basteleifer macht er sich seine Welt heil.

Macht Euch die Erde untertan, die Wirklichkeit gefügig und mit der Kunst, was Ihr wollt!

Verzeih mir, daß ich Deine Frage nach dem rheinischen Christentum noch immer nicht beantwortet habe. Ich würde gern mit einem ebenso runden wie schlichten »ja, es gibt noch Spuren von Christenheit im Rheinland« antworten, aber meine Antwort wird notwendigerweise komplizierter sein als Deine Frage. Harre also aus in Geduld und sei gegrüßt von

Deinem *Lohengrin*

4

Lieber Freund,

ich stimme Dir zu, wenn Du feststellst, daß sich hier im Rheinland ein neuer Kulturkampf anbahnt.

Merkwürdig nur, wie die Fronten sich verschoben haben: diesmal ist es ein Bismarck, der die arg angefochtene Freiheit zu verteidigen unternimmt, und es sind Windthorsts Enkel, die jener mit einem dumpfen Groll zu Leibe rücken.

Freilich, ich kenne Deinen Einwand: es ist fast sakrilegisch, die (damals noch) tapfere, gute alte Zentrumspartei mit der CDU zu vergleichen und den alten Windthorst mit diesen auf eine peinliche Weise durchsichtigen Galopins, die zum Streite blasen.

Auch an meine Ohren ist der sehnsüchtige Ruf der CDU nach Kontakt mit den sogenannten Intellektuellen gedrungen. Ich muß mich leider diesem Liebeswerben versagen, ich bin kein Intellektueller, nur ein bescheidener Dorfschulmeister, der im Moment mit seinen eigenen, wenn auch lokalbedingten, so doch schmerzlichen Schwierigkeiten vollauf beschäftigt ist.

Daß ich die Luther-Bibel nicht nur besitze, auch noch darin lese, war unserem Pfarrer schon lange ein Dorn im Auge. Seitdem sich nun herausgestellt hat, daß meine Mutter evangelisch war und es zeitlebens nicht für notwendig hielt, in den Schoß der heiligen Kirche zurückzukehren, werde ich zum Ziel einer merkwürdigen Flüsterpropaganda.

In unseren beiden Dorfkneipen flüstert man sich – wenn der Bildschirm eine Atempause gestattet – zu, ich hätte »etwas« mit einer Schülerin der Abschlußklasse.

Das hübsche, voll erblühte Mädchen, das auf dem Namen Edeltrud hört, hatte mich anläßlich einer Nikolausfeier zum Tanz aufgefordert, und ich legte mit ihr einen beachtlichen Twist aufs Parkett des katholischen Gemeindehauses. Mehr ist nicht zwischen uns gewesen.

Allerdings muß ich gestehen, daß ich immer schon, auch öffentlich, die These vertreten habe, wann ein Mädchen zur Frau werde, das bestimme nicht das Gesetz, sondern die Natur – eine These übrigens, gegen die kein Thomas von Aquin, wahrscheinlich nicht einmal die Dominikaner zu Köln etwas einzuwenden hätten.

Aber es geht hier nicht um Theologie, sondern um Schulpolitik, wie Du gleich sehen wirst.

Das Peinliche ist, daß einer meiner Schüler – mit der unvermeidlichen Blitzlichtkamera auf der Suche nach »kessen« Schnappschüssen – mich mit Edeltrud photographierte; und nun glauben Fachleute, auf dem Bild feststellen zu können, meine Augen seien mit einer »unziemlichen Sinnlichkeit« auf Edeltruds Oberkörper gerichtet.

Tatsächlich war das Mädchen damals etwas arg frei angezogen, und da ich einen Kopf größer bin als sie, blickte ich notwendigerweise – auch noch lächelnd, wie mir angekreidet wird – auf sie herunter. Mein Gott, soll ich denn beim Tanz wie ein wassertrinkendes Huhn gen Himmel schaun?

Nun blicken auch meine Kinder schon mißtrauisch, mein Weib zweifelnd, denn jemand hat das Photo vervielfältigen lassen und als Postwurfsendung an alle Haushaltungen des Dorfes geschickt . . .

Nun, mein Lieber, das sind so die kleinen Scharmützel eines großen Kampfes, dessen – freilich plumpe – Strategie Du in den großen Zeitungen verfolgen kannst. Jedenfalls habe ich allen Grund, unserem Herrn von Bismarck Gottes und seiner Kirche Segen zu wünschen – den Segen meiner Kirche, ich weiß nicht recht, ob ich ihm den wünschen mag. Besser wären ein paar Mitstreiter in diesem Kulturkampf, der ja erst in den Anfängen steckt.

Das rheinische Volk, geübt darin, die Zeitgeschichte in Sprüchen und Witzen abzuwandeln, sagt neuerdings an Stelle von »Die Katze aus dem Sack lassen« – »Die Duvv is us dem Hus, und dem Lenz auf die Hand geflogen.«

Freilich, das Volk stellt nur fest, variiert seine Bilder, aber gewohnt sich zu ducken, wartet es ab. Und in diesem Zusammenhang von einer Taube zu sprechen und mit dem Namen Lenz gar Frühlingsassoziationen ins Bild zu bringen – das ist der harmlose Witz eines Karnickels, das den Bussard oben in den Lüften nicht wittert.

Ach, nicht einmal meine Bienen bieten mir Trost, und meines Weibs und meiner Kinder Mißtrauen drückt mir aufs Gemüt. Auch eine Fahrt nach Köln verspricht keine Ablenkung. Mein geistlicher Freund dort muß Arges erdulden, weil er neulich einem Bundeswehrmajor nicht bedingungslos sein Sälchen für ei-

nen Vortrag über Stalingrad zur Verfügung stellte. Mein Freund ist in Stalingrad dabeigewesen, der Major nicht; und als mein Freund es zur Bedingung machte, selber ein gleich langes Referat zu halten, wollte der Major ihn in seinem eigenen Sälchen daran hindern – und so fiel die Veranstaltung aus.
Wie verrückt die Welt ist, kannst Du an der Tatsache erkennen, daß ein Bismarck in Köln die Freiheit verteidigen muß. Möge es ihm gelingen.
Gebeugt, doch nicht schwankend,

Dein *Lohengrin*

5

Lieber Freund,

ich kann Dir nicht beipflichten, wenn Du das Verhalten unseres jetzigen Verteidigungsministers für zweideutig erklärst. Im Falle des Stalingrad-Spiels und im Falle Geesthacht hat er sich doch vollkommen eindeutig verhalten, eindeutig auch zu verstehen gegeben, wes Geistes Kind er ist.
Meine persönlichen Angelegenheiten lassen sich gar nicht gut an. Wie ich aus zuverlässiger Quelle erfuhr (eine Kusine der Sekretärin meines Schulrats huldigt gemeinsam mit meiner Frau dem Canastaspiel), liegt die Ursache meiner Schwierigkeiten nicht allein in meiner misch-ehelichen Abkunft, wie ich im ersten Schrecken annahm.
Meine Bibliothek – so wußte die Kusine der Sekretärin zu berichten – weise allein innerhalb des Buchstaben G so unterschiedliche Autoren wie George und Gorki, Grass und Guardini auf.
Da ich nicht annehme, daß meine Frau unfreiwillig Spitzeldienste leistet, tippe ich auf den Kollegen, der die Verbandsbeiträge kassiert und hin und wieder in meinem Studierzimmer wartet. Wahrscheinlich läßt er auftragsgemäß die Augen über die Rükken meiner Bücher schweifen, wirft wohl auch ab und zu einen Blick auf meinen Schreibtisch, denn nur so kann er *Gedrucktes von der* SPD und das *Hamburger Magazin* (Zitate von der Kusine) entdeckt haben.
Die Ur-Ursache der Spannungen liegt allerdings – nach besagter Dame – in der Tatsache, daß ich vor drei Jahren schon die Ansicht äußerte, es wäre gut, wenn wir Strauß los würden.

Nun sind wir ihn ja los, und sogar unser Pfarrer äußerte neulich: »Gut, daß wir den los sind.« Man sollte meinen, damit wäre doch jeglicher Grund, mir zu grollen, beseitigt, aber nein: daß ich vor drei Jahren schon einen Wunsch äußerte, den politische Notwendigkeit mir erst jetzt erfüllt hat, wird mir als Zeichen »penetranter fortschrittlicher Rechthaberei« angekreidet.
Ich überlege, ob ich den Fall Strauß nicht zum Anlaß nehmen soll, einige Meditationen über »kirchliche und weltliche Dankbarkeit« zu Papier zu bringen.
Was ist das für eine Welt, mein Freund, in der man plötzlich Mitleid spürt mit einem Mann, der mitleidlos seinen Weg gegangen, mitleidlos aus dem Weg geräumt worden ist? Gern würde ich annehmen, daß der Sinn für Sauberkeit solches rechtfertige, aber ich fürchte, es geht nicht um Sauberkeit, sondern um Säuberung, die man offenbar sogar bis nach Passau vortragen will.
Daß es nicht um Sauberkeit geht, erkennst Du ja an der Art, wie man gegen die Panorama-Leute polemisiert und das in Berlin aufgeführte Drama *Der Stellvertreter* zu diffamieren versucht. Meinem geistlichen Freund, der sich über die Stalingrad-Polemik sehr erregte, ließ man mitteilen, sein Aspekt – der eines ehemaligen Sanitätsstabsgefreiten – sei »notwendigerweise subjektiv«.
Übrigens: daß auch ich nur den ehrwürdigen Rang eines Stabsgefreiten erreichte, erwies sich neulich anläßlich einer Diskussion »Die Lehrerschaft und der Wehrgedanke« als ein weiterer Grund, mir zu mißtrauen. Ein »anständiger Lehrer« – wurde behauptet – »habe zumindest Oberleutnant, möglichst Hauptmann der Reserve gewesen zu sein«.
Ich nehme schon Abschied von den sanften Hügeln, auf denen ich so gern wohnte, mit Blick sowohl aufs rauch- und dunstverhüllte Köln wie aufs liebliche Bonn, mit den sieben Bergen im Hintergrund; Abschied auch von meinen guten Immen, die meine Nervosität schon spüren. Sie umschwärmen mich, wenn ich ihnen Zucker bringe, mit ungewohnter Heftigkeit.
Da man mir »dörfliche Wirksamkeit«, wenn auch nicht ausgesprochen, so doch praktisch versagt, bleiben mir als Rückzugsziele nur die Städte Düsseldorf, Köln oder Bonn.
In Düsseldorf sitzt unsere Landesregierung, in Köln der Landesvorsitzende der CDU, in Bonn die Bundesregierung. Was ich auch wähle: in irgendeines Herrschers Nähe werde ich mich behausen müssen.

Mir geht es wie der damaligen preußischen Landesregierung: ich weiche der Gewalt.
Neulich, als ich meinen abendlichen Spaziergang machte, fiel, nicht weit von mir entfernt, ein Stein auf die Straße, und eine männliche Stimme rief im Dunkeln: »Hurenkerl!«. Und das in einem Dorf, wo der Besuch der Kölner Venusquartiere zu den Gewohnheiten der männlichen Jugend gehört. Später über die Affäre »Edeltrud«.
Betrübt, doch kampfbereit

Dein *Lohengrin*

6

Lieber Freund,

viel mehr als die restlichen Spuren des Christentums im Rheinland, über die ich Dir immer noch Auskunft schuldig bin, beschäftigt mich im Augenblick das Christentum in Unterfrankens Hauptstadt. Es gehört ja schon eine hübsche Portion Christlichkeit dazu, eine Frau drei Wochen vor der Entbindung verhaften zu lassen, damit sie den Offenbarungseid leiste. Gewiß wird der Klerus der frommen und ehrwürdigen Stadt, in der sich das Christentum derart offenbart, die gute Frau in sein (stilles) Gebet einschließen. Daß solches noch möglich ist, weiß ich aus Erfahrung, ich lernte neulich einen katholischen Priester kennen, der mir (fast errötend) gestand, er schließe »sogar« die Wehrdienstverweigerer in sein stilles Gebet ein. Dazu gehört wahrlich jener Mut, der uns zur Festigung des demokratischen Gedankens fehlt.
Der Eifer, mit dem Du mich drängst, von den drei zur Wahl stehenden Städten doch Köln zu wählen, schreibe ich einer gewissen romantischen Schwärmerei für »Katholizität« zu, wie sie unter Protestanten recht verbreitet ist. Ach, glaub mir: nah besehen, tagtäglich erlebt, ist die Sache gar nicht so »bunt«, wie man in kargen puritanischen Gefilden zu glauben scheint. Auch Deine Vorstellungen vom »Rheinischen« sind mir zu ungenau, hinter der Nettigkeit, einer gewissen urbanen Glätte verbirgt sich überraschende Kälte, und Köln, das den Ruf der Gemütlichkeit genießt, ist mir aus vielen Gründen unheimlich. Für mich ist es die Stadt, in der schon am 4. Januar 1933 der 30. Ja-

nuar stattfand, und da ich mich von Jugend an geweigert habe, an den Zufall zu glauben, ist es nicht per Zufall Köln, wo diese Vorverlegung der Geschichte stattfand. Ein Finanzamt Kölns gehört – wie mir neulich ein Bekannter im Vertrauen gestand – zu denen mit dem höchsten Einkommensteueraufkommen unseres gesegneten Staates, und wenn Du mir jetzt einwendest, Geld habe mit Politik nichts zu tun, dann gebe ich mich geschlagen und schüttele ungläubig den Kopf über soviel nordische Naivität. Deine Meinung, der Kölner Funk sei doch eine »so feste Burg«, kann ich nicht ganz teilen: so fest ist er nun wieder nicht, wie Du in schwärmerischer Gläubigkeit annehmen möchtest. Diese uralte Stadt hat eine merkwürdige Eigenschaft: die »geschichtsträchtige Gelassenheit«, mit der sie zum Arrangement neigt, infiziert auch Zugewanderte, die aus den Gefilden der Reinheit stammen. Du kennst doch den alten Frankenspruch: »Verführe einen Reinen, und er wird Dir mehr Dienste tun als zehn, die schon unrein waren.«
Ein weiterer Grund, warum ich Köln nicht wählen kann: Edeltrud will aufs neunte Schuljahr verzichten und nach Ostern in Köln eine Lehre als Putzmacherin beginnen. Das arme Kind ist vollkommen verwirrt. Sie ist von ihren Eltern, pfarrergläubigen Leuten, peinlichen Verhören unterzogen, aufgefordert worden, Intimitäten zu beschreiben, die nie stattgefunden haben, aber durch die bloße Benennung real werden. Seitdem man sie so schamlos bloßzustellen versuchte, empfindet Edeltrud sowohl Scham wie Blöße, und ich fürchte manchmal, sie wird Dinge gestehen, die nie gewesen sind. Ein harmloses Tänzchen, ein schußbereiter Photoapparat, ein paar Atempausen, wie sie der Bildschirm noch gestattet – und schon ist eine »Affäre« in der Welt.
Schon um meines Blutdrucks willen, der seit der Affäre Edeltrud ständig steigt, werde ich mich für Bonn entschließen, auch um dort einem Kollegen mit Rat und Tat zu helfen, der den verwegenen Plan hat, ein Von-Papen-Drama zu schreiben. Das Stück soll ein Drei-Personen-Stück werden: von Papen und die beiden Hindenburgs, das Vokabularium des abendfüllenden Dramas soll auf fünfundachtzig Worte beschränkt werden, aber ich denke mir, daß man mit sechzig Worten auskommen könnte, ich finde jedenfalls, daß die Beschränkung in diesem Falle ästhetisch zu rechtfertigen wäre. Das wird eine Gaudi für die KNA und

eine Wonne für die deutschen Katholiken, wenn ihnen dargestellt wird, daß es einer der Ihren war, der die wichtigsten Weichen stellte. Mir fiel sogar schon ein Titel ein »Und nun, meine Herren, vorwärts mit Gott!« Mit diesen Worten schloß Hindenburg am 30. Januar 1933 die Vereidigung des »Kabinetts Hitler«. Ich frage mich manchmal, warum man in Köln nicht von Papen ein Denkmal errichtet.
Angesichts der so kräftig dokumentierten Christlichkeit Unterfrankens gewissermaßen optimistisch

Dein *Lohengrin*

7

Lieber Freund,

mach Dir nicht zuviel Sorgen um mich. Gewiß, mir ist Scheußliches widerfahren, und das Mißtrauen meiner Familie »steht« immer noch, wie man so hübsch sagt, »im Raum«.
Aber ich habe jetzt in einem Bonner Vorort einen netten Rektor gefunden, der es mit mir »versuchen« will. Ein lieber Mensch, der merkwürdigerweise nicht Hauptmann der Reserve, sondern nur Hauptfeldwebel war.
Edeltrud ist untergebracht, in einem Heim, das mein geistlicher Freund für sie ausfindig machte. Es ging zu Hause nicht mehr.
Mich bedrücken im Augenblick die Sorgen zweier alter Freunde, ehemalige Schulkameraden, mit denen ich gelegentlich korrespondiere.
Der eine ist Innenarchitekt, wohnt im Westen; der andere (durch Heirat) Landwirt, wohnt im Osten unseres gesegneten Landes.
Beiden macht das gleiche Lebewesen Sorge: das Schwein (*sus*).
Mein Freund, der Landwirt drüben, ist der (so häretischen wie reaktionären) Ansicht, daß mit Erbsen, Gerste und Milch gefütterte Schweine »die beste Ware« ergeben, während die mit Mais und Reismehl gefütterten nach seiner (wiederum so häretischen wie reaktionären) Ansicht ein »schwammiges Fleisch und ein öliges, gelbliches Fett« zu Markte bringen.
Ich kann zur Sache selber kein Urteil abgeben, jedenfalls empfinde ich schwammiges Schweinefleisch als scheußlich.
Nun hat meinem Freund außerdem »auf der Fahrt zum Eber« der Traktor den Dienst versagt, er hat stundenlang mit fünf jun-

gen Sauen bei minus fünfundzwanzig Grad auf der Landstraße den Mechaniker erwarten müssen, drei Tiere sind ihm verendet – und sein Ferkel-Soll ist in so weite Ferne gerückt wie die Chance, sich »ein paar Seiten Speck und ein paar Töpfe Schmalz unter den Nagel zu reißen«. Sein Brief klingt bekümmert.

Ebenso bekümmert klingt der Brief meines westlichen Freundes, dessen Schweinesorgen ganz anderer Art sind. Er ist beauftragt, das Hauptsitzungszimmer eines westdeutschen Konzerns – schaudere nicht – mit Schweinehaut zu verschönern.

Die Haut soll auf Platten »aus edelstem Holze« gezogen, mit Goldornamenten verziert werden.

Nun wirst Du meinen, es würden doch hinreichend Schweine geschlachtet, und es müßte Schweinehaut genug geben. Aber offenbar gibt es nicht genug *fehlerlose* Schweinehaut; und sogar die Haut des Pekari (*dicotyles torquatus*) ist rar. Schon eine einzige Zecke verursacht in der Haut des Pekari einen Makel, der sie für die Zwecke meines Freundes, des Innenarchitekten, verwendungsunfähig macht.

Ich sehe – wenn auch mit einiger Beklemmung – sogar ein, daß solcherart verwendete Schweinehaut »absolut fehlerlos« sein muß. Der Preis – so schreibt mir mein Freund – »spielt dabei gar keine Rolle«. Eine Platte zu fünfzig mal fünfzig Zentimeter kostet dreihundert Deutsche Mark, deren braucht's vier auf den Quadratmeter, und eine einzige Wand hat neunzig Quadratmeter. So kannst Du Dir, ohne fürchterliche Rechenkünste anzustellen, ausrechnen, daß der Quadratmeter 1200, die ganze Wand 100 000 Mark kosten wird – und spricht nicht der Volksmund davon, daß man es sich in seinen *vier* Wänden gemütlich machen soll?

Da komme mir noch einer mit dem Einwand, unsere Bankwirtschaft und Industrie täten zu wenig für die Kunst, wo sie sich allein die »Tapete« in einem Sitzungszimmer eine knappe halbe Million kosten lassen!

Du siehst, der Fortschritt ist mal wieder – auch in der Schweinefrage – eindeutig auf der Seite des Westens.

Ich überlege nun, ob ich nicht meinen östlichen Schulkameraden mit dem westlichen ins Geschäft bringen soll. Die Frage ist nur, ob Mais und Reismehl dem Pekari zur Edelhautbildung gedeihlich sind und ob's dem östlichen Freund gelingen kann, Schweine zu züchten, deren Haut nicht zeckennarbig ist.

Es würde mich freuen, wenn ich beiden helfen könnte, auch auf die Gefahr hin, daß ein Schweinehaut-Embargo meine Pläne hinfällig macht.
Vielleicht wäre es auch möglich, Erbsen, Gerste und Milch dorthin zu exportieren, auf daß Pekarihaut für Konzernsitzungszimmer recht gedeihe. Jedenfalls: du siehst, wo Du auch hinpackst, wo Du auch hinschaust, Probleme, doch nicht unbedingt die

Deines *Lohengrins*

8

Lieber Freund,

natürlich habe ich nicht nur Freunde, die ich zusammensetzen muß, ich habe auch solche – und sogar im kulturellen Leben tätige – die so, wie sie sind, heil sind, und was da an solider Bildung, an fundiertem Wissen, an moralischer Kraft (vor allem aus dem untadeligen Privatleben geschöpft) auf mich einströmt, was da an heiterer Herzlichkeit, an fast olympischer Gelassenheit auf mich zukommt: es droht gar manchmal, mich zu überwältigen, und Du wärest auf einem völlig falschen Wege, wenn Du nun sofort wieder unterstellen würdest, solcherlei wäre doch wohl beim Fernsehen etwa nicht zu finden. Oh, auch da findet mein altes Humanistenherz manche wahre Wonne!
Aber nun zu Deiner Hauptfrage, auf die ich Dir einige Wochen lang die Antwort schuldig bleiben mußte: Natürlich gibt es noch Spuren von Christenheit in den Rheinlanden, wo so viele Dome gewachsen, so viele Wasser den Rhein hinuntergeflossen sind. Immer noch gelten die christlichen Feiertage als eigentliche Orientierung bei der Zeitrechnung, und jedes Kind weiß: in diesem Jahr waren es von Silvester bis Aschermittwoch genau 58 Tage.
So mancher Sektvertreter legt in dieser Jahreszeit sein Dankesscherflein in den Opferstock seiner jeweiligen Konfession. Mag er sich dabei auch nur mühsam von der delikaten Geste des Händereibens zurückhalten können, so spricht doch echter, frommer Dank aus solchem Opfersinn.
Mit dem Aschermittwoch wird ein uraltes Problem wieder akut, das für weite Kreise der Bevölkerung von so hohem Interesse ist

wie die Fastenhirtenbriefe, deren Verlesung man mit Spannung entgegensieht: die Frage nämlich, ob Hummer nun Fisch oder Fleisch sei, Fastenspeise also oder nicht. Das lebhafte Interesse für dieses Problem bezeugt doch eindeutig religiösen Sinn.

Ein weiteres Zeichen für die ungebrochene Popularität der christlichen Konfessionen ist die Tatsache, daß die SPD vor Wahlterminen mit erstaunlichem Freimut publik macht, welcher ihrer Kandidaten eine so enge Berührung mit der katholischen Kirche gehabt hat, wie sie das Amt des Ministranten zur Folge hat. Das bringt gar manchen, der nicht Ministrant gewesen ist, in den Gewissenskonflikt, ob er überhaupt würdig sei, SPD zu wählen (einer meiner Freunde, ein gläubiger Mensch, wählte in einem Anfall von Verzweiflung über dieses Problem tatsächlich CDU!).

Du siehst, gar manches hier ist paradox, aber gerade das beweist ja, auf welch subtile Weise sich hier die Probleme stellen.

Daß das Christentum trotz CDU im Rheinland noch so stark verwurzelt ist, spricht doch wohl für eine überraschende Widerstandskraft bei einer von Natur aus sehr anpassungsfähigen Bevölkerung. Es gibt hier Menschen, die es fertigbringen, gleichzeitig an Gott und an Adenauer zu glauben – das halte ich für ein geistesgeschichtliches Phänomen, das der Aufzeichnung wert ist.

Die ungeheure Aufgeschlossenheit der rheinischen Künstlerschaft dem Christlichen gegenüber möchte gar mancher, der seine Ungläubigkeit zu früh und zu endgültig deklariert hat, mit dem Spruch erklären: Wes Brot ich eß, mit des Asch' laß ich mich bekreuzigen. Aber wer so hinterhältig denkt, vergißt, daß die Kunst schon lange nicht mehr nach Brot zu gehen braucht. Es gibt ja schließlich noch den Bundesverband der Industrie (Wes Sekt ich trink, des Gunst ich nehm), es gibt die Gewerkschaften, die Parteien, es gibt sogar – trotz gegenteiligem Gemunkel – Staaten, die miteinander im Bunde stehen.

Was blickt Dein Auge da so mißtrauisch auf die, die öffentlich Fisch essen? Wenn Du schon den Menschen nicht ins Herz schauen kannst, maße Dir auch nicht an, in ihren Herzen Berechnung zu entdecken. Gewiß wird sich da mancher Schlaukopf mit Büßermiene einem wohlwollend lächelnden Prälaten so recht nah ans Auge stellen, und mögen auch die Fernsehkameras dabei surren und schnurren wie ein ganzer Schwarm sich wohlig

fühlender Katzen, glaub mir: was da glänzt, ist echtes Gold, und Du kannst sogar sicher sein, daß auch die Pelze echt sind, vom bescheidenen Hermelin bis zum Nerz, den man neuerdings ja außen trägt.
Sogar die Orden sind echt, mein Lieber, und wenn Du auf dem Fernsehschirm eine Monstranz siehst, und des Ansagers sanfte Stimme teilt Dir mit, sie sei aus dem dreizehnten Jahrhundert, glaub mir: es stimmt. Da wird kein Machwerk geduldet, keine Geschmacklosigkeit entgeht dem wachsamen Auge.
Angesichts solcher Demonstrationen ziehe ich mich demütig auf eine Devise zurück, die älter ist, als ich je werden kann: Sieh, was Du siehst, und höre, was Du hörst.

Immer Dein *Lohengrin*

9

Lieber Freund,

muß ich Deine Sorge um die CDU auf die Tatsache zurückführen, daß Du immer noch Aktionär bist? Beruhige Dich: ich sehe Zeiten heraufkommen, in denen auch die SPD börsenstärkend wirken wird. Dann kannst Du Dich ohne schlechtes Gewissen mit dem Titel belegen, an dem Dir soviel liegt: »Linksintellektueller« – und kannst Aktionär sein, ohne Dich als Re-Aktionär zu fühlen.
So arg kann ich das Schicksal der CDU gar nicht finden. Wenn Du Dir vorstellst, sie verlöre weiterhin pro Monat ein Prozent der Wählergunst, dann hätten wir im Sommer 1965, vor der nächsten Bundestagswahl, eine Regierung, die sich auf immerhin noch sechs Prozent der Wählergunst stützen könnte; und das sind noch lange nicht null Prozent, zumal ja die Prozente des Koalitionspartners hinzukämen.
Es ist ein fast ehrenvoller Irrtum, die Menschen für klüger zu halten, als sie sind. Aber im Augenblick praktiziert diese Partei ja mit Untergangswollust den fürchterlichen Irrtum, die Menschen für dümmer zu halten, als sie sind.
Vielleicht wird die Nominierung des populären Bayern nun den Rücklauf bremsen. Im Vertrauen will ich Dir gestehen: Obwohl selbst Rheinländer, ziehe ich den Bayern dem rheinischen Kandidaten vor. Mir sind ehemalige Majore, die wie ehemalige

Obergefreite aussehen, lieber als ehemalige Obergefreite, die wie ehemalige Majore aussehen; und selbst wenn der Bayer nie Major gewesen ist, er sieht aus, als hätte er einer sein können und wär's nicht geblieben.

Wenn Du mich also fragst, ob ein ehemaliger Obergefreiter als Bundeskanzler nicht von vornherein meine Sympathie hätte, so sag' ich: nein. Mancher holt im Zivilleben den Kasinoton nach, befleißigt sich des Näselns und einer mokanten Süffisanz, die mir die Demütigkeit seines ehemaligen Rangs beim Militär gleichgültig macht.

Ich bin auch nicht, wie Du anzunehmen scheinst, selber Obergefreiter gewesen, sondern Stabsgefreiter – und das ist kein feiner, sondern ein erheblicher Unterschied. Aber ich will nicht zu weit in unsere Geschichte zurückgreifen und Dir den Unterschied mit jener Ausführlichkeit erklären, die er verdiente, wenn man schon, wie Du es tust, ehemalige Ränge beim Militär ins Gespräch bringt.

Nein, mir ist das von Natur freundliche, den Umständen entsprechend aber meist brummige Gesicht des Bayern lieber, der seine Gefühle so schlecht verbirgt, daß er fast schon kein Politiker mehr ist.

Mein Berufsleben läßt sich ganz gut an. Wohl um mir Schweres aufzubürden, hat mein Rektor mir das erste Schuljahr gegeben. Das gilt im allgemeinen als Tort, ist mir aber lieber (ich werde mich hüten, es ihm zu gestehen!). Obwohl auch die Sechsjährigen heute schon vor der eigentlichen Erziehungsgroßmacht, dem Werbefernsehen, geprägt sind, so kann ich bei ihnen doch noch hoffen, gegen den Willen von Elternhaus und Umwelt ein paar Elemente des Widerstands in sie hineinzupflanzen.

Ich habe mich schon oft gefragt, warum die Kirchen so heftig gegen Bein und Busen protestieren, nie aber gegen die massive sexuelle Magie der bein- und busenlosen Werbung, die zu jeglicher Obszönität ermächtigt ist, solange sie, was den weiblichen Körper betrifft, eine gewisse Geheimtopographie einhält.

Daß Stimmen, Gebärden, Worte, die mit liturgischer Inbrunst praktizierte Wiederholung die eigentliche Verführung ausmachen, scheint den Kirchen nicht aufzugehen.

Natürlich bilde ich mir nicht ein, als kleiner Schulmeister gegen eine Macht anzukommen, die täglich um den Preis von einer Million Mark öffentlich schamverletzend auftreten darf; doch kann ich meine Kleinen drauf aufmerksam machen, daß nicht nur in Gebüschen und Hausfluren sich Unholde verbergen, daß solche auch öffentlich auftreten, vor – wie man mir sagt – zwölf Millionen Zuschauern, die sich von Kirchen und Staat geschützt wähnen.

Bonn ist übrigens doch ganz hübsch. Die Mitarbeit an dem Papen-Drama meines Freundes macht mir Spaß. Ich habe ihm vorgeschlagen, noch eine vierte Gestalt einzubauen: den Prälaten Kaas. Auf Brüning wollen wir verzichten. Ehrenhafte Männer wirken in historischen Dramen so leicht komisch, während scheinbar ehrenhafte dem Stoff die Würze geben. Ausgemachte Schurken hingegen wirken wieder komisch, und es soll ja keine Komödie werden.

Das Bühnenbild denke ich mir sehr einfach: links ein großes Fenster, rechts ein großes Fenster, in der Mitte zwischen den Fenstern ein ins Überdimensionale vergrößertes Koppelschloß mit der Aufschrift: GOTT MIT UNS. In der Mitte des Koppelschlosses eine Geheimtür, durch die Papen zu den beiden Hindenburgs tritt, die vor sich hin murmeln: die Roten, die Roten, die Roten – als Echo kommt dann zurück; die Toten, die Toten, die Toten.

Ich werde Dir über den Fortgang der Arbeit weiter berichten.

Dein *Lohengrin*

10

Lieber Freund,

nachdem Du mir dankenswerterweise Dein Exemplar geschickt hast, habe ich das Stück von Hochhuth nun gelesen (sehen konnte ich es noch nicht, denn ein Wochenendflug nach Berlin ist im Kulturetat eines Schulmeisters nicht vorgesehen) und stelle nach der Lektüre kopfschüttelnd fest, welch harmlose zeitgenössische Erstlinge hierzulande zu einem Skandal ausreichen.

Daß jemand annehmen konnte, der Verfasser sei katholisch, ist mir vollkommen unverständlich. So viel Erwartung vom und Enttäuschung über den Vatikan beweist doch das lutherisch bebende Herz, und gewiß ist auch diese Art des Realismus eine protestantische Angelegenheit.

Daß die kirchlichen Gegenerklärungen, ein Protest des Papstes hätte ja doch nichts genutzt, Hochhuths These fast recht geben, scheint bisher weder den kirchlichen Stellen noch Hochhuth aufgefallen zu sein. Die Hochhuthsche These, der Papst hätte durch einen Protest retten können, was die Deutschen erst gar nicht zu retten versuchten, hat ja den Nachteil, daß sie nicht praktiziert wurde, und das verschafft dem Stück den Vorteil, daß man einen Teil der Schuld am Versäumten nach Rom verschieben kann; während die Gegenthese, ein Protest des Papstes hätte eher geschadet, den fürchterlichen Nachteil hat, daß sie praktiziert worden ist – und wir kennen die Folgen.

Gewiß ist für die Glaubwürdigkeit der Hochhuthschen These schädlich, daß er ein wichtiges Detail falsch darstellt: ich glaube nicht, daß ein Papst so schmutzig Werk tut wie Schecks zu girieren; und selbst, wenn er's täte, fänd ich's gar nicht so schmutzig, denn daß der Vatikan mit Geld zu tun hat und daß nicht alles bar in die Hände eines Sekretärs gezahlt wird, halte ich nicht für eine Schande. Stell Dir nur vor, da käme einer mit einem Schrankkoffer voll Dollarnoten angeflogen und brächte der treuen amerikanischen Katholiken Obolus in barer Münze, und da müßte also ein Autor, der darstellen will, daß man *intra muros* nicht Hungers stirbt, einen hohen Kleriker auf die Bühne stellen, der einen Berg von Dollarscheinen nachzählt. Das wäre doch noch ordinärer.

Ich versuche auch, mir vorzustellen, es käme ein Autor auf die Idee, die Geschichte der *Banco di Santo Spirito* bühnenwirksam zu machen oder gar ein so heißes Eisen (im allgemeinen nennt man hierzulande ausgekühltes Blech ja noch heißes Eisen) anzufassen wie gewisse Grundstücksspekulationen im frommen Rom unserer Tage.

Oder es legte jemand so zynische kleine Anekdoten und boshafte Witzchen, wie ich sie anläßlich einer Pilgerfahrt nach Rom von einem dort dem Pressehandwerk obliegenden Bekannten zugeflüstert bekam, einem Bühnenkardinal in den Mund!

Das einzige, was ich Hochhuth vorwerfen würde: daß er, obwohl nicht Dante, einen Stoff gewählt hat, der nur diesem angemessen wäre.

Am besten gelungen scheint mir der große Kegelabend, wo in einer Art Parodie auf Auerbachs Keller deutscher Mief, deutsche Gemütlichkeit und deutsche Dämonie sich als kongruent erweisen; wo man einer hübschen blonden Kellnerin eine Versetzung

nach Auschwitz versprechen kann, auf daß sie dem dort diensttuenden Verlobten so nahe sei wie dem sexualdämonischen »Doktor«, der so recht ein deutscher Bilderbuchdämon ist.
Bei dieser Gelegenheit zu erfahren, daß das Ritterkreuz gewöhnlich am Damenstrumpfband getragen wurde, ist so interessant wie der schwäbelnde Schädelsammler Hirth und der katholische rheinische Industrielle (obwohl der protestantische rheinische Industrielle typischer fürs Rheinland ist, zwischen der Reformation und der Entwicklung der rheinischen Großindustrie besteht ein nachweisbarer Zusammenhang).
Nun, ich hoffe, daß man auch auf rheinischen Bühnen das Stück wird sehen können. Es ist – so scheint mir – weder ganz gelungen noch ganz mißlungen. Ein Papst, der sowohl konfliktlos wie unbewegt agiert, erscheint notwendigerweise wie eine Schneiderpuppe, der man ein paar Spruchbänder in den Mund hängt.
So bin ich in der merkwürdigen Lage, sowohl denen Unrecht zu geben, die das Stück loben, weil mir ihre Motive undurchsichtig bleiben, wie auch denen Unrecht zu geben, die es aus den falschen Motiven tadeln. Und wenn da einer gar sagt, es sei nicht fair, einen Papst zu kritisieren, der so deutschfreundlich gewesen sei, so ist das der nackteste Unsinn, wenn der Autor seinem Papst gerade diese Deutschfreundlichkeit als eines der Motive für sein Zögern zuschreibt. Auf seine Weise deutschfreundlich war ja sogar Hitler!
Mein Gott, es ist für einen Erstling ein respektables Stück, und wär's ein hinterlassener O'Neill, dann wär's noch besser.
Wenn Du Dir vorstellst, daß es im dreizehnten Jahrhundert einen Jacopone da Todi gab, Franziskaner, der Spottgedichte auf den Papst schrieb; daß einer der Urväter europäischer Pornographie, Pietro Aretino, im Dienste eines Papstes stand und Vertrauter eines Kardinals war – dann erkennst Du, wie harmlos die Auseinandersetzungen unserer Jahrzehnte sind.
Meine gute Großmutter pflegte zu sagen: »Nichts ist fader als eine Suppe, die einer mit Absicht versalzen hat.«
Was ich über die Intellektuellen denke, erfährst Du früh genug von

Deinem *Lohengrin*

II

Lieber Freund,

wieder einer Deiner Irrtümer übers Rheinland, wenn Du meinst feststellen zu können, die katholische Publizistik, die von hier aus in die weiten deutschen Lande dringt, sei eintönig.
Nimm allein Köln, von wo aus in so verschiedenen Tonlagen die aus ein und derselben Brust gesogene Wahrheit hinausposaunt wird. Da gibt es *twen* (beachte das kleine t, bitte); es gibt den *Feuerreiter*, die *Kölnische Rundschau*, den *Rheinischen Merkur* und als auflagenstärkstes Organ die *Kirchenzeitung für das Erzbistum Köln.*
Wenn Du Dir vorstellst, es schriebe jemand ein Konzert für Jazztrompete, Harmonium, Blockflöte, Posaune und Mundharmonika, so könnte das ganz interessant sein; wenn nicht alle Instrumente verstimmt wären; und wie immer Du ein solches Konzert nennen magst – eintönig ist es nicht.
Nein, nein, es ist ein vieltönig Brausen, das da über Land geht; und wo jeder auf seine Weise angesprochen wird, kommt auch bei jedem was an: mag's auch ein wohlverpacktes, elegant verschnürtes, möglicherweise gar noch versiegeltes Stückchen Dreck (ich verkneif' mir aus Gründen des Anstands, was mir auf den Lippen schwebte) sein – ankommen tut's, und ich hörte neulich während einer Lehrerversammlung den beachtlichen Slogan: »Es kommt drauf an, Kollegen, daß wir ankommen.«
Gewiß, ich bin wie Du betrübt darüber, daß Oberländer nun wieder ins (ich hätte fast geschrieben Oberhaus!) Parlament kommt, aber es tröstet mich doch ein wenig, in der gleichen Nummer der Zeitung zu lesen, daß die Royal Dutch ausgesprochen optimistisch ist.
Tröstlich ist auch, zu wissen, daß die Aktiengewinne immer noch um einige Prozente höher liegen als die Geldentwertung. Leider gibt es hier in der Umgebung von Bonn kein Milchmädchen mehr, das ich um Rat fragen könnte, wie eine solche Rechnung wohl auf die Dauer ausgehe.
Und selbst wenn es Milchmädchen gäbe: ich muß mich ja im Umgang mit weiblichen Wesen ein wenig zurückhalten. Die Schatten der Affäre Edeltrud liegen noch auf meinem Privatleben, und da auch Du verheiratet bist, weißt Du ja, wie eine miß-

trauische und mürrische Frau (die außerdem zum Canastaspielen jetzt fünfzehn Kilometer weiter fahren muß als bisher) einem die süßen Stunden des Feierabends vermiesen kann.
Natürlich: ein Auto würde ein wenig Frieden stiften. Aber ich kann mir weder das Zeitung- noch das Bücherlesen abgewöhnen.
Angesichts solcher häuslicher Stimmung wird's niemanden verwundern, daß ich hin und wieder Trost suche bei einer Macht, die gemeinhin als verderblich gilt: beim Alkohol. Das wiederum schmälert die Kasse noch mehr, anstatt sie zu füllen, und auch uns drückt, wie alle anderen, jene Gottheit, die unerbittlich ihre Opfer verlangt: »Anschaffungen«.
Kurz gesagt: es herrscht eine gewisse Gereiztheit bei uns, und es kommt zu merkwürdigen Auftritten, bei denen ich meinem ältesten Sohn *twen,* meiner Frau die Kirchenzeitung aus der Hand reiße, wütend das Haus verlasse und mir aus Verzweiflung entweder die *Kölnische Rundschau* kaufe oder den *Rheinischen Merkur.*
Dann stehe ich vor der Wahl, ob ich das mir verbliebene Taschengeld für eine Fahrt nach Köln verwenden soll, um bei meinem geistlichen Freund Trost zu suchen, oder ob ich dem Bacchus opfern soll. Meistens wähle ich das letztere, schon deshalb, weil mein geistlicher Freund in letzter Zeit so deprimiert ist, daß nicht einmal Konzilshoffnungen ihn beflügeln können. Sein Leiden muß zu tief sitzen, als daß es durch die Aussicht auf kirchengeschichtliche Veränderungen behoben werden könnte.
Es ist übrigens ein Irrtum, wenn Du glaubst, ich könnte doch mit dem Fahrrad nach Köln und zurück fahren: sooo nahe an Bonn liegt Köln nun wieder nicht.
Vielleicht hat manche Mißstimmung in meiner Ehe auch ihre Ursache darin, daß meine Frau Studienrätin ist, ich aber bin – kriegsbedingt – nur Volksschullehrer. Man soll eben nie unter Stand heiraten. Verzeih mir, daß soviel Privates in meinen Brief einströmt.
Oberländers Rückkehr hat mich einfach nicht so überrascht, wie Du anzunehmen scheinst, und auf den Geschmack verlasse ich mich nicht. Viel mehr betrübt mich, daß die Milchmädchen aussterben und auch mir – wenn ich den Anschaffungstrend in meiner Familie recht deute – wohl das Fernsehen nicht erspart bleiben wird. Immer wieder hör' ich: »Aber es gibt so viele wirklich

gute Sendungen« – und so sicher, wie ich weiß, daß die SPD die CDU an Wehrfreudigkeit eines Tages überflügeln wird, so sicher weiß ich, daß mit solchen Bemerkungen »Panorama« nicht gemeint ist.

Für die nächste Wahl schlage ich als Plakat vor: »Wer SPD wählt, wählt CDU, wer CDU wählt, wählt *nicht* SPD.« Immerhin noch ein feiner Unterschied.

Mach Dir keine Sorgen, ich trinke zwar, betrinke mich aber selten. – Stets der Deine,

Lohengrin

12

Lieber Freund,

ich glaube, Du irrst, wenn Du annimmst, es müßten jetzt auch in Köln die Stühle der Funk- und Fernsehredakteure wackeln, weil doch das Zentralherz der CDU so nahe am Sender unermüdlich pocht und das Zentralohr unermüdlich horcht und weil des großen Bruders Auge mißtrauisch nach Splittern in des kleinen Bruders Auge sucht.

Wie kann man sich – so denkst Du – mit Dufhues und Lenz denn arrangieren, während in Hamburg den Brüdern so groß Leid wie Unrecht geschieht?

Man kann. Man kann. Man kann alles.

Du irrst auch, wenn Du feststellst, man verfahre ungnädig mit den Hamburger Brüdern; es muß heißen: gnadenlos.

Du darfst auch nicht allzusehr erstaunt sein, wenn irgendwann und irgendwo plötzlich erhebliche Flecken an der Beschuldigten Weste entdeckt werden – politische, moralische, religiöse, finanzielle: was sich gerade am günstigsten macht.

Die deutsche Geschichte der vergangenen fünfzig Jahre ist ja in so kurzen Abschnitten verlaufen, und die anschließenden jeweiligen Reinigungen sind so chemisch gewesen, daß immer etwas sitzen- oder hängengeblieben sein kann.

Du etwa könntest (verzeih, daß ich einfach »annehme«), weil Du oder obwohl Du oder weil Du nicht oder obwohl Du nicht Fähnleinführer gewesen bist, jede Stelle bekommen oder jede Stelle nicht bekommen.

Nehmen wir an, Du hättest irgendwann einmal in irgendeiner

»roten« Jugendgruppe die Schalmei geblasen; oder nehmen wir an, Du hättest einmal in jugendlichem Liebeswahn das Herz und den Leib eines Mädchens im Sturm genommen, sie wäre Mutter geworden, und Ihr hättet dann entdeckt, daß Ihr zur Ehe miteinander nicht taugt. Dann wärst Du also Vater eines unehelichen Kindes. Vielleicht ist Dir auch – wie es mir einige Male in meinem abwechslungsreichen Leben geschehen ist – ein Wechsel geplatzt, oder Du hast einen ungedeckten Scheck ausgestellt, in der törichten Annahme, er würde bis zur Vorlage gedeckt sein: weil oder weil nicht, obwohl oder obwohl nicht – eines Deutschen öffentliche Ehre hängt an Bindewörtern und Präpositionen, schwachen Gliedern der Syntax.

Sei also nicht erstaunt und nicht empört, wenn plötzlich kein Bindewort mehr hält, was es versprach.

Wenn Du Dir vorstellst, mit welch einer sowohl stillen wie öffentlichen Herzlichkeit Herr Beitz in Moskau empfangen worden ist, dann kannst Du getrost annehmen: die Herzlichkeit war echt, und in Moskau mit echter Herzlichkeit empfangen worden zu sein, das schadet Herrn Beitz nicht und wird auch Herrn Erhard nicht schaden. Aber vielleicht kann diese echte Herzlichkeit in fünf, in zehn, in zwanzig Jahren einmal als Flecken auf der chemisch gereinigten Weste entdeckt werden.

Natürlich bin ich jetzt öfter als gewöhnlich nach Köln gefahren, hab' meinen (weltlichen) Freund im Funk besucht, um im Vorzimmer nachzuhören, ob die Stühle wackeln.

Kein Geräusch deutete darauf hin. Im Gegenteil, es wurde mir versichert, Dufhues sei »gar nicht so übel«, und das ominöse Wort »Reichsschrifttumskammer« sei »ja gar nicht so gemeint gewesen«.

Merkwürdig, ist ein Wort nun ein Wort oder nicht? Wenn ich zu meinem Bruder sage: Schuft – muß ich mich dem Priester zeigen. Wenn Du Breslau zeigst, wie es ist, nicht wie es war und wie es nach den Vorstellungen gewisser Leute sein sollte, mußt Du der CDU Rede und Antwort stehen. Wenn Du aber gar Kamera und Scheinwerfer auf Bonn richtest, und das scharfe Auge des Objektivs, unterstützt durch Vieltausend-Watt-Birne, entdeckt Verwerfliches, dann wirf eine Lederkappe übers optische Auge, verhülle die grelle Birne und laß im Dunkel weiterhin Dunkles geschehen.

Nein, auf Köln wird das keinerlei Rückwirkungen haben, was da in Hamburg geschieht. Im Kölner Funkhaus herrscht eine so gesalbte wie gewissenhafte Stille. Nichts ölt das Gewissen besser als das Gefühl, unersetzlich zu sein, und der wichtige Auftrag, »Schlimmeres zu verhüten«.

Beruhige Dich also: es wird nichts geschehen.

Mein Privatleben verdüstert sich zusehends. Darüber mehr im nächsten Brief.

Heruntergekommen, doch noch nicht verkommen,

Dein *Lohengrin*

P. S. In Köln können einem schon merkwürdige Dinge widerfahren. Als ich neulich nach einem Besuch bei meinem geistlichen Freund (dem es aus Gründen, die ich Dir noch mitteilen werde, besser geht) dem Rheinuferbahnhof zustrebte, sprach mich in Domnähe ein gepflegter Herr an. Er hielt mir seine geballte Faust unter die Augen, öffnete die Faust plötzlich und fragte mich mit milder Stimme: »Bitte, sagen Sie mir, was wiegt der Stein in meiner Hand?«

»Aber mein lieber Herr«, sagte ich erstaunt, »das ist doch kein Stein, das ist eine Taubenfeder.« Und eilte flugs von dannen, denn der letzte Schnellzug nach Bonn fuhr in wenigen Minuten ab. So kann ich Dir leider nicht berichten, was hinter dieser merkwürdigen Begebenheit steckt.

13

Lieber Freund,

vielleicht hast Du recht, wenn Du mir Verharmlosung vorwirfst, weil ich die *Kölnische Rundschau* mit einer verstimmten Blockflöte und *twen* mit einer verstimmten Jazztrompete verglich. Doch Dein Vorschlag, statt dessen »verrostete Trillerpfeife« und »Hurendudelsack« als Vergleichsinstrumente zu wählen, erscheint mir dann doch als zu hart. Du kennst ja meinen alten Spruch: »Man muß die Dinge sehen, wie sie sind.«

Du irrst natürlich, wenn Du annimmst, die Depressionen meines geistigen Freundes hätten ihre Ursache im Zölibat. Ihr Puritaner habt offenbar »nichts als Weiber im Kopf«, wie einer meiner zahlreichen geistlichen Onkel (beider Konfessionen – das ist das

Interessante –, und das verdanke ich meiner mischehelichen Abkunft!) zu sagen pflegte.

Ich fürchte, wenn Du Deinen Plan wahrmachst und eine Studie über den Zusammenhang zwischen Prominenz und Prostitution schreibst, daß Du ungerecht sein wirst. Ich meine natürlich gegen die Prostituierten. Aus demselben Grund ungerecht gegen sie, aus dem Du die Leiden meines Freundes auf dessen Enthaltsamkeit zurückführen möchtest.

Wenn Du überhaupt zu einem Ergebnis kommen willst, darfst Du freilich nicht vor den Geistlichen aller Konfessionen (nicht beider, wie man zu sagen pflegt, sondern aller – und es gibt auch Geistliche eines aufgeklärten, gottlosen Humanismus) haltmachen.

Die Prostitution ist ein, wenn auch verwerflicher, *Beruf* (es gibt viele verwerfliche Berufe!); Prominenz dagegen ist ein Status, der zu keiner Gegenleistung als zu der des gelegentlichen Lächelns verpflichtet.

Gewiß gibt es auch Berufsprominente. Bedenke jedenfalls, daß etwa das Fernsehen wacker zur Prostitution der Prominenz beiträgt (daß man nicht zusehen darf, wie sie sich rasieren und die Fußnägel schneiden, hat keine moralischen, sondern ästhetische Ursachen), daß es aber niemals eine echte Prostituierte ins Bild bringen würde, dürfte, könnte und wollte – dann weißt Du ungefähr, wo Scham und Diskretion noch eine wahre Heimat haben. Ich beneide Dich jedenfalls um Deinen Einfall und bin gespannt auf das Ergebnis.

Ich darf doch damit rechnen, daß Du nicht vergessen wirst, Marilyn Monroe in Deine Studie einzubeziehen? Solange sie scheinbar das eine war, blieb sie ja ein Mensch; als sie das andere geworden war, war sie nur noch ein Name, und von Schall und Rauch kann einer ja nicht leben.

Jedenfalls wirst Du, wenn Du konsequent vorgehst, zu überraschenden Ergebnissen kommen.

Mein Familienleben hat sich ein wenig gefestigt, seitdem ein Fernsehgerät unser Wohnzimmer ziert. Meine Frau will Stunden geben, um es abzuzahlen, und da sie eines der wenigen weiblichen Wesen ist, das des Lateinischen geradezu übermächtig ist, wird ihr die Abzahlung kein Problem sein, denn hier im Rheinland gilt eine höhere Schule ohne Latein immer noch als eine Art Sündeninstitut . . . und so ist der Bedarf an Lateinnachhilfe entsprechend.

Ich gelte als unerwünscht, wenn »geglotzt« wird, weil ich's nicht lassen kann, während der Sendung zu kritisieren.

Es fielen sogar schon Ausdrücke wie »Miesmacher« und »alles in den Dreck ziehen«, Worte, die mir auf eine peinliche Weise vertraut im Ohr klingen, weil sie mich an die Zeit erinnern, als ich – schon im glorreichen Jahr 1940 – Zweifel am Sieg Großdeutschlands äußerte. Auch damals zog ich alles in den Dreck und machte mies.

Mein zweitjüngster Sohn, sechzehn, *twen*-Abonnent, nannte mich neulich sogar einen »Intellektuellen«, weil ich während einer Werbesendung für ein Waschmittel sagte, ich spürte Brechreiz.

Ich betrachte das ganze Fernsehen als eine Art fröhlichen Ausverkauf, und beim Ausverkauf gibt es gelegentlich ja das, was man hier im Rheinland ein »Schnäppchen« nennt.

So gehe ich also saufen, mein Lieber, mit sich steigernder Stetigkeit. Mein geistlicher Freund, der aus wohlhabendem Weinbauerngeschlecht stammt, hat mir ein großzügiges Darlehen gewährt. Jetzt bin ich verschuldet, aber sorgenfrei und kümmere mich nicht mehr um die »Anschaffungen«, die nunmehr auf das Konto der rheinischen Neigung zu humanistischer Erziehung gehen.

Ich trinke nicht nur, bin manchmal sogar betrunken, auf der schiefen Ebene also, noch nicht auf der schiefen Bahn, ertappe ich mich dabei, wie ich mir ausrechne, wie hoch meine Pension ausfallen würde, wenn ich meinen erzieherischen Ehrgeiz aufgäbe. Immerhin habe ich schon 1940 mein Examen gemacht (mein Pädagogikprofessor hatte über das SA-Sportabzeichen promoviert).

Zunächst verbringe ich meine freie Zeit mit Trunk, doch ohne Trübsal, errege den Ärger meines Rektors, weil ich auch ausländische Zeitungen lese, was er für »vollkommen überflüssig« hält.

Doch immerhin verdanke ich der Lektüre der ausländischen Zeitungen das Wissen um die Tatsache, daß auch im frommen Irland gestreikt wird: fünf Wochen hintereinander weigerten sich die Busfahrer und Schaffner, das Steuer in die Hand zu nehmen, Fahrscheine aus der Hand zu geben. Niemand hat sie der »nationalen Schuld« bezichtigt, und das in einem Land, wo fast das gesamte öffentliche Leben von den Bussen abhängt.

Du siehst: nicht nur die Deutschen haben Probleme.
Auf Dein Wohl!

Lohengrin

14

Lieber Freund,

der gründlichen Lektüre ausländischer Zeitüngen verdanke ich zweierlei.
Erstens eine hübsche Bereicherung meines deutschen Wortschatzes (wie selten widerfährt einem solche Wohltat in deutschen Zeitungen!). Ein ausländischer Kolumnist prägte aus Nietzsches Herrenvolk und dem Firmennamen Liebherr den Ausdruck: Liebherrenvolk. Drückt dieses Wort nicht die ganze süße Bedrohlichkeit unseres Volkscharakters aus? Klingt es nicht fast so blumig wie Liebfrauenmilch und gleichzeitig so herb, wie ein Männerwort klingen soll? Mir scheint, wir sollten dieses Wort unseren Lexika einverleiben, es unseren Kindern zur Meditation anempfehlen, auf daß aus deutschem Wort ihnen die Erkenntnis deutschen Wesens entsprieße. Meine Zunge jedenfalls wird nicht müde, das Wort immer wieder zu formen, und mein Hirn nimmt es jedesmal wie eine frische Liebkosung auf. Hoffentlich wird sich nicht die Weinindustrie seiner bemächtigen und den Slogan prägen: Das Liebfrauenvolk trinkt Liebfrauenmilch. Froh bin ich auch, nun meinem Rektor beweisen zu können, daß Wortschöpferisches einem auch aus ausländischen Zeitungen zufallen kann.
Zweitens verdanke ich der Lektüre ausländischer Zeitungen die Erkenntnis, wie schwer es doch ist, einem frommen Volk als Minister zu dienen. Einem englischen Minister wirft man jetzt vor, nicht so standhaft gewesen zu sein wie der heilige Antonius in der Wüste. Und doch wurde dieser nur von Erscheinungen in Versuchung geführt, jener aber von eines so nackten wie nassen Mädchens leiblicher Gegenwart. Wer rechnet schon damit, daß einem beim Abendspaziergang im Park eines Freundes plötzlich ein junges und hübsches Mädchen unbekleidet und naß wie eine Nixe in die Arme läuft? Er widerstand nicht, beging dann den noch fürchterlicheren Fehler, auf die ersten Verdächtigungen hin nicht sofort öffentlich zu beichten, Buße zu tun und Reue zu zei-

gen. Tatsächlich zeigte er sich verstockt, mußte dann die Sünde und deren Verschweigen gestehen.
So stolperte ein Tory. Um nun den erbosten Mitbürgern Gelegenheit zu geben, ihre Empörung so recht zu verankern, gibt dieselbe Presse, die dem Minister seine Sünden vorwarf und letztlich nachwies, der, mit der er sündigte, Gelegenheit, dem verblüfften Volke Details mitzuteilen, die schmackhaft zu nennen ich mich weigere, denn wie kann einem Reinen Sündhaftes schmecken?
Nun erfährt also der kopfschüttelnde Fromme, welche neckischen Spiele hin und wieder in den Parks der Begüterten stattfinden, erfährt auch, wie der Geliebte der Sünderin sein Ehegemach zeigte, jene aber dort der Begierde düstere Glut so heftig zu spüren bekommt wie der Eifersucht Geißel, und wie sie dann »nachher« die Eifersucht des Geliebten auflädt, indem sie mit dem Nächstbesten flirtet.
Nun weiß der empörte Zeitgenosse wenigstens, warum er empört ist. Jedermann kann auch die Frau des Gestrauchelten abgebildet sehen, und gewiß wird man bald seinen achtjährigen Sohn als Opfer väterlicher Tugendlosigkeit zeigen.
Du siehst, wie streng es in einem frommen Lande zugeht, wenn ein Minister sich als weniger tugendhaft erweist als der heilige Antonius in der Wüste.
Hätte er doch wenigstens öffentlich gebeichtet und Buß und Reu erweckt! Aber vielleicht erschien ihm ein Beichtvater mit zirka hundert Millionen Ohren doch als zu monströs.
Ich schicke dir gern genaue Unterlagen über den Fall, damit du ihn in deine Studie über Prominenz und Prostitution einbeziehen kannst.
Meine persönlichen Angelegenheiten beginnen sich zu klären (bevor Du erleichtert aufatmest, lies noch einmal nach: ich schreibe klären, nicht bessern). Meine Ehe scheint, wenn auch nicht in die Brüche, so doch vorläufig vor die Hunde zu gehen. Vielleicht läßt sie sich wieder auf blumiges Gelände zurückholen oder wenigstens – verzeih die behelfsmäßige Bildhaftigkeit! – in einem Blumentopf retten.
Meine Frau brachte vom letzten Canastaspiel die Frage mit, warum ich mich denn neuerdings mit Osthandel beschäftige. Verblüfft verleugnete ich zunächst jegliche Ansatzmöglichkeit für einen solchen Verdacht, bis mir meine bescheidenen Bemü-

hungen einfielen, via Schweinehaut mein bescheidenes Scherflein zur deutschen Einheit beizutragen. Tatsächlich hatte ich meinen beiden Schulkameraden angeboten, als Agent zu dienen (ohne die geringsten Gewinnabsichten natürlich, aber wer glaubt Dir das schon in dieser gewinnsüchtigen Zeit!).
Es gab also zwischen meiner Frau und mir das, was man in Romanen eine Szene, im vertrauten Gespräch mit Freunden einen handfesten Krach nennt. Ich rief inbrünstig Götz von Berlichingens Herzenswunsch auf meine Frau und meine sie kräftig unterstützenden Söhne herab und verließ die Wohnung mit dem Spruch: »Der Spitzel im Haus erspart dem Hohen Rat die Silberlinge.«
Seitdem – seit etwa vier Tagen – bin ich nicht mehr zu Hause gewesen. Ich gebe mich nicht etwa verbittert, sondern bin es. Ich wohne bei netten Nonnen, die – ich lese natürlich hin und wieder auch deutsche Zeitungen – einen »Halbtags-Imker« suchten gegen »Zimmer und Frühstück«, und ich frage Dich, ist ein Schulmeister nicht geradezu ein idealer Halbtags-Imker?
Die Nonnen sind nett, wenn auch manche ein bißchen albern. Immer, wenn ich ins Badezimmer gehe – das Gästebadezimmer –, hör' ich irgendwo Gekicher. Ich bekomme morgens meinen Kaffee mit einer wunderbaren altmodischen Kaffeemütze im »Bischofszimmer« serviert.
Ich fühle mich jedoch gar nicht so wohl, wie das alles klingen mag. Ich habe mich schließlich nicht zum Zölibat verpflichtet, und ich muß mich leider mit dem Trinken etwas zurückhalten, denn die Oberin sagte mir, als ich mich vorstellte, mein Vorgänger sei ein »ständig besoffener Kerl« gewesen.
Da mir Wein und Weib fehlen, entdecke ich eine alte, schlummernde Begabung: ich singe wieder, nehme sogar manchmal am Chorgebet der Nonnen teil. Schwester Cecilia, die das Harmonium spielt, ist entzückt über meinen Bariton.
Ich wäre Dir dankbar, wenn Du meiner Frau einen Brief schreiben würdest.

Dein *Lohengrin*

P. S. Ich vergaß ganz, Dir mitzuteilen, daß die Taubenfeder, über die ich Dir im vorletzten Brief schrieb, auch noch gefärbt war – und das in so unmittelbarer Nähe des Kölner Domes! Wahrscheinlich ein Lausbubenstreich.

Dein *L.*

15

Lieber Freund,

wahrscheinlich wird die gute Schwester Oberin auch dem nächsten Halbtags-Imker erzählen müssen, sein Vorgänger sei ein »ständig besoffener Kerl« gewesen. Ich bereue aufrichtig und fühle mich gemein, weil ich die guten Schwestern, die mich jetzt als Heuchler in Erinnerung behalten werden, so tief enttäuschte. Ich werde die nächste Gelegenheit wahrnehmen und der Oberin einen Brief schreiben, in dem ich ihr erkläre, wie viel mir zugemutet worden war, bevor ich wieder dem Trunk verfiel.
Ein Oberschulrat kam unangemeldet – was schon eine Dreivierte‌lsbeleidigung ist – in meinen Unterricht, um zu inspizieren. Eine Stunde lang hörte er mir stumm, hin und wieder merklich den Kopf schüttelnd, zu, wie ich den Kindern an den Worten Alabaster und Abraham a Santa Clara das Schreiben des Buchstabens A schmackhaft zu machen versuchte. Natürlich klärte ich die Kinder darüber auf, was Alabaster und wer Abraham a Santa Clara sei.
Als die Stunde um war, die Kinder lärmend auf den Hof entflohen, kam der Oberschulrat mit nicht mehr nur merklichem, sondern heftigem Kopfschütteln auf mich zu und fragte mich, warum ich nicht die herkömmlichen Wörter Anna, Adam, Anker genommen hätte. Als ich sagte, ich fände die beiden Wörter so schön, sah er mich an, als hätte ich behauptet, die Beine der Jungfrau von Orleans seien schön gewesen (was sie wahrscheinlich sogar waren! Notfalls hätte ich sogar mit schönen Nonnenbeinen aufwarten können, wie ich sie vom Fenster meines Stübchens aus sah, wenn Schwester Maria Margarete das Habit hochhob, um den lieblich murmelnden Bach zu durchqueren, der durch den Klostergarten lief! – aber man soll ja die Perlen nicht vor die Säue werfen).
Nun, ich hatte eine ziemlich heftige Kontroverse mit ihm über den Begriff der Schönheit im Zusammenhang mit gewissen »nüchternen pädagogischen Zielen«, wie er es nannte. Dann fragte er mich mit einem Lächeln, das mir Zahnschmerzen verursachte, ob ich sicher sei, seinerzeit meinen Fragebogen korrekt ausgefüllt zu haben; und als ich meinte, die Zeit der Fragebogen sei doch vorbei, meinte er, es gehe nicht um die politische Seite

der Sache, aber Urkundenfälschung – und der Fragebogen sei ein Dokument – bleibe Urkundenfälschung.
Ich blickte ihn (nicht hilfesuchend, das wäre zwecklos gewesen, sondern) fast gebrochen an, schwieg aber, weil ich nicht das geringste ahnte.
Er fragte dann leise, ob ich das Wort »Arbeitsfront« nicht doch etwas arg euphemistisch fände an Stelle von – wie es korrekterweise hätte heißen müssen – »Reichsschrifttumskammer«.
Ich wurde blaß. Erst in diesem Augenblick fiel mir ein, woran ich seit ziemlich genau neunundzwanzig Jahren nicht mehr gedacht hatte: daß ich einmal, in jugendlichem Eifer, durch Worte Wahrheit zu bezeugen, eine journalistische Volontärszeit begonnen hatte, automatisch der Arbeitsfront einverleibt wurde, daß aber alle, die Gedrucktes erstellten oder veräußerten, irgendwie der »Reichsschrifttumskammer angegliedert« waren, oder wie der Terminus geheißen haben mag.
»Aha«, sagte der Schulrat lächelnd, »Sie werden also zugeben, daß Sie jemanden, der behauptet, Sie seien einmal Mitglied der Reichsschrifttumskammer gewesen, nicht der Verleumdung bezichtigen können?«
»Nein«, sagte ich matt, »es waren genau viereinhalb Wochen.«
»Ehrlichkeit zahlt sich halt doch aus«, sagte er milde, »ich habe seinerzeit offen gestanden, daß ich fünf Jahre lang Kreisleiter war. Lügen haben kurze Beine.«
Er drohte mir neckisch mit dem Finger, woraufhin ich – Du kennst ja meine rasche Art – wieder einmal Götz von Berlichingen in verkürzter Form zitierte, vielmehr ich konzentrierte meine Wut ganz auf den von Götz zitierten Körperteil, dem ich ein gebräuchliches Wort anhängte.
Fatalerweise strömten gerade die Kinder wieder in die Klasse, und Du weißt ja, wie ich brüllen kann, wenn mich jemand wirklich reizt.
Meine jetzige Situation noch fatal zu nennen, wäre tatsächlich euphemistisch. Osthandel, Mitglied der Reichsschrifttumskammer, Trinker, Eheschwierigkeiten. Und wenn es ihnen gelingt, auch nur eine Gerichtsverhandlung zustande zu bringen, bei der Edeltrud gar nichts auszusagen, nur zu erscheinen brauchte, bin ich geliefert: dicklich, glatzköpfig, über meine Brille hinwegblinzelnd, untersetzt, sehe ich genau aus, wie man

sich einen Lüstling vorzustellen hat. Konfrontiert mit dem unschuldig aussehenden, hübschen jungen Mädchen, wirke ich wie ein unglaubwürdiger alternder Trottel, dem man jegliche Gemeinheit zumutet.

Ich nehme an, daß es nicht nur um meine Stelle, sondern schon um meine Pension geht. Verstehst Du jetzt, daß mir eine Flasche Kirschwasser nicht genügte, daß ich deren zwei mir zum Trost kaufen mußte? Aber Du wirst auch verstehen, daß ich mich damit ins nächtliche stille Bischofszimmer schlich und dort auf dem Plüschsofa mich meinem Laster ergab.

Ich verstehe es nicht. Ich muß schon betrunken gewesen sein, als ich dort eindrang.

Bist Du je durch einen schrillen Nonnenschrei aus tiefer Trunkenheit geweckt worden?

Ich bin untröstlich, fühle mich genau so schmutzig, wie man mich haben möchte.

Ich hielt es für richtig, mich zunächst krank zu melden, und schlafe jetzt bei einer entfernten Kusine, die mit fünf Kindern gesegnet ist, auf der Küchenbank. Sie war schon als Mädchen so lieb, wie sie jetzt als Frau ist, aber ihr Mann, der, wie er sagt, im »Staatsdienst Verantwortliches zu leisten hat«, betrachtet mich, wie ein englischer Landlord einen irischen Pächter betrachtet haben mag, der um Aufschub der Pachtzahlung bat.

Der einzige, der unverbrüchlich zu mir hält, ist mein geistlicher Freund. Er bot mir schon eine Stelle als Hilfssakristan an, falls »alles schiefgeht«. Aber noch hoffe ich, meine Kraft wiederzufinden.

Bevor ich's vergesse: Schick mir sofort ein wenig Geld, wenn Du etwas erübrigen kannst. Meine Kleider sind vollkommen ruiniert, und ich möchte nächste Woche wieder zum Dienst gehen.

Denke an unseren alten Spruch: Es wird schon werden!

Lohengrin

16

Lieber Freund,

dank Deinem Brief an meine Frau, dem Eingreifen meines geistlichen Freundes und dem Ausbruch der Ferien hat sich meine Situation entspannt. Auf Deinen Vorschlag hin traf ich mich mit meiner Frau, »auf neutralem Boden«, im Bonner Bahnhofsrestaurant. Sie weinte, ich war den Tränen nahe. Sie sprach schluchzend, ich mit gebrochener Stimme. Ich bekannte mich schuldig, sie auch. Als wir merkten, daß unser Tischnachbar, ein Kerl mit merkwürdig glasig-geilem Blick, uns zuhörte, wechselten wir – wie es unter Gebildeten ja Gott sei Dank leicht möglich ist – auf Latein über (wir könnten beim Konzil manchem Bischof noch aushelfen!), und als wir von einer möglichen Trennung von Tisch und Bett sprachen und notwendigerweise das Wort *»separatio«* fiel, machte der Kerl sich Notizen. Wahrscheinlich werden wir jetzt als rheinische Separatisten in die Akten irgendeines Geheimdienstes eingehen.

Das Peinliche an Spitzeln ist: sie sehen immer genau so aus, wie das kleine Fritzchen sie sich vorstellt. Ihnen fehlt die ästhetische Dimension. Als meine Frau dann der *»separatio«* die *»communio«* gegenüberstellte (sie hat auch einige Erfahrung im Kirchenrecht!), griff der Kerl wieder zum Notizbuch. Ich ging daraufhin wieder zu Deutsch über. Latein ist zwar die einzig wirkliche Geheimsprache, aber es hat bei zu vielen Fremdwörtern Pate gestanden, und ein auf humanistischen Gefilden unerfahrener Spitzel entdeckt Politisches, wo höchst Privates abgehandelt wird.

Ich machte meiner Frau auf deutsch also klar, was eigentlich unser Zerwürfnis herbeigeführt habe: Edeltrud und das Fernsehen. Beides nicht einmal Bagatellen, und ich fragte sie mit eindringlicher Stimme: »Soll etwa, was Gott zusammengefügt hat, durchs Fernsehen und durch Verleumdung getrennt werden?« Wir fielen uns in die Arme, weinten nun beide und beschlossen, als wieder geeinte und versöhnte Familie an Italiens Ostküste Erholung zu suchen. Als mir dann einfiel, der Fahrpreis dorthin sei für fünf Personen doch wohl recht teuer, gestand meine Frau mir errötend, daß sie ein Auto angezahlt habe und Inhaberin eines Führerscheins sei. Und als ich sie in kindlichem Erstaunen fragend anblickte, gestand sie, noch tiefer errötend: »Latein, alles Latein.« Ich küßte sie. Zwei Erscheinungsformen des Weiblichen kann ich einfach nicht widerstehen: einer errötenden und einer strickenden Frau, und ich will Dir gern gestehen, daß ich meiner Frau den Heiratsantrag machte, als sie während des Strickens errötete.

Nun sind wir also in Italien, zwischen Ravenna und Cattolica, und ich sage Dir: ich finde die Deutschen gar nicht so übel, die Italiener großartig. Was mich an den Deutschen beunruhigt, ist nur deren geradezu überströmende Jovialität und Achtlosigkeit, mit der sie mit dem Geld umgehen. Wo es was zu kaufen gibt, kaufen sie, und wo ein Automat steht, werfen sie Geld ein, noch bevor sie wissen, ob er ihnen Kölnisch Wasser ins Gesicht spritzen oder einen Pappbecher mit Kaffee in die Hand schieben wird. Immer rin.

Und wenn plötzlich ein Deutscher neben Dir steht, haut er Dir auf die Schulter, als wär er auf dem Regimentstreffen und hätte den Spieß der neunten Kompanie gerade an der Pinkelrinne getroffen. Tatsächlich: die deutsche Jovialität hat etwas Urinatorisches. Die Italiener beobachten das alles mit ihren flinken Augen, in denen sich Beunruhigung mit leiser Verachtung mischt. Natürlich haben sie's gern, wenn die Lira rollt, und doch hab' ich manchmal den Eindruck, daß sie hin und wieder so einen jovialen Schulterklopfer (»Nette Bude hast du dir hier hingezaubert, Amigo!« – und klatsch! reißt dir so einer fast das Schulterblatt aus) einmal mit dem Kopf vornüber in eine ihrer zahlreichen und hübschen Eismaschinen stecken würden.

Seitdem ich mir angewöhnt habe, mir ostentativ die Schulter abzuklopfen, wenn jemand mir gewaltsam seine ungeheure Sympathie bekundet hat, bleibe ich verschont und genieße die Sache sehr: Sonne, Wind, Meer und Wein. Meine Kinder sind wieder lieb mit mir. Wir haben uns geeinigt, daß sie kränkende Worte wie »Intellektueller«, »Reaktionär« und »unmodern« meiden, und ich habe ihnen erlaubt, mich »schrullig« oder »verschroben« zu nennen, wenn meine Kritik an gewissen Phänomenen sie zur Gegenäußerung reizt. Das Essen ist vorzüglich, der Wein nicht schlecht, meine Frau sitzt strickend neben mir, und wenn es mich nach herber Zeitungskost verlangt: schon nachmittags ist die *Bild-Zeitung* vom Tage hier zu haben. So bin ich auf dem laufenden. Den Rückweg wollen wir über Rom nehmen, eine Stadt, der ich mich mit Zögern nähere: es wird schwer für mich sein, an Johannes' Grab zu stehen. Ob bei einem Mann, der mehr als einmal innerhalb eines Monats weint, nachdem er jahrelang keine Tränen mehr vergossen hat, die Balance wiederherzustellen ist? Ich weiß nicht, ob Du meine Gefühle würdigen kannst, obwohl ich manchmal den Eindruck hatte, daß die Protestanten den Tod Roncallis mehr betrauert haben als manche Katholiken. Ich trinke auf Dein Wohl!

Dein *Lohengrin*

P. S. Dank für das Geld, das Du mir geschickt hast. Ich habe es zum Teil in Blumen angelegt, die ich eigenhändig der Oberin des kleinen Klösterchens überbrachte, wo ich kurze Zeit weilte. Sie nahm meine Entschuldigung mit jener sowohl strengen wie sanften Würde entgegen, wie man sie nur in Klöstern lernt. Ihr Blick, sogar ihr Händedruck beim Abschied drückten genau jenes Maß Mißtrauen aus, wie ich es wohl verdient habe. Als sie mich durch den kühlen, fliesenbelegten Flur hinausbegleitete, hörte ich im Hintergrund wieder Kichern. Bei meinem Schulrat habe ich mich nicht entschuldigt. Ich schickte ihm aus Ravenna eine Ansichtskarte vom Grabmal des Theoderich, mit dem Text: »Am süßesten sind die Fehltritte, die man nicht bereut.« Gewiß war das undiplomatisch, aber ich habe ja Ferien.

Dein *L.*

17

Lieber Freund,

Deiner besorgten Nachfrage, ob ich hier unten auch rechtzeitig das Hamburger Magazin bekomme, entnehme ich mit einiger Enttäuschung, daß Du anzunehmen scheinst, ich gehörte auch zu denen, die montags, kaum daß sie gefrühstückt haben, mit der runden Mark in der Tasche zum nächsten Kiosk rennen oder dem Briefträger entgegen, der sich vielleicht verzögert hat.
Ich kenne solche, die auf diese Publikation wie auf eine Droge warten und montags früh derselben als einer Dröhnung bedürfen. Gern bekenne ich mich einiger Süchte und Laster schuldig, doch von dieser Sucht fühle ich mich frei. Ich blättere das Ding gewöhnlich am Mittwoch durch, wie ein guter Hausvater, der das legitime Amt des Zensors versieht, gebe es gewöhnlich Weib und Kindern frei und laß mir gelegentlich, wenn wir unseren nachmittäglichen Tee miteinander trinken, aus dem Inhalt berichten.
Frauen und Kinder haben ja, was Männer nicht haben sollten – nur so gelegentlich, wie sie Pralinen essen – eine Affinität zum

Klatsch und lesen solches mit jener unvergeßlichen Unschuld, die uns Männern fehlt.

Wenn ich selbst gelegentlich zu dem Magazin greife, geht es mir, wie es wohl den meisten geht: Wenn sie jemand zwischennehmen, den ich mag, ärgere ich mich; und wenn sie jemand zwischennehmen, den ich nicht mag, spüre ich der Schadenfreude vorübergehendes Sodbrennen und komme mir vor, als hätte ich im Dunkeln heimlich Pralinen gegessen.

Nun runzelst Du da oben, während ich hier an Italiens Ostküste eine Art von *»mezzodolce vita«* führe, beunruhigt die Brauen, fürchtest gar, ich würde bei der nächsten Wahl die CDU wählen. Hab keine Angst, so weit wird es nicht kommen, so tief werde ich dann doch nicht sinken.

Auch höre ich Dich fast schon atemlos das schöne Wort Zeitkritik hauchen. Schön. Hauche nur. Kierkegaard war ein Zeitkritiker, Wilhelm Busch war einer, und ich habe mich nie so recht über die Witwe Bolte und den Lehrer Lempel amüsieren mögen, fand aber auch immer, daß Max und Moritz zu grausam bestraft werden. Ich halte es nicht für Zufall, daß Busch die Lektüre der Spießer geworden und geblieben ist.

Hab keine Angst: das Magazin ist auch hier zu haben, dienstags schon. Als Ferienlektüre wie als Badewannenlektüre ist es schon recht, und spare Dir Deine Herztropfen: ich werde nie CDU wählen, und nicht nur weil ich selbst Schulmeister bin, bin ich auf Lehrer Lempels Seite.

Als das Schlimme an Buschens Max und Moritz ist mir immer die Tatsache erschienen, daß die beiden flinken und frechen, ganz gescheiten Bürschchen reale Untaten begehen und eines so unrealen Todes sterben. In Wirklichkeit leben sie ja weiter, und ich sage Dir, wenn denen einer die Hühner aus der Pfanne stiehlt, die weinen nicht Witwe Boltes biedere Tränen, sie greifen zum Jagdgewehr, legen an und telephonieren danach dann mit ihrem Rechtsanwalt. Das Peinliche ist, daß sowohl Witwe Bolte wie Max und Moritz Wilhelm-Busch-Verehrer sind.

Verzeih die Abschweifung: Ich sitze halt hier in der Sonne, meine Frau (immer noch strickend) neben mir, während ich die Grimmschen Märchen lese, und Deine besorgte Frage, ob ich hier unten auch des Hamburger Magazins nicht beraubt bin, erinnert mich zu sehr an meine älteste Schwester, die mich morgens, bevor ich zur Schule ging, immer fragte, ob ich auch meinen Lebertran genommen habe. Da ich (von meinen übrigen Geschwistern deswegen der Perversität geziehen) Lebertran zufällig mochte, konnte ich diese Frage jedesmal strahlend bejahen, ohne – wie die anderen – lügen zu müssen; und aus der Zeit weiß ich noch, wie merkwürdig das Gefühl ist, sich eines reinen Gewissens zu schämen.

Doch bedarf ich der Hamburger Drucksache nicht so dringend wie ein Nachkriegs-Schulneuling des Lebertrans.

Laß mich also in Frieden meine Grimmschen Märchen lesen, Wein trinken und der monotonen Musik der Stricknadeln lauschen und bohre nicht mit norddeutschem Ernst an mir herum, mich an »Informationspflichten« erinnernd, die keine sind.

Mir geht es gut, und ich bleibe dabei: die Deutschen sind gar nicht so übel. Mein Ältester hat sich in unsere Kellnerin, eine (allerdings erstaunlich hübsche) Italienerin verliebt, die, wenn ich es an den Fleischportionen ermessen darf, seine Gefühle zu erwidern scheint, obwohl er in der mit seinem Zustand naturgemäß verbundenen Appetitlosigkeit fast nichts ißt. Daß er ihr beim Tischdecken und Abräumen hilft, finde ich rührend; daß er es darf, noch rührender. Daß die Mutter des Mädchens, die in der Küche hilft – eine prachtvolle Frau mit herrlichen Augen und voll von jener poetischen Bitterkeit, wie man sie bei Frauen findet, die einen liebenswürdigen Nichtstuer geheiratet haben –, daß sie sich schon nach unseren finanziellen Verhältnissen zu erkundigen beginnt, stimmt mich so heiter, wie mich das Hamburger Magazin nie stimmen kann.

Ich habe mir geschworen, mir zwar auch meine zukünftigen Schwiegertöchter, aber noch genauer die zukünftigen Schwiegermütter meiner Söhne anzusehen. Mir geht es so großartig, daß ich sogar meinem Rektor eine Ansichtskarte geschickt habe. Mit dem Text: »Herzliche Feriengrüße Ihr Hurleburlebutz.« Wahrscheinlich wird er das für eine Kränkung halten, obwohl's gar keine ist und nicht einmal als solche gemeint war. Aber Du weißt ja: man wird dauernd mißverstanden.

Ich flehe Dich an: Laß ab von Deinem Ernst.

Dein *Lohengrin*

P. S. Wie kannst Du nur so abfällig über eine Stadt denken, deren Dialekt sogar von amerikanischen Präsidenten gesprochen wird und in der August Bebel geboren ist.

Dein *L.*

18

Lieber Freund,

neben den Grimmschen Märchen lese ich jetzt *Das Land der unbegrenzten Zumutbarkeiten,* das Du mir dankenswerterweise geschickt hast, und ich stelle zu meinem Erstaunen fest, daß die beiden Bücher sich auf eine merkwürdige Weise ergänzen: sie sind beide, was Du wohl »spezifisch deutsch« nennen würdest – ich nenne es nur deutsch.
»Wonnig«, wie Du es nennst, kann ich es allerdings nicht finden. Ich bin erstaunt, daß ein solches Buch nicht als das empfunden wird, was es wirklich ist: sensationell.
Aber leider sucht man ja bei uns die Sensationen immer am Rand und im Klinischen.
Wenn Du meinst, dieses Buch sei ein Intellektuellen-Buch, so frage ich mich beunruhigt, ob die Intellektuellen intelligent genug sind, es zu erkennen.
Dein hin und wieder angedeuteter Verdacht, ich sei intellektuellenfeindlich, ist eins Deiner törichten Mißverständnisse: wo sich hohe Intelligenz mit Ausdrucksvermögen vereinigt, diese Intelligenz sich ideologisch keine Grenzen steckt und sich nicht durch Eitelkeit wieder auslöscht (Eitelkeit und Dummheit freilich sind für mich synonym), da dient mir Intellektualität zur Freude wie zur Bereicherung; aber solange man sich hier Intellektueller nennen kann, ohne den geringsten Intelligenznachweis erbracht zu haben, bleibt mir das Pathos, mit dem sich einer so nennt, peinlich, lächerlich und schief. Und wenn mir gar einer am Montagnachmittag ein paar Gescheitheiten, die er morgens im Hamburger Magazin gefunden hat, als die Früchte *seiner* Intelligenz serviert, dann werde ich bockig und greif zu den Grimmschen Märchen.
Wenn Du bedenkst, daß schon zur Aufnahme in die Sexta eine Prüfung verlangt wird, sich aber jeder ohne Intelligenznachweis mit Inbrunst Intellektueller nennen kann, dann wird es Dich nicht mehr verwundern, wenn so einer von einer Eiche Äpfel erwartet oder Dir Eicheln als eine Art mißlungener Äpfel deutet oder Dir gar die von anderen bitter erlittene und schmerzlich erfahrene Absurdität als eine Art Nachtisch serviert und Dir sagt, die Eicheln seien das Ergebnis eines langen Zuchtversuches mit Äpfeln.

O nein, mein Lieber, Geschicklichkeit ist keine Intelligenz, und ein Taschenspieler ist nicht immer ein Komödiant, manchmal nur ein simpler Betrüger; Gescheitheit ist sozusagen das Abfallprodukt der Intelligenz, das sich Unintelligente aus dem Papierkörben klauben.
Wenn Du je – wie ich so oft – bei Kirmessen und Jahrmärkten auf die zwei oder drei Spitzbuben hereingefallen bist, die Dich zu »Kümmelblättchen« verführen, und wenn Du immer wieder 'reinfällst, weil Du immer wieder glaubst: Jetzt erwische ich ihn – dann kommst Du schließlich zu der zunächst ärgerlichen, dann nur noch verblüffenden Erkenntnis: Die Burschen spielen einfach falsch, und es gehört zur Natur des Kümmelblättchens, daß falsch gespielt wird.
Als meine Frau neulich mit sechzig Stundenkilometer durch Ravenna fuhr, wurde sie plötzlich von einem Mercedes überholt und sagte so erstaunt wie empört: »Mein Gott, wie kann er mich denn überholen, ich fahre doch sechzig.«
»Woraufhin einer unserer Söhne die verblüffende Antwort gab: »Er fährt eben siebzig!«
Und das, wo jedes Kind weiß, daß man nur fünfzig fahren darf.
Nein, nein, Du irrst: sogar die akrobatischen Formen der Intellektualität entzücken mich, aber ich halte eben bei jedem, der sich als Intellektueller präsentiert, eine Art geheimer Aufnahmeprüfung in die Sexta ab – und da fallen einige durch, wenn sie in blindem Eifer Äpfel und Eicheln addieren, ohne sie als Baumfrüchte gleichnamig zu machen.
Über Rom schreibe ich Dir später. Wir verbrachten einen Tag in Siena. Eine Stadt, die schwer zu glauben ist. Ich weiß bis jetzt noch nicht, ob ich nicht doch geträumt habe; obwohl ich weiß, daß ich den Boden küßte, auf dem die heilige Katharina gekniet hat.
Stell Dir nur vor, der Wollfärber Benincasa hätte so etwas wie Geburtenkontrolle betrieben.
Ich erwarte in Demut Deine ganz strikten und empörten Belehrungen über meinen Rückfall in »magische Formen der Religiosität«.
Unbelehrbar, doch nicht intellektuellenfeindlich, Dein

Lohengrin

P. S. Ich freue mich auf Deinen Besuch im Herbst, aber Deine Vorstellung, »in Köln irgendwo am Rhein zu sitzen und in der Herbstsonne Kaffee zu trinken«, wird sich kaum verwirklichen lassen. Du kannst in Köln nirgendwo am Rhein sitzen und Kaffee trinken, ohne in die Taschen eines gewissen Herrn hineinzutrinken, der offenbar stillschweigend ein Monopol darauf hat, alle wirklich hübschen Stellen am Strom unter seine Kontrolle zu bekommen. Alle diese Lokale sind nicht etwa vornehm, sondern, wie man bei uns sagt, »vürnehm«. Das entspricht etwa dem Stil der Vornehmheit, wie Du ihn aus achtklassigen Filmen kennen solltest, wenn Du Dich je erniedrigst, Dir solche anzusehen. So werden wir wohl auf einer Bank in der Sonne sitzen und an irgendeiner Bude irgend etwas mit dem Strohhalm trinken müssen, denn der Rhein in Köln ist ganz in der Hand dieses Herrn.

Dein *L.*

19

Lieber Freund,

es ist gut, daß Du Deinen Besuch verschoben hast. Ich wäre jetzt weder in der Stimmung, Dir Köln zu zeigen, noch gewappnet, mit Dir Gespräche zu führen. Unsere Rückkehr aus Italien stand unter einem ungünstigen Stern. Erst der Tiefschlag, den jeder empfängt, der aus einem anderen Klima in die Rheinebene zurückkehrt, dann die Überraschung, als wir in unsere Bonner Wohnung zurückkehrten. Meine Frau hatte unser gemeinsames Schlafzimmer »vercoucht«, wie die Kinder es nennen, in eine Art Boudoir verwandelt, obwohl sie weiß, daß ich Couchen nicht mag. Unsere Betten, zwei uralte Nußbaumkisten, in denen schon meine Großeltern die Holzwürmer haben klopfen hören, waren verschwunden, auch mein alter Schreibtisch, in dessen Platte ich schon als Dreizehnjähriger die Initialen der Mädchen einschnitt, in die ich verliebt war.
Innerhalb der knappen vierzehn Tage, die ich außerhalb der Wohnung verbrachte, eine »durchgehende und konsequente Modernisierung«, die ich dem Vater eines lateinschwachen Jungen verdanke, der offenbar Innenarchitekt ist!
Mein Versuch, mich im Wohnzimmer einzurichten, scheiterte,

weil dort der Fernsehapparat steht, und mein bescheidener Vorschlag, »das Ding doch einfach wieder abzuschaffen«, brachte mir Blicke ein, wie sie ansonsten nur Unholden zugeworfen werden, die man auf frischer Tat ertappt hat. Als ich dann sagte: »Gut, dann schafft doch euren Vater ab«, erntete ich nur künstlichen Widerspruch. Meine Frau weinte zwar ein paar Tränen, als ich aber sagte, ich würde alle Rumpelkammern und Trödlerläden Bonns nach meinem Nußbaumbett absuchen, wurde sie schon fast wieder böse.

Kurz gesagt: es war ziemlich deutlich, daß ich zwar als Ferienvater und Feriengatte ganz beliebt gewesen war, als ständiges Mobiliar jedoch als störend und überflüssig empfunden wurde.

Am Abend desselben Tages, während ich in dem jetzt vercouchten Schlafzimmer mißmutig die Zeitung las, wurde mir der Besuch eines »jungen Mannes« gemeldet, der sich als Abgesandter der Regierung erwies und mir in freundlichen und kalten Worten erklärte, man sei bereit, mich vorzeitig zu pensionieren und die Akten »Beleidigungen eines Vorgesetzten in Gegenwart von Schülern« und »Edeltrud Herrling« zu schließen; er wies auch auf eine leichte Kopfverletzung hin, aus der ich eine winzige Rente ziehe, bezeichnete meine Verletzung als »ausbaufähig«, zog ein fix und fertiges Schriftstück aus der Tasche, in dem ich selbst diesen vorgeschlagenen »Ausbau« meiner Verletzung betrieb und um Zubilligung einer gewissen Unzurechnungsfähigkeit bat.

Ich unterschrieb, noch ganz unter dem Einfluß des Klimawechsels und des Kummers, den die Erkenntnis mir verursachte, daß ich zu Hause für überflüssig gehalten werde.

Es steht nun nur noch der Besuch beim Amtsarzt aus, aber der junge Abgesandte bezeichnete diesen als bloße Formsache; es sei »alles vorbereitet«, meinte er.

So trenne ich mich in Frieden von Schule und Familie und gehe nun doch als Hilfssakristan nach Köln; ich werde bei Beerdigungen assistieren, bei Trauergottesdiensten meinen Bariton zur Verfügung stellen, mich ganz meinem Papen-Drama widmen, hin und wieder meine Frau in ihrem vercouchten Zimmer besuchen – und ich hoffe nur, meine Familie wird jedesmal, wenn sie den Fernsehapparat anschaltet, daran erinnert, daß eigentlich dort Vaters Bett stehen müßte.

Mein erster Besuch in Köln stand unter ungünstigen Zeichen.

Meine Bereitschaft, um der schönen Aussicht willen den Umsatz jenes Herrn noch mehr zu steigern, wurde schroff zurückgewiesen, weil ich kein Jackett trug, nur Hemd und Pullover. Nichts ist peinlicher und demütigender, als durch einen Portier auf gesellschaftliche Kleiderschranken aufmerksam gemacht zu werden, von denen ansonsten jedermann behauptet, sie existierten nicht mehr. In solchen Augenblicken müßte man aufs Faustrecht zurückgreifen können, aber in unserer gesellschaftskritischen Erziehung wird ja leider das Boxen nicht gelehrt, und wer hat schon immer eine Handgranate bei sich, um in jeder Kitschbude wenigstens ein Brandmal der Empörung zu hinterlassen?

So blieb's nur peinlich und ärgerlich, und es tröstete mich merkwürdigerweise nicht, als ich mir in Erinnerung rief, über einen russischen Lyriker gelesen zu haben, ihm sei der Zutritt zu einem vornehmen Leningrader Restaurant verweigert worden, weil er keine Krawatte trug.

Da ich Durst hatte, griff ich also doch zum Strohhalm, aus dem ich fragwürdige amerikanische Limonade sog, unter einem trüben Himmel, der mich wieder an Rembrandts Bleistiftzeichnungen erinnerte; aber als ich dann meine Augen, um weiteren Trost zu suchen, auf die raschen Fluten des Rheins senkte, meldete sich sofort meine Leber, der ich wohl doch etwas zuviel italienischen Rotwein zugemutet habe.

Ist diese so ehr- wie merkwürdige Stadt schon der großen und einzigen Gunst der Natur, am Rhein zu liegen, durch Schmutz beraubt, so ist sie durch unzählige fortschrittverbreitende Dreckküchen jetzt endgültig zum Atemnotgebiet geworden.

Immerhin traf ich meinen geistlichen Freund in verhältnismäßig guter Laune an, ganz in Erwartung eines neuen Hirtenbriefes, in dem auf die Gefahren des Spiritualismus in der neueren katholischen Literatur hingewiesen werden soll.

Als ich ihn fragte, was dann das Gegenteil von Spiritualismus sei, antwortete er lächelnd: »die gelassene Hinnahme der Sündigkeit«.

Nun, wenn ich mich auch habe pensionieren und während der Ferien von meinen Kindern in der neuen Kunst der Lässigkeit habe unterweisen lassen – ob ich mich gelassen geben kann, weiß ich nicht.

Die Lässigkeit lag mir ganz gut, jedenfalls erklärten meine Kinder mich zum gelehrigen Schüler.

Mein geistlicher Freund ging in seiner freudigen Erwartung des neuen Hirtenwortes sogar so weit, sich die Hände zu reiben. Er sagte: »Manche Leute gehen wirklich zu weit. Aber man muß sehr weit gehen, um herauszufinden, wie weit man gehen kann. Es ist wie beim Scheibenschießen; wer zunächst übers Ziel hinausschießt, kommt eher ins Ziel als der, der sich zaghaft aus dem Vordergrund der Scheibe nähert.«

Ich machte mit ihm bei einer Flasche Wein die Bedingungen aus: Zimmer mit Frühstück, wöchentlich drei Flaschen Wein, monatlich eine Flasche Trester, und natürlich die Gebühren und Trinkgelder. Er erklärte sich auch bereit, meinen Umzug zu bezahlen und, falls mein Nußbaumbett in Bonn nicht mehr aufzutreiben sei, mir eine »gleichwertige alte Schlafkiste« zu beschaffen, mit gedrechselten Knöpfen auf dem Ober- und Unterteil.

Ich freue mich auf Deinen Besuch, verspreche Dir, um der schönen Aussicht willen, Hemd, Krawatte und Jackett anzuziehen.

Ich weiß nicht, ob mit diesem neuen Lebensabschnitt nun meine Hundejahre beginnen oder aufhören. Als Motto jedenfalls habe ich mir einen Vers von August Kopisch gewählt: »Sind wir nicht Burschen hübsch und fein, was sollen wir länger Schuster sein!«

Auf Wiedersehen also, und erschrick nicht, wenn Du unangemeldet nach Köln kommst und mich in der Ausübung meiner neuen Pflicht im Talar erblickst.

Dein *Lohengrin*

Was heute links sein könnte

Ich weiß nicht, was heute links sein könnte. Die offizielle Linke hat ihren rechten Flügel, die Rechte ihren linken Flügel, ich höre die Flügel rauschen und weiß doch: kein Vogel erhebt sich in die Lüfte. Es gibt so viele Mitten, die Mitte der Rechten, die Mitte der Linken, die Mitte des rechten Flügels der Linken und die Mitte des linken Flügels der Rechten. Es gibt auch eine heimatlose Linke, ohne Flügel.

Die heimatlose Linke würzt die Feuilletons, rauft sich mit einer Art heimatloser Rechter. Das ist für das Publikum besonders unterhaltsam, weil sich literarische Fehden, Gekränktheiten, Eitelkeiten ins Politische hineinmischen lassen. Zornbebend fegt man den letzten Dreck zusammen, es riecht ein wenig nach Denunziation, ein übler Geruch, und immer bleibt etwas hängen. Hauptsache, es gibt etwas, das man »literarisches Leben« nennen kann, ein Leben aus der Retorte. Die Flügel der Parteien rauschen weiter, und kein Vogel erhebt sich in die Lüfte, aus einem dummen Grund: der Vogel sitzt im Käfig, bekommt sein Futter schon lange dorthin gebracht, und ob er mit dem linken oder rechten Flügel rauscht – es ist ja doch nur »Literatur«, der Käfig ist sicher. Ich wüßte ein Rätsel: »Er steht nicht links, er steht nicht rechts, nicht in der Mitte und ist doch kein Exzentriker. Wer ist das?« Antwort: »Ein Deutscher vor einem Wahllokal, der sich nicht entschließen kann, einen lahmen Flügel zu wählen.« Ich wüßte noch ein Rätsel: »Fängt mit K. an und vertritt im Feuilleton die Linke, fängt mit K. an und vertritt im Feuilleton die Rechte. Ist es tatsächlich ein und derselbe?« Antwort: »Nein, sie sind nur beide sentimental.«

Die Politiker haben sich auf ein seltsames Vokabularium geeinigt. Statt Krieg sagen sie »Ernstfall«, aber wenn's dann um Details geht, löst sich der Ernstfall wieder auf: in einen Atomkrieg und den konventionellen Krieg. Das klingt wie Kaffeeklatsch. Bombardierte Städte, Panzer, Maschinengewehre, erschossene Gefangene – konventioneller Krieg. Es wundert mich, daß die SPD, nachdem ihr Vorschlag, jedem Deutschen ein Gewehr in die Garderobe zu hängen, gescheitert ist, nicht nun vorschlägt, jedem Deutschen eine Atomhandgranate ins Handschuhfach seines Autos zu legen. Der Traum vom Schweizer Modell, da

fehlen der Rütlischwur und ungefähr dreihundert Jahre Geschichte. Das machen wir schon, wir sind ja ein flottes, tüchtiges Volk, das holen wir in zehn Jahren auf.
Die heimatlose Linke wärmt ihren verhängnisvollen Traum von den goldenen Zwanzigern auf, und niemand fragt sich, warum die meisten Emigranten es vorziehen, im Tessin, in England, Frankreich, Italien oder den USA zu bleiben. Vierzig Jahre sind seit den Zwanzigern vergangen, es wäre Zeit zur Mündigkeit, zu einem eigenen Stil – Zeit, die Schizophrenie der Zeitungen nicht länger für witzig zu halten. Wenn die Zeitungen noch länger die Chance haben, auf drei Ebenen zu arbeiten, Politik, Wirtschaft, Feuilleton, jeweils die eine Ebene als Alibi für die andere zu benutzen, da werden die gelegentlich ganz hübschen Frechheiten im Feuilleton immer mehr zu einer Art höherem Biertisch. Nicht Adenauer ist an Adenauer schuld – der ist, wie er ist und bleibt, wie er ist –, sondern die anderen sind schuld, redliche, vernünftige Männer, die sich langsam ausbeuteln lassen und bald nicht mehr wissen werden, ob sie noch Männer sind. Ein so redlicher Mann wie Brüning, ganz Reserveoffizier, war seinem Präsidenten, dem »greisen Marschall«, gegenüber nicht so untertan, wie die redlichen Männer um Adenauer diesem untertan sind. Ein alter Mann verschleißt nicht nur eine, gleich zwei Generationen und züchtet einen unartikulierten Groll, der auf unsere Häupter kommen wird. »Ich hab's ja immer gesagt«, wird die Parole sein, »Ich hab's ja nicht gewollt«, die Ausrede. Biertischparolen, Parolen einer Politik, die nicht gemacht wird.
Eine Linke, die sich jetzt noch als heimatlos bezeichnet, ist nur noch weinerlich. Das Recht, sich heimatlos zu nennen, hatten die Emigranten, ein teuer erkauftes, bitter erworbenes Recht. Hier, heute, in diesem Land, aus dem niemand zu emigrieren braucht, zum Alibi erhoben, klingt es wie ein aufgewärmter Traum. Mein Gott, wieso kann man eigentlich Parteien nicht spalten und sich eine Heimat schaffen, eine Partei, die einer wählen könnte, ohne daß er das windige Gefühl haben muß, einen lahmen Flügel zu wählen? Das Verhängnis der SPD ist ihr Name: eine alte Sache, die vor Jahrzehnten gelegentlich großartig war. Sie ist die einzige Partei mit Tradition, ein weiteres Verhängnis. Die CDU braucht nur ihr Ahlener Programm zu verraten, das ohnehin keiner mehr kennt. Lauter schlechte Witze, lauter Zweideutigkeiten. Sich vorzustellen, daß der alte Windthorst in

Köln, gegen den ausdrücklich und sehr nachdrücklichen Rat des Papstes, das Nein der Zentrumspartei gegen Bismarcks Wehretat proklamierte. Das war keine Biertischpolitik, sondern offener Widerstand. Damit verglichen das elende, feige Geflüster, wenn Politiker heute »privat« – um Gottes willen, nur nicht weitersagen – ihre Ansichten über Ostpolitik, Grenzfragen äußern! Biertisch, nicht von denen betrieben, denen man ein gewisses Recht dazu zugestehen muß, sondern von denen, die Politik zu ihrem Handwerk erklären.

Was soll da noch links sein? Ich weiß es nicht. Ich sehe nur Schablonen: die »rechten« Feuilletonisten beschwören das Schattenspiel vom Feind, der von links komme. Viel Schaum vor dem Mund, viel Denunzierung, und eigentlich sind sie diejenigen, bei denen Chruschtschow gesiegt hat. Wenn man ihnen glauben würde, dann bestimmt Chruschtschow, wer sich hier noch katholisch, evangelisch, links, rechts nennen darf. Die Schablone wird in Moskau hergestellt.

Die »linken« Feuilletonisten beschwören das Schattenspiel von der alles beherrschenden Trinität: Kardinal Frings, Konrad Adenauer, *Rheinischer Merkur.* Ich zweifle daran, ob im *Vorwärts* so heftig gegen Herrn Wehner polemisiert werden dürfte, wie im *Rheinischen Merkur* polemisiert werden kann, wenn den Redakteuren bestimmte Dinge einfach nicht passen. Lauter Klischees der Selbsttäuschungen wie jene uralte, immer wiederholte, Geist und Fortschritt wären von der Linken gepachtet. Die fortschrittlichste Kunst wird von jungen Leuten gemacht, deren Habitus so konservativ ist wie der eines Gardeleutnants aus dem Jahre 1910. Imaginäres Monokel (bald werden's wirkliche sein, wenn jemand auf die Idee kommt, das könnte »Air« verleihen, oder wenn die optische Industrie einen guten Werbeeinfall hätte), verächtlich (odi profanum vulgus!) herabgezogene Mundwinkel, und so müde, so müde wie eben jener Gardeleutnant nach einer durchzechten Kasinonacht. Kein Wunder, daß die Affinität der Industrie zum Gegenstandslosen nicht nur steigt, sondern Formen echter Verliebtheit annimmt.

Was heute links sei? Wie es sich auch deklarieren mag, es sitzt am Biertisch oder steht am Sektbüffet. Es nennt sich heimatlos, ohne das Recht dazu zu haben. Was links ist, bestimmt nicht die Linke, sondern die Rechte, und die Linke, in schnödem Opportunismus, rückt ihr nach, in plattem Erfolgsdenken, und ist nahe daran, den linken Flügel der Rechten zu überholen. Links und rechts sind nur Hilfsbezeichnungen, die jede Art der Täuschung in sich schließen, und so mancher Gutmeinende wird getäuscht, aufs Glatteis geführt. Wir nähern uns dem Einparteienstaat, der ein paar linke Flügelchen rauschen lassen wird. Im übrigen: lauter Mitten. Ein Titel für ein Bild: »Zwischen den Mitten«, rund wie Mühlsteine müßten die Mitten sein, in dauernder Bewegung um sich selbst, und was dazwischengerät, wird zermahlen.

In der Bundesrepublik leben?

Als ich diese Aufsätze zum Thema »Altwerden in der Bundesrepublik?« zum erstenmal las, kam ich mir auf eine unangemessene Weise jung vor, zu jung für mein Alter. Jugend, die sich – so schien mir – so gekonnt darzustellen, zu erklären weiß, ist die noch jung? Ist die Frage nach dem Altwerden nicht unzeitgemäß, wo das Jungbleiben für Achtzigjährige kein Problem ist? War Wolfgang Döring nicht älter als Adenauer? Bestimmt nicht der Tod das Alter?

Alt werden, jung bleiben, wie relativ ist die Frage, so sehr auf die Zukunft gespielt, die keiner kennt, und warum nicht die Frage positiv stellen: »Möchten Sie aus der Bundesrepublik auswandern?« Obwohl nicht gefragt, beantworte ich diese Frage mit Nein.

Auf eine peinliche Weise jung kam ich mir vor, gegenüber soviel Nüchternheit, soziologischer Exaktheit, und wütend war ich über soviel verstecktes und offenes Mißtrauen meiner Altersklasse gegenüber, die ich verteidigen möchte.

Versagt – so lese ich aus diesen Aufsätzen – haben also nicht die Alten, sondern wir, die wir Väter oder jüngere Onkel der Verfasser sein könnten. Blickt zurück im Zorn, ihr Frauen und Männer, aber blickt weit genug zurück, nur fünfzehn Jahre hinter 1948 zurück. Eure Väter und jüngeren Onkel waren vierzehn, fünfzehn, sechzehn, als die bürgerlichen Parteien, aus deren Geist sich die CDU zurechtgemischt hat, Hitler zu merkwürdigen Dingen »ermächtigten«, nicht wissend, was sie taten, taten sie's doch, und als sich 1948 die Bundesrepublik zu konstituieren begann, gab es in diesem merkwürdigen Land weit mehr Sechzigjährige als Dreißigjährige. Als die Schienen gelegt, die Weichen gestellt, die Posten verteilt wurden, als der Stil dieses Staates – Frack und Zylinder, Homburg, Aktentasche (insgesamt ein Sektreklamestil) – festgelegt wurde, waren die zahlenmäßig unterlegenen Dreißigjährigen zum großen Teil noch in Gefangenenlagern, krank, verwundet, politisch belastet, schlecht eingestuft. Ich weiß nicht, wie hoch das Durchschnittsalter der Mitglieder des Parlamentarischen Rates gewesen ist. Viel später erst, als das Muster unverändert festlag, der Stil bestimmt war, jedes Rütteln daran als »bolschewistisch« zu diffamieren, viel später

erst ertönte der Ruf nach »Jugend«, die inzwischen vierzig war – und noch heute hat ein Autor, der sich den sechzig nähert, die Chance, als »junger Autor« ins Klischee zu rutschen.
Jedem Aufsatz über die Bundesrepublik sollte eine Fotokopie der Alterspyramide dieses Staates beigelegt werden: die Mitte ist die schwächste Stelle an diesem wackeligen Weihnachtsbaum. Es könnte einer auf die vertrackte Idee kommen, die allwissenden älteren Herren hätten ihr Spiel in Konzentrationslagern, Gefangenenlagern, bei Stalingrad und Sewastopol gewonnen. Nicht fünfzehn Jahre nur zurückblicken im Zorn – wenigstens dreißig.
Jung kam ich mir vor, weil ich mir vorstellte, wie zornig dieses Buch geworden wäre, wäre es von Fünfundvierzigjährigen verfaßt. So können die Politiker, die dieses Buch in die Hand nehmen, beruhigt sein. Einige Aufsätze sind mit scharfem und klugem politischen Verstand geschrieben, die meisten sind vernünftig, ein paar nur jenes Zornes voll, der hierzulande dem Feuilleton das Gegengewicht zum Wirtschaftsteil gibt. Es gibt Bekenntnisse zur CDU (die nachzuvollziehen oder gar zu verstehen ich mich einfach für unfähig erklären muß), gibt kluge Bekenntnisse zu einer gemäßigten, vernunftgelenkten Opposition, die links zu nennen ich mich weigere.
Mir kommt die Bundesrepublik schon fast wie ein Einparteienstaat vor, die Links- und Rechtstopographie wie ein Ausweichmanöver. Es gibt ja nur »Flügel« bei den Parteien, auch linke, wie ich wohl weiß, sie kommen mir immer vor wie anstandshalber noch nicht amputierte Schwingen eines Vogels, der nicht mehr zu fliegen braucht, pensionierter Bussard.
Die Aufsätze als Ganzes – wie »repräsentativ« für diese Generation sie sind, vermag ich nicht zu beurteilen – als Ausdruck dieser Generation sprechen von sehr guter Schulung, Interesse, Gescheitheit und Begabung, und von der Bereitschaft, sich mit dem kleineren Übel abzufinden. Alle haben das Provisorische der Bundesrepublik erkannt und sehen Deutschland noch als Ganzes. Bereit fast auch alle, jegliche Kritik an der Bundesrepublik in vorbereitete Schubladen abzulegen: die »Neunmalklugen«, die »Ressentimentgeladenen«. Wie sollte wohl jemand einen Bonn-Überschwang heucheln, den er nicht hat, und wie anders als durch Kritik sollte er ausdrücken, was er fühlt, denkt, meint? Es gibt doch eine ganze Garde von Journalisten, Publizisten,

Autoren, die man »rechts« nennen könnte, die auf eine legitime Weise so demokratisch sind wie die »linken«. Sind diese Rechten etwa nur »siebengescheit« und »sentimentgeladen«?
Als ich diese Aufsätze zum zweitenmal las, kam ich mir auf eine unangemessene Weise alt vor, älter, als mein Geburtsschein mich ausweist, alt vor peinlicher Last: Geburt noch bescheinigt von einem kaiserlichen Standesbeamten, eingeschult, wie man's hier so hübsch nennt, während die Inflation ihre »Blüten« trieb, Gymnasiast zwischen 1928 und 1937, Schulweg durch knallrote Kölner Stadteile – daher vielleicht, obwohl aus halbwegs stabilem bürgerlichen Milieu, meine Sympathie für diejenigen, die, wenn sie »Arbeit« und »Brot« an die Wände schrieben, irgendwo in der Welt es wirklich so meinen: Arbeit und Brot – nicht in die Hitlerjugend (und was gehörte an Rückhalt zu Hause, an Glück und Wohlwollen der Mitschüler und Lehrerschaft zu einem so harmlosen Nein), Krieg, verheiratet, als dieser aus war, und wieder trieb eine Inflation ihre Blüten.
Über einen einzigen Tag dieser miterlebten Geschichte, den 30. Juni 1934, gibt es allein eine kleine Bibliothek an historischen Publikationen, über einen anderen Tag, den 30. Januar 1933, eine ganz stattliche Bibliothek. Geschichte läuft auf Tage zu: Machtübernahme, Putsch, Kriegsausbruch, Kriegsende, Daten, auf die später Türme historischer Bücher und Aufsätze gehäuft werden müssen, um das Unerklärliche zu erklären.
Waren die »gläubigen« Hitlerjungen, die ich im Jahr 1936 tödlich verachtete, mir im Jahr 1945, inzwischen fünfundzwanzig- bis dreißigjährig, vielleicht doch näher als die alten Männer, die nur eins im Kopf hatten: »bürgerliche Zustände zu schaffen«?
Zum Nazi zu taufen versucht, wenn auch mit Worten, hatte mich ein amerikanischer Sergeant. Zwei Minuten, bevor das Lagertor im Bonner Hofgarten sich für ihn öffnete, in die Freiheit (ohne Anführungsstriche), schnappten sie noch einen siebzehnjährigen Jungen, der die ominöse Blutgruppentätowierung der SS auf dem Arm trug. Heute könnte er Oberstleutnant beim NATO-Stab sein, im Offizierskasino seine »story« zum besten geben, oder Ministerialdirektor; vielleicht ist er eins von beiden, zittert entweder davor, daß seine Nazivergangenheit ausgegraben werden könnte, oder ist trotz ihrer, oder gar ihretwegen, in sein Amt geraten. Wer kennt schon alle Hintergründe, alle Geheimgänge. Und doch sehnten wir alle, meine Frau und ich,

mein Vater, meine Geschwister, die Amerikaner als Befreier (ohne Anführungsstriche) herbei, bereuen's nicht, wünschen nur, sie wären früher gekommen, dann wäre der nachdenkliche kleine Unteroffizier aus Siegburg nicht mehr wegen Desertion erschossen worden.

Eine ganze Bibliothek von Romanen würde nicht ausreichen, zu schildern, was in Deutschland zwischen dem 20. Juli 1944 und dem 8. Mai 1945 geschah. Es wimmelte von Denunzianten, wimmelte nach dem 8. Mai 1945 davon, wimmelt heute davon. Eine miese Erbschaft, miese Eigenschaft, miese Erfahrungen.

Ich kam mir alt vor, viel zu einsichtig und verständnisvoll, als ich aus diesen Aufsätzen zum zweitenmal herauslas, wie heftig hier nach Vorbildern, nach Werten gesucht wird, an die ein junger Mensch glauben könnte. Es wurde mir bang, als einer sich als »Twen« bezeichnete, mit einem Begriff selbst bestimmte, den die Textilindustrie kreiert hat, um ihre Hosen loszuwerden. Es wurde mir bang, weil in keinem Aufsatz ein klarer Hinweis auf den Verbraucherterror zu finden war, dem wir alle unterliegen. Das ist vielleicht schon zu selbstverständlich für die Verfasser, von denen der älteste elf Jahre alt war, als der Krieg zu Ende ging. Eine unschuldige Generation, die ihren Vätern mißtraut, Großväterchen fremd, altmodisch, aber um seines Erfolges willen auch faszinierend findet. Unschuldig genug, sogar an die CDU zu glauben.

Was ist das, die CDU? die SPD? FDP? Ist an der CDU Herr Katzer christlich oder Herr Erhard? Oder sind es beide? Ich höre die »Flügel« rauschen, im Käfig. Ist Herr Erler die SPD oder – ich finde den Gegenflügel nicht. Kann man liberal sein, ohne bürgerlich zu sein, sich die FDP als Wert und Vorbild wählen? Lauter redliche Männer, redliche Namen, lauter Bürgerlichkeit, wie sie die Textilindustrie vorschreibt, und doch ist Bürgerlichkeit nur eine, *eine* Möglichkeit, die zur alleinseligmachenden erklärt wird. Es ist absurd, wenn in einem Lande, das sich christlich deklariert, die Jugend nach Werten, nach Vorbildern *suchen* muß. Ich bin kein Pfarrer, wollte nie einer werden, ich bin kein Politiker, wollte nie einer werden, ich bin ein Schriftsteller, wollte immer einer werden, schon als ich durch knallrote Kölner Stadtteile zur Schule ging.

Wir leben in einem komplizierten Land, wo einer, obwohl, trotzdem oder gar weil er Nazi war, Politik machen, ein Amt bekleiden kann; wo man den Widerstand, den die Kommunisten den Nazis geleistet haben, totschweigt, obwohl die Kommunisten von damals nicht die von heute sind, sowenig wie die Nazis von damals die von heute sind. Ein kompliziertes Land mit einer vielschichtigen Vergangenheit und vielen Denunzianten.

Nachwort zu Carl Amery, »Die Kapitulation«

Ein Versuch über den deutschen Katholizismus, von jemandem verfaßt, der nicht gerade als Beauftragter des Zentralkomitees deutscher Katholiken gelten kann, ist von vornherein in Gefahr, in einem bestimmten Fach abgelegt zu werden. Der Titel: *Die Kapitulation,* dazu ein Nachwort von mir, der ich in diesem Buch einige Male zitiert werde, schon hört man die offiziösen Nachtigallen ihr Lied anstimmen von den bösen Buben, die einander die Stange halten. Nun, sie haben recht: ich halte Carl Amery die Stange.

Die Grundstimmung dieses kleinen Buches ist Melancholie, noch nicht Resignation, und es steht fast allein gegen einen aufgeblähten publizistischen Apparat, wie er dem deutschen Katholizismus zur Verfügung steht: Amerys Buch ist unerbittlich, genau in seiner historischen Analyse, aber nicht unversöhnlich, es ist fair – und steht einem Apparat gegenüber, dem Fairneß nicht die vertrauteste aller Vokabeln ist.

Das Buch eines deutschen Katholiken über den deutschen Katholizismus, dazu bedarf es einiger Vorbemerkungen. Was ein deutscher Katholik ist, läßt sich einigermaßen klar definieren: wer katholisch getauft, nicht exkommuniziert ist, seiner deutschen Staatsangehörigkeit nicht verlustig ging oder sich ihrer nicht entledigte. Der deutsche Katholizismus, wie er hier verstanden wird, existiert in Gremien, Komitees, auf Konferenzen. Es gibt nicht die Einheit: deutsche Katholiken – deutscher Katholizismus; gäbe es sie, dann hätte Reinhold Schneider auf einem Katholikentag seine Rede gegen die Wiederaufrüstung halten dürfen. An keiner Person besser als an der Reinhold Schneiders läßt sich nachweisen, wie schnöde der deutsche Katholizismus an deutschen Katholiken zu handeln vermag. Reinhold Schneider hatte alles, was »man« sich nur wünschen konnte: er war auf eine ritterliche Weise konservativ, er war ein Dichter des inneren Widerstands, gelobt, geehrt und vorgezeigt, als er aber die ersten Anzeichen der Kapitulation des deutschen Katholizismus vor dem Nachkriegsopportunismus angriff, zeigte sich, welcher Natur seine Partner gewesen waren: er wurde denunziert und diffamiert. Freilich, da »funktionierte« einer nicht, den man behaglich als konservativen Katholiken für sich beansprucht hatte. Wo blieb der Schutz der Hirten und Oberhirten?

Der deutsche Katholizismus äußert sich nie offiziell oder gar ex officio, immer nur offiziös, in Kirchenzeitungen, katholischen Tageszeitungen oder durch die KNA. Das Wort offiziös bezeichnet den zweideutigen Zustand genau, man legt sich nicht fest, drückt doch aus, was man ausdrücken möchte und was doch als offiziell empfunden wird: daß es gute und schlechte deutsche Katholiken gibt. Die guten ins Töpfchen »deutscher Katholizismus«, die schlechten ins Kröpfchen und der KNA zum Fraß. Wer bei der Aussortierung in gute und schlechte Katholiken das Aschenputtel spielt, weiß niemand genau. Peinlich ist natürlich, daß man auch den schlechten Katholiken die beiden Eigenschaften, deutsch und katholisch zu sein, nicht absprechen kann.

Es geht in Carl Amerys Buch nicht darum, ein paar Außenseiter, Individualisten und Sektierer gegen den gelegentlich unbarmherzigen deutschen Katholizismus zu verteidigen, es geht um mehr, fast ums Ganze, es geht darum, den deutschen Katholizismus von seiner Schizophrenie zu heilen. Reinhold Schneiders »Fehltritt« war ein politischer, kein religiöser – kein Oberhirte hat Reinhold Schneider öffentlich in Schutz genommen.

Schnöde Welt mit schnöden Sitten. Man rufe sich in Erinnerung, welche Rolle Herr von Papen gespielt hat: letzte Schlüsselfigur des deutschen Katholizismus, Mitglied der Zentrumspartei, von Hindenburg, der an sich die »Katholen« gar nicht sehr mochte, »mein lieber junger Freund« genannt, lenkte Herr von Papen gemeinsam mit Oskar von Hindenburg das Unheil auf jene legalen Bahnen, die dem deutschen Bürger immer imponiert haben. Von Papen söhnte Hitler mit dem Großkapital aus, er brachte gemeinsam mit Kaas dem deutschen Katholizismus die ansehnlichste Trophäe, das Reichskonkordat. Ein knappes Jahr nach Abschluß des Konkordats hielten die Nazis ihre blutige Bartholomäusnacht, den 30. Juni 1934. Papens Berater Edgar Jung wurde erschossen, Papen überlebte, überlebt.

Es gibt sechsundzwanzig Millionen westdeutsche Katholiken und einen westdeutschen Katholizismus. Die Frage, ob und wie dieser die sechsundzwanzig Millionen repräsentiert, ist nie so recht gestellt worden. Gern mokiert man sich gelegentlich über die sogenannten Taufscheinkatholiken, kirchensteuerzahlende

Gleichgültige, deren Steuergeld aber offensichtlich nicht so schmutzig ist, daß man's empört zurücküberweisen müßte. Es gibt keine theologische Möglichkeit, einen Taufscheinkatholiken als solchen zu bezeichnen. Wer repräsentiert im deutschen Katholizismus diese ungeheuer große Zahl der Gleichgültigen? Ich weiß nicht, ob die kirchlichen Behörden so penibel wären, wenn eine oder einer durch eine kirchlich nicht existente Ehe automatisch exkommuniziert ist, dem Finanzamt mitzuteilen, es möge der Sünderin oder des Sünders Geld zurückweisen? Und wer repräsentiert im deutschen Katholizismus die schlechten Katholiken, die ins Kröpfchen geraten sind? Sie werden auf offiziöse Art »eingestuft«, ganz gleich, ob sie wie Reinhold Schneider von »rechts« kommen, oder wie andere von »links«.

Es geht in Carl Amerys Versuch nicht um die Hilfsbezeichnungen Rechts- und Linkskatholiken. Es gibt anpassungsfähige, leicht zu zähmende »Linke«, und aufsässige »Rechte«. Es geht um die Zweideutigkeit, mit der der deutsche Katholizismus vor einem einzigen politischen Muster, das zum alleinseligmachenden erklärt wird, kapituliert hat. Wie langweilig muß das sein, mit lauter Musterknaben Tag um Tag Musterhaftigkeit zu exerzieren. Da lohnten sich ja fast mit Katholizismusvokabeln gefütterte Elektronenhirne, die Fragen und Antworten liefern. Dann brauchte man nur noch das Denken und Nachdenken als »zersetzenden Intellektualismus«, die geschichtliche Erfahrung als »Ressentiment« zu diffamieren, und die ersehnte Einheit ist hergestellt.

Der deutsche Katholizismus ist auf eine heillose Weise mit jener Partei und ihren Interessen verstrickt, die sich als einzige das C (für christlich) angesteckt hat. (Man möge mir verzeihen, daß ich SU und DU hier nicht so strikt voneinander trenne, wie es gerechterweise wohl nötig wäre.)

Der fast schon wehmütige Ruf der CDU nach Kontakt mit den Intellektuellen, d. h. nach solchen, die ihr widersprechen, kommt vielleicht schon aus der lähmenden Langeweile einer mit Funktionärsvokabeln überfütterten Schar.

Carl Amerys Versuch ist keine Kündigung des Gesprächs, auch keine Bitte um ein solches, pathetisch ausgedrückt ist es eine Stimme der Generation, die ungefragt (wir waren 15, 16 Jahre alt, als die von unseren Vätern gewählten katholischen Parteien Hitler ermächtigten) für die Kapitulation des deutschen Katholizismus mitverantwortlich wurde, mitgebüßt hat und in einen zweideutigen Zustand geriet. Es ist nicht ganz sauber, wenn der deutsche Katholizismus heute, dreißig Jahre später, seine Widerstandskämpfer, die unzähligen Tapferen vorzeigt; der Widerstand eines Katholiken, auch eines katholischen Priesters, war Privatsache. Der deutsche Katholizismus ist in einer geschickten Lage: Wird er nach seiner Loyalität gefragt, zeigt er das Konkordat vor, dessen unselige Folgen Carl Amery exakt beschreibt; wird er um seiner Loyalität willen angegriffen, zeigt er die katholischen Widerstandskämpfer vor, aber ich wiederhole: Widerstand war Privatsache, der offizielle Status war der des Konkordats. Freilich hat er die geschickte Lage mit anderen Gruppen gemeinsam. Es ist die Wahl zwischen den unzähligen Namenlosen, die Widerstand geübt haben, und Franz von Papen, eine Wahl, die nicht schwerfallen sollte.

Es ist die Hauptfrage in Carl Amerys Versuch, ob ein Widerstand gegen den heillosen Opportunismus einer Partei, der Widerstand gegen eine sich fortschreitend politisierende Welt wieder nur Privatsache bleiben wird. Ob ein junger Deutscher, der katholisch ist und entschlossen, keinen Wehrdienst zu leisten, gezwungen ist, den »Schwejk« zu spielen, sich mit den üblichen Kniffen und Tricks dem Wehrdienst zu entziehen, oder ob er des Schutzes seiner Oberhirten gewiß sein darf. Die Oberhirten schweigen, für sie gibt es scheinbar nur den deutschen Katholizismus und seine Organe, von denen einige zu den unfairsten der Bundesrepublik gehören. Vielleicht dringt Carl Amerys Stimme über den deutschen Katholizismus hinweg ans Ohr der Hirten und an die Ohren derer, die der Gewißheit bedürfen, daß sie nicht allein sind.

Im Gleichschritt ins Verhängnis

Über Thilo Vogelsang, »Reichswehr, Staat und NSDAP«

Geschichte läuft auf Daten zu, die später in der Schule gelernt werden müssen: Ausbruch der Französischen Revolution, Entdeckung Amerikas, Ende des ersten, Anfang des zweiten Weltkriegs. Je weiter die Geschichte fortschreitet, desto schwieriger wird es, zu erklären, wieso an diesem oder jenem Datum dieses oder jenes geschah, gordischen Knoten gleich, liegen die schwerwiegenden Daten in der Zeit: 30. Januar 1933, 30. Juni 1934, 8. Mai 1945. Ein Historiker kann nicht einfach über die Knoten verfügen wie ein Schüler, der Daten auswendig lernt, kann sie auch nicht in alexandrischer Genialität durchhauen, er muß sie auffädeln in Sitzungsberichte, Geheimdokumente (soweit sie erreichbar sind), Aktennotizen, Tagebücher, mündliche Aussagen, Telephongespräche. Um nur das Verhältnis der Reichswehr zu Staat und NSDAP zu klären, brauchte der Historiker Thilo Vogelsang 507 Seiten im Quartformat, einen umfangreichen Text auf fast zweitausend Fußnoten gestützt.

Dem erstaunten Zeitgenossen, der Geschichte nur erlebt, nicht gemacht hat, bietet sich nach der Lektüre dieses Buches ein erstaunlich klares Bild. Das oft ausgesprochene »Wie konnte es dazu kommen?«, die Frage nach der Schuld am Datum 30. Januar 1933, es ist wohl mehr als Ironie, es liegt die ganze Bitterkeit der Geschichte, die Schnödigkeit der Politik darin, daß die Schuldigen, die aus dem Gestrüpp von Zeitgeschichte, das Thilo Vogelsang lichtet, als solche hervortreten, in Nürnberg als nichtschuldig erkannt wurden: die beiden Hindenburgs und Franz von Papen. Freilich: man kann ihnen Ahnungslosigkeit, Eigensinn, eine gewisse trottelige Selbstsucht, kann von Papen die gekränkte Eitelkeit eines gescheiterten Kanzlers, allen dreien eine unartikulierte, tatsächlich verhängisvolle dumpfe Abneigung gegen die Sozialdemokraten »zugute halten«.

Mit geradezu verbissenem Eifer muß von Papen seit Dezember 1932 alles getan haben, um Hitler an die Macht zu bringen, in fast selbstmörderischer, mediokrer Lust, sich an Schleicher zu rächen. Ahnungslos marschierten die Verantwortlichen im Gleichschritt ins Verhängnis. Nicht wissend, was sie taten, taten sie's, und was die Republik an redlichen Männern hinterlassen hatte: Groener, Brüning, von Hammerstein und andere, blieben auf der Strecke. Der Führer einer rapide an Popularität verlierenden Partei wurde zum Kanzler ernannt, dem scheidenden Kanzler von Schleicher wurden vom Reichspräsidenten knappe zehn Minuten für eine letzte Unterredung bewilligt. Freilich, das Nürnberger Gericht hat recht gesprochen, von Papen beging kein Verbrechen. Daß er die allerletzten Fäden knüpfte, die entscheidenden Gespräche und Vorgespräche führte (am 4. Januar in Köln mit dem Bankier von Schröder!), daß er Vizekanzler wurde: nichts davon ist im Sinne eines Gerichtshofs verbrecherisch. Es bleibt ein mediokrer Wichtigtuer, dreißig Jahre später kann er sich neben die anderen Orden noch einen päpstlichen an die Brust stecken.

Absurde Situation Ende Januar 33 im Reichswehrministerium: Von Reichenau erwägt Putschpläne, weil er fürchtet, Hindenburg würde Hitler *nicht* berufen, von Hammerstein erwägt Putschpläne, weil er fürchtet, Hindenburg *würde* Hitler berufen. Der einzige Mann mit einer politischen Alternative am 30. Januar war von Hammerstein, es war die Alternative Hitler oder Bürgerkrieg. Daß er nicht Bürgerkrieg wählte, ist gewiß nicht übertriebener Loyalität gegenüber Hindenburg zuzuschreiben (später zerriß er ein Hindenburg-Bild mit Widmung), wohl eher einer Abneigung gegen jegliche Erscheinungsform der Demagogie, die ihn Hitler so suspekt machte.

Es ist unmöglich, hier im Detail über das umfangreiche Buch zu referieren, ich lese solche Bücher gern, weil sie die große Frage »Wieso konnte es dazu kommen?« wenigstens teilweise beantworten, hier zu jenem Teil, den der Titel verspricht: das Verhältnis der Reichswehr zum Staat und zur NSDAP bis zum 30. Januar zu klären.

Daß die Reichswehr von der NSDAP infiziert war, ist nicht verwunderlich, erstaunlich, daß sie es offenbar nicht in dem Maße war wie das Wählervolk. Daß ihr eigentlicher Chef, von Hammerstein, ein Demokrat war, ein Wunder, tragisch, daß dieses Wunder nicht wirksam wurde. Wo die Politiker und der Reichspräsident auf eine peinliche Weise zu Hitler drängten, kann man dem Soldaten Hammerstein kaum vorwerfen, daß er nicht den Bürgerkrieg wählte. Ein wahnwitziges Gemetzel gegen die Chance, daß man Hitler am Bändel halten würde. Er ließ sich nicht am Bändel halten.

Es hieße gewiß Vogelsang falsch interpretieren, wenn von Papen hier als der am 30. Januar allein Schuldige bezeichnet würde. Er war nicht groß genug für so große Schuld. Fünfhundertundsieben Seiten mit fast zweitausend Fußnoten braucht Thilo Vogelsang, um die Disposition bis zu dem Punkt zu klären, wo von Papen dann als eifriger Meldegänger, telephonierend, intrigierend, den weitaus begabteren, ihm an Intelligenz, politischer Einsicht überlegenen von Schleicher zu Fall bringen konnte. Die Umstände waren günstig, waren bei Brünings Sturz schon günstig gewesen, aber die wichtigsten Umstände hießen Hindenburg, Oskar und Paul.

Wer die auf den 30. Januar 1933 folgende Geschichte miterlebt hat und das Datum nicht nur als magische Zahlenkombination über dem Erlebten schweben lassen möchte, dem müßte an solcher Lektüre gelegen sein. Manches an der Geschichte der Weimarer Republik zwischen 1930 und 1932 erinnert an die französische Republik vor der Wiederkehr de Gaulles: eine scharfe, zur äußersten Demagogie und zum Äußersten entschlossene Rechte, eine schwankende Mitte, schwankende Linke; aber Vergleiche gehen immer dann am dümmsten aus, wenn man ähnlich mit gleich verwechselt. Und de Gaulle ist Hindenburg nicht einmal ähnlich.

Kennedy, Irland und der große Hunger

Über Cecil Woodham-Smith, »The Great Hunger«

Dieses klassische Beispiel für das, was man Sachbuch nennen kann, beschäftigt sich mit einer in ihrem Ausmaß, ihren Folgen und ihrer Qualität fürchterlichen Sache: der großen Hungersnot in Irland, die fünf Jahre andauerte, von 1845 bis 1850, und an deren Ursachen und Folgen das westlichste Land Europas bis auf den heutigen Tag zu leiden hat. Mit so unermüdlichem wie intelligentem Fleiß ist die Verfasserin fast zehn Jahre lang am Werk gewesen, hat Archive durchstöbert, zeitgenössische Quellen studiert, sich mit Botanik befaßt, um den Erreger der Kartoffelkrankheit und seine Wirkung in die umfangreiche Studie einzubeziehen, sie hat sich mit der (traurigen) Sozialgeschichte Irlands befaßt, hat die Medizin nicht ausgelassen – denn Ruhr, Fleckfieber und Typhus waren die Begleiter der Hungersnot; Parlamentsberichte, zeitgenössische Publikationen, die umfangreiche Korrespondenz des englischen Innenministeriums und des Schatzkanzleramtes mit den englischen Behörden in Irland.
Gern glaube ich, was über das Buch berichtet wird: daß es den zehnfachen Umfang hätte haben können, aber aus verlagstechnischen Gründen auf seinen jetzigen beschränkt werden mußte. Ich hätte es auch, wenn es zehnmal so dick wäre, in zehn Bänden meinetwegen, mit der gleichen erregten Anteilnahme gelesen. Was jedes Kind in Irland kennt, was in der mündlichen Überlieferung unauslöschlich ins Bewußtsein jedes Iren geprägt ist, was dem Fremden oft wie ein Mythos erscheinen mag, übertrieben in dunkle Poesie gehüllt: »the famine« – Mrs. Woodham-Smith beweist, daß die Realität fürchterlicher war, als die düsterste, »übertriebenste« mündliche Überlieferung auch nur andeuten kann. Nur selten gelingt es der Poesie, die Realität in ihrer Übertriebenheit zu übertreffen. Es wäre eine der Sache gegenüber unangemessene Anmaßung, so etwas wie eine Inhaltsangabe von einem Buch zu geben, das mehr als 400 Seiten Fakten mitteilt und einen Quellennachweis enthält, der für einige Habilitationsschriften ausreichen würde.
Gewiß würde es mehrerer Bibliotheken voll historischer Publikationen bedürfen, um die fast siebenhundertjährigen englisch-irischen »Beziehungen« zu klären; die Geschichte des

»großen Hungers« ist nur ein Abschnitt, der düsterste wohl und bezeichnend, weil sich in seiner Übertriebenheit die Unglückseligkeit einer puritanischen Politik gegenüber einem armen und katholischen Volk zeigt. Verachtung und Mißverständnis, Festhalten an der starren Doktrin vom »free trade«, und die strikte und fast ausnahmslos eingehaltene Weigerung, sich mit der Realität Irlands zu konfrontieren.
So wurden, während das irische Volk hungerte, weiterhin wie seit Jahrhunderten die wertvolleren Agrarprodukte *ex*portiert: Weizen, Butter, Eier, Schinken, Rindfleisch. Eine Tatsache, die in ihrer nicht zu übertreffenden Absurdität an Beckettsche Stücke erinnert. Das Schatzkanzleramt betonte immer wieder, Irland solle auf seine eigenen Quellen zurückgreifen, hielt aber gleichzeitig an der Unverletzlichkeit des »free trade« fest, wußte nicht, daß der arme irische Pächter Weizen und Butter, Eier und Speck verkaufen mußte, um seine Pacht zu bezahlen; wenn er sie nicht bezahlte, drohte ihm, was in der mündlichen Überlieferung unglaublich klingt, wie es wahr ist: die Austreibung (eviction). Büttel kamen, rissen ihm das Haus über dem Kopf ein und setzten ihn mit Frau und Kindern einfach auf die Straße. Übertrieben und doch so wahr, wie es etwa wahr sein kann – und noch während der Hungersnot praktiziert.
Absurd, wie die himmlische Höflichkeit Smith O'Briens, der im Jahre 1848 einen Aufstand zu entfachen versuchte, mit einer Handvoll Aufständischer sich einer Polizeikaserne näherte, sie zur Übergabe aufforderte, aber der Sergeant ihn bat, sie doch nicht zu demütigen: es wäre peinlich für sie, sich so wenigen zu ergeben, und er möge doch mit einer größeren Streitmacht zurückkehren. O'Brien willigte ein, die Polizisten flohen in eine stärker besetzte Kaserne. Der Aufstand mißlang, weil das Volk nach drei Jahren Hungersnot so geschwächt war, daß die Leute, selbst wenn sie eins gehabt hätten, ein Gewehr gar nicht hätten halten und erst recht nicht hätten damit schießen können.
Mit dem großen Hunger begann die große Flucht aus Irland; mit seinen mehr als neun Millionen Einwohnern zählte Irland damals nicht zu den kleinen Nationen Europas, heute ist es mit weniger als drei Millionen Einwohnern eine der kleinsten Nationen Europas, und seine Bevölkerungsstatistik ist immer noch absurd: bei Geburtenüberschuß Bevölkerungsabnahme. Eine Zeitlang – bis die Mauer die Flucht aus der DDR fast unmöglich

machte – stand Irland gleich hinter der DDR, und Irland ist kein Land, in dem Terror herrscht, daß man aus politischen Gründen fliehen müßte. Die Gründe sind ausschließlich ökonomischer Natur (bei irischen Autoren gelegentlich zensorischer Natur).
Der Fremde mag leicht ein überlegenes Lächeln aufsetzen, ärgerlich werden über manches, was ihm in Irland »rückständig« erscheint und absurd (ich bekenne, mich dieser Sünde des europäischen Mittelwestens einige Male schuldig gemacht zu haben) – wenn er sich die Mühe macht, Mrs. Woodham-Smith' Buch über den großen Hunger zu lesen, wird er nicht nur verstehen, sogar begreifen, wieso »Rückständigkeit« bei einem Volk von so ungeheuren Begabungen möglich ist. Es ist immer noch der »große Hunger«, dessen fürchterliche Wirkungen bis auf den heutigen Tag anhalten, ein großer Hunger, von dem Mrs. Woodham-Smith nur einen, den bezeichnendsten, den fürchterlichsten beschreibt und erklärt. Ungezählte starben, und Ungezählte wanderten aus, kopflos, viele betrogen und verführt durch Agenten und Landlords. (Einem hungernden Pächter und seiner Familie die Überfahrt nach Amerika zu bezahlen, kostete nur halb soviel, wie ihn ein Jahr im Arbeitshaus zu ernähren. Die Überfahrt nach England war natürlich erheblich »preiswerter«.)
So ergoß sich ein Strom von halbverhungerten Iren in die Welt: sie besaßen keinen Pfennig, sie waren krank, brachten Typhus, Ruhr, Fleckfieber; sie waren hilflos in einer Welt, die ihnen nicht an Kultur, aber an Zivilisation überlegen war; sie waren gefürchtet, gehaßt, verachtet: sie hatten nichts gelernt, als mit dem Spaten Kartoffelbeete anzulegen und Kartoffeln auszumachen, und strömten in eine Welt, die zuversichtlich und mit puritanischem Optimismus sich zu industrialisieren begann. Sie waren nicht nur krank, unbrauchbar, halb verhungert – sie waren arm und katholisch, was ihre Unbeliebtheit potenzierte; keine Pioniere, ein elender, hoffnungsloser Exodus. Aus dem Urteil, das sich die Amerikaner und Engländer dieser Zeit über sie bildeten, bildete sich ein Vorurteil, das einige Generationen anhielt, ein Rassenvorurteil, in der Bitterkeit seiner Folgen nur dem vergleichbar, dem das jüdische Volk ausgeliefert war. Unter den unzähligen kleinen Farmern, die auswanderten, trugen zwei Namen, die inzwischen jedes Kind auf der Welt kennt: Ford und Kennedy. So war der Besuch des Präsidenten der USA in Irland, obwohl im

eigentlichen Sinn des Wortes unpolitischer Natur, ein historisches Ereignis für das kleine Land. Die Herzlichkeit, mit der man ihn empfing, hatte nie die beiden Beimischungen, die Massenherzlichkeit meistens peinlich machen: weder Hysterie noch Demagogie, weder beim Gast noch bei den Gastgebern. Fünfundzwanzig Millionen Amerikaner seien irischer Abstammung, sagte der Präsident – achtmal soviel, wie Irland Einwohner hat.

Die Geschichte des großen Hungers ist kein schönes Blatt in der Geschichte Englands, aber es ist von einer Engländerin geschrieben, in England publiziert, in England ein Erfolg wie in der ganzen Welt. Ein großes Sachbuch, der Sache angemessen, der es gewidmet ist.

Wir Deutsche: ein fahrendes Volk

Über H. G. Adler, »Eine Reise«

Wäre das Wort »heimatvertrieben« nicht parteipolitisch besetzt und demagogisch gefärbt, ich würde H. G. Adlers Erzählung *Eine Reise* das Buch der Heimatvertreibung nennen. Daß Adler sein Buch, obwohl Umfang und Komposition die Bezeichnung erlauben würden, nicht Roman nennt, versteht sich aus der Sache selbst. Adler kann das, was er erzählt, nicht Roman nennen; es klänge nach Erfindung, und die unheimliche Reise, auf die der Arzt Dr. Leopold Lustig mit seiner Familie geschickt wird, ist nicht von Adler erfunden. (»Morgen kommen Sie an die Reihe. Fahrt ins Blaue. Ich hab was gehört. Ich weiß es bestimmt.«) Es ist ein sehr deutsches Buch, eine sehr deutsche Reise und gewiß kein Zufall, daß das Wort »deutsch« nicht einmal in Adlers Erzählung vorkommt. Ruhenthal, Unkenburg, Leitenberg, Stupart heißen die Orte; die Sprache, in der hier erzählt wird, ist nur in dem Dreieck zu finden, das von den Namen Stifter, Kafka, Gebrüder Grimm bestimmt wird. Nicht gemischt aus diesen drei Stilen, sondern zwischen ihnen zu Hause, beheimatet – und vertrieben aus dem Lande Kafkas und Stifters, vertrieben aus dem Land der Gebrüder Grimm. (»Worte mischen sich ein in das Grauen, das sind Bekannte, denn die Sprache gehört uns nicht mehr; fremd entringt sie sich dem, der anhebt zu reden – . . . meine Worte, deine Worte, sie reißen Wände ein und richten sie auf, sie fügen sich nicht, undurchdringlich und sicher.«)
Bis zuletzt hofft Dr. Lustig, daß dieser administrative Unfug, der ihn und seine Familie auf Reisen schickte, eine Spur Sinn zeige, sich die dunkle Reise nach Ruhenthal nicht nur als Irrtum erweise, auch als solcher zugegeben werde. Güte und Ordnung, Vernunft und eine liebenswerte Pedanterie haben sein Leben bestimmt, weltfremd ist er gewesen – und er stirbt in einer Welt, die ihm im Tode ihre grausame Fremdheit erweist. Den anderen wird das Ziel der Reise deutlicher, doch auch sie sprechen es nicht aus, nur hin und wieder, im Text versteckt, oder eigentlich darin schwimmend wie eine Warnboje, auf daß der Leser für die unheimliche Reise kein heimeliges Ende erwarte, wird das Reiseziel genannt: Krematorium. Ein weiteres Reiseziel: Museum. (»Bleibt einmal stehen, seid schön artig, liebe Kinder, und paßt

auf, was ich euch erzählen werde. Das, was hier ist, war einmal. Diese Frau hat einst gelebt – das sind die Schuhe, die diese Frau getragen hat. Sie sind aus Leder. Wie gut sie noch erhalten sind.«) Diese Frau hieß Ida Schwarz, geborene Schmerzenreich, Schwester der Karoline Lustig.

Reisebefehl, Vorbereitung, Abfahrt, Ankunft, Aufenthalt, Weiterfahrt, Reisebegleiter, Reisehelfer – doch nirgendwo eine Bahnhofsmission. Die Rückkehr des einzig Überlebenden der Familie, Paul, ist eine fortgesetzte Reise, mit Zwischenstation in Unkenburg, wo er eine Wohnung sehen will (»Nur sehen, nichts als sehen, eine unzerstörte Wohnung, eine Wohnung ohne Abfall, wenn es so etwas noch gibt«), wo er bei Frau Wildenschwert eine findet (»Da steht die Vitrine, es ist der Familienhort, Erbteil und Erinnerung«), wo er sogar in einer verlassenen Kaserne Unterkunft findet, sich weder als Sieger, noch als Besiegter fühlt, von Siegern und Besiegten als gleich unheimlich und lästig empfunden wird. Er findet Freunde, die Familie Brantel, in deren zerstörter Villa er nach Lebensmitteln sucht. Zum erstenmal erzählt er von der Reise. (»Einmal ist eine Familie gewesen. Sie hatte ihre Wohnung in einem Haus. Dort ging man hin, es war selbstverständlich. Alles stand bereit. Wenn man die Glocke läutete, wurde aufgetan. Es war der Tisch gedeckt. Ein jeder Teller war vertraut.«) Der Vater Leopold, die Mutter Karoline, die Schwester Zerline, Tante Ida. Versöhnung?, während er mit der Familie Brantel den Brautwein der Tochter trinkt, den man für eine Hochzeit aufhob, die nie mehr stattfinden wird. Versöhnung? Mit Schuldigen, Unschuldigen, Ahnungslosen? Keins dieser Worte träfe zu (»Worte mischen sich ein in das Grauen, das sind Bekannte, denn die Sprache gehört uns nicht mehr.«)

Der Schlußsatz des Buches: »Er glaubt, sie winken ihm zu einer guten Reise, weil der Abfall überwunden ist«, ist wie der mit Brantels getrunkene Brautwein der Tochter das einzig Romanhafte in dieser Erzählung, und das am wenigsten Überzeugende, so überflüssig auch, wie wenn gelegentlich aus dem Meditativen sich der dozierende Finger erhebt und, was im Erzählten überzeugend genug ist, im Lehrhaften geschwächt wird (»Immer ist ein Nein da, das jeden Inhalt auslöscht.« »Im Namen des Rechts wurde das Unrecht errichtet«).

Zwei Elemente beherrschen Adlers große Erzählung: die Reise und der Abfall. Groß wird das Märchenhaft-Bildliche, wenn er beim Vergleich, bei der genauen Beschreibung der altmodischen und der fortschrittlichen Müllabfuhr in der letzteren eine technische Perfektion und Präzision erkennen läßt, die von der Reise her auf eine fürchterliche Weise vertraut ist. Es wäre so leicht wie unangemessen, die Reise und den Abfall zu entziffern und Ruhenthal bei dem Namen zu nennen, unter dem H. G. Adler schon über es geschrieben hat. Er nennt sein Buch Erzählung, es wird ein Untergang beschrieben, verlorene Heimat, eine Reise, viel vom Abfall erzählt, und durch diese drei: verlorene Heimat, Reise, Abfall, wirkt die Erzählung tief in die Gegenwart hinein. Die Reisebesessenheit, von der wir fast alle befallen sind, ließe sich auch als Flucht deuten, oder als Selbstvertreibung aus einem Land, das, so scheint es, auch denen nicht mehr Heimat ist, die diese nicht verloren haben und nicht aus ihr vertrieben worden sind, als trauten sie dem Boden unter den Füßen nicht mehr. Reisen als Selbstzweck, als Industrie, und Verbraucherwirtschaft, deren absurder Sinn es zu sein scheint, Abfall zu produzieren. Ich deute mir H. G. Adlers Erzählung als weiterwirkende Reise in einer von Abfall bedrohten Welt. Was Heimat war und sein konnte, wird deutlich an denen, die keine mehr haben, obwohl sie nicht vertrieben worden sind: Bahnhöfe, Fahrpläne, Wartesäle, Ansager, Reisebegleiter, Reisevertreter, ein fahrendes Volk, wie getrieben.

Das Glück und das Heil

Über Luc Estang, »Das Glück und das Heil«

Ein Autor, der es wagt, einem Roman theologische Spannung zu geben, begibt sich außerhalb der Schutzzäune, die eine der herrschenden Moden ihm bietet. Die außerhalb jeglicher theologischen Problematik Stehenden dürfen sich mit einem »Was soll's?« begnügen, die Betroffenen (im Falle Luc Estangs die Christen) sind in der glücklichen Lage, keine Ästhetik zu haben, die mit ihrer Theologie kongruent wäre, und sie haben eine flüssige Geschicklichkeit entwickelt, Form und Inhalt gegeneinander auszuspielen: paßt eins von beiden nicht, stößt man mit dem zum Messer verwandelten anderen unbarmherzig in die Blöße, und Luc Estang bietet mit seinem neuen Roman Blöße.
Mutig und konsequent greift er ein Thema auf, das formal nie ganz zu lösen ist, weil es als theologisches Problem erst im Himmel gelöst werden wird: den Einbruch des Glücks, der Liebe in das sakramentale Heil der Ehe. Gewiß sind Glück und Ehe, Heil und Liebe nicht von Natur Gegensätze, aber sie sind auch nicht immer kongruent. Gegensätze sind sie in dieser von Estang geschilderten Ehe des Octave Coltenceau, in der die tödliche Korrektheit und Abgezirkeltheit plötzlich von einer unschuldigen Eva bedroht werden. Nicht von einer Lustspieleva, deren Apfel ein auf dumme Art frivolisiertes Verführungsinstrument ist. Es wird auch nicht jene Art von Unzucht geboten, vor der Staatsanwälte zittern und bedrohte Staatsbürger bewahren zu müssen glauben. Diese Eva – Marielau ist ihr Name in der Welt – bedient sich keiner Tricks, sie braucht auch nicht mit der egoistischen Triebhaftigkeit ausgestattet zu werden, die unseren naturalistischen Großvätern noch ein Problem war. Marielau ist Natur, fast eine Eva vor dem Sündenfall, der alles selbstverständlich und selbstverständlich alles gleichgültig ist, was sie hindern könnte, den Geliebten ans Glück zu bringen. Als Ausweg und Glücksstube wird auch nicht das in Dreiecksromanen so beliebte möblierte Zimmer in Paris gewählt, es wird nicht die Schule geschwänzt und der Gesellschaft nicht die Zunge herausgestreckt. Es wird offen gebrochen und ausgebrochen, mit Frau und Kindern, aus Gesellschaft, Beruf, Ehe. Marielau paßt auch nicht ins idiotische Klischee »anspruchsvolle Frau«; ihr einziger Anspruch besteht darin, den Geliebten ans Glück zu bringen.

Der Außenstehende kann sich so hämisch die Hände reiben wie der seines Heils so sehr gewisse Christ: die Sache geht schief. Der Anspruch ist zu hoch; Episode, möbliertes Zimmer, Wochenendausflug mit einer Lustspieleva, Blumen, Geschenke, intime Diners, eine Art bourgeoiser Außerehelichkeit, das ginge ja noch, weil es das Ende voraussetzte. Der Anspruch von Octave Coltenceau und Marielau besteht in der Annahme der Endlosigkeit. So bezeichnender- wie merkwürdigerweise ist Octaves Beichtvater am meisten beunruhigt über die offensichtlich spirituelle Ursache von etwas, das er für eine Liebschaft hält. Es ist keine: der höchst korrekte Doktor der Rechte, Octave Coltenceau, Bürovorsteher bei einem Rechtsanwalt und Notar, verläßt nach einer vorbildlich katholisch geführten zwanzigjährigen Ehe Frau und Kinder, nicht um eines Abenteuers willen, das Gesellschaft, Kirche und Frau ihm wohl verzeihen würden, sondern weil er in der Ehe um Eva betrogen wurde.

Es ist schon von Werner Bergengruen darauf hingewiesen worden, daß mit dem Verlust der äußeren Entfernung von der Geliebten, durch die Leichtigkeit, mit der einer heutzutage per Sportwagen, Flugzeug, Blitzzug, gedeckt durch einen dichten Terminkalender ein Tête-à-tête arrangieren kann, ohne aufzufallen – daß dadurch Leidenschaft sich langsam auslösche. Fällt außerdem noch die innere Entfernung weg, die durch so unmodische Worte wie Ehebruch, Eifersucht, Sünde, Betrug bezeichnet wird, so ergibt sich die Routine einer durch nichts gefährdeten Promiskuität, wo Wunden durch Schmuck oder Pralinenschachteln leicht zu heilen sind und sich nicht einmal mehr die Kraft bildet, sich der Langeweile bewußt zu werden und im Bewußtsein derselben wenigstens noch den Stachel des Todes zu spüren. Wo äußere und innere Entfernung wegfallen, fällt auch gesellschaftliche und religiöse Spannung weg; der nackte Trieb ist ja den Tieren zu überlassen, für die Lust und Fortpflanzung auf eine unschuldige Weise kongruent sind; Trieb ohne Fortpflanzung – das führt in die Geheimkammern der Gynäkologie, und was da vor sich geht, wird uns vielleicht ein zukünftiger Prosa-Benn einmal beschreiben; die Krankengeschichte eines L'amour pour l'amour, dem die ästhetische Rechtfertigung des L'art pour l'art gewiß fehlt. In diesen Geheimkammern herrscht das Skalpell über Eva, Maria und Martha.

Luc Estangs Eva Marielau tötet sich selbst in einer schäbigen Pariser Pension, in die das Paar nach einem Versuch, in reiner »Bergerie« das Paradies zu finden, einzieht. Eine Eva, die sich im Selbstmord kreuzigt, weil es ihr nicht gelang, den Geliebten ans Glück zu bringen: ein kühner Schluß, ein gewagtes Bild, dem die melodramatische Beimischung nicht fehlt und das ästhetisch Blößen genug bietet. Die theologische Fracht ist zu schwer, für den Helden, seine Eva, für den Roman, für Luc Estang, der bis zum Ende mutig genug bleibt, kein bourgeoises Ende zu wählen. Sein Held, Octave Coltenceau, weiß, daß er sündigt, seine unschuldige Geliebte begreift nicht, was Sünde sein sollte, sie steht sozusagen außerhalb der Theologie; ein Versuch Octaves, sie zum Christentum zu bekehren, auf daß sie seiner Sünde so teilhaftig werde, wie es zu seinem Glück notwendig wäre – eine Art Dialektik der Gnade –, mißlingt, und damit mißlingen Glück wie Heil. Der Roman ist nicht erbaulich, ebensowenig hat er jenen leicht pornographischen Hautgout, den sein Inhalt zu versprechen scheint, er ist von jener merkwürdigen Keuschheit, die auch die Christen kaum noch verstehen, vielleicht sogar eher jene Außenstehenden, von denen einer im Roman zu dem makellosen Coltenceau sagt: »Ich will gern ein Lump sein, Coltenceau, aber um der Ordnung willen muß ich an die Tugend von ein paar Menschen glauben können.«

Vom Mehrwert bearbeiteten Papiers

Manchmal frage ich mich, warum die Volkswirte so selten, oder fast gar nicht, die nationalökonomische Seite der Literatur einmal genau unter die Lupe nehmen. Etwa ausrechnen: was es kostet, eine Kurzgeschichte, einen Roman herzustellen.

Dabei müßte natürlich von vornherein alles ausgeschlossen werden, was ökonomisch und steuerlich nicht zu Buche zu bringen ist: Tabak, Kaffee, Marihuana, Straßenbahnfahrten oder Reisen per Flugzeug – was immer einer als sogenanntes Stimulans nötig hat oder zu haben glaubt. Schweigen müßte man auch vom Geist, von der Phantasie: die werden immer verschenkt, und es gehört zu ihrer Natur, verschenkt zu werden. Reden wir auch nicht von der Arbeitszeit: ein freier Mann hat keinen Stundenlohn. Schweigen wir auch davon, daß »einer ja leben muß«. (Grieshaber sagte mir neulich: »Leben, das ist für die Dienstboten« – und ein freier Mann ist kein Dienstbote, das erhebt ihn über den Status eines regierenden Königs.)

Bleiben wir beim nackten Herstellungswert, so, wie er steuerabzugsfähig ist: zehn Seiten Konzeptpapier zum Preise von insgesamt etwa 15 Pfennig; dazu ein halber Bleistift No. 3 B, weitere 22,5 Pfennig. Für die sogenannte Reinschrift auf der Maschine 10 (mit Durchschlag 20) Seiten Schreibmaschinenpapier; dazu die Abnutzung des Farbbands, das Pauspapier. Ich überlege mir immer wieder, ob ich mir ein neues Farbband kaufen soll, schon, weil's mir lästig ist, es einzulegen; ich erspare damit dem Finanzamt etwa 60 Pfennig, verärgere aber Lektoren und Redaktoren, die sich wahrscheinlich früher, als sonst notwendig wäre, eine Brille kaufen müssen – eine geschickte und boshafte Art, umsatzsteigernd zu wirken, aber ich las neulich, alle Schriftsteller seien boshaft . . .

Setzen wir diese beim zweiten Herstellungsgang anfallenden Kosten (Genaueres mag die Nationalökonomie herausfinden) mit 15 Pfennig an. Käme hinzu ein Briefumschlag für 1 Pfennig, 20 Pfennig Porto, ein Begleitschreiben, das ich – obwohl es je nach Laune und Temperament verschieden lang ausfallen mag – grob auf 1 Pfennig schätze.

Fazit: Gesamtherstellungswert einer zehn Schreibmaschinenseiten langen Kurzgeschichte 71,5 Pfennig.

Schweigen wir nun beharrlich von Kunst, Freunde! Die Verfasser von Lore-Romanen unterliegen, Gott sei Dank, denselben Steuergesetzen, denen Martin Buber unterläge, wäre er in Deutschland steuerpflichtig.
Schweigen wir auch von bleibenden Werten. Zundelheiner und Zundelfrieder sind geblieben, und es müßte geradezu aufregend für einen Doktoranden der Nationalökonomie sein, herauszufinden, welches »Sozialprodukt« Zundelheiner und Zundelfrieder bis auf den heutigen Tag erbracht haben.
Oder nehmen wir Schuberts »Am Brunnen vor dem Tore« – wahrscheinlich hat dieses Lied ein höheres Sozialprodukt erzielt als ein mittlerer Konzern, der – was weiß ich – Asbestwalzen herstellt.
Bleiben wir bei der Sache, beim nackten, steuerabzugsfähigen Herstellungswert einer Sache. Der Herstellungswert eines Romans kann sich höchstens auf 60 bis 100 Mark belaufen, und wenn einer Büttenpapier und eine Spezialtinte braucht, vielleicht aufs Doppelte.
Der Witz beginnt erst. Die Geschichte, deren Herstellungswert wir auf 71,5 Pfennig errechnet haben, bringt dem Verfasser – schweigen wir darüber, ob er den Abdruck seiner »Clique«, seiner »bemerkenswerten Begabung« oder nur einfach dem Glück verdankt – ein Honorar von mindestens 100 Mark ein. Wird sie – wozu durchaus kein Wunder gehörte – zweimal gedruckt oder gar auf irgendeiner Welle gesendet, so erhöht sich das Honorar auf insgesamt etwa 250 Mark.
Ich überlasse es den Volkswirten, auszurechnen, ein wievielprozentiger Mehrwert hier erarbeitet worden ist. Ich glaube nicht, daß irgendeine Industrie – und sei es selbst die kosmetische – solche Wunder an Wertsteigerung zustande bringt.
Bei Romanen wird die Sache geradezu beunruhigend: Nehmen wir an, das Buch, das herzustellen den Pegasisten 120 Mark kostete, würde im Laden 17,80 Mark kosten und es würde nur jenes Verkaufsminimum erreichen, an dem die Verleger ihr Kalkulationsrisiko hochhangeln, so hat dieser Boshafte, dieser Schriftsteller, durch seine mehr oder weniger gute Phantasie, oder auch nur mehr oder weniger gute Geschicklichkeit – er hat ein »Sozialprodukt« von fast 30 000 Mark erzielt, und sein Einkommen um 3000 Mark erhöht, bei einem Herstellungsaufwand von nur 120 Mark! Geht die Auflage über 1500 hinaus, wird die Sache gar

noch als Taschenbuch, Film, Hörspiel unters hochansehnliche Publikum gebracht: ich überlasse es der Volkswirtschaft, mit Multiplikationsmaschinen die Wertsteigerung zu ermessen.
Solche Herstellungspraktiken grenzen tatsächlich ans Wunderbare. Würde man gar noch ausrechnen, wie vielen so ein Schriftsteller Brot gibt: Lektoren und Zensoren, Packern, Sekretärinnen, Briefträgern, Telefonabhörern, Auslieferern, Buchhändlern, Kritikern (ganz zu schweigen davon, daß manches tränenüberströmte, hungergezeichnete Verlegergesicht sich aufhellt, so manches Brötchen, das sonst trocken heruntergewürgt werden müßte, mit Butter bestrichen werden kann, weil irgendwo ein Wahnsinniger sitzt, der unermüdlich Faber-Castell-Bleistifte No. 3 B spitzt oder auf die Tasten der Maschine hämmert, ganz dem Genius hingegeben und unaufhaltsam Mehrwerte schaffend; schweigen wir auch von Funkanstalten, Zeitungen, Zeitschriften, wo so manche Träne dem schwindenden Genius geweiht wird).
Dieser Wahnsinn, der da so unaufhörlich wie unaufhaltsam Mehrwerte schafft, muß natürlich bestraft werden, diese Verrücktheit »darf nicht ohne Folgen bleiben«, und wie ich höre, sind ja in Bonn schon die Rotstifte gespitzt, auf daß der Staat seinen Anteil an diesem Wunder nicht etwa verringere, sondern vermehre.
Da leuchten die Augen, da strahlen die Blicke. Recht geschieht den Schriftstellern, diesen Wahnsinnigen, diesen Unverbesserlichen, die Druckmaschinen, Tonbänder, Rotationsmaschinen in Bewegung halten.
Eigentlich ist ja das »Wunderbare« an der bundesrepublikanischen Nationalökonomie von der Industrie gepachtet. Was sie an »Wundern« leistet, wird auch entsprechend belohnt. Sie darf nicht nur, sie muß investieren: Strich durch Millionen. Während so ein zersetzender Schriftsteller, der etwa einen antimilitaristischen Roman schreibt, von jeder Steuermark 35 Pfennig für Panzer und die Frühstücksmarmelade der Bundeswehr herausrükken muß.
Natürlich kann auch ein Schriftsteller investieren: er kann sich eine ganze Kiste von Faber-Castell-Bleistiften kaufen, kann sich in unersättlicher Gier 10 000 Blatt Schreibmaschinenpapier auf Lager legen. Er kann sich am Busen der Frau oder der Geliebten ausweinen, Blumen, Parfüm, Konfekt für sie (die Geliebte oder

Frau) kaufen und in tückischer Zersetzungslust sich eine Quittung geben lassen, auf die er schreibt: »Geschenk an Geschäftsfreunde«. Er kann sich – aber da runzeln die Steuerbeamten schon die Brauen – auch eine neue Schreibmaschine kaufen, wenn er auf der alten schon 15 Jahre herumhämmert.

Ich fordere hiermit alle Schriftsteller auf, ihre Steuermoral zu heben: Laßt Sekt fließen, Freunde, laßt Hummercocktails servieren, seid unbescheiden. Kauft euch teure Bleistifte, schreibt auf Büttenpapier, klebt doppeltes Porto auf eure Briefe! Investiert! Schickt euch gegenseitig zum Geburtstag Orchideen à la Nero Wolfe! Telephoniert mehr, schon um den Abhörern eine Freude zu machen! Und führt mir ganz genau Buch, damit euch nicht ein Brief an die Großmutter, der zwanzig Pfennig Porto kostet, unter die Geschäftspost gerät: ihr beraubt die Steuer sonst um etwa 3 bis 4 Pfennig, die besser für Panzerketten und Frühstücksmarmelade verwendet würden! Gebt reichlich Trinkgelder, aber laßt sie euch quittieren, wie es sich für einen Gentleman geziemt.

Vor allem aber: Investiert! Kauft Bleistifte und Schreibmaschinenpapier, auf daß das Wunder weiterhin geschehe. Schafft Mehrwerte!

Antwort an Msgr. Erich Klausener

Sehr geehrter Herr,
Ihre offene Anfrage setzt uns in tiefe Verlegenheit. Ihr Brief mit dem Manuskript traf am 29. 10. hier ein, und da Ihr Brief kein persönlicher war, ließen wir ihn eine Weile liegen. Nach einigen Tagen lasen wir Ihr Manuskript. Nun ist das Manuskript einer offenen Anfrage ja noch keine offene Anfrage, es wird erst zu einer solchen, wenn es publiziert ist, und nach der Lektüre Ihres Manuskripts konnten wir uns kaum vorstellen, daß eine katholische Kirchenzeitung es veröffentlichen würde. Wir meinten, es sollte nicht gerade eine Kirchenzeitung sein, die die von Ihnen angewandte Methode eines Bordellismus der Literaturkritik kreieren würde. Wir streiten nicht über Geschmack, nur: *unser* Geschmack sprach auf Ihr Manuskript nicht an. Gleichzeitig teilten Sie uns mit, Ihre Sekretärin sei erkrankt und dadurch habe die Zusendung Ihres Manuskripts an den Adressaten Verzögerung erlitten, und so setzten wir voraus, daß durch die Erkrankung Ihrer Sekretärin auch die Absendung des Manuskripts an das *Petrusblatt* Verzögerung erlitten habe. Sie schrieben zwar, der erste Teil würde in der Nummer vom 27. 10. erscheinen, aber schon so mancher Autor hat sich in falschen Hoffnungen gewiegt – und bis zum 2. 11., dem Allerseelentag, an dem wir Ihr Manuskript lasen, war uns noch kein Belegexemplar des *Petrusblattes,* wie man so hübsch sagt, »ins Haus geflattert«. Uns flattert so manches ins Haus. Wie Sie sehen, verstrickten wir uns ganz und gar in der Voraussetzung einer Höflichkeit, die uns selbstverständlich ist. Schließlich ist es nicht einmal mehr höflich, sondern nur noch selbstverständlich, daß eine offene Anfrage dem, an den sie gerichtet ist, als erstem zugeht, daß er sie nicht nur im Manuskript, auch in ihrer ganzen Offenheit, d. h. publiziert zu Gesicht bekommt. Das ist bis dato – wir schreiben inzwischen den 11. 11. – nicht geschehen. Daß die Redaktion des *Petrusblattes* Ihr Manuskript tatsächlich für veröffentlichungsreif gehalten hat, erfuhren wir durch eine Notiz in einer Kölner Tageszeitung, außerdem durch einen Freund, der uns den ersten Teil Ihrer geschätzten Publikation zuschickte. Daß auch der zweite Teil publiziert ist, drang uns inzwischen an die Ohren.
Unhöflichkeit ist uns ganz besonders zuwider, mehr noch zuwi-

der als Mißverständnisse, und im Zusammenhang mit dem von Ihnen (einem katholischen Geistlichen, wie wir aus zuverlässiger Quelle erfuhren!) kreierten Bordellismus wird sie auf unerträgliche Weise peinlich. Wir machen uns auch Sorgen um Ihre Sekretärin: wie konnten Sie es dieser kranken Dame zumuten, das Manuskript ans *Petrusblatt* abzuschicken, wo sie doch zu krank war, als daß sie es an den Adressaten hätte abschicken können! Wir hoffen zuversichtlich, daß die Dame keinen ernsthaften Schaden erlitten hat. Damen gegenüber kennt unsere Höflichkeit keine Grenzen. Es ist uns nicht nur peinlich, Unhöflichkeit zu erfahren, noch peinlicher ist es, auf Verletzungen derselben hinweisen zu müssen. So hätten Sie doch wissen müssen, daß es den Übersetzer B. gar nicht gibt, daß er immer nur gemeinsam mit einer Dame auftritt, seiner Frau übrigens.
Daß es nicht nur weit, sondern sehr weit, wir möchten schon sagen unzumutbar weit unter Ihrer Würde gewesen wäre, die fragliche Adresse auf einen Briefumschlag zu schreiben, eine Marke draufzukleben und den Brief in den nächsten Kasten zu werfen – solches setzen wir natürlich voraus.
Kommen wir nun zu dem, was man bei höflicher Betrachtung Ihrer offenen Anfrage »Sache« nennen könnte. Es gibt denjenigen nicht, an den Sie Ihre offene Anfrage richteten; derjenige, den Sie zu meinen scheinen, ist der Ansicht, Ihre offene Anfrage sei gar nicht an ihn gerichtet, sondern an jemanden, den Sie sich unter ihm vorstellen. Wenn er trotzdem, mich, sein ausführendes Ich, beauftragt hat, Ihnen brüderlich, d. h. freundlich, aber streng zu antworten, so verdanken Sie das unserer Sorge um das geistige Wohl der Leser des *Petrusblattes.* Nur deshalb lassen wir uns zu einer Antwort herab.
Um es kurz und verständlich auszudrücken: so ein Schriftsteller hat viel zu tun; selbst, wenn er nichts Sichtbares tut, arbeitet er, und er, unverbesserlich, wie er nun einmal ist, arbeitet an drei Dingen gleichzeitig. An einem Roman, dann an einer Studie, der er den Titel geben will: »Der Fortschreitende Schwachsinn« (er will bei dieser Studie seine Aufmerksamkeit hauptsächlich dem widmen, das er bösartigen Schwachsinn nennt, wie er ihn unter Zeitgenossen verbreitet findet, die an verantwortlicher Stelle Unverantwortliches anrichten; doch seine geheime Liebe gilt dem verehrungswürdigen, liebenswürdigen Schwachsinn der von dieser Welt als »schwachsinnig« Bezeichneten, die für ihn

Träger einer himmlischen Intelligenz sind). Gleichzeitig ist er fleißig dabei, für sein neues Buch eine Methode zu vervollkommnen, die er bei seinem letzten schon mit Erfolg angewendet hat: im Text – unsichtbar natürlich – eine besondere Art Stacheldraht auszulegen, für Kritiker und Leser bestimmt, die nicht urteilen, sondern vorurteilen. Er braucht dann nachher nur die Stoffetzen einzusammeln, sie aufzukleben und mit einem intelligenten, kriminalistisch geschulten Schneider deren Klassifizierung vorzunehmen. Es ist erstaunlich, wie leicht ein wirklich intelligenter und erfahrener Schneider zu bestimmen weiß, welche Fetzen von einer Atheistenhose, welche von der eines atheistischen Links-, eines gläubigen Rechts-, eines gläubigen Links-, eines atheistischen Rechtsintellektuellen stammen; besonders überraschend wird die Sache dann, wenn in einer Falle, die für einen Linksintellektuellen aufgestellt war, ein Rechtsintellektueller seine Fetzen hinterläßt, und wenn er etwa in einer Atheistenfalle Fetzen von der Farbe eines bestimmten Schwarz oder gar Violett entdeckt; oder in einer Falle für Engagierte Fetzen eines Formalisten und umgekehrt. Sie sehen, so ein Schriftsteller hat seine Problème, sogar komplizierte.
Ich will es Ihnen ersparen, Ihnen seinen Gesichtsausdruck während der gemeinsamen Lektüre Ihrer offenen Anfrage zu schildern. Es würde Sie über Gebühr kränken. Sein erster Kommentar nach der Lektüre: »Was soll diese wortreiche Belästigung?« Als ich ihm in Erinnerung rief, er habe doch einmal geschworen, mit einem Priester fast nie die Geduld zu verlieren, fragte er: »Sind denn Prälaten Priester?« Seien Sie nicht gleich gekränkt: das sind so Übertreibungen; denken Sie an den Ihnen gewiß unverdächtigen Chesterton, der einmal gesagt: »Übertreibung ist die Definition der Kunst«; ein Spruch, den ich Ihnen vor der Lektüre von Theaterstücken, Pamphleten, Romanen als zur Beherzigung empfehle.
Mit klagender Stimme bedauerte er dann die Tatsache, daß Nonnen nie offene Briefe an Schriftsteller schreiben, denn seine Geduld mit Nonnen ist nicht nur fast, sondern vollkommen unerschöpflich. Bevor ich fortfahre, muß ich noch einmal wiederholen: ich bin nicht er; ich bin nicht der, den Sie meinen; er ist nicht der, den Sie meinen. Ich bin nur sein ausführendes Ich, das für ihn Adressen auf Briefumschläge schreibt, Marken aufklebt, an der Schreibmaschine sitzt, im Lexikon nachschlägt, Kirchenzei-

tungen liest. Wie soll ich Ihnen das erklären? Aber vielleicht wissen sogar Sie, daß selbst die jüngste und dümmste aller Zwiebeln schon einige Schichten, einige Schalen hat, und wie soll der Mensch ein einschichtig Wesen sein, wo doch diese demütige Frucht, die zu Suppe, Soße, Salat dient, schon mehrere Schichten hat.

Er bat also mich, Ihnen mitzuteilen (»Meinetwegen schreiben Sie ihm also«, sagte er – Sie sehen, wir stehen nicht einmal per Du miteinander!), daß er Ihre offene Anfrage schon deshalb für eine wortreiche und vollkommen überflüssige Belästigung hält, weil er die Zuständigkeit der Kirche und Kirchenmänner in Fragen der Kunst und Literatur immer, in Fragen der Moral nie bestritten habe; daß man sogar hereinfallen kann, wenn man von letzterer Gebrauch macht, bewies ihm neulich die Fernseh-Vorschau; er erlaubte seinen Kindern, eine bayrische Bauernkomödie anzuschauen, die von der Kirchenzeitung für 14jährige freigegeben war, aber dann kamen in diesem Stück gleich drei katholische bayrische Bauern vor, die von einer gewissen »schwarzen Resei« der Vaterschaft an einem einzigen Kind jener Dame bezichtigt wurden – und solch ein Thema ist selbst schmutzigen Literaten tabu, und wenn es einer anpacken würde, würde er nicht im Bühnenbild lauter Kruzifixe und barocke IHS auf Türfüllungen für angebracht halten.

Er meint also, Sie hätten sich doch darauf beschränken können, die Leser des *Petrusblattes* – mit einer Ausführlichkeit, die wir gern Ihnen und der Redaktion überlassen – vor den Büchern eines gewissen B. und den Theaterstücken eines anderen B. zu warnen. Das sei Ihr gutes Recht, meinte er, wenn auch die Erfahrung Sie gelehrt haben sollte, daß solche Warnungen weitaus mehr werbend als warnend wirken würden. (Schon wieder ein Stabreim. Vorsicht.)

Selbst als sein nur ausführendes, demütiges Ich, als jene äußere Schale, die nicht etwa aus Überzeugung, sondern habituell höflich ist, kann ich Ihnen den Vorwurf nicht ersparen, daß die Auswahl aus seinen Schriften, die Sie zur Grundlage Ihrer offenen Anfrage machen, zu dürftig ist und den Verdacht, den andere, nicht wir, äußerten, fast begründet erscheinen läßt: Sie könnten demagogisch geschult sein. Schon die Lektüre des fast winzigen Artikelchens in *Was ist heute links?* hätte Ihnen die umfangreichen Tiraden über die zwanziger Jahre erspart, und wenn Sie –

es gibt noch Lücken in unserer Geschichtsschreibung, und vielleicht greifen Sie zur Feder, diese auszufüllen – sich die Biographie des Prälaten Kaas vor Augen führten (möglicherweise haben Sie ihn, als Sie noch ein Bub waren, gar gekannt) –, dann würde es Ihnen gar nicht so schwer fallen, festzustellen, wer u. a. die Weimarer Republik zu Grabe tragen half.

Fast die Hälfte Ihrer offenen Anfrage hätten Sie sich ersparen können, meint er, wenn Sie nicht an den Übersetzer (den es gar nicht gibt, da er ja nur immer gemeinsam mit seiner Frau auftritt), sondern an den Autor jenes von Ihnen so verdächtig oft zitierten Theaterstücks geschrieben hätten.

Ihn, den Sie meinen, zu interpretieren, zu zitieren, bin nicht einmal ich als sein ausführendes Ich berechtigt, wohl aber berechtigt, Ihnen mitzuteilen, daß Interpretationen Glückssache, daß sie, wenn sie persönlich werden, nur noch Unterstellungen sind – und daß unsere Erfahrungen mit dem von Ihnen erfundenen Bordellismus zu gering sind, als daß wir zu einer Antwort fähig wären.

Eins aber weiß sogar ich, sein ausführendes, sein Schreibmaschinen-Ich: Pamphlete sind kein Honigersatz für trostbedürftige Gemüter, sie sind in keinem, aber auch gar keinem Fall eine komplette Kirchengeschichte plus Moraltheologie, Dogmatik, Pastoraltheologie, plus abendländischer Geschichte, plus erschöpfender Darstellung der Situation der katholischen Kirche in der DDR. Herauszufinden, was nun ein satirischer Roman ist, das überlassen wir Ihnen. Er schreibt sie, ich tippe sie für ihn in die Maschine.

Undeutlich murmelte er vor sich hin, was ich hier für die Leser des *Petrusblattes* in Klartext verwandele: er habe neulich von einem Hirtenbrief der deutschen Bischöfe gehört, die besorgt ihre Residenzen für zehn Wochen verlassen hätten. Diese Sorge – meinte er – sei offenbar nicht ganz unbegründet gewesen, denn in der Abwesenheit der Hirten und Oberhirten schienen einige Leute (*welche* weiß ich natürlich nicht, denn alles erfahre ich natürlich nicht von ihm) so zersetzend wirken zu wollen, wie einige Politiker seinerzeit gewirkt hätten.

Schwierig war es für mich, ihm zu erklären, was Sie eigentlich zu solch einer wortreichen Belästigung berechtige; es verbinde ihn doch mit Ihnen möglicherweise nur der gleiche Taufschein und die gleiche Kirchensteuer, das aber verbände ihn mit fünfund-

zwanzig Millionen Deutschen – und verbände Sie doch möglicherweise mit einigen anderen Autoren. »Warum schreibt er denn nicht auch denen?« fragte er mürrisch.
Wenn er dann noch sagt: »Gut, also schreiben Sie ihm meinetwegen – aber nicht auf seinem Niveau« – so ist das leicht gesagt, denn er überläßt es mir und auch Ihnen herauszufinden, ob er, wenn er sagt »auf seinem Niveau«, gemeint hat, ich müßte zu diesem hinauf- oder auf dieses herabsteigen.
Plötzlich fängt er dann unvermutet an, regelrecht zu schluchzen, fleht mich an, Ihnen zum Schluß mitzuteilen, daß er Sie durch mich seines uneingeschränkten Mitleids versichern möchte (das ich nicht teile, wie ich korrekterweise hinzufügen muß). Mitleid hat er mit Ihnen, weil erstens Ihre Sekretärin so schwer erkrankt ist: wer soll Ihnen da die Briefmarken aufkleben? Zweitens, weil er erfuhr, daß Sie so eine Art Fernsehbeauftragter der katholischen Kirche sind. Mein Gott, es gibt soviel öffentliche Unzucht im Fernsehen, nicht nur in Bauernkomödien, besonders im Werbefernsehen. Weiß man da nicht sogar genau, »was Frauen wünschen«, und tritt da nicht jeden, von Gott gesegneten Abend, wenn die christliche Familie sich vor dem Bildschirm versammelt, der Bundesbüstenhalter so treu und fest wie die Wacht am Rhein ins Bild (*er* behauptet immer, der Bundesbüstenhalter wäre eine dritte Kraft zwischen Bundespräsident und Bundeskanzler). Drittens hat er Mitleid mit Ihnen wegen Ihrer ästhetischen Erziehung, die Sie offenbar nur befähigt, Erzeugnisse der Literatur wie Rekruten bei einer Musterung zu beurteilen: »Tauglich 1, 2, 3, untauglich usf.«, und er hat nun einmal eine fürchterliche Abneigung gegen Musterungen.
Selbst ich, der ich, da ich dies alles tippen muß, einigen Grund hätte, über Sie verärgert zu sein, spüre Ansätze von Mitleid, wenn ich mir vorstelle, welcher Kampf gegen welch eine Macht Ihnen bevorsteht, wenn Sie an die Säuberung des Werbefernsehens gehen. Konzentrieren Sie sich ganz auf diesen Kampf, zu dem wir – er und ich ausnahmsweise einig – Ihnen Kraft, Mut und Ausdauer wünschen. Wenn ich mir zum Schluß eine persönliche Bemerkung erlauben darf, wie sie mir als Tipp-Ich eigentlich nicht zusteht: Wenn ich mir vorstelle, welche Korrespondenz mit Übersetzern Ihnen bevorsteht, da steigt mein Mitleid um einige Grade; vor allem mit den Übersetzern des Alten Testaments, in dem die haarsträubende Geschichte von Sodom und

Gomorrha, von Judith und Holofernes, von Esther u. a. vorkommt.

Nicht einmal ich, nicht wir, geschweige denn er – keiner von uns ist auch nur zu einem Bruchteil

der Ihre.

P. S. Liebe Leser des *Petrusblattes,* über dieses Postskriptum konnten wir uns nicht einigen. *Er* meint, was nun folgt, wäre zu schade für den Herrn, der ihm eine solche offene Anfrage zuschickte; *ich* meinte, wir sollten es ihm immerhin auch zur Lektüre anbieten. Wir wollten hier aber, wenn auch nicht einig, so doch wenigstens vereint auftreten (es ist ja ein Irrtum – auch politisch ein Irrtum –, anzunehmen, Vereinigung und Einigkeit wären synonym!). Als er nämlich anfing, mir von einem Jungen zu erzählen, den sein Schulweg fast eineinhalb jahrzehntelang an Bäckereien vorüberführte, in dem am dichtesten besiedelten Viertel Kölns; von einem Jungen, der auch immer Steine, Rheinkiesel in der Tasche trug, Rheinkiesel in allen Farben, wie man sie hier auf dem rechten Rheinufer findet; als er mir gestand, dieser Junge wäre den Brotgeruch aus den Kellern der Bäckereien nie losgeworden – da wußte ich plötzlich, daß ich dieser Junge gewesen bin, und wir waren wiedervereint, nun auch einig, daß dieses Postskriptum zu schade für diesen Herrn sei; schließlich gibt es ein Evangelium, in dem von Perlen gesprochen wird. Da fand auch ich denn plötzlich, was er schon lange fand, daß es unzulässig ist, mir vorzuwerfen, ich böte eine Substanz nicht, die zu bieten ich mir nie angemaßt habe, nicht etwa aus Bescheidenheit, wie mir unterstellt wurde, schon gar nicht *plötzlich* bescheiden, wie mir weiterhin unterstellt wurde, sondern mit jenem Hochmut, der dazu gehört, wenn einer seine eigenen Grenzen erkennt. Schließlich wissen wir beide, daß ich weder Bäcker noch Priester bin, und die Steine trug ich in meinen Taschen, weil sie schön waren, auch alt, abgeschliffen, älter als die Kathedralen, und weil sie so einen weiten Weg hinter sich hatten – wie lange braucht so ein Kiesel, um rheinabwärts bis nach Köln zu rollen – und hätte nicht einer davon ein Edelstein aus dem Nibelungenschatz sein können? (Hier müssen wir uns für eine Weile wieder trennen, wenn ich Ihnen im Vertrauen sage, daß *er* immer noch Steine in der Tasche trägt, besonders schöne, wie seine Kinder sie ihm schenken, nur wirft er damit nicht mehr, wie wir es als Jungen taten, manchmal Fensterscheiben oder Laternen ein, aber *wenn* er's täte, würde er sich nicht wundern, wenn einer den Kopf aus dem Fenster streckte und ihm mindestens ein »Na, na« nachrufen würde; *ich* trage keine Steine mehr in der Tasche, ich kann mir solche Romantik nicht leisten; ich muß an Prälaten Briefe schreiben, Briefmarken aufkleben, die Post öffnen, sie durchsehen, Schreibmaschine bedienen, im Lexikon ganz schlimme Wörter nachschauen, wie sie manchmal in irischen Theaterstücken vorkommen; ich muß die Zeugnisse der Kinder unterschreiben, ich muß die Kirchenzeitung lesen, scharfen Auges nach einer Hausgehilfin ausschauen, damit seine Frau Bücher übersetzen kann, in denen – wie ich hiermit an Eides Statt versichere – kein einziges Bordell vorkommt; *er* kann es sich leisten, Steine in der Tasche zu tragen, mit seiner Frau und mit Freunden Tee, Wein – was weiß ich – zu trinken, an seinen Roman zu denken und auf eine ziemlich verächtliche Weise höflich zu bleiben; *ich* muß sehen, wie ich diese Höflichkeit in Wort und Tat umsetze. Sie, liebe Leser, die Sie vielleicht nicht nur ein Oberflächen-, ein Aktivisten-Ich haben, können sich gewiß vorstellen, wie schwierig es ist, aus einem solchen Burschen etwas halbwegs Verantwortbares herauszuartikulieren. Plötzlich will er stundenlang Schallplatten hören (nicht, wie ein Gewisser in blindem Eifer jetzt unterstellen möchte, Chopin, sondern Mozart); dann greift er wieder zu seinem Schwachsinn-Manuskript, liest fast gleichzeitig in der Zeitung (einer vollkommen seriösen, der *seriösesten,* wie ich Ihnen versichere).

Verstehen Sie nun, liebe Leser des *Petrusblattes,* was ich gemeint haben könnte, wenn ich von wortreicher Belästigung sprach? Und wenn ich mir erlaube und etwas ganz Banales, etwas so erschreckend Selbstverständliches hinzufüge: Wer *bezahlt* uns eigentlich die Arbeit, die eine solche wortreiche Belästigung uns einträgt? Von Steinen in der Tasche kann einer ja wirklich nicht leben, eine Sekretärin, die ich krank melden könnte, habe ich nicht. Den Titel »katholischer Schriftsteller«, den er mir scheinbar absprechen möchte, habe ich immer abgelehnt; die Kompetenz der Kirche und Kirchenmänner in Fragen der Kunst und Literatur immer, in Fragen der Moral nie bestritten (obwohl ich langsam sogar an dieser Kompetenz zu zweifeln beginne). Was soll da eine offene Anfrage? Es gibt Schriftsteller genug, die sich als »katholisch« bezeichnen und vielleicht begierig auf solche offenen Anfragen warten.

Jetzt, wo wir sozusagen unter uns sind, darf ich vielleicht annehmen, daß Sie anfangen zu verstehen, daß ich dies hier zu schade fand für jenen Herrn, der offenbar nur nach Bordellen in der Literatur sucht. Stein bleibt Stein. Brot bleibt Brot (nicht immer). Aber CDU CDU. Und mögen also Leser und Kritiker feststellen, wieviel Brot, Kuchen, Steine, Erde, Dornen, Wasser, Salzsäure, Honig wir zu bieten haben. Die meisten wissen, was sich gehört: sie tun's nicht in offenen Anfragen und nicht mit jener Lineardialektik, mit der in gewissen Ländern von gewissen Funktionären gewisse Autoren an ihre »Pflichten« erinnert werden.

Schade ist, liebe Leser, daß der Herr Ihnen nichts, gar nichts von der hübschen Tanzszene zwischen dem unschuldigen irischen Mädchen und dem englischen Soldaten erzählt hat; sonst hätte der Herr Ihnen auch erklären können, daß in dem von Behan dargestellten Sodom und Gomorrha noch ein Platz für Unschuld ist. Schade.

Schade auch, daß der Herr nur, aber auch nur Negatives mitzuteilen hatte und sich so als ein zersetzender Intellektueller von jener Art erwiesen hat, vor der die deutschen Bischöfe mit Recht gewarnt haben. Hätte er ihm – und mir, möchte ich bescheidenerweise hinzufügen, denn auch ich bedarf des stärkenden Zuspruchs – nicht wenigstens in kurzer Form mitteilen können, *wie* man denn nun einen christlichen Roman zu schreiben hat? Schon eine kleine Inhaltsangabe hätte uns so wohlgetan; etwa: intellektuell anfechtbarer junger Mann aus gutkatholischem Haus ergibt sich vorübergehend den zersetzenden Einflüssen von Bordellschnüfflern, wird aber dann durch ein durch und durch gesundes Mädchen, das er auf einem CVer Ball kennenlernt, bekehrt, tritt in die CDU ein, widmet sich mit Haut und Haaren dem Kampf gegen die Gewerkschaften, wird bei einer Schlägerei, in deren Verlauf er mit Wort wie mit Muskeln die Interessen der Industrie vertritt, tödlich verletzt; sterbend seufzt er in den Armen seiner Verlobten: »Tritt ein, tritt ein ...« Es bleibt offen (denn zu deutlich darf man nicht werden), ob er damit die CDU, den Bundesverband der Industrie, den Himmel oder die Bundeswehr gemeint hat. Für solche positiven Vorschläge, aus denen eine Art christlicher Traktorenliteratur werden könnte, sind wir jederzeit zu haben. Warum also immer nur Negatives, warum in Kirchenzeitungen soviel über Freudenhäuser?

Ungeteilt der Ihrige gez. Heinrich Böll

P. P. S. Da fällt uns ausgerechnet zum Schluß ein, daß der Herr sich ein gutes Drittel, fast die Hälfte seiner offenen Anfrage hätte ersparen können, wenn er nicht nur *vermutet* hätte, wir hätten die von ihm so ausgiebig zitierten Songs übersetzt, sondern sich – was seine Sekretärin selbst mit fiebriger Hand telefonisch für ihn hätte erledigen können – Gewißheit verschafft hätte. Die Songs sind nämlich von den Herren Zadek und Dr. Wesseler übersetzt. Vielleicht könnten Sie, lieber Leser des *Petrusblattes*, den Herrn auffordern, seinen Zorn umzuadressieren. Und *jetzt* begreifen Sie ganz sicher, wenn ich von Belästigung gesprochen habe.

Ihr gez. H. B.

Briefe an einen Freund jenseits der Grenzen

I

Lieber Freund,

das Studium der Zoologie, dem ich auch hier mit Eifer obliege, hat in der Vorweihnachtszeit unerwartet kommerzielle Früchte getragen.
Drei Wochen lang fungierte ich in einem Pelzgeschäft als zoologischer Berater; meine Aufgabe bestand darin, den Kundinnen kleine Vorträge über Heimat und Lebeweise der süßen Tiere zu halten, mit deren Fellen sie sich zu bekleiden geruhen. So erzählte ich allerlei Neckisches über Zobel und Nerz, über Lamm und Pferd (unterdrückte manche hübsche Geschichte über Kaninchen und Katze), und wie Du Dir denken kannst, widmete ich mich mit besonderer Eindringlichkeit den Astrachan- oder Karakulschafen, die man auch Persianer oder Krimmer nennt. Sie werden ja, wie Du wohl weißt, von manchem grausamen Züchter lebend aus der lebenden Mutter Leib geschnitten, weil die so begehrte Kräuselung sich dann am besten erhält.
Gewiß, lieber Freund, das klingt nicht sehr freundlich, entspricht so gar nicht den in dieser Saison vorgeschriebenen Gefühlen . . . aber versprach ich Dir nicht, wahrheitsgemäß über meinen weiteren Werdegang zu berichten?
Zum Glück sind Krimmer und Persianer gar nicht mehr in Mode, und ich war nur wenige Male gezwungen, in dieser weihevollen Zeit, die man hier Advent nennt, Grausames über die Lippen zu bringen.
Mein Chef nannte mich übrigens »unseren *Background*-Mann«; oft, wenn ich gerade eine Pause machte, kam er zu mir ins Hinterstübchen und flüsterte mir zu: »Steinreiche Mistbiene in Sicht, pfeffern Sie ihr tüchtig ›*background*‹ 'rein, darf sogar grausam sein.«
Überhaupt, mein Lieber: Grausamkeit ist Mode, und das hier landesübliche »Seid nett zueinander« bedeutet in klares Schriftdeutsch übertragen: »Seid grausam zueinander.«
Viele Damen – so zobel- wie nerzmüde – greifen nun begierig zum Fell eines neu entdeckten Pelztieres, das nur in Höhen über

sechstausend Metern gedeiht, sehr selten ist, nur unter Lebensgefahr zu erlegen. Die Händler wissen zu berichten, daß pro Fell das Leben von eineinhalb tibetanischen Hirten zu beklagen sei.

Es handelt sich um die Njukjal-Ziege, die bisher nur in der tibetanischen Mythologie bekannt war, als Nährmutter des berühmten Njuk-Amal, der als einer der Vorläufer des Dschingis-Khan gilt.

Für mich war diese Zeit im Pelzhandel natürlich so lehrreich wie einträglich: welcher Zoologe hat schon Gelegenheit, ein echtes Njukjal-Fell in die Hand zu bekommen?

Ich frage mich, warum gerade die Menschen die kältebeständigsten Pelze kaufen, die sich fast niemals der Kälte und dem Wetter aussetzen, sondern in wohltemperierten Räumen ein süßes und müdes Leben führen. Doch ich will in mich gehen und nicht anfangen nachdenklich zu werden; denn wer nachdenkt, gilt hier schon als Intellektueller, und wer gar gewisse Schlüsse aus seinen Gedanken zieht, hat jede Chance, als zersetzender Intellektueller den Unwillen von Kirche und Staat zu erregen. Seid nett zueinander – aber denkt nicht nach!

Ich habe, wie Du weißt, aller Bitterkeit abgeschworen und bin auf dem besten Wege, mit dem Leben hier, wie man so hübsch sagt, »zu verschmelzen«. Und außerdem: meine Tätigkeit hat sich gelohnt.

In diesen Kreisen, wo Njukjal begehrt ist, wo man des Zobels so müde ist wie des Nerzes, sitzen die Trinkgelder schon wieder locker, und wenn ich meine »*story* abspulte« (so nennt man das hier), von dem jungen Hirten Gulan-Gator erzählte, den man erfroren, aber eine noch zuckende Njukjal-Ziege umklammernd in einer Schneewehe fand, dann rollten Tränen so flink die Wangen herunter wie später das Fünfmarkstück in meine diskret hingehaltene Hand.

Einzig trinkgeldhinderlich war die Tatsache, daß mein Chef mich hin und wieder »Herr Doktor« titulierte, wenn mein demütig dargebrachtes Wissen begehrt war. Da jedes »Herr Doktor« mich schätzungsweise fünf Mark kostete, bat ich ihn – natürlich mit gebührender Demut –, mich doch nicht weiterhin solcherart zu schädigen, zumal mir die hübsche Anrede gar nicht zusteht. Er bot mir daraufhin großzügig eine Trinkgeldausfallprämie an. Du siehst, daß soziale Gerechtigkeit hier kein leerer Wahn ist.

Ansonsten unterliege ich natürlich, was meine Vorweihnachtsperiode im Pelzhandel betrifft, der Schweigepflicht. Schade. Ich könnte Dir sonst Sachen erzählen . . .! Und Dir Zahlen nennen!
Meine Einkünfte ermöglichten es mir, zahlreichen Freunden jenseits der Grenze Pakete – ich würde gern sagen: zu schicken, muß aber wahrheitsgemäß sagen, schicken zu lassen. Ich gab Geld, Adressen, eine Liste begehrter Nahrungs- und Genußmittel dem Sohn meiner Wirtin, der sich mit jugendlichem Eifer und Korrektheit seiner Pflichten entledigte.
Ich hatte mir erlaubt, auf die Adressenliste auch die Namen einiger Leute zu setzen, die diesseits der Grenze wohnen. Der Mann meiner Wirtin empfand das als Provokation, sprach sogar die hier sehr gebräuchlichen Worte »zersetzend« und »subversiv« aus. Eins der Kennzeichen dieser verwirrten und verworrenen Welt ist ja die Tatsache, daß das Unpolitische als hochpolitisch empfunden wird.
Du erinnerst Dich vielleicht noch des langwierigen, so peinlichen wie brutalen Verhörs vor dem Kreiskomitee, dem ich mich wegen angeblicher »Unterstützung reaktionärer Kreise« unterziehen mußte. Dabei hatte ich doch nur einer alten Nonne ihren Koffer vom Bahnsteig an den Omnibus getragen, eine selbstverständliche Handlung, die mir ein »Gott segne Sie, junger Freund« eintrug. Noch heute bricht mir der Angstschweiß aus, wenn ich mich der Konfrontation mit der alten Nonne erinnere, deren Koffer tatsächlich religiöse Schriften enthalten hatte. Du weißt ja, wie leichtfertig einem die Titel Spion, Saboteur, Verräter der Arbeiterklasse angehängt wurden. Es gelang mir, über die Landesgrenze zu entkommen, mit Hilfe eines landesverräterischen Polizisten übrigens.
Nun, es erwies sich als äußerst schwierig, den Mann meiner Wirtin davon zu überzeugen, daß mir jegliche politische Absicht ferngelegen hatte, als ich ein paar Pelznäherinnen auf meine Adressenliste setzte, liebe Mädchen, denen ich eine kleine Festesfreude hatte bereiten wollen.
Meine bescheidenen Bemühungen, unmittelbar zu Deinem Fest etwas beizusteuern, bestanden lediglich darin, ein paar Taschenbücher in Briefumschläge zu stecken. Ich hoffe, daß Zöllner und Zensoren milde gestimmt sind in dieser friedlichen Saison.
Man sollte Zoll und Zensur überhaupt den Blinden überlassen;

deren Hände sind behutsam; die Sehenden greifen in peinlichem Pflichteifer blindlings zu.
Lieber noch als Bücher hätte ich Dir einen Stoß Zeitungen geschickt, nicht um Dich aufzuhetzen oder gar Dich zu vergiften, sondern um Deine Meinung über einige Fälle zu erfahren, die hier die ermüdeten Gemüter vorübergehend in Erregung versetzten.
Da gab es eine Affäre, die man im Volksmund jetzt die Abhör-Affäre nennt. Eine peinliche Geschichte, die der zuständige Minister hier mit peinlichen Vokabeln aus der Welt zu schaffen versuchte. Nun, bei Euch da drüben weiß man wenigstens, warum man durchs Telefon nur Belangloses ans Ohr des Partners dringen läßt – »Fröhliche Weihnacht« oder »Wie geht's, wie steht's?«
Da ich selber einem Landesverräter Freiheit und Frieden verdanke, bin ich natürlich leidenschaftlich an sogenannten Sicherheitsfragen interessiert; denn da Spitzel natürlich da zu finden sind, wo sie hingehören, bei anderen Spitzeln nämlich, muß ich fürchten, daß der Name des landesverräterischen Polizisten den Behörden bei Euch gerade durch die hiesigen Spitzel bekannt wird. Demütig und voller Friedenssehnsucht wünsche ich allen Verdächtigen und Verdächtigten die saisongemäße Ruhe.
Ich selber, lieber Freund, habe alle Ingredienzen beisammen, die ich mir für ein paar friedliche Feiertage wünsche: einen großen Topf Bohnensuppe, der wohl bis Silvester reichen wird; drei Bände Kierkegaard; auch Branntwein; der Sohn meiner Wirtin hat sich liebenswürdigerweise bereit erklärt, mir hin und wieder frischen Kaffee zu kochen und mir die Kohlen aus dem Keller zu holen.
Auch beglückt mich die Aussicht, daß ich mir vier Tage lang weder den Bart zu scheren noch die Schuhe zu putzen oder die Hosen zu bügeln brauche. Drei Wochen lang – während meine bescheidenen Dienste der Pelzbranche galten – mußte ich geschniegelt und gebügelt einhergehen, mußte die Schärfe meiner Rasur überprüfen wie ein Rekrut, der den Morgenappell zu fürchten hat.
Was mich beunruhigt, liegt ausschließlich auf zoologischem Sektor: Ich bange um den Fortbestand der Njukjal-Ziege und mache mir Sorgen um den Sekretär. Willst Du ein Werk der Versöhnung für mich tun und dem Sekretär ein wenig das Genick krau-

len? Ich meine das seltene Exemplar des Sagittarius Serpentarius in Eurem Zoo, mit dem mich eine innige Freundschaft verband, bevor ich gezwungen wurde, meinen Wohnsitz diesseits der Grenzen aufzuschlagen. Dieser hochbeinige Räuber hat so wenig Freunde, alle rennen sie zum Bambi oder zu den süßen Bärchen; ihn, meinen Freund, meiden sie, sogar die Kinder – ich war sein einziger Freund. Willst Du mich bei ihm vertreten und ihm's Genick ein wenig kraulen?

Im übrigen wünsche ich Dir: blinde Zensoren, pflichtvergessene Zöllner, landesverräterische Polizisten. Ob wir uns je wiedersehen können, ohne daß einer sich dieses schrecklich klingenden Vergehens des Landesverrates verdächtig oder gar schuldig macht?

Du weißt, ich bin der Deine –

Loki

2

Inzwischen, mein Lieber, bin ich ganz und gar mit dem Leben hier verschmolzen. Es geht mir gesundheitlich glänzend, auch finanziell bin ich in angenehmer Kondition.

Vierzehn Tage lang habe ich bei einem Tierarzt famuliert, der in einem nagelneuen Vorort, den man das Millionärsdorf nennt, eine Pudelpraxis eröffnet hat.

Merkwürdigerweise weiß hier fast niemand, daß der Pudel ein Jagdhund ist, der zuletzt zur Zeit Ludwigs des Vierzehnten in Mode war; jedenfalls, als ich das neulich einer Dame – oder sollte ich sagen: Patientin? – erzählte, blickte sie mich an, als hätte ich ihr beizubringen versucht, auch Chruschtschow gehöre ja eigentlich zur Gattung *Homo sapiens.*

Derselben Dame – eigentlich ihrem Pudel – verdanke ich mein jetziges Quartier: eine (nach hiesigem Geschmack) komfortabel eingerichtete Villa mit schätzungsweise fünfzehn Zimmern (alle habe ich sie bisher weder gezählt noch erkundet), Ölheizung, Fernsehapparat, drei Badezimmern, einem Massageraum, automatischer Waschmaschine (wozu letztere, ist mir unklar, denn die Wäsche wird ausgegeben), eine Jazz-Diskothek, um die Du mich beneiden würdest.

Wenn ich nun noch hinzufüge, daß außerdem täglich eine Zugehfrau kommt und daß ich täglich zehn Mark Honorar be-

komme, wirst Du erstaunt fragen »wofür?« und mich gigolistischer oder gar zuhälterischer Neigungen verdächtigen.
Nein, meine Gegenleistung besteht darin, einen Pudel zu betreuen und zu beobachten, der auf den merkwürdigen Namen »Twen« hört. (Frag mich nicht, was ich mich auch frage: wie jemand einen Hund mit einem Begriff benennen kann, den die Textilindustrie hat erfinden lassen, um ihre Hosen loszuwerden.)
Das ursprünglich einmal ganz hübsche Tier ist der Leberzirrhose verdächtig, verfettet, verwöhnt, versnobt, hat seine Intelligenz wie seinen Instinkt verloren.
Kein Wunder: drei Jahre lang hat das arme Vieh eine Diät gehabt, die selbst einen widerstandsfähigeren Körper ruiniert hätte; zum Frühstück drei Rühreier, in Butter geschmorte Rauchfleischwürfel, das Ganze mit einer Tasse alten Sherrys übergossen; mittags rohe Kalbsleber mit Portwein; abends zwei Paar Frankfurter Würstchen in obergärigem Bier.
Nicht aus Egoismus, sondern aus zoologischem Altruismus führe ich mir nun oben Genanntes zu Gemüte (ich erspare mir den Portwein und das obergärige Bier und brate mir die Kalbsleber); den Köter habe ich auf in Wasser gekochte Haferflocken gesetzt; das nimmt er mir natürlich übel, obwohl es zu seinem Heil ist.
Sein »Frauchen« ist auf sechs Wochen an die Riviera gereist, weil sie sein »Leiden nicht mit ansehen kann«.
Dem armen Hund, diesem »Twen«, geht es wirklich übel: verfettet, mit trüben Augen schlich er durchs Haus, wurde hin und wieder sogar bösartig, so daß ich ihm einen Tritt versetzen mußte. Ich sperrte ihn ein, schnauzte ihn an, behandelte ihn mit jener Härte, die mein Zoologengewissen mir vorschrieb.
Inzwischen habe ich ihn gezähmt, fast kuriert, er wedelt schon wieder mit dem Schwanz, wenn ich ihm seinen Haferbrei bringe, fällt mit Dankbarkeit über sein Fressen her; und wenn ich ihn gelegentlich streichele, reibt er in wilder Freude seinen Kopf an meinen Unterschenkeln. Ans Wassertrinken kann ich ihn nicht gewöhnen, das einzige Getränk, das er zu sich nimmt, ist Fachinger, ein wirklich gutes und teures Mineralwasser.
Du siehst: es geht mir phantastisch, ich bin wohlgenährt, mit Geld versehen, kann hier in wohlgeheizten Räumen meinen Studien nachgehen, und wenn ich »Twen« hin und wieder ein sanftes Schlafmittel ins Fachinger gebe, kann ich sogar ausgehen.

Gelegentlich taucht auch unser »Herrchen« auf, ein poltriger, gutmütiger Vertreter jener Herrenrasse, die hier wie das Fett oben schwimmt. Er stellt irgendein Zeug her, dessen einzige erkennbare Funktion darin besteht, die Mülleimer hier noch mehr zu verstopfen.

Wie er mir unter Alkoholeinfluß gestanden hat, hat er mich gern, möchte den Köter aber am liebsten umbringen und »seine Alte loswerden«. Wie, weiß ich nicht.

Außerdem hat er mir angeboten, für ihn auf ein Jahr als Spesen-Pappkamerad nach Paris zu gehen. (Nein, nein, er ist nicht homosexuell – damit hat dieser Vorschlag nichts zu tun. Vielmehr basiert er auf sehr komplizierten Steuergesetzen, die ich Dir demnächst erklären werde.)

Ich bin also frei, frei, frei, die Welt steht mir offen, und wann im Leben hätte ich je echten und edlen alten Sherry trinken, mir ein Frühstück aus drei Eiern und Rauchfleischwürfeln leisten können? Sogar zu rauchen habe ich; ich darf, wie unser »Herrchen« mir erlaubt hat, jederzeit »in die Spesenkommode greifen«. »Spesenkommode« nennt man hier überdimensionale Barschränke, die alles enthalten, was zu geselligen »Besprechungen unter Geschäftsfreunden« notwendig ist. Und als zukünftiger Spesen-Pappkamerad bin ich ja sogar ein Geschäftsfreund.

Deinem Rat, mich doch ein wenig mit der Historie des mir fremden Landes hier vertraut zu machen, bin ich gefolgt, indem ich mir eine wohlfeile Ausgabe von Tacitus' *Germania* besorgt habe. Diese offenbar sehr frühe Quelle erschien mir von einer erstaunlichen Frische. Nachdem ich da gelesen habe, daß »alte Lieder die einzige Art geschichtlicher Überlieferung« sind, die es dort gibt, »daß die germanische Reiterei entweder geradeaus oder mit einer einzigen Schwenkung nach rechts reitet – und zwar in so geschlossener Bewegung, daß niemand zurückbleibt«, daß »ein merkwürdiger Widerspruch in ihrem (der Germanen) Wesen liegt: sie lieben den Müßiggang und können doch die Ruhe des Friedens nicht ertragen«; wenn Tacitus weiterhin schreibt – »manche haben wir auch schon so weit gebracht, daß sie Geld nehmen« – nach all dem fahre ich in der Lektüre dieses erstaunlich aktuellen Schriftstellers mit Spannung fort.

Deinem Wunsch, Dir doch wahrheitsgemäß sowohl über Pornographie wie Prostitution in diesem Land zu berichten, möchte ich lieber nicht willfahren: es könnte, was ich zu berichten habe,

Deinem Zensor zu viel, meinem zu wenig Spaß machen, und gar leicht würden meine privaten Beobachtungen mißbraucht. Schon sehe ich die Zeitungsüberschrift »Reumütiger Republikflüchtling berichtet seinem Freund über sittliche Mißstände im Bonner Revanchistenstaat«.

Nein, nein, die Sache ist komplizierter, als mein und Dein Zensor ahnen. Aber ich verspreche Dir, genau zu erklären, was ein Spesen-Pappkamerad ist und worin seine Beschäftigung besteht.

Schließen möchte ich meinen heutigen Bericht mit einem frommen Tacitus-Zitat: »Möge doch bei den Germanenvölkern sich erhalten – wenn schon nicht die Liebe zu uns, so doch wenigstens ihr gegenseitiger Haß. Denn sollte es einmal dahin kommen, daß unseres Reiches Bestand bedroht ist, dann kann uns das Schicksal kein größeres Glück bescheren als die Zwietracht unserer Feinde.«

In Glück und Wohlstand vollkommen verschmolzen,

Dein *Loki*

3

Lieber Freund,

da Du immer so begierig danach fragst, will ich Dir rasch Wesen und Wirken eines Spesen-Pappkameraden erläutern.

Sobald einer hier – wie etwa mein »Herrchen« – in jene Steuerklasse gerät, wo er damit rechnen muß, daß ihm ungefähr 48 Prozent seines Einkommens weggesteuert werden, ist sein ganzes Sinnen und Trachten darauf gerichtet, »Unkosten zu machen, notfalls künstliche«.

Es gibt da nicht nur Tricks, auch legale Möglichkeiten aller Art, und es gehört zu den seltsamsten Erscheinungen der hiesigen Ökonomie, daß gerade die Leute mit hohem Einkommen eifrig in Bausparkassen zahlen, von denen mir einer, der's wissen muß – mein Herrchen – erzählte, daß sie Steuergräber für die reichen Leute sind.

Wenn nun einer alle legalen Möglichkeiten erschöpft hat und doch noch ein Einkommen von jener Höhe erzielt, wo ihm von hundert Mark nur noch zweiundfünfzig in der Tasche bleiben, muß er eben künstlich Unkosten machen – und in solcher Lage ist ein Spesen-Pappkamerad ein gutes trojanisches Pferd.

Paris ist eine teure Stadt, wie man mir sagt, und wenn Du dort einen eigenen Agenten, Korrespondenten oder Scout unterhältst, der eine Schreibmaschine, ein kleines Büro, Telephon und sonst noch dies oder jenes braucht, der hin und wieder auch »mit Geschäftsfreunden essen«, der Frau eines Geschäftsfreundes Blumen ins Haus, Parfüm ins Boudoir schicken muß, so kann Dich der bescheidenste und redlichste Scout gut und gern 150 Mark je Tag kosten.

Nun gibt es in allen großen Städten kluge und geschickte Leute, und in Paris, hat mir mein Herrchen erzählt, gibt es gescheite Studentengruppen, die Dir allmonatlich ein herrlich frisiertes, großartig gestempeltes Bündel von »Belegen« liefern: für Zimmer, Blumen, Essen, Büro, Parfüm; und das machen sie billig, für etwa 200 bis 250 Mark je Monat. Der Spaß kostet Dich also nicht ganz 10 Mark täglich von den 150, die Du dann absetzen kannst. Du brauchst natürlich einen Namen, brauchst eine Person, deren Realität vom Finanzamt nicht angezweifelt werden kann: das ist der Pappkamerad, dem Du für seine bloße Existenz und für die Bereitschaft, auf den Belegen zu fungieren, 10 bis 15 Mark je Tag zahlst – und dann hast Du immer noch je Tag fast 50 Mark Steuer gespart.

Meine Pappkameraden-Existenz ist mit gallischer Gründlichkeit verankert worden. Diese gescheiten Studenten leisten intelligente Arbeit: ich führe schon seit drei Wochen in meiner Eigenschaft als Diplomchemiker (erwerbe Diplome, mein Lieber, man weiß nie, wofür es gut ist!) Verhandlungen mit Herren, die Namen wie Blaise de Huet, Pierre de la Grignolle, aber auch einfache Namen wie Desmoulins oder Dubuc tragen.

Es würde mich nicht wundern, wenn aus dieser Fabrik für Spesenfiktionen eine neue literarische Mode entstünde. Enttäuschend ist für mich, daß ich zwar in Paris existiere, aber weiterhin in Köln lebe – obwohl ich doch, wie die Quittungen beweisen, inzwischen dreimal hin und zurück geflogen bin. Solch eine Flugreise schlägt natürlich zu Buche; und jedesmal, wenn ich wieder ein Paket Belege unterschreibe, fällt ein Zwanziger extra für mich ab; mein Tagesfixum beträgt 15 Mark.

Das Finanzamt wähnt mich also in Paris, wo ich ein wenn auch fleißiges, so doch munteres Leben führe, während ich in Wirklichkeit stundenlang im hiesigen Zoo vor dem Hyänenkäfig hocke.

Ich habe vor, über die gefleckte Hyäne meine Doktorarbeit zu schreiben. Angesichts des tierischen Ernstes, mit dem die Spießer hier öffentlich Humor betreiben (ich hörte sogar das Wort »den Humor aufbauen!«), fühle ich mich im Zoo ganz wohl. Tiere verlieren doch selten ihre Würde.
Seitdem ich – unfreiwillig, ich saß gerade in einer Kneipe und verzehrte mein Abendbrot – Augenzeuge einer Veranstaltung geworden bin, auf der man hierzulande den Orden wider den tierischen Ernst verleiht, bin ich noch öfter als bisher im Zoo zu finden. In gemischter Gesellschaft – Kirche, Staat, Humor-Funktionäre und Spießer – wird da sozusagen öffentlich mit dem Schwanz gewedelt. Es war so peinlich, daß eine Dame von zweifelhaftem Beruf, die neben mir saß und heißhungrig ein Rippchen verzehrte, sich geniert ab- und mir zuwandte. Da ich mich ihr vertraut fühlte (man nennt die Spesen-Pappkameraden hier auch Steuerhuren), prostete ich ihr zu.
Schrieb ich Dir schon, daß der Köter nun doch hinüber ist? Er war nicht zu retten. In einem unbewachten Augenblick riß er eine Rumflasche vom Tisch, schleckte gierig das süßliche Kuba-Getränk – und seine Leber hielt nicht stand. Ich erlöste ihn durch eine Injektion, wickelte ihn auf Geheiß meines Herrchens in ein grünes Kaschmirtuch, grub eigenhändig ein Grab und beerdigte ihn zwischen Swimming-pool und Sitting-hall. (So nennt man hier neumodische Gartenlauben, in denen etwa einmal im Jahr Tee getrunken wird.)
Muß ich nach all dem noch betonen, daß es mir wirklich gut geht, und muß ich Dir immer und immer wieder ausdrücklich versichern, daß Swift auch hier meine Lieblingslektüre geblieben ist?
Ich sah bisher keinen Grund, diese Lieblingslektüre zu wechseln. Verglichen mit Swift, der die Affen als vom Menschen abstammend ansah, ist ja Darwin, der das Gegenteil behauptete, ein wilder Optimist.
Über die vier Dinge, nach denen Du so begierig fragst – den Kapitalismus, die Gesellschaft, Köln und den Katholizismus – schreibe ich Dir später. Immerhin, was den letzteren betrifft, kann ich Dir sozusagen als Vorkost schon einen Spruch mitteilen, der hier jetzt unter den Katholiken die Runde macht: *Fortiter in Roma, caute in Colonia* – was ungefähr bedeutet: Wer in Rom Mut gezeigt hat, wird in Köln wieder vorsichtig.

Auf immer Dein *Loki*

4

Lieber Freund,

durch meinen Gewährsmann, der Dich in Leipzig traf, erfuhr ich nun endlich, warum Dein Neffe Eduard mit einer Oberschenkelfraktur im Krankenhaus liegt. Konnte denn niemand verhindern, daß der Junge sich verführen ließ, an der »Aktion Ochsenkopf« mitzuwirken? Ja, die deutsche Jugend ist so leicht zu begeistern! Gib einem rechten Jungen Gelegenheit, nicht nur legal, sondern als Zeichen besonderer Pflichterfüllung auf anderer Leute Dach zu steigen, und schon tut er, was selbst einem gelernten Dachdecker schwerfällt: Er klettert in dunkler Nacht auf das Dach des Nachbarhauses, um die Fernsehantenne von West auf Ost zu schwenken, damit die Nachbarkinder nicht das Sand-, sondern das Traummännchen sehen. Da frage ich mich natürlich, wieso es der Literatur der DDR an realistischen Themen fehlen soll? Das wäre doch ein Thema: Begeisterungsfähiger Knabe, sechzehn, feurig bereit, sein Land vor westlichen Fernsehstrahlen zu schützen, erklimmt den brüchigen Giebel des Nachbarhauses, es gelingt ihm tatsächlich, die Antenne zu schwenken, aber beim Rückweg rutscht er aus, stürzt ab, landet auf den verfluchten Staketen des Vorgartenzaunes, die zwei Weltkriege überdauert haben. Ist das nun ein positives oder negatives Ende, und ist solch ein Junge wenigstens, was weder Tinko noch Ole zu sein scheinen: »ein Held des Sozialismus?«
Das nenne ich mir ein fortschrittliches Thema, und ich denke, daß Eure Erzähler schon die Stifte spitzen, die Schreibmaschinen ölen, neue Farbbänder einlegen und sich ein halbes Ries Papier zurechtlegen, um derart Gegenwärtiges in die Gegenwartsliteratur aufzunehmen. Wenn Eduards Bein nun steif bleiben sollte, wer zahlt ihm eine Rente? Vielleicht Euer Traummännchen aus seiner Privatkasse?
Erstaunt war ich über den Generaleindruck meines Gewährsmanns, der zum erstenmal seit zwanzig Jahren wieder den Boden eines totalitären Staates betrat, der mir noch in zu genauer Erinnerung ist, als daß ich ihn als so fremd empfinden könnte. Meinem Gewährsmann erschien Euer Staat wie jenes Hessen, aus dem Georg Büchner floh: viel zuviel schlecht getarnte Spitzel, im ganzen dumpf und feudalistisch zugleich. Da er einige

Male im Hotel Astoria speiste, begegnete ihm dort allerlei privilegierte Prominenz, auch Euer Traummännchen sah er am hübsch gedeckten Tisch, mit einer hübschen Frau, von einer hübschen Kellnerin bedient. Wenn ich mir vorstelle, daß meine Kusine in Chemnitz dreimal vergeblich nach Butter fragen muß, damit das Traummännchen sich solche reichlich über den Kabeljau gießen kann, dann wird mir wieder so recht klar, was Sozialismus, mit deutscher Gründlichkeit betrieben, bedeutet. Besonders erhebend für Euch müssen auch die neuen Läden, die Intershops, sein, in denen man mit westlicher Währung billig wirklich gute und hübsche Dinge kaufen kann. Es ist doch schade, daß es bei Euch keine zersetzenden Intellektuellen gibt, sondern fast nur solche, die ihre Privilegien für selbstverständlich nehmen, sozialistischen Zynismus mit sozialistischer Schamlosigkeit betreiben.

Gern würde ich auch wissen, was es mit den ausgesucht hübschen, locker lächelnden Mädchen auf sich gehabt hat, von denen mein Gewährsmann im Ausländertreffpunkt an Hand eines Fragebogens nach seinen Eindrücken und seinem Wohlbefinden gefragt wurde. Ob er mit den Nachtlokalen, dem Nachtleben überhaupt denn zufrieden sei – wie ich ihn kenne, ist er bei dieser Frage errötet; jedenfalls empfand er's als peinlich und eine abgeschmackte Art, sich auf westliche Genüsse einzustellen. Gleichzeitig aber rührte ihn die Hilflosigkeit solcher Bemühung, einem Klischee gerecht zu werden.

In eine peinliche Situation geriet er, als er auf dem Messegelände mit jener lebensgefährlichen Unschuld, die ihm eigen ist, zwei Polizisten, die beieinander standen, nach dem chinesischen Pavillon fragte. Sie empfanden offensichtlich als Provokation oder mindestens Ironie, was nur eines schlichten Westlers schlichtes Begehren nach Auskunft war, und er konnte natürlich nicht wissen, was wir so gut wissen: daß man solche Frage höchstens *einem* Polizisten, nicht zweien gleichzeitig stellen kann. Es muß da zu einem hochgradig dialektischen Augenspiel zwischen den Polizisten gekommen sein, bis einer schließlich, nicht ohne Ironie, die Auskunft gab, der chinesische Pavillon sei zwar da und da, aber er stehe leer.

Mir geht's weiterhin gut, mein Lieber. Unser »Frauchen« ist von der Riviera zurück, tröstet sich über ihren Verlust jetzt mit einem irischen Collie, dessen Diät ich überwache. Außerdem sind mir durch eine Freundin unseres Frauchens zwei neue Patientinnen erwachsen: zwei Stubenfliegen, von denen die männliche »Wie«, die weibliche »Was« heißt. Das heißt, ich habe sie so getauft, denn ich finde, ein Tier, sobald es zum Haustier wird, hat ein Recht auf einen Namen. Diese Freundin meines Frauchens führt ein recht luxuriöses Leben: sie pendelt zwischen Tunis, Teneriffa und Tanger, und da sie, wie sie sagt, »etwas Lebendiges« mit sich führen muß, Hund, Katze und Vogel aber aus Quarantänegründen zu beschwerlich sind, hatte sie sich eine Stubenfliege zugelegt, die sie in einem winzigen, goldumrandeten Plastikkästchen mit sich führte. Das Lebewesen zeigte schon nach einer Woche Erschlaffungserscheinungen und offensichtlich den Wunsch, das Zeitliche früher zu segnen, als die Natur bestimmt hat. Nun gilt ja auch für Fliegen, was für Menschen gilt: Es ist nicht gut, daß eine allein sei, und so riet ich, nachdem ich festgestellt, daß »Wie« männlich sei, zur Anschaffung von »Was«. Nun können die beiden sich wenigstens fortpflanzen; und wenn ihre Erdenzeit abgelaufen ist, die neue Generation sich in der Plastikdose regt, weiß mein zweites »Frauchen« (das ich insgeheim Fliegenfrauchen nenne) wenigstens, daß der Stammbaum rein ist. Ich bin jetzt damit beschäftigt, unter Auffrischung meiner chemischen und physikalischen Kenntnisse, aus einer Spray-Dose einen Sauerstoff-Flacon zu konstruieren. Eine erprobte Dosis frischen Sauerstoffs verlängert die Lebensdauer der Stubenfliege, verschafft ihr auch ein Glücksgefühl, wie wir es nach starken Narkotika empfinden. Wenn die Fliege als mitnehmbares Haustier Mode wird, werde ich gute Geschäfte machen. Im Augenblick jedenfalls geht es »Wie« so gut wie »Was«. Ich bereite die beiden gerade auf eine Reise nach Brasilien, an die Copa Cabana vor und verfertige ihnen aus reinem Bienenhonig, den ich mit einer Spur Essig versetzte, eine Art Marschverpflegung. Du siehst, ich diene, wie Du, dem Fortschritt.

Dein *Loki*

5

Lieber Freund,

mit Deiner Bitte, Dir doch einmal mitzuteilen, was denn nun mit dem westdeutschen Katholizismus eigentlich los sei, hast Du mir Schlimmes aufgebürdet!

Mich interessiert dieser Gegenstand nicht sonderlich, ich bin jetzt auch ganz mit Wie und Was beschäftigt, die beide wohlbehalten von der Reise zurück sind. Aber um Dir ein sozusagen »geistlich Päcklein« zu schicken, um der »Einheit in Freiheit« zu dienen, Dir auch geistliche Nahrung zukommen zu lassen, habe ich mich bei einigen katholischen Kommilitonen zu informieren versucht – aber, mein Lieber, da geriet ich in ein fürchterliches Gezerre: Der eine riß mich vom anderen weg, um mir zuzuflüstern, was »der« sage, sei ja falsch; dann riß mich der andere wieder vom einen weg, um mir zuzuflüstern, was »der« sage, sei völlig abwegig . . . Und am schlimmsten waren die sogenannten Vermittler, die mich vom einen wie vom anderen nicht wegrissen, sondern mich mit sanfter Gewalt zu sich hinzogen, um mir zuzuflüstern, der eine habe nicht ganz Unrecht, der andere aber auch nicht, und die Wahrheit liege in der Mitte!

Jedenfalls bin ich ausgiebig hin und her gerissen, auch ausgiebig mit sanfter Gewalt behandelt worden, und Du weißt ja, was ich von Mitten denke.

Schließlich überließ ich mich ganz einem sympathischen Kommilitonen (übrigens gilt er als »der« kommende Giraffologe!). Er sagte mir, die ganze Sache – der westdeutsche Katholizismus – bestehe fast ausschließlich aus Ab- und Ausweichlern. Die Ausweichler seien in der Mehrzahl, die Abweichler artikulierten sich am besten. Er sagte mir, es gebe – erschrick nun nicht! – auch ein Zentralkomitee der deutschen Katholiken, das zwar nicht unfehlbar sei, doch mehr oder weniger berechtigt, festzustellen, wer katholisch sich nennen dürfe; alle anderen seien nur auchkatholisch, das heißt: sie dürften Kirchensteuer zahlen, seien zwar – das sei kirchenrechtlich unmöglich – nicht vom Kirchgang befreit, wenn sie aber reingingen, würde das eher als lästig und beunruhigend empfunden.

Das Zentralkomitee – so mein Gewährsmann, der Giraffologe – bestehe fast nur aus Ausweichlern; es sei ständisch geordnet, sinne auf Ständisches und habe standesgemäß einen liebenswürdigen Fürsten als weltliche, einen Prälaten als geistliche Spitzenkraft.

Spitzenkräfte, Führungskräfte . . . das sind so Termini, wie ich sie aus den Stellenangeboten der hiesigen Presse kenne.

Wenn ich meinem Gewährsmann glauben darf, sind die Leute in diesem Zentralkomitee in ziemlicher Aufregung, fast Auflösung, ich hörte sogar das Wort »Kopflosigkeit«. Ob's an dem peinlichen Wort »Zentralkomitee« liegt oder an der Tatsache, daß *nur* Ausweichler auf die Dauer natürlich eine potenzierte Langeweile entwickeln – konnte mir mein Kommilitone nicht erklären.

So langweilig, daß gesteigerte Langeweile ins Absurde umschlägt, scheinen sie dort freilich auch wieder nicht zu sein: sonst gäb's ja noch Hoffnung.

Mir will es am besten erscheinen, wenn Du Dich direkt an dieses Zentralkomitee wendest und um Aufklärung ersuchst. Jedenfalls bitte ich Dich herzlich, mir nicht noch mehr Gezerre und sanfte Gewalt zuzumuten.

Und wenn Du mich bittest, Dir doch Publikationen »des« fortschrittlichen Jesuiten zu schicken, so muß ich Dich bitten, Dich genau zu erklären – es bieten sich nämlich gleich drei dar: Rahner, Brockmöller und Leppich. Wenn ich meinem Giraffologen glauben darf, sind sie so verschieden voneinander wie Löwe, Kaninchen und Wespe.

Nein, am besten informierst Du Dich direkt und schreibst ans Zentralkomitee. Schreib einfach: »Deutscher Katholizismus, Bonn/Bad Godesberg«. Das wird schon ankommen.

Mir scheint allerdings die Definition Katholiken und Auch-Katholiken, Ab- und Ausweichler ausreichend.

Aber nun mußt Du mich entschuldigen: Wie und Was warten auf mich. Die beiden sind gesund aus Brasilien zurück, und es ist mir gelungen, durch ein Gemisch aus Sauerstoff und essenziertem Traubenzucker ihr Leben weit über das Stubenfliegen zugebilligte Maß hinaus zu verlängern.

Verstehe meine Erregung, meinen Eifer: Es sieht ganz so aus, als hätte ich mit Wie und Was so bildlich wie buchstäblich zwei Fliegen mit einer Klappe geschlagen. In diesem Experiment steckt der Stoff zu einer Promotionsarbeit und gleichzeitig eine Erwerbsquelle. Ich muß mir bald mein Sauerstoff-Traubenzukker-Gemisch und die Sprühflasche, die ich konstruierte, patentieren lassen.

Da es mir gelungen ist, bei Wie und Was auch die Sinnlichkeit zu steigern, plane ich, eine neue Fliegenrasse zu züchten. Ich will die männlichen Tiere Muscawiesen, die weiblichen Muscawasen nennen und sie sozusagen zu Nahrungsmittel-Testpiloten abrichten: nur wer eine Muscawies oder einen Muscawas hat, wird

in Zukunft noch feststellen können, ob, was er ißt, naturrein oder mit Giften besprüht ist!
Bisher hielten manche Leute sich Katzen, um festzustellen, ob ihre Wurst genießbar sei. Mit Fliegen wird das einfacher und billiger. Außerdem gibt es schon Katzen, die essen können, was auch Menschen essen, also nicht mehr zuverlässig sind.
Mein Experiment hat noch einen weiteren Vorteil: Es kostet fast nichts, und meine solide, wenn auch juristisch fragwürdige Rente aus der Spesen-Pappkameradie läuft weiter.
Du siehst: ich bin vollständig angepaßt. Ich bilde jene Einheit, auf der die Vorherrschaft der westlichen Welt beruht, die Einheit von Wissenschaft und Industrie, von Forschung und Konsum.
Schreib mir recht bald, ob ich nun Deine Adresse ans Zentralkomitee geben soll oder ob Du Dich direkt an dieses wenden willst. Und schreib mir auch, welchen Jesuiten Du meinst.
Übrigens ist dem Jungen, der die Päckchen an Dich in meinem Auftrag abschickt, ein gräßlicher Irrtum unterlaufen: er packte irrtümlich zwei Büchsen Hundefutter dazu, die für den jungen Collie hier immer bereitstehen, den ich für unser »Frauchen« großziehe. Sollten jene »merkwürdig, aber raffiniert schmeckenden Fleischkonserven«, von denen Du schreibst, damit gemeint gewesen sein?
Einen Augenblick lang durchfuhr mich ein fürchterlicher Schrecken, aber dann fiel mir ein: einem Hund bietet man hier nichts Schlechtes an. Dann, um mich vollends in Deine Lage zu versetzen, kostete ich selbst von dem Zeug – und nun finde ich Deine Definition »merkwürdig, aber raffiniert« ganz zutreffend.
Über Köln, meine zweite Heimat, später.
Ich fand bei Tacitus noch eine besonders nette Stelle über Köln. »Selbst die Ubier, die den Vorzug genießen, eine römische Kolonie zu sein, schämen sich ihres germanischen Ursprungs nicht. Sie kamen vor langer Zeit über den Rhein, wurden zum Lohn für ihre erprobte Treue auf dem linken Rheinufer angesiedelt, zu wehrhaftem Grenzschutz, nicht um ihrerseits bewacht zu werden.«
Du kannst nicht ahnen, wie hübsch das jedem, der Köln ein wenig kennt, im Ohr klingen muß: erprobte Treue, wehrhafter Grenzschutz.

Dein *Loki*

6

Lieber Freund,

Seebohm ist doch wirklich nicht sensationell; wenn er's je war, dann war er's immer, also schon ziemlich lange. Gewiß findet er gar nicht nett, was wir alle hier so nett finden: daß die Bundesregierung das Sudetenland *nicht* zurückfordern will.
Das ist die Ära der Tegernseer Nettigkeit, die jetzt angebrochen ist. Daß sie dann ausgerechnet in Bad Wiessee miteinander essen mußten! Ob denn keiner mehr weiß, was dort vor ziemlich genau dreißig Jahren passiert ist?
Es ist überhaupt sehr schwer, hier einen Minister loszuwerden, wenn bei Euch nicht die Archive geöffnet und Fotokopien geschickt werden.
Barzel ist ja nicht gegangen, weil er eine Zumutung war, sondern weil er für den Posten zu schade war. Mit dem hat man Wichtigeres im Sinn. Er ist dazu ausersehen, uns die Grenzen der Zumutbarkeiten erheblich zu erweitern und das Land der unbegrenzten Zumutbarkeiten erst richtig aus der Taufe zu heben.
Im Hintergrund lauern natürlich andere, der Vitale, der viel besser das Ministerium behalten hätte, das jetzt der andere hat, der so lange Sawades Landesherr war – und außerdem lauert da noch ein Nordrhein-Westfale, dessen Unzumutbarkeit noch potenziert werden kann.
Höcherl ist ja fast schon wieder zumutbar, er kann am Tag des Deutschen Baumes getrost Eichen pflanzen, in einem solchen Akt zeigt sich eine überraschende Produktivität. Du siehst: ich bemühe mich wie immer, auch das Positive zu sehen. So ein Eichenschößling hat wenigstens Zukunft, während der Briefstil des Ministers peinliche Denkfehler offenbart. Er schrieb doch allen Telefonabgehörten und Briefgeöffneten, ihre Ehre sei nicht angegriffen oder verletzt. Bist Du je auf den Gedanken gekommen, *Deine* Ehre könnte angegriffen sein, wenn andere Leute Briefe öffnen, die nicht an sie gerichtet sind, und so ungeschickt Kabel anzapfen, daß man's in der Leitung knacken hört?
Merkwürdige Vorstellungen von Ehre hat so ein Minister.
Manchmal frage ich mich, was ich mich gar nicht fragen dürfte: ob man den CDU-Abgeordneten zumuten kann (denn auch denen sollte man nicht *alles* zumuten), neben Oberländer zu sitzen.

Aber die sollen selbst die Grenzen des ihnen Zumutbaren bestimmen. Da kann man sich schlecht einmischen.
Keineswegs als Zumutung wird hier empfunden, wenn eine ziemlich christliche Zeitung, die sich so abendländisch wie staats- und kirchenerhaltend gebärdet, einen hübschen Artikel über die »Fliegerhelden« des Zweiten Weltkrieges veröffentlicht, unter dem Titel »Wo sind sie geblieben?«
Natürlich möchte manch einer gern wissen, wo manch einer geblieben ist: da gibt es wahrhaftig noch genug zu erforschen. Ich habe mir den Spaß erlaubt, mit dem Artikel zu tun, was man mit vielen dieser Art tun sollte: Wo das Imperfekt verwendet wird in Sätzen wie »Vor zwanzig Jahren waren sie die bekanntesten Männer Deutschlands« – oder »Die Jugend sammelte ihre Bilder« – dort habe ich dieses Imperfekt ins Präsens transponiert: »Heute sind sie die bekanntesten Männer Deutschlands« – und »Die Jugend sammelt ihre Bilder«. Solche Sätze hätten dann ohne Schwierigkeiten vor zwanzig Jahren in jeder Zeitung stehen können.
Derlei wird hier keineswegs als Zumutung empfunden, auch dann nicht, wenn der Herausgeber der Zeitung sich jederzeit bemüht, darauf hinzuweisen, daß er selber vor zwanzig Jahren eingesperrt war. Da gab's auch nur eine, natürlich eine zustimmende Leserzuschrift.
Warum verteilt diese Zeitung eigentlich nicht Heldenbilder an ihre jugendlichen Leser und gleichzeitig ein Foto des Herausgebers in Häftlingstracht?
Was würde erst geschehen, wenn die Zeitung ihren christlichen Lesern mitteilen müßte, woraus die für die bolschewistischen Soldaten überraschendste Hinterlassenschaft des christlichen Abendlandes in Stalingrad bestand?
Es gäbe ja noch manches Nette über den Krieg zu berichten, aber wenn einer damit anfängt, bekommt er gleich Schwierigkeiten mit Sawades ehemaligem Landesherrn. Den kümmert es, soweit ich das sehen kann, wenig, wenn einer seine Bundeswehr um ein solides kleines Vermögen beschummelt haben soll – aber wenn's um die Schlacht von Stalingrad geht, dann weiß er sich zu Wort zu melden.
Das muß den schlichten Zeitgenossen verwirren; denn er weiß ja gar nicht mehr: hütet der nun die Tradition der Großdeutschen Wehrmacht oder ist er Minister für die Bundeswehr?

Warum auch wird der christlichen Jugend die Tatsache vorenthalten, daß das Ritterkreuz von manchem Fliegerhelden am Damenstrumpfband getragen wurde? Würde eine solche Mitteilung deren Vorstellungen von der Ehe zerrütten?
Ich muß mich sehr über Dich wundern, da Du immer so intensiv nach dem Religiösen hier fragst. Genügt's Dir denn nicht, wenn ich Dir mitteile, daß man sich hierzulande eine schwäbische Pietà 81 000 Mark kosten läßt? Muß ich Dir außerdem noch mitteilen, daß man für den Kirchenbau hier die Parole »*richesse*« ausgegeben hat und sich seitdem in Architektenkreisen mit »*Bonjour richesse*« begrüßt?
Den Katholiken geht es viel besser. Sie ergötzen sich am *Schweigen.* Das lenkt ihre Aufmerksamkeit auf die wahren Lebensprobleme. Manche sind froh darüber, wenn so recht deutlich vor Augen geführt wird, wie wenig Spaß die Liebe machen darf. Viele würden den Film gern von sechs oder zwölf Jahren ab zulassen, damit den Kindern früh genug klar wird: die Liebe ist keinesfalls ein Spaß, noch weniger ein Spiel, und man weiß also, was einem in der Ehe bevorsteht.
Nein, nein, den Katholiken geht es viel besser, die werden allmählich sogar dialektisch . . .
Schreib mir ein Wort, ob ich Dir Postkarten mit Fotos von Barzel, Dufhues, Höcherl, dem Vitalen, Seebohm, Oberländer und Sawades Landesherrn zuschicken soll. Man braucht ja auch hin und wieder Trost und Stärkung, und vielleicht machen diese Fotos Dir das Ausharren leichter.

Dein *Loki*

7

Mein Lieber,

Gott erhalte uns die Landesverräter! Ohne den, der Dir half, wärst Du also immer noch jenseits und nicht diesseits.
Ich hoffe, Du wirst nicht gekränkt sein, wenn ich Dir, bevor wir uns sehen, ein herzliches »Willkommen in der Bundesrepublik« zurufe!
Die Fragen, die Du mir stellst, sind alle von der peinlichen Sorte. Ich muß nun zusehen, wie ich Antworten zustande bringe, ohne der Wahrheit auszuweichen oder Stilverlust zu erleiden.

Wenn wir uns endlich sehen, werde ich Dir ein langes Seminar über den Unterschied zwischen Leib und Körper halten müssen, und damit wären wir fast bei Deiner ersten Frage: was denn nun mit dieser Partei los sei, die Dir – mit welchem Eifer Du Dich gleich ins politische Leben stürzen willst! – als die einzig erwägbare erscheint. Ich denke, der Körper dieser Partei ist tot, ihr Leib aber lebt noch ein wenig.

Damit ist wohl auch die Frage beantwortet, ob sie nun seit 1914 tot oder scheintot sei. Da ich Optimist bin, habe ich nie für Scheintod plädiert, sondern behauptet, sie gebe noch Lebenszeichen von sich, obwohl auch ich wie so viele jetzt das Lied vor mich hinträllere, das als Variation auf das bekannte Schubertlied hier die Runde macht: »Ihr lieben holden Susen, ruht jetzt an Heinrichs Busen euch endlich, endlich aus.«

Da zu jeglichem süßen Schlummer auch ein Schnuller gehört, magst Du Dir selber ausdenken, ob der Schnuller in Zucker, in Gift oder in gezuckertes Gift getaucht worden ist.

Ausgerechnet von mir möchtest Du wissen, was ich von der Bundeswehr halte! Ich frage mich schon lange, was die denn alle von einer Armee erwarten, die sich mit unbeirrbarer Zielstrebigkeit auf die Tradition des fünfmal gebrochenen Rückgrats zubewegt hat. 1933 zum ersten-, 1934 zum zweiten-, 1938 zum dritten-, 1944 zum vierten- und 1945 zum fünftenmal das Rückgrat gebrochen! Da muß man natürlich dauernd Gips ins demokratische Korsett schütten und ständig neue Gummifüllungen beantragen. Den armen Kerlen wird einfach mehr zugemutet, als ihr erbittertster Gegner ihnen zumuten sollte. Mit fünfmal gebrochenem Rückgrat sollen die auch noch 'ne hübsche Figur machen und alle Tänzchen mittanzen. Da muß das Korsett ja knirschen. Und wo fünf Rückgratbrüche die Regel sind, muß einer, der's nur ein- oder zweimal gebrochen hat, als aufrechter Mann gelten. Und wer's nie gebrochen, nicht einmal gebeugt hat, muß natürlich als krank, fast pervers erscheinen.

Wenn Du also, wie Du mir so naiv geschrieben hast, hier als »aufrechter Mann« leben willst, überlege Dir, in welche Position Du Dich begibst! Ich will nicht gleich sagen: »Krieche, mein Lieber!«, doch empfehle ich Dir das Studium der wirbellosen Wirbeltiere, wie ich Dir das Studium der leiblosen Körper empfehle.

Sei mir auch vorsichtig mit den Weibern. Du gerätst jetzt gerade in die busenfreie Epoche, und es könnte Dir der Gedanke kommen, das wären die neuesten Erscheinungsformen westlicher Prostitution. Genau das sind sie nicht: denn den Prostituierten ist ja die Busenfreiheit in der Öffentlichkeit verboten. Ich bitte Dich, gib acht und gewöhne Dich an die Dialektik westlicher Sittlichkeit.

Ich mußte meine hübsche Bleibe in der Vorstadtvilla der neuen Mode wegen räumen. Unser »Frauchen«, *up to date,* wie sie immer ist, außerdem ganz anständige Frau, brachte mich zu sehr in Verwirrung. Natürlich sind nicht alle Frauen, die nicht *up to date* sind, von der anderen Sparte – aber das macht es ja nicht leichter! Gib also acht, wenn Du nun nach der östlichen Prüderie die wahre Sittlichkeit zu entdecken unternimmst.

Wenn Du dann noch wissen möchtest, ob denn die Zeitung dem Marcel gehört, muß ich mich zur Eindeutigkeit entschließen und Dir mitteilen: Nein, der ist schon gehörig, aber gehören tut ihm die Zeitung nicht. Er ist auch nur selten ungehörig, nur möcht manch einer sich manchmal fragen: »Hör ich recht?«

Ich denke mir, das Leben der hiesigen Autoren verliefe recht schal ohne den gezuckerten Zeigefinger, und die Zeitung gehört ihm ganz bestimmt nicht!

Sie gehört auch dem einen nicht, nicht einmal dem anderen, mögen sie nun Bittermandelaroma, Schlagsahne oder Honigwasser am Zeigefinger haben. Denen ist es ernst, das entschuldigt sie und verweist sie gleichzeitig in die Bezirke einer wenig verfeinerten *Tristesse.*

Nein, nein, einander tun die mit ihren Zeigefingern nichts, da sind die Hände nur zum Schütteln da oder zum Schulterklopfen, und es ist alles so objektiv, so rein, so sachlich, so edel, daß Dir die Tränen kommen, denn schließlich ist des Menschen Herz geschaffen, um im Anblick der Unschuld zu schluchzen, und selbst frischgefallener Gebirgsschnee ist ja nicht so rein wie diese Objektivität. Da muß einer schon gehörig an sich halten, um nicht Tag und Nacht tränenüberströmt zu sein und ständig einen feuchten Eindruck zu machen.

Du siehst: im Westen gibt es tatsächlich Wunder, und eins davon ist seine Reinheit. Du wirst noch mehr Wunder entdecken. Wir leben in den sechziger Jahren des Jahrhunderts, wer aber nicht im Geist der zwanziger lebt, ist ein Romantiker.

Noch eins: Kauf nicht gleich alles, was Dir gefallen könnte! Es

gibt hier natürlich einen Wirtschaftsminister, aber der hat mit den Preisen nichts, gar nichts zu tun. Geh also, wenn Du etwas begehrst, in mindestens fünf Geschäfte und kaufe den Gegenstand zum billigsten Preis: er ist gewöhnlich besser als der teure.
Es ist fast so ziemlich alles Schwindel, und nur der Wirtschaftsminister ist schwindelfrei. Besorg Dir ein Foto von ihm: es wird Dich trösten. Es gibt so wenig liebe Menschen in diesem Land.
Meine Fliegen sind unruhig! Ob sie spüren, daß meine Liebe zu ihnen nachläßt? Ich wohne jetzt in einem Hotel garni, nicht weit vom Rhein entfernt, in jenen Gefilden, in denen der späte Scheler Stammgast war. So bin ich tief in linksrheinischer Elegie, voller *Tristesse de Cologne,* entschlossen, hier zu bleiben.
Ein Zimmer für Dich ist reserviert. Mache Dich auf den bestürzenden Anblick der Reinheit gefaßt. Längst, da ich alles licht sehe, bin ich mehr Baldur als

Loki

Wie hast Du's mit der Bundeswehr?

Über Harry Neyer, »Wie hast Du's mit der Bundeswehr?«

Die Lektüre eines kleinen Buches, das mit Sorgfalt, mit Klugheit und Gerechtigkeit zusammengestellt worden ist, hinterließ in mir eine lähmende, ungeheure, ansteckende Mattigkeit. Der Herausgeber Harry Neyer ist nicht schuld daran, auch nicht das Thema: *Wie hast Du's mit der Bundeswehr?* Schuld daran ist wohl die Tatsache, daß in diesem Lande gewisse Denk- und Ausdruckszentren mit einer tödlichen Sicherheit gelähmt werden. Spontaneität wird als Ressentiment diffamiert (ob wohl je einer auf den Gedanken gekommen ist, es könnte einer auch aus Ressentiment oder spontan für die Bundeswehr sein), Gefühl als Sentimentalität, und ich frage mich nach der Lektüre dieses kleinen Buches, ob man nicht in Zukunft besser solche Fragen »Wie hast Du's mit der Bundeswehr?« vernunftgesättigten Maschinen überläßt, die eine klare Antwort garantieren. Es herrscht in diesem Land eine Angst, wie man sie früher nur zur Zeit der großen Epidemien kannte: Angst vor Spontaneität, vor Naivität (die man notfalls als »lustig«, als eine Art unterhaltendes Element klassifizieren kann). Die Logik ist ganz einfach: Wenn alle Vernunftgründe für die Bundeswehr sprechen, ist jeder, der dagegen sein könnte, unvernünftig; was vernünftig und unvernünftig ist, bestimmt ja die Partei, die jeweilige, versteht sich, sie bestimmt auch, wer oder was ansteckungsverdächtig ist: Hände weg, Desinfektionsmittel werden gratis verteilt.

Aus diesem Grunde wohl – weil die Ansteckungsverdächtigen es leid sind, das ihnen Selbstverständliche immer und immer wieder herzubeten – ist dieses Buch eine Ansammlung fader ideologischer Predigten und Theorien geworden, deren Gewundenheit keinerlei Brillanz offenbart; trocken wie Stroh, vorsichtig na, wie ein Großväterchen, das sich hilflos an einer Straßenkreuzung einen Überweg ertappt – nur: es fehlt das Rührende, das jedem Großväterchen, auch wenn es bei Rot über die Straße geht, Achtung und Respekt verschafft. Neyer hätte vielleicht die Politiker und die in Sachen Bundeswehr engagierten Mitarbeiter ganz auslassen sollen. Mein Gott, wir wissen doch, wie die Politiker denken, wie sie taktieren müssen, und sie haben doch jede nur erdenkliche Gelegenheit, vor Mikrophon und Bildschirm ihr Stroh

immer und immer wieder zu dreschen: kein Wunder, daß da nur noch Staub herauskommt. Es ist gewiß kein Zufall, daß in diesem kleinen Buch ein Gegner der Wiederaufrüstung, der Lehrer Herbert Stubenrauch, sie am besten artikuliert, daneben Vilma Sturms Plädoyer für die Wehrdienstverweigerung und das Bekenntnis eines jungen Oberleutnants, der seinen Beruf einfach interessant findet und ihn verteidigt (Udo Winkler). Die beiden interessantesten Kapitel sind die beiden ersten, vom Herausgeber selbst erarbeiteten; er bietet historisches, aus Umfragen unter Bundeswehrsoldaten zusammengestelltes Material; wer diese beiden ersten Kapitel genau liest, dem wird klar ersichtlich, daß die Jugendverbände, die Organisationen der Betroffenen, entweder ein klares Nein zur Wiederaufrüstung sagten, oder, wie die katholischen Jugendverbände, auf eine recht zweideutige Weise zu einem Ja durchgerungen wurden. Das ist und bleibt ein dunkler Punkt, mögen die Motive derer, die das Durchringen möglich machten, so respektabel gewesen sein, wie jene Minderheit der Berufssoldaten durchaus respektabel ist.
Ob dieser Minderheit, die mit Unsicherheit, einer gewissen Leicht-Gekränktheit, fast manchmal mit Weinerlichkeit in diesem Land eine immer noch merkwürdige Isoliertheit zu ertragen hat, ob ihr bei der Lektüre dieses Buches so wohl wird, wie es ihr zu wünschen wäre? Gewiß ist ihre Unsicherheit zum Teil darauf zurückzuführen, daß die Entstehung der Institution, innerhalb derer sie ihren Beruf ausüben, nicht ganz so demokratisch vor sich gegangen ist, wie es hätte sein müssen. Es liegt wohl daran, daß es keine echte Gegnerschaft gab, gibt, geben konnte; es kann kein sehr gutes Gefühl sein, unterm Schutz eines Bakterienkriegs gegen alle Gegner der Wiederaufrüstung eine so gewaltige Institution aufzubauen, die immerhin ein Drittel des gesamten Bundeshaushalts für sich beansprucht.
Inzwischen ist die Bundeswehr eine Realität, eine gewaltige, und gegen die Wehrpflicht zu sein (warum hat man nicht ernsthaft den Gedanken der Freiwilligkeit erwogen?) ist fast so, wie gegen Autos zu sein: es rollen und rollen und rollen die Räder, man kann sich nur noch davorwerfen, oder mitmachen. Es ist gewiß kein Zufall, daß die Bundeswehr sich hauptsächlich in kleineren Städten etabliert: ob da nicht ein bißchen Flucht, ein bißchen Idyllik dabei ist, in einem Land, das ein Land der Großstädte ist? Die gesellschaftliche Unsicherheit und Verletzlichkeit eines so

riesigen Apparats, der fast krankhaft auf jegliche Art der Kritik reagiert, ist jedenfalls ein neues, innenpolitisches Faktum und Problem. Nach der Lektüre von Harry Neyers Sammlung kommt mir weniger Zorn, eher ein mattes Mitleid mit einer Institution, der sich die jungen Männer entweder mit mürrischem oder bestenfalls neugierigem Zynismus nähern. Wäre es nicht besser und klarer, auch für die Minderheit der Berufssoldaten besser, wenn es klare Gegnerschaft gäbe, keine, nicht die geringste Diffamierung derer, die den Wehrdienst verweigern?

Diese lähmende Mattigkeit, die ekelhafte Vorsicht derer, die keine Großväterchen sind, die hanebüchen banalen »Ratschläge« am Schluß des kleinen Büchleins (sie wären 1940 kaum anders ausgefallen) – wenn ich mir vorzustellen versuche, ich wäre jung und ich stünde vor der Wahl, ob oder ob nicht: ich würde einem Land den Rücken kehren, das eine solch lähmende politische und pastorale Mattigkeit ausströmt, wie sie sich in diesem kleinen Bändchen versammelt hat. Der Mensch lebt nicht vom Brot allein, nicht von Wort *und* Brot allein – aber von Stroh kann er ganz gewiß nicht leben. Es ist ein mutloses und entmutigendes kleines Buch geworden, ein fast gänzlich gefühlloses Buch: die gewundene Vorsicht der meisten Beiträge ist voll von einer gewissen NATO-Sentimentalität, geziert und verschnörkelt, eine Art Pilatus-Chinesisch. Daß »farbige« Beiträge fehlen, hat wohl seinen Grund: einige Schriftsteller, unter anderen Reinhold Schneider, haben sich seinerzeit sehr in Fragen Wiederaufrüstung engagiert, dagegen ist damals eine schmähliche Kampagne der Diffamierung, eine abscheuliche Taktik des Imstichlassens praktiziert worden; deshalb wohl wird in diesem kleinen Buch – von einigen Ausnahmen abgesehen – nur Stroh geboten. Courage ist nicht gefragt in diesem Land. Das Wort kommt vom französischen Cœur. Das Buch ruft weder Ärger hervor, noch kann es Begeisterung erwecken, eben nur: lähmende, ansteckende Mattigkeit.

»Ich gehöre keiner Gruppe an«

Was die Auseinandersetzung (der Kampf, die Feindschaft, Gegnerschaft – ich überlasse es Ihnen, sich das passende Wort auszusuchen) zwischen den beiden Gruppen betrifft, die Sie zutreffend, wie mir scheint, als »offene« und »geschlossene« Katholiken bezeichnen, so wird dieser Kampf mit so ungleichen Mitteln geführt, daß ich es für eine Ehre halte, wenn auch manchmal irrtümlicherweise, zur »offenen« Gruppe gerechnet zu werden. Es ist eine Auseinandersetzung (Kampf usw. siehe oben) zwischen einigen Davids mit einer ganzen Ansammlung von Goliaths, und schon aus ästhetischen Gründen finde ich es hübsch, auf der Seite der Davids zu stehen, oder manchmal irrtümlich zu diesen gezählt zu werden. Selbst Amerys »Bestseller«-Stellung (scheußliches Wort, aber ich habe Grund zu der Vermutung, daß auch die deutschen Katholiken in solchen Kategorien denken und handeln), die eine Auflage von etwa 100 000 für sein kleines, sachliches, faires Buch bedeutet – ist geradezu minimal, verglichen mit der Gesamtauflage von 13 Millionen, der sich selbst als »katholische Presse« deklarierenden Gruppe (ob monatlich oder wöchentlich weiß ich nicht).

Keiner von »uns« gehört irgendeiner Gruppe, irgendeinem Verband an, wir sind nicht einmal »verschworen«, ich habe Carl Amery – leider – erst einmal gesehen und zweimal mit ihm telefoniert. Wenn ich mir vorstelle, was da im sogenannten Verbandkatholizismus an Zusammenhocken, Miteinanderflüstern, an Abschluß-Verabredungen, an Gekränktheitsreaktionen usw. herauskommt, hergestellt, bestellt und arrangiert werden kann: da wird mir nicht bang, sondern ganz leicht ums Herz; es ist schon fast beschämend, mit so leichten Waffen zu kämpfen, wie sie einem Schriftsteller zur Verfügung stehen: Bleistift, Papier, Schreibmaschine, Waffen, wie sie von dem von Ihnen so bezeichneten »offenen« Katholizismus als einzige angewandt werden. Schweigen wir ganz von einer Waffe, von der die anderen so reichlich Gebrauch machen, wie wenig ihre Anwendung nachgewiesen werden kann: von der Flüsterpropaganda, von jeglicher Art mündlich kolportierbarer Dummheit (bis zur Boykottdrohung an Buchhändler). Diese Waffe ist »uns«, den »offenen«, völlig unbekannt: wir lehnen den Bakterienkrieg ab.

Ich wiederhole, ich gehöre keiner Gruppe an, keiner Verschwörung, manche von diesen »offenen« Katholiken habe ich noch nie im Leben gesehen, einige von ihnen sind mir langweilig, die Ansammlungen von »geschlossenen« Katholiken meide ich, nachdem ich in einige Veranstaltungen hineingehört habe: es wird dort in einer Mischung aus Gruppen-, Kirchen- und Parteichinesisch gesprochen, die mir fremder ist als wahres Chinesisch; es wäre mir leichter, mit einer Chinesin, die meine Sprache nicht spricht und deren Sprache ich nicht spreche, irgendeine Art von Unterhaltung anzufangen: es gibt ja noch Gesten, Lächeln, es gibt die Augensprache – alle diese Verständigungsmittel sind bei Funktionären fehl am Platz, und der Täuschung, daß »wir doch dieselbe Sprache sprechen«, gebe ich mich schon lange nicht mehr hin. Ich bin Katholik, bin es auch als Publizist, aber ich bin kein »katholischer Romancier« oder Kurzgeschichtenschreiber – ich betrachte mich als so freigelassen, wie ich meine Romanfiguren freilasse. Wer es sich leichtmachen möchte, indem er mich mit einer meiner Romanfiguren verwechselt, sollte es sich nicht zu leicht machen: ich habe bisher fünf Romane geschrieben mit einer ziemlichen Anzahl von Figuren, ich habe viele anzubieten, ich habe sie alle freigelassen, und es besteht eine Abmachung zwischen ihnen und mir: ich gebe keine Auskunft über sie. Jedenfalls: meine Ansichten über den Verbandskatholizismus sind bitterer, härter als die irgendeiner meiner Romanfiguren; diese Ansichten zu formulieren, fehlt mir noch der Stil, es fehlt mir noch die Zielsicherheit, mit einem einzigen Stein und einer selbstgebastelten Schleuder den siegessicheren Goliath und alle seine Prätorianer gleichzeitig zu treffen; es bedarf dazu einer zu entwickelnden Abpralltechnik, sehr komplizierter ballistischer Berechnungen sowohl wie Erfahrungen.
Über Literatur rede ich nicht mehr; die Katholiken machen es sich zu leicht, genauso leicht wie alle anderen, die Liberalen, die Atheisten, die Materialisten, Nihilisten und was es alles an Kombinationen geben mag: sie stechen mit irgendeiner beliebig gewählten Ästhetik (und da gibt es ja allein schon zwischen Hofmannsthal und Brecht einige) die Form oder mit irgendeiner Doktrin den Inhalt einer Sache ab. Es findet eine Gesinnungsschnüffelei statt, in der sich alle möglichen »gescheiten« Leute (der eine kreidet als »reaktionär« an, was der andere als »gefährlich fortschrittlich« bezeichnet) in einem wahren Dickicht von –

mir fällt kein sanfteres Wörtchen ein – Schwachsinn zusammenfinden. Ich wiederhole: ich meine nicht nur die Christen, die sich auf ein paar doktrinäre Formeln reduziert haben, ich meine alle anderen Gruppen mit. Ich fange an, die nicht nur klugen, auch intelligenten, die nicht nur begabten, auch genialen Verfechter des Nouveau roman immer besser zu verstehen: wie wär's mit einem Nouveau roman catholique libéral (usw.)? Die Gruppen, die Goliaths, die Doktrinäre mit ihren erhobenen Zeigefingern, verzweifelt gerungenen Händen, mit ihrer lächerlichen Präzeptorenattitüde, mit ihren Primitivanalysen (daß selbst in wenig anspruchsvollen Literaturformen Verwandlungen stattfinden und man sich ein wenig Mühe machen muß, diese Verwandlungen zu entziffern, daß es außerdem so etwas wie Komposition gibt – minimale Voraussetzungen für halbwegs vertretbare Analysen, scheint ihnen unbekannt zu sein), die eine beliebig zu wählende Ästhetik mit einem mißverstandenen Inhalt, eine starre Doktrin mit einer mißverstandenen Form konfrontieren: sie sind weit davon entfernt, von Literatur soviel, jenes Minimum, zu verstehen, das ein sogenanntes Gespräch zu einer auch nur andeutungsweise sinnvollen Begegnung machen könnte. Sie müssen erst wieder lesen lernen, viel bisher Gelesenes und Gehörtes vergessen.

Im übrigen wundere ich mich nicht, wenn einer, der zielt, hin und wieder trifft; wenn der Getroffene aufschreit, nach Wasser, Medikamenten, Stärkungsmitteln oder gar nach der Polizei schreit.

Wie gesagt: ich zähle mich weder zu einer Gruppe, noch gehöre ich einer Verschwörung an, würde ich aber irrtümlich zu den »geschlossenen« Katholiken gerechnet, so wäre mir das auf unerträgliche Weise peinlich, während ich es in einer Gesellschaft, die offenbar nur zwei Möglichkeiten hat, hinnehme, zu den »offenen« gezählt zu werden, manchmal irrtümlicherweise, denn deren Vokabularium ist oft nur reziprok dem der »geschlossenen«.

Poesie des Alltäglichen

Über Thornton Wilder, »Wir sind noch einmal davongekommen«

Der Zauber des Personals in Thornton Wilders Stücken und Romanen beruht auf der Tatsache, daß sie alle nicht ganz auf der Erde sind (schon gar nicht mit zwei Beinen, höchstens, wie Mrs. Antrobus, mit einem), und nicht ganz in den Wolken; sie schweben, behalten auch in düsteren, den düstersten Situationen diese unrealistische, doch keineswegs unwirkliche Position; was sie alle – im physikalischen wie im moralischen Sinn – *hoch* hält, ist die Poesie des Alltäglichen, die Hoffnung auf Brot und Milch, auf Nachbarschaft, Eier zum Frühstück, ein warmes Feuer, den heimkehrenden Vater und einen Kuß auf die Stirn. Sie sind alle Überlebende der Vergangenheit und der Zukunft; so recht in der Gegenwart, präsent sind sie nicht. Auf der Bühne geschieht nichts Böses, wird auch Böses kaum ausgesprochen – es geschieht und wird gesagt »hinter den Kulissen«, und keinen Augenblick lang soll der Zuschauer im Zweifel bleiben, daß hier *gespielt* wird. Gerade dadurch, daß das Realistische nicht in die Personen und ihre Handlungen, sondern, im Auftreten von Regisseuren und Mitspielern, ins Bühnenhandwerk verlegt ist, gewinnt das Spiel im dauernden Wechseln und Verwechseln von Vordergrund und Hintergrund diesen Zauber – denn wer weiß schon, ob nicht gerade das Bühnenhandwerkliche gespielt ist und das andere wirklich? Sind nicht alle Menschen unter Regie, und warum sollte die Tatsache, daß in einem Theaterstück Regie und Spiel ineinander übergehen, dem einen oder anderen mehr oder weniger Wirklichkeit geben?

Kurz nach dem Krieg in einer zerstörten Stadt aufgeführt, hat das Stück den Überlebenden wohl Mut gemacht, obwohl nicht verschwiegen wird, daß auch Kain überlebt hat. Im Vordergrund des Stücks herrscht die Zuversicht, daß Kain besserungsfähig ist – es ist die Zuversicht eines großen Landes, das ohne diese Eigenschaften nie groß geworden wäre. Ob die Zuschauer heute, in aufgebauten Städten, gesättigt und wohlgekleidet, an dieser Zuversicht noch teilhaben, noch fähig sind, die Poesie des Alltags anzunehmen, der auch so gewaltige Dinge einschließt wie die Erfindung des Rades, die Stimme Homers, die Erfindung des ABC, ohne das Sprache gar nicht vorhanden wäre? Im Vordergrund des Stücks herrscht auch die Vitalität Noahs und Abrahams, ihre Gnade und ihr Fluch, Kain nicht anzurühren. Wirkt der Vordergrund versöhnlich, nicht hoffnungslos, so weiß doch jeder: dahinter ist die Hölle los – Eiszeit und Sintflut drohen, es ist kein Verlaß, weder auf die Natur noch auf die Menschen, und keine Familie ist so fest, wie sie sich nach außen gibt. Kain heißt Henry, Henry mag besserungsfähig sein, Kain ist es nicht. Gladys erwartet ein Kind, keiner weiß von wem? Wird einer den Mut haben, wenn es wirklich kalt wird, aus den Möbeln Feuerholz zu machen und, wenn das Alltägliche nicht mehr selbstverständlich ist, die Flüchtlinge hereinzubitten?

Quellennachweise und Anmerkungen

Vorwort zu »Lebendiges Wuppertal«. Wuppertal 1960
Rose und Dynamit. In: »Gibt es heute christliche Dichtung?«, Recklinghausen 1960
Nordrhein-Westfalen. 1960 (H. B.)
Der Rhein. 1960 (H. B.)
Zweite Wuppertaler Rede. Erstdruck in Akzente (Titel: *Wuppertaler Rede über Künstler und Kultur),* 1960
Antwort auf eine Umfrage zu antisemitischen Ausschreitungen. Die Kultur, Februar 1960.
Die Redaktion der *Kultur* hatte 3 Fragen gestellt:
1. Halten Sie die jüngsten antisemitischen Ausschreitungen für eine auf Geltungsbedürfnis oder auf politisches Sektierertum basierende Kettenreaktion unter Halbstarken oder sehen Sie darin die Gefahr des Wiederauflebens krimineller Aktionen von antisemitischen und neonazistischen Verschwörergruppen?
2. Wenn Sie diese Gefahr zu sehen glauben, wie stark schätzen Sie diese Kräfte ein und wer sind sie? Bedeutet ihr Vorhandensein den Beginn eines Rückfalls in antisemitische Barbarei?
3. Wie sollen und wie müssen die verantwortlichen Männer der Regierung der deutschen Bundesrepublik ihre Parteien, ihre großen staatlichen, politischen, kulturellen und religiösen Organisationen und Verbände diesen judenfeindlichen Exzessen entgegenwirken? Was kann und muß der Einzelne zur Stärkung der demokratischen Kräfte tun?

Zeichen an der Wand. 1960 (H. B.)
Zur neuen Übersetzung von Synge. Programmheft zur Premiere der Neuübersetzung von »Playboy of the Western World« am 10. 3. 1960 in Köln
Über Synge, »Ein wahrer Held«. Undatiertes Manuskript – wahrscheinlich für das Programmheft einer Berliner Aufführung der Aufführung von Synges Stück 1960
Über den Roman. Die Zeit v. 29. 4. 1960 (u. d. T.: *Die Verantwortung des Schriftstellers*)
Register-Demokratie. Frankfurter Hefte, Mai 1960
Was ist kölnisch? Deutsche Zeitung (Köln) v. 18. 8. 1960
Hierzulande. Labyrinth (Frankfurt), September 1960
Teils bedenklich, teils bezaubernd. Frankfurter Hefte, Oktober 1960
Der Zorn und das Mitleid des Georges Bernanos. Werkhefte katholischer Laien, Oktober 1960
Bücher verändern die Welt. Neue Rheinzeitung (Köln) v. 19. 11. 1960
Zwischen Gefängnis und Museum. Labyrinth, Dezember 1960
Karl Marx. In: Thilo Koch (Hg.), »Portraits deutschjüdischer Geistes-

geschichte«, Köln 1961. Der Essay trug dort den Untertitel *Ein deutscher Jude verändert die Welt*

Rom auf den ersten Blick. 1961 (H. B.)

Autoren und Schicksale. Germania Judaica 1960/61

Zvi Asaria. Ebenda

Mutter Ey. Westdeutscher Rundfunk 1. 1. 1961

Befehl und Verantwortung. Norddeutscher Rundfunk 10. 4. 1961

Hast Du was, dann bist Du was. Labyrinth, Juni 1961

Zwischen allen Feuern. Frankfurter Hefte, Juli 1961

Brief an HAP Grieshaber. Labyrinth, November 1961 (u. d. T.: *Briefwechsel Heinrich Böll – HAP Grieshaber*, zusammen mit dessen Antwort)

Cocktail-Party. Die Zeit v. 1. 9. 1961

Vom deutschen Snob. Die Zeit v. 9. 9. 1961

Antwort an Georg Ramseger. Die Welt v. 22. 9. 1961. Böll antwortet hier auf eine Glosse von Georg Ramseger in der *Welt* v. 13. 9. 1961. Ramseger hatte dort über eine »Berlin-Stiftung für Literatur und Sprache« des BDI berichtet und folgenden Kommentar hinzugefügt:

Das ist ein Wort. Hier wurde etwas getan. Ob die Summe ausreicht – darüber braucht man sich im Augenblick keine Gedanken zu machen. Die Herren von der Industrie werden im Falle des Falles wohl nicht kleinlich sein. –

Abgesehen davon werden ja die Gewerkschaften geradezu danach gieren, auch ihrerseits ein Scherflein beizutragen, damit Berlin seinen kulturellen Glanz behält.

Eine andere Sache ist der Zeitpunkt. Nicht warten bis 62. Sofort muß gehandelt werden. Die juristischen Hürden, die in der Gegend stehen und genommen sein wollen, ehe eine solche Stiftung wirksam werden kann – die sollten zu umgehen sein.

Man will sich offenbar vor allem auf ausländische Schriftsteller stützen. An Namen sind genannt: Max Frisch, Max Rychner, Malraux, Raymond Queneau, T. S. Eliot, R. S. Terry und Carlo E. Godda.

Warum? Liegt es daran, daß die Westdeutschen uns, von den rühmenswerten Ausnahmen Schnurre und Grass und Kronenberg (in der *Zeit*) abgesehen, in dieser Stunde offenbar nichts zu sagen haben?

Der Internationale Kongreß für die Freiheit der Kultur mit Madariaga, Silone, Denis de Rougemont, Raymond Aron, Robert Oppenheimer, Stephen Spender und so vielen anderen hatte uns etwas zu sagen. Die tapferen Streiter der »gruppe 47« mit ihren so sehr schätzenswerten Hans Werner Richter, Böll, Walser, Enzensberger und so manchen anderen noch schweigen sich aus in dieser Stunde.

Der Exil-PEN protestierte, als es jetzt um Berlin ging. Das PEN-Zentrum der Bundesrepublik mit Präsident Erich Kästner rührt sich nicht.

Sind sie gelähmt? Geht ihnen etwas auf, das sie nie glauben mochten in ihrer allumfassenden Liebe zur Menschheit? Daß Berlin heute überall in Deutschland liegt, spüren denn das unsere Schriftsteller nicht? Daß ein Toter im Teltowkanal, am Main oder am Tegernsee nicht wieder aufwacht – sie wissen es wohl nicht.

Das Schlimme ist am Schlimmen, daß unsere Schriftsteller uns nichts mehr zu sagen haben werden, wenn sie jetzt schweigen.

Mein Bild. Die Zeit v. 26. 1. 1962
Der Schriftsteller und Zeitkritiker Kurt Ziesel. Die Zeit v. 16. 3. 1962
Erklärung zur Einstellung der Zeitschrift »Labyrinth«. Labyrinth, Juni 1962 (Bölls Beitrag zu der dort abgedruckten »Erklärung der Herausgeber«)
Briefe aus dem Rheinland. Die Zeit v. 21. 12. 1962 – 6. 9. 1963
Was heute links sein könnte. In: Horst Krüger (Hg.), »Was ist heute links?«, München 1963 (u. d. T.: *Polemik einer Verärgerten*)
In der Bundesrepublik leben? 1963 (H. B.)
Nachwort zu Carl Amery, »Die Kapitulation«. Reinbek 1963
Im Gleichschritt ins Verhängnis. Der Tagesspiegel (Berlin) v. 23. 6. 1963
Kennedy, Irland und der große Hunger. Der Tagesspiegel v. 11. 8. 1963
Wir Deutsche: ein fahrendes Volk. Der Tagesspiegel v. 22. 9. 1963
Das Glück und das Heil. Der Tagesspiegel v. 27. 10. 1963
Vom Mehrwert bearbeiteten Papiers. Die Zeit v. 29. 11. 1963
Antwort an Msgr. Erich Klausener. Petrusblatt (Berlin) v. 1. 12. 1963.
Der Brief Klauseners hatte folgenden Wortlaut:

Eine Anfrage an Heinrich Böll

Dieser Tage hatte ich Grund, noch einmal Ihren »Brief an einen jungen Katholiken« zu lesen, den Sie 1958 geschrieben haben. Er endet, wie Sie sich erinnern: »Magere Jahre stehen bevor, denn die Theologen verweigern uns jenes andere, das Wort, von dem wir leben.«

Sie hatten nämlich zuvor gesagt: »Die Politik ist hart geworden und die Theologie weich. Häresien gibt es keine mehr, die Theologen haben sich aufs politische Feld drängen lassen und spielen hilflos bei diesem Spiel mit vernagelten Toren mit.«

Sie hatten Ihren Lesern von einem Pfarrer U. berichtet, der für Sie »bis zu einem gewissen Grade« die deutschen Katholiken repräsentiere: »Ich schätze Pfarrer U. auf eine bestimmte Weise; er ist witzig, amüsant, weiß gut über Literatur Bescheid, er bietet seinen Gästen einen ausgezeichneten Wein an, vorzügliche Zigarren, und ich weiß diese Dinge – als nebensächlich – durchaus zu schätzen; außerdem gehört es zu meinem Beruf zu beobachten . . . Vieles weiß ich an Pfarrer U. zu schätzen, doch ein Gespräch mit ihm interessiert mich nicht; lieber spiele ich mit meinen Kindern ›Mensch, ärgere dich nicht‹.«

Aber Sie müssen sich gelegentlich doch mit ihm unterhalten haben; Sie warnen Ihren jungen Freund: »So können Sie, lieber Herr M., bei Pfarrer U. getrost etwaige Zweifel am Dogma von der leiblichen Himmelfahrt Mariens äußern; es wird Ihnen eine höchst subtile, gescheite und theologisch saubere Unterweisung zuteil werden; sollte es Ihnen jedoch einfallen, Zweifel am (unausgesprochenen) Dogma von der Unfehlbarkeit der CDU zu äußern, so wird Pfarrer U. auf eine nervöse Weise ungemütlich und unsubtil.«

So kommen Sie zu dem Seufzer: »Wenn wir unter uns sind, wir intellektuellen Katholiken einschließlich der dazugehörenden Kleriker, dann witzeln wir übers

Generalvikariat, lächeln über die Bischöfe; das sind unsere Pralinen, das ist das Konfekt der Eingeweihten; wir lächeln über die Predigten, die wir sonntags notgedrungen mit der heiligen Messe hören, wir sind sicher, daß sie uns nichts angehen, aber wen gehen sie eigentlich etwas an?«

Daher Ihr Schluß: »Wir werden gezwungen, von Politik zu leben, und das ist eine fragwürdige Kost; da gibt es, je nach den Erfordernissen der Taktik, an einem Tag Pralinen, am anderen eine Suppe aus Dörrgemüse: unser Brot müssen wir selber backen und das Wort uns selbst bereiten.«

Als ich das aufs neue las, war ich an Hans Schnier, Ihren »Clown«, erinnert, für dessen »Ansichten« Sie sich in einem ganzen Roman engagiert haben. Der Clown meint nämlich einmal: »Meiner bescheidenen Erfahrung nach haben Katholiken nicht den geringsten Sinn für Details.« Diese Erkenntnis dürfte der Clown wohl der Selbstbeobachtung seines Autors verdanken, der die Pauschalurteile über alles liebt, so daß er sich bei Details in den Predigten seiner Pfarrer und Kapläne gar nicht erst aufhält.

Eine kluge Frau, sogar eine Intellektuelle, sagte mir über die Predigten in unseren Kirchen vor einiger Zeit etwa das gleiche Urteil, das Sie Ihrem jungen Freund angeboten haben. Nur fuhr diese Frau, eben weil sie klug war, fort: »Ich habe mich daran gewöhnt, daß ich am Sonntag aus der Predigt immer nur ein paar Sätze mitnehme, die mir etwas bedeuten. Diese Sätze allerdings finde ich in jeder Predigt, auch der bescheidensten.«

Walter Weymann-Weyhe hat Sie einmal sehr direkt gefragt: »Welches Brot haben Sie denn diesem jungen Katholiken gebacken, welches Brot ihm bereitet?« Darauf haben Sie plötzlich sehr bescheiden geantwortet: »Ich glaube, ich habe mir nicht angemaßt, die Nahrung, die ich vermisse, zu bieten; doch wenn mein Brief nur ein Gramm Hefe enthielte, das zum Backen des Brotes, zum Bereiten des Wortes dienen könnte, so wäre er noch gerechtfertigt.«

Wir kämen schon ein großes Stück weiter, wenn Sie diesen Maßstab, den Sie an einen katholischen Bestsellerautor angelegt wissen wollen, von dem innerhalb und außerhalb katholischer Kreise viele Menschen ein Wort der Hilfe erwarten, auch an unsere Pfarrer und Kapläne anlegten, die sich jeden Sonntag mühen, ihren Gemeinden Gottes Wort zu künden. Man müßte eben nur ein wenig mehr Sinn für das Detail haben.

Über unsere Predigt heute ist viel zu sagen. In Gesprächen mit jungen Menschen ist mir immer wieder begegnet, daß sie von dem predigenden Priester eigentlich nichts anderes erwarten, als daß er fromm sei. Es heißt dann: »Bei Pfarrer X spürt man, daß er mit dem ganzen Herzen dabei ist. Es ist gar nicht so wichtig, was er sagt, und eigentlich ist es auch nur ganz wenig, was er sagt, aber jedesmal, wenn er spricht, rührt er mich an.« Ich schätze Karl Rahner, ich schätze Josef Pieper, und die Reflexe ihrer Gedanken sind auf unseren Kanzeln wahrscheinlich häufiger, als Sie annehmen. Nur ist dadurch das Problem unserer Predigt nicht gelöst.

Womit ich zu Ihrer Behauptung komme, unsere Predigt heute sei voll Politik. Ein Mann, der sehr viel in Deutschland herumkommt, hat unwidersprochen in aller Öffentlichkeit festgestellt, daß der Klerus der zweiten Nachkriegszeit politisch so uninteressiert sei wie niemals zuvor der Klerus in den letzten hundert Jahren deutscher Geschichte.

Bedenken Sie nur, wie Kleriker in der Weimarer Zeit in der Durchsetzung kulturpolitischer Fragen innerhalb der Parteien und Parlamente engagiert waren, welche Rolle damals auch sozialpolitische Fragen innerhalb unseres Klerus spiel-

ten, mit welcher Leidenschaft etwa der Grundsatz der Weimarer Verfassung diskutiert wurde, daß alle Gewalt vom Volke ausgehe.
Sooft ich Ihre Äußerungen und die Äußerungen mancher Ihrer Freunde zur Situation des deutschen Katholizismus heute lese, werde ich den Eindruck nicht los: Hätte die Mehrzahl der deutschen Katholiken (mit ihren Bischöfen!) sich nach 1949 für einen anderen Staatsmann, eine andere Partei und eine andere Wehrpolitik entschieden, dann wären Sie mit der Kirche und den Katholiken zufrieden. Geht es bei Ihren Fragen wirklich um Wort und Theologie oder zuerst (oder gar nur) um eine andere Politik? Ich frage mich, wer hier die Perspektive verkürzt, wer die Politik zum Maßstab der Theologie macht.
In einem Punkte haben Sie und Ihre Freunde zweifellos recht. Die Grausamkeit moderner Kriegführung, die Erbarmungslosigkeit des Bombenkrieges, die grenzenlose Vernichtungskraft der Atombombe haben schärfer als je zuvor die Frage gestellt, wie das eigentlich mit Gott sei, der auf seiner Welt solches zuläßt. Diese Frage steht vor der Kirche: Sie, die Künderin des Wortes Gottes, darf doch den Menschen vor diesem Chaos nicht allein lassen.
Den Katholizismus beherrscht heute – soweit ich sehe – allzusehr das optimistische Ja zur Erde. Gewiß gilt uns der Gottesbefehl: »Macht euch die Erde untertan.« Aber in seiner eschatologischen Rede sagt der Herr: »Erhebet eure Häupter, denn eure Erlösung ist nahe.« Er meint die Vollendung unserer Erlösung beim Untergang dieser Welt und seinem Kommen. Jesus stellte fest: »Mein Reich ist nicht von dieser Welt« – lehrte uns aber beten: »Dein Wille geschehe – wie im Himmel also auch auf Erden.« Das meint aber doch Ordnung Gottes auch auf Erden als Ziel unseres Wirkens in der Gesellschaft. Es gibt für uns kein utopisches Friedensreich auf dieser Welt – und doch müssen wir auf dieser Welt für den Frieden wirken. Wir müssen in dieser Welt das Erkalten der Liebe zu hindern suchen – und wissen doch um den Ernst der Reiter und Schalen der Apokalypse. In den Nächten des Krieges lasen wir die Geheime Offenbarung – lesen wir sie jetzt nicht zuwenig? Wer sie liest und bedenkt, wird freilich – so meine ich – sehr zaghaft und scheut sich, irgendeine vereinfachte Lösung oder eine simplifizierende Forderung anzubringen.
Sie selbst haben in jenem »Brief an einen jungen Katholiken« von jener furchtbaren Gefahr der absoluten Verzweiflung gesprochen, die uns Soldaten mitten im Krieg erfassen konnte, von jener »Erkenntnis der Sinnlosigkeit einer solchen Existenz«. Sie sagten dann: »Es gibt Auswege: Bildung, Zynismus, Korruptheit. Der Bildungsausweg: die jeweilige Situation als gegeben hinnehmen und sich an ihr geistig bereichern: Kathedralen besichtigen und Bilder, eine sublime Art von Globetrotter abgeben . . . Zynismus ist schon eine Stufe aufrichtiger: die Situation rücksichtslos genießen, sich von der Geschichte tragen lassen: aus dem Badezimmer im französischen Quartier in die mörderische Realität, wie sie der Krieg in Rußland hatte. Den Schmerz von sich abgleiten lassen, kein Leiden vollziehen und das Leiden der anderen mit der Sachlichkeit eines Beerdigungsunternehmers betrachten, der schließlich kein Mörder ist . . . Korruptheit: sich am Krieg bereichern, wo immer sich eine Möglichkeit dazu bietet; man müßte einen Röntgenblick haben, um herauszufinden, wie viele Vermögen des blühenden Deutschland aus dieser Quelle stammen . . . Es gibt andere Auswege: Selbstmord. Der blasse kleine Unteroffizier mit den schief aufgenähten Fähnrichstreifen auf seinen Schulterklappen: ein Posten fand ihn morgens vor dem Bunker, genau an der Flutlinie lag er, die Pistole neben sich, vor sich die graue unendliche Gleichgültigkeit des Ozeans . . .«

Nachdem ich die »Ansichten« Ihres Clowns gelesen habe, möchte ich noch einen weiteren Ausweg – nicht ohne Bitterkeit – hinzufügen: ». . . auf der Couch zu liegen, Zigaretten zu rauchen und Selbstmitleid zu inhalieren.«
Nun bin ich an dem Punkt, der mich seit Tagen beschäftigt. Was bieten Sie selbst als Ausweg an? Was ist allen Ernstes das Brot, das Sie den Menschen in der letzten Verzweiflung backen möchten? Wo ist wirklich das Gramm Hefe, das Sie uns bieten?
Diese Frage bedrängt mich, seit ich in der Freien Volksbühne in Berlin Brendan Behans »Die Geisel« gesehen habe. Sie haben mit Ihrer Frau dieses Stück ins Deutsche übersetzt. Sie müssen in diesem Stück doch mehr sehen als eine irische »Dreigroschenoper«, wie ein Berliner Kritiker sagte. Ich kann mir nicht denken, daß Sie dieses Stück übersetzen, wenn Sie nicht glauben, es sei irgend jemandem gegenwärtig in Deutschland »Brot«.
Ihr Mitleid für Brendan Behan verstehe ich. Er ist ein bedauernswerter Kerl. Eine illusionäre politische Bewegung, die das Heil in der Gewalt sucht, hat schon dem Vierzehnjährigen das Leben zerstört. Was er in Slums, Fürsorge-Erziehungsanstalten und Zuchthäusern erlebte, ließ eine Bitterkeit zurück, die ihn das Leben nur noch im Zynismus ertragen läßt.
Ja, da haben wir ihn wieder ganz genau: den Ausweg des Zynismus, von dem Sie damals Ihrem jungen Katholiken schrieben.
Ich glaube zu verstehen, warum Brendan Behan so ist, wie er ist, und so schreibt; aber das heißt noch lange nicht, daß ich deshalb seine innere Konsequenz und sein Stück zu rechtfertigen gedenke. Schließlich fragen wir weder bei Schiller noch bei Shakespeare nach ihrem persönlichen Schicksal, um ihre Dichtungen zu rechtfertigen. Die Dichtung steht in sich – jenseits des Autors.
Und was Behan uns zeigt und was Sie übersetzt haben, das ist ein Panoptikum heruntergekommenen Lebens, in dem es Werte nicht mehr gibt, allenfalls für einen Augenblick ein kleines lyrisches Gedicht, einen Fetzen Poesie, der aber sofort wieder zugedeckt wird. Es gibt nur arme Teufel, Huren, Homosexuelle und Heuchler.
Sie werden wahrscheinlich sagen, Behan sei ein Bürgerschreck, und die Leute heute bedürften eines Schocks, um überhaupt aus ihrer Sattheit aufzuwachen. Ich habe im Publikum Ihres Stückes gesessen. Da war niemand schockiert. Im Gegenteil, das Publikum amüsierte sich – in Berlin sagt man – »wie Bolle«, amüsierte sich über das Ordinäre, Rüde und das Blasphemische, jauchzte über all die abgeschmackten Mätzchen von vorgestern, die dieser Text aufwärmt.
»Sein Vater 'n Bischof? Jetzt hör aber auf. Da sitz' ich nu' hier und muß mir solch unmoralisches Zeug anhören. Vater 'n Bischof.« Dann ist es ein evangelischer Bischof, nachdem das Publikum die Anzüglichkeit ausgekostet hat. Und weil der Witz so alt ist, wird er dann im nächsten Akt noch einmal wiederholt, nur ist der Vater dann Pfarrer.
Wenn die drei Homosexuellen ihren Song ins Publikum schreien, dann frösteln im Publikum wohl nur ganz Vereinzelte, während die Masse vor Vergnügen grölt. Ich will Sie mit weiteren Einzelheiten verschonen. Setzen Sie sich einmal ins Publikum. Sie werden es dann selbst schon merken.
Und Sie werden auch merken, was vor sich geht, wenn jene ebenso mannstolle wie bigotte Miß Gilchrist zur Melodie des Bananaboat-Songs gräßlich verzerrt ins Publikum schreit:
»Nä-ä-ä-ächstenliebe!
Nä-ä-ä-ächstenliebe!

Die gold'nen Lettern von der Bibel
Kenn' ich genauso wie die Fibel.
Die Bibel pflegt ein großes Wort,
Das hört man heut' an jedem Ort,
Nä-ä-ä-ächstenliebe!
Das hört man heut' an jedem Ort.
Denk' ich dann an Kain und an Abel,
An Isaak, David und an Babel,
Weiß ich, daß es Nächstenliebe gibt,
Weil jeder sich selbst am nächsten liebt.«

Minutenlang frenetischer Beifall. Ganz sicher: keiner von denen, die da geklatscht haben, war schockiert oder erschrocken. Keiner wird morgen auf die Idee kommen, etwas mehr für seinen Nächsten zu tun. Sie alle fühlen sich in ihrem Recht bestätigt, noch mehr an sich selbst zu denken, weil angeblich auch die Christen nur noch an sich selbst denken.

Bürgerschreck? Nein. Alibi für die Satten! Das ist genau das Stück, das zu dieser Gesellschaft paßt. Autor und Übersetzer sind – gestatten Sie mir den Gebrauch dieses abgenutzten Wortes – zutiefst Konformisten mit dem Geist dieser Zeit. Sie sind die »Hofnarren«, die die Leute hören wollen.

Das gilt auch für das gräßliche letzte Lied, mit dem dieses Stück schließt und das doch wohl auch aus Ihrer Übersetzung stammt:

»Die Hölle läutet klingalingaling
Für dich, aber nicht für mich.
O Tod, wo ist dein Stachelingaling,
O Grab, wo ist dein Sieg.
Triffst du auf meinen Friedhofsgärtner,
Den Vertreter der Allianz,
Trink ein Bier aus meiner Urne,
Laß dir's schmecken, wenn du kannst.«

Ist dieses Lied nun wirklich das Brot, das Sie glauben, sich selber backen zu müssen, und das Wort, das Sie sich selbst bereiten? Das Publikum nimmt dieses Lied so, wie es von der Bühne herunter ihm serviert wurde, als eine Verhöhnung christlichen Glaubens, als eine Verhöhnung jeder Hoffnung auf ein ewiges Leben, als ein Bekenntnis zum ganz materialistischen Sichausleben. Und das erschreckendste: das schockiert niemanden mehr, das befremdet niemanden mehr.

Aber ich will keine Pauschalurteile fällen. Ich muß genau umschreiben, wen es nicht mehr schockiert und wen es nicht mehr befremdet: jene Gesellschaft, die heute in solches Theater geht – junge Intelligenz, Studenten, Snobs und Journalisten, satte Bürger und alle, die etwas gelten wollen, »dabei« gewesen sein müssen, jene also, die beherrschen, was wir »öffentliche Meinung« nennen, und alle, die längst glauben, Kunst und Moral seien Dinge, die man voneinander trennen könne und trennen müsse.

Ich komme noch einmal auf Ihren »Brief an einen jungen Katholiken« zurück. Sie haben darin gegenüber den sittlichen Gefahren, in denen unsere Zeit steht, eine einzige Instanz angedeutet: das Gewissen. Wo ist nun das Gewissen in Brendan Behans »Geisel«, und wo war das Gewissen seines Übersetzers? War es nur der Spaß an angeblicher artistischer Perfektion, die Sie dieses Stück übersetzen ließ? War es die Genugtuung, einige politische Formeln wiederzufinden, zu denen auch Sie sich bekennen? Das wäre nun doch zuwenig.

Haben Sie einen Augenblick daran gedacht, wie es auf Menschen wirkt? Haben Sie überlegt, daß es die Menschen nur noch tiefer in den Zynismus hineintreibt, den doch wohl auch Sie kaum für den richtigen Ausweg aus der Verzweiflung unserer Zeit halten? Herr Böll, Sie bieten den Menschen Steine statt Brot, noch schlimmer: wahrscheinlich für manchen Skorpione statt Brot.

Nun gibt es da noch einen Punkt, der mich ebenso stutzig gemacht hat, als ich das erstemal Ihren »Brief an einen jungen Katholiken« las, wie nun wieder angesichts der »Geisel« Brendan Behans. Das Stück des Iren spielt in einem Freudenhaus, und in ihrem Brief, sehr geehrter Herr Böll, sagen Sie: »Ich habe die Klienten dieser Häuser nie verachten können, weil es mir unmöglich ist, das, was man irrigerweise die körperliche Liebe nennt, zu verachten; sie ist die Substanz eines Sakraments, und ich zolle ihr Ehrfurcht, die ich auch dem ungeweihten Brot als Substanz eines Sakraments zolle.« Sie bemerken dann freilich, daß Madame, die Herrin des Hauses – das Sie dienstlich als Soldat in einer französischen Kleinstadt mehrfach kontrollieren mußten –, und »die Mädchen«, sich »auf einer verhängnisvollen Weise« in der Verachtung ihrer Klienten einig waren. Ihnen selbst sei solches Moralisieren langweilig.

Zunächst eine Zwischenbemerkung, damit wir uns nicht mißverstehen. Wie wohl die meisten Theologen und Priester heute bin ich mit Ihnen in dem Punkte einig, daß die sittlichen Gefahren unserer Zeit nicht nur und nicht zuerst die sexuellen Gefahren sind. Die Erkenntnis, daß das 6. Gebot wirklich das sechste ist, hat sich doch wohl in der deutschen katholischen Kirche mehr durchgesetzt, als etwa Ihr »Clown« Hans Schnier das wahrhaben möchte. Trotzdem wird man nicht leugnen können, daß gerade das 6. Gebot unmittelbar an die menschliche Existenz geht. Es berührt den Menschen von der Spitze seines Intellekts durch alle Schichten des Gefühls bis in die Tiefe seiner Körperlichkeit. Und wir werden wohl beide nicht leugnen wollen, daß an diesem Gebot oft die Auseinandersetzung mit Gott beginnt, ob sein Gebot so sei und wie man daran vorbeikomme – überhaupt an Gott vorbeikomme.

Nun aber meine Frage an Sie: Verstehe ich Sie richtig, daß Sie von dem, was in jenem Freudenhaus in Frankreich geschah, und von dem, was in Behans irischem Freudenhaus geschieht, glauben, es sei körperliche Liebe, die man für das ungeweihte Brot halten könne, die das Sakrament verwandele. Das ist doch ein irreführender Vergleich. Brot ist ein Ding, eine Sache, die weder gut noch schlecht sein kann, einfach ein Stück stummer Kreatur Gottes. Ist denn körperliche Liebe eine Sache, ein Ding? Sie ist gewollte, gesuchte Begegnung zweier Menschen. Ein menschlicher Akt, der zwei Menschen ganz erfaßt – Geist und Körper. Der Sinn des 6. Gebots und ein Sinn der Ehe ist doch, daß dieser Akt nur in der Ehe geschehe, damit er seine Menschlichkeit behalte, damit er nicht ausgeliefert werde an den reißenden Strom des Triebes, der Leidenschaft, der Selbstherrlichkeit. Sie haben sich da eine Theologie der Ehe zurechtgemacht, die an allem vorbeigeht. was das Gebot Gottes fordert.

Auch hier scheint mir wieder jener Konformismus mit dem Geist der Zeit am Werk. Hier wird dem bindungs- und gebotsscheuen Menschen von heute nach dem Mund geredet. Hier wird das Gebot Gottes bequem gemacht.

Einige schlichte Tatsachen unseres gesellschaftlichen Lebens beim Namen zu nennen, gilt heute in literarischen Kreisen zum mindesten als unfein. Aber versuchen wir doch einmal, davon zu reden. Angesichts eines Films sagte ein Kritiker, zwei Nackedeis seien noch kein künstlerisches Ereignis. Die Zote auf der Bühne ist es auch nicht. Und wenn jemand die Sprache der Kaschemmen und den Slang der Landser auf der Bühne bringt, muß das keineswegs etwas mit Kunst zu tun haben, eher meist mit Geschäft. Denn je größer der Haufen Unflat ist, den einer heute in einem Buch oder auf der Bühne unterzubringen vermag, um so sicherer scheint der Erfolg zu sein – wenigstens in einigen nicht unwichtigen Kreisen. Ich bekenne mich dazu, daß ich angesichts eines perfekt gemalten Haufen Unflats keineswegs dem Maler den Mut zur Lebenswahrheit zugestehen kann. Er befindet sich lediglich in dem Irrtum, daß er einen Fetzen Leben für das ganze Leben ausgibt.

Aber das ist nur eine Seite der Sache. Literaten halten in Deutschland bekannterweise nicht sehr viel von Leuten, die sich um Jugendpflege, Jugendschutz und derlei Dinge kümmern. Sie haben längst um diese oft mit sehr viel Sachverstand und Menschenkenntnis ausgestatteten Leute den Geruch von Säuerlichkeit, Prüderie und hoffnungsloser Gestrigkeit verbreitet. Nun sind gewiß unsere Jugendschützer keineswegs immer mit genug Fingerspitzengefühl für die Klaviatur der öffentlichen Meinung ausgerüstet. Aber das ändert nun gar nichts daran, daß sie ihre Finger auf einer schwärenden Wunde haben. Vielleicht schreien deshalb die Literaten bei uns auch immer so laut auf, wenn der Finger wieder auf diese Wunde gelegt wird, weil es gerade ihre Wunde ist.

Wer will leugnen, daß die Erotisierung und Sexualisierung unserer Literatur immer mehr fortschreitet. Ich behaupte nicht, daß Behans »Geisel« das extremste Beispiel dafür wäre. Das Stück ist nur ein Beispiel dafür, mit welcher Selbstverständlichkeit das Schamlose bei uns auf der Bühne dargestellt werden kann. Das Perverse, Unsittliche ist in einer gräßlichen Weise selbstverständlich.

Sie, sehr geehrter Herr Böll, nehmen wahrscheinlich Behans Stück als Zeitkritik. Und da genau schlagen Sie sich selbst ins Gesicht. Zeitkritik soll doch bessern, ändern ... Glauben Sie wirklich, daß aus Behans Ausguß der Gosse Kraft wird, sich gegen den Verfall zu wehren? Sie fordern immer wieder den Primat des Gewissens. Es gehört sehr viel sittliche Kraft dazu, dem Gewissen zu folgen. Die Pansexualisierung unseres Lebens bis in die Öffentlichkeit hinein bringt den Menschen um diese sittliche Kraft. Es hat nicht viel Sinn, diese Zusammenhänge zu leugnen, und es ist nur ein Mangel an menschlicher Konsequenz, auf der einen Seite immer wieder zu fordern, daß die Menschen nach dem Gewissen leben sollen, und auf der anderen Seite jener vom Sexuellen her kommenden Zersetzung der moralischen Entscheidungen Vorschub zu leisten.

Ich behaupte nicht, um es noch einmal zu wiederholen, daß das 6. Gebot das erste sei. Aber ich kann nun einmal mich der Erkenntnis nicht verschließen, daß dieses Gebot in die vitalsten Zusammenhänge unseres Lebens hineinstößt und niemand ohne großen Schaden für die Gemeinschaft und für sich selbst dieses Gebot einfach wie etwas Unbedeutendes beiseite schieben kann.

Wenn man lange über Ihren »Clown« Hans Schnier nachdenkt und nach den Wurzeln sucht, warum dieser Mann ganz offenbar nicht fertig wird mit seinem Leben, dann kommt man zu Erkenntnissen, die sich möglicherweise mit den Meinungen des Autors nicht decken. Was Schnier uns über seine »Monogamie« glauben machen will, ist im Grunde nur Flucht vor der eigenen Entscheidung, vor der Bindung im innersten Bezirk seines Lebens. Schnier kennt nur sich selbst und weiß darum nicht, was Ehe ist, er will das gar nicht sehen in seiner verpflichtenden, auch ihn selbst bestimmenden Ordnung. So räsoniert er am Leben vorbei. Und es bleibt ihm nur jene Lust am eigenen Untergang, mit der er manchmal für das Ende seiner Tage erhofft: »Betrunken und wie in der Gosse.«

Sagen Sie nicht, das sei sein Ekel an der Zeit und den anderen Menschen. Ich

könnte mir denken, daß man Ihre »Ansichten eines Clowns« in einigen Jahrzehnten einmal für das Buch ansieht, das den Schlüssel für das Versagen eines großen Teils unserer Intelligenz heute gibt. Hier versinkt einer in selbstmitleidigem Räsonieren, der nicht das Verhältnis zum einfachsten Tun entdeckt, der darum zwangsläufig den Menschen verlieren muß, der ihn sogar bis in die Sünde hinein geliebt hat, weil eben die Leere und die Öde des Nur-Kritischen und immer Entscheidungslosen auf die Dauer nicht zu lieben ist. Liebe ist Entscheidung, und Hans Schnier vermag es nicht zu lieben. Er ist im letzten ein eitler Egoist, einer, der hemmungslos in sich selbst verliebt ist und dem man deswegen keines seiner zeitkritischen Worte zum Nennwert abzunehmen vermag.
Nur darin sind Hans Schnier und Brendan Behan wirklich stark: sie setzen alles herunter. Kaum einer – schon gar nicht ein Christ oder (noch schlimmer) ein Politiker, der Verantwortung trägt – besteht vor der Sonde ihrer Kritik. Als ich in amerikanischer Kriegsgefangenschaft 1945 einige zerlesene englische Zeitschriften in die Hand bekam, stieß ich auf ein Essay des britischen Kulturhistorikers Christopher Dawson. Darin stellte er sich die Frage, wie Hitler eigentlich möglich gewesen sei. Über Dawsons Antwort habe ich seitdem oft nachgedacht. Kein Pilz könne einen gesunden Baum befallen, der Baum mußte schon faul gewesen sein, ehe sich der Pilz ausbreiten konnte. Mystischer Nationalismus sei nur möglich, wo zuvor ätzende Kritik selbst die echten Werte des Nationalen herabgesetzt habe, und Überspannung der Autorität, wo zuvor Autorität zum Bankrott gebracht wurde. Eine zersetzende, rationalistisch überspannte Kritik habe jene Fäulnis geschaffen ...
So etwas darf man heute kaum aussprechen. Aber ich bin Nonkonformist genug, es doch zu wagen. Die »goldenen« zwanziger Jahre waren keineswegs so golden. Es wäre an der Zeit, unsere Intellektuellen begännen einmal darüber nachzudenken, warum ihre Kollegen der zwanziger Jahre Hitler nicht aufzuhalten vermochten, warum die Geschichte sie mit einer Handbewegung wegwischen ließ. Es muß ihnen doch an geistiger Kraft gefehlt haben, an Wirksamkeit in die Breite, an Glaubwürdigkeit für viele. Die Frage ist ernst, Hans Schnier hält weder Hitler noch Stalin auf, noch den, der morgen unsere Freiheit bedroht.
Kritik ja – aber muß man deshalb wild um sich schlagen, um dabei Unwert und Wert zusammen zu treffen, so als gäbe es keinen anderen Wert mehr auf der Welt als unseren Kritiker allein. Mißtrauen gegen menschliche »Größe« ist nach den Enttäuschungen der Vergangenheit begreiflich, aber muß deshalb alles in die Gosse? Wer glaubt das? Der Starkult ist doch wahrscheinlich in weiten Strecken Ersatz für Anbetung und Ehrfurcht. Der Mensch ahnt, daß es Größe gibt, und sucht, sich daran aufzurichten. Heute genügt vielen der Star. Morgen genügt das nicht. Wenn die Dichter und die Intellektuellen dann alle wahre Größe zertrümmert haben, kann wieder Raum für einen »Führer« sein. Beobachten wir das nicht schon in Reaktionen mitteldeutscher Jugendlicher auf den kommunistischen Heroisierungskult? Die Fäulnis der Zersetzung kann gefährlich werden – ahnt Hans Schnier das?
Hans Schnier sagt einmal: »Ich habe das oft bei Katholiken bemerkt: sie hüten ihre Schätze – die Sakramente, den Papst – wie Geizhälse.« Meint er das etwa auch von seinem Autor? Wo breitet er auch nur ein paar Krumen der Schätze seiner Kirche aus in dem »Brief an einen jungen Katholiken«, in den »Ansichten eines Clowns«? Und wo ist etwas von den Schätzen seiner Kirche, die er in Behans »Geisel« anbietenswert fand?
Es gibt in den »Ansichten eines Clowns« ein Kapitel, das ihm die scharfe Kritik

der kommunistischen Kulturfunktionäre in Ost-Berlin eingebracht hat. Schnier fährt in diesem Kapitel mit Marie nach Erfurt, um die Chancen eines Auftretens dort zu erproben. Das Kapitel enthält beißende politische Satire. Aber davon will ich hier nicht sprechen.

Sprechen will ich von einigen wenigen Sätzen dieses Kapitels: »Marie sagte, sie habe gehört, es gebe in Erfurt eine katholisch-theologische Fakultät, sie interessiere sich für das religiöse Leben. Sie (die kommunistischen ›Kulturfritzen‹) machten saure Gesichter, konnten aber nichts machen, und es wurde alles sehr peinlich: für die Kulturfritzen, für die Theologen und für uns. Die Theologen mußten ja meinen, wir hätten irgend etwas mit diesen Idioten zu tun, und keiner sprach offen mit Marie, auch als sie sich über Glaubensfragen mit einem Professor unterhielt. Der merkte irgendwie, daß Marie nicht richtig mit mir verheiratet war. Er fragte sie in Gegenwart der Funktionäre: ›Aber Sie sind doch wirklich Katholikin‹, und sie wurde schamrot und sagte: ›Ja, auch wenn ich in der Sünde lebe, bleibe ich ja katholisch‹. Es wurde scheußlich, als wir merkten, daß auch den Funktionären unser Nichtverheiratetsein gar nicht gefiel . . .«

Schnier schockiert schließlich die roten Herren mit seinen Clownerien so, daß er mit Marie schnell abfahren muß. Sie schleppen ihre Koffer zum Bahnhof. »Zum Glück begegnete uns auf dem Bahnhofsvorplatz einer von den jungen Theologen, mit denen Marie am Morgen gesprochen hatte. Er wurde rot, als er uns sah, nahm aber der weinenden Marie den schweren Koffer aus der Hand, und Marie flüsterte die ganze Zeit über auf ihn ein, er solle sich doch nicht in Schwierigkeiten bringen . . . Als wir in Bebra ausstiegen und in ein Hotel gingen, weinte Marie die ganze Nacht, schrieb morgens einen langen Brief an den Theologen, aber wir erfuhren nie, ob er ihn wirklich bekommen hat.«

Das ist alles, Herr Böll, was Sie in einem 300-Seiten-Buch, in dem Abschnitt um Abschnitt über den deutschen Katholizismus räsoniert wird, über das Leben unserer Kirche in Mitteldeutschland zu sagen haben. Ärmlicher geht es nicht mehr. Da Sie vom wirklichen Leben der Kirche dort, ihrer Glaubensstärke und Gewissensbedrängnis offenbar weder etwas wissen noch ahnen, übertragen Sie Ihre Zwangsvorstellung von legalistisch und sexuell verklemmten Klerikern auch nach Erfurt. (Aber wissen Sie eigentlich wirklich mehr vom katholischen Leben im Westen Deutschlands, das meiste Ihrer Kritik trifft doch einen Stil gewisser jugendbewegter Kreise, der mit den beginnenden Nazi-Jahren mehr oder weniger gestorben ist.)

Sie sind wahrhaftig geizig mit den Schätzen der Kirche. Haben Sie einmal das schöne Büchlein über die Worte des Herrn, das der Erfurter Theologe Heinz Schürmann auch in einem westdeutschen Verlag herausgegeben hat, in die Hand genommen? Glauben Sie im Ernst, daß mit einem solchen Theologen die Albernheit einer derartigen Begegnung, wie Sie sie in wenigen Zeilen hilflos schildern, zustande kommen könnte? Freilich, so wie die Begegnung in Ihrem Roman konstruiert ist, muß allerdings Verlegenheit darin sein. Aber daß gar kein Funken von der Not, Sorge, der Liebe dieser Kirche darin spürbar ist, das ist Ihr persönliches Versagen, Ihre Schuld an Gliedern des Leibes Christi, dessen Glied auch Sie sind.

Damit wir uns nicht mißverstehen: ich bin nicht der Meinung, daß in Mitteldeutschland einzig und allein in unserem Vaterland katholisches Leben da sei und daß es in Westdeutschland in der Krise wäre. Ich sage nur, daß sich in Mitteldeutschland Katholiken und Kirche bewähren und daß sie die Kraft haben, sich zu bewähren. Sie sollten sich einmal die Frage stellen, warum dieser mitteldeutsche Katholizismus sich bewährt. Er stammt doch aus den gleichen Kräften, aus der gleichen Geschichte, aus der gleichen Tradition. Ja, er kommt aus den gleichen Familien und dem gleichen »Milieu« wie der westdeutsche Katholizismus, den Sie so in Grund und Boden verdammen. Sollte nicht auch im westdeutschen Katholizismus mehr Kraft sein, als Sie wahrhaben wollen?

Diese Frage muß beantwortet werden; denn die »Ansichten eines Clowns« über den mitteldeutschen Katholizismus sind nicht einmalig. Ihr Freund Carl Amery hat ein Buch über den deutschen Katholizismus geschrieben, in dem es überhaupt keinen Satz über die katholische Kirche in Mitteldeutschland gibt, so als gehöre das überhaupt gar nicht mehr zu Deutschland und zum deutschen Katholizismus, wenn man auch der Ehrlichkeit halber sagen muß: für Amery existiert ebensowenig der Katholizismus Hannovers, Hamburgs und der Diaspora.

Ihr »Clown« sagt einmal: »Kein Theologe ist je auf die Idee gekommen, über Frauenhände im Evangelium zu predigen: Veronika, Magdalena, Maria und Martha – lauter Frauenhände im Evangelium, die Christus Zärtlichkeiten erwiesen.«

Ich will nicht streiten, ob Veronika im Evangelium steht und wie viele Priester schon einmal von den Händen im Evangelium gesprochen haben. Ich glaube nämlich, daß Hans Schnier hier einmal etwas Richtiges fühlt.

Worum es heute in der Verkündigung für den Priester und – erlauben Sie mir zu sagen – auch für den Dichter ginge, wäre Christus wiederzuentdecken, so wie er durch den Alltag geht, wie er mit seinen Händen die Schätze des Lebens öffnet jedem einzelnen.

Ich bin nicht kritiklos gegenüber unserer Predigt. Ich glaube, daß sie manchmal zuviel Theologie bringt, zuviel unverarbeiteten Karl Rahner, zuviel einfach übernommenen Josef Pieper und zuwenig ganz einfach versucht, das Bild Jesu Christi vor die Menschen zu stellen, so daß sie ihm wieder begegnen, so daß sie ihn sprechen hören, so daß sie ihn trösten hören, so daß sie ihn über die Straße gehen sehen, den Kranken nach seiner Hand greifen sehen, daß sie sein Auge sehen, das die Menschen aufweckt, seine Schultern sehen, die das Kreuz tragen, seine Stirn sehen, in die die Dornenkrone eingepreßt ist.

Wenn wir nämlich nicht Jesus, den Herrn, lebendig vor uns sehen, werden wir es sehr schwer haben, den Menschen zu entdecken, der Christ ist, dann werden wir sie nicht mehr entdecken, die wahrhaften Christen in unseren Gemeinden in ihrem schlichten Verwurzeltsein in Christus, den immer unnützen Knecht nicht mehr, die Witwe nicht mehr, deren Scherflein wertvoller ist als das der Priester, der Leviten, der Pharisäer, der Literaten und der Clowns.

Briefe an einen Freund jenseits der Grenzen. Die Zeit v. 13. 12. 1963 – 17. 7. 1964

Wie hast Du's mit der Bundeswehr? Der Tagesspiegel v. 15. 12. 1963

»Ich gehöre keiner Gruppe an.« Deutsche Tagespost (Würzburg) v. 27./28. 12. 1963

Poesie des Alltäglichen. Dramaturgische Blätter des Schauspiels (Landestheater Darmstadt), 1963/1964

Wir danken den Autoren und Rechteinhabern für die freundliche Genehmigung des Abdrucks der Texte und Offenen Briefe.

Register

Heinrich Böll
Ein- und Zusprüche

Schriften, Reden und Prosa
1981–1984.
416 Seiten.
Gebunden

Bölls Schriften und Reden, inzwischen eine Art Institution bundesdeutscher »Geschichtsschreibung«, begleiten diesmal die Aktualitäten und Zeitstimmungen der Jahre 1981–1984. Vielleicht liegt es an der Stagnation dieser Jahre: Bölls satirischer Ton schlägt wieder überall durch.
Von der kritischen Glosse zur Flick-Affäre bis zur Satire »Kain oder Kabel« ist nur ein kleiner phantastischer Schritt. Die Absurditäten sind schärfer geworden, die Korruptionen und Manipulationen massiver – die Grenzen zwischen Realität und Fiktion verschwimmen. Die Kritik der Tagesereignisse vermischt sich mit der »lyrischen Bitterkeit«, die die Böllsche Satire immer ausgezeichnet hat.